UN MONDE INCONNU
DEUX ANS SUR LA LUNE
Illustrations de Gerlier
PAR PIERRE DE SÉLÈNES

UN

MONDE INCONNU

DEUX ANS SUR LA LUNE

IMPRIMERIE E. PLÉRIAUDET, 26, RUE RACINE, PARIS.

AU MILIEU DES PRAIRIES S'ÉLEVAIENT DES VÉGÉTAUX GIGANTESQUES (p. 111).

PIERRE DE SÉLÈNES

UN
MONDE INCONNU

DEUX ANS SUR LA LUNE

Illustrations de Gerlier

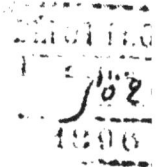

PARIS

ERNEST FLAMMARION, ÉDITEUR

26, RUE RACINE; PRÈS L'ODÉON

A

JULES VERNE

UN MONDE INCONNU

DEUX ANS SUR LA LUNE

PREMIÈRE PARTIE

CHAPITRE PREMIER

L'ANNONCE DU « NEW-YORK HERALD »

« Oui, mon cher Marcel, dit Jacques en posant ses coudes sur la table et inclinant sa tête dans ses mains, tu vois en moi le plus malheureux des hommes, et je ne sais vraiment pas s'il ne serait pas plus sage pour moi d'aller de ce pas piquer une tête au fond de la Seine que de continuer à traîner une existence misérable et désormais sans but. C'est à quoi je songeais sérieusement tout à l'heure quand tu m'as rencontré et que tu m'as entraîné ici.

— Comment! mon vieux Jacques, tu en es réduit là?... Toi que j'ai laissé, il y a deux ans, quand je suis parti pour les Montagnes Rocheuses, si vaillant et si confiant dans l'avenir, je te trouve ainsi désespéré! Après de brillantes études médicales qu'avaient couronnées des succès sans nombre dans les concours, avec, ce qui ne gâte rien, une fortune personnelle qui te permettait d'attendre la clientèle, tu pouvais envisager la vie sans crainte, et te voilà déjà vaincu d'avance sans avoir combattu!

— Ah! c'est que tu ne sais pas ce que j'ai souffert. Écoute, et vois si j'ai sujet d'être absolument découragé :

« Tu sais que, resté orphelin vers l'âge de quatorze ans, j'ai été élevé par mon tuteur, le frère de ma mère, le savant François Mathieu-Rollère, connu dans l'Europe entière par ses travaux astronomiques et son célèbre mémoire sur les satellites d'Uranus. Mais ce que tu ne sais pas, c'est que j'ai été élevé dans sa maison avec sa fille Hélène, ma cousine; que nous avons vécu toujours l'un près de l'autre, et que de cette douce communauté de vie est né un sentiment qui, peu à peu, est devenu un amour ardent et profond. Nous nous sommes juré d'être l'un à l'autre. C'est dans cet espoir que j'ai vécu, c'est pour assurer à Hélène une condition digne d'elle, pour qu'elle pût être fière de son époux, que je me suis voué à un travail acharné, que j'ai voulu devenir l'un des premiers parmi les médecins de la nouvelle école.

— Eh! mais, il me semble, interrompit Marcel, que tu n'y as pas mal réussi.

— Oui, peut-être; mais à quoi cela m'a-t-il servi? Lorsque j'ai présenté ma demande au père d'Hélène, il m'a regardé d'un air surpris. « Mon cher enfant, m'a-t-il dit, j'ai voué ma vie à la « science; ma fille n'épousera jamais qu'un homme qui lui apportera « en dot quelque éclatante découverte dans l'ordre astronomique. » A cette déclaration je demeurai stupéfait : rien ne m'avait fait pressentir un pareil obstacle. Tout préoccupé de mon amour et de mon avenir, je ne m'étais pas aperçu que la passion de mon oncle pour la science tournait peu à peu à l'obsession et à la manie. Maintenant, c'était une idée fixe; le mal était incurable. En vain nous essayâmes, celle que j'aimais et moi, de le fléchir :

sa résolution fut immuable, comme le cours des astres qu'il observe. Lassé de mes instances, il m'interdit sa maison et m'enjoignit de ne paraître devant lui que lorsque j'aurais rempli la condition que m'imposait son égoïsme de savant.

« Trop faible pour résister à l'autorité paternelle, Hélène n'a pu que pleurer devant le refus obstiné qui brisait son cœur. Je l'ai quittée désespérée, ne sachant s'il me sera jamais permis de la revoir.

— Et tu n'as rien tenté pour essayer de satisfaire cet intraitable savant? demanda Marcel d'un air où l'on sentait percer une légère ironie.

— Qu'aurais-je pu faire? Voué à l'étude d'une science à laquelle je me suis consacré tout entier et jusqu'aux limites extrêmes de laquelle je me suis avancé, comment aurais-je pu recommencer, avec un autre but, une vie d'études? Pour atteindre à ce point où l'esprit peut reculer les bornes d'une science et réaliser quelque grande conquête sur l'inconnu, il faut d'abord avoir absorbé tout ce que, dans cet ordre d'idées, l'humanité a emmagasiné de connaissances. Pour cela il me faudrait dix années d'études acharnées, sans avoir même la certitude du succès. Non, la lutte est impossible; j'y renonce, je m'abandonne à ma malheureuse destinée.

— Homme de peu de foi, reprit Marcel en souriant, je t'ai connu plus brave et plus vaillant. Comme l'amour détrempe les âmes et amollit les courages! Eh bien! c'est moi qui vais t'apporter le salut.

— Toi? s'écria Jacques.

— Oui, moi; regarde. »

Et il déploya sous ses yeux la quatrième page d'un journal américain en date du 1er juin 188., qu'il tira de sa poche, et sur laquelle se détachait en caractères gigantesques l'annonce suivante, dont nous donnons la traduction :

SOCIÉTÉ NATIONALE

DES COMMUNICATIONS INTERSTELLAIRES

VENTE APRÈS FAILLITE, AUX ENCHÈRES PUBLIQUES

Sir Francis Dayton, syndic de la faillite de la Société Nationale des communications interstellaires, dont le siège social est à Baltimore (Maryland), a l'honneur d'informer le public qu'il sera procédé, le 10 février prochain, en la grande salle de l'Hôtel des Ventes de Baltimore, à la vente aux enchères publiques de :

1° Le canon gigantesque dit *la Columbiad*, fondu et établi par les soins du Gun-Club de ladite ville de Baltimore et qui a servi à envoyer à la Lune le projectile dans lequel ont pris place les célèbres voyageurs Barbicane, Nicholl et Michel Ardan, à la date du 4 décembre 186. ;

2° Le projectile de forme cylindro-conique en aluminium, muni de ses hublots, plaques et boulons de sûreté, capitonnage intérieur, qui a servi aux voyageurs précités pour effectuer ledit voyage;

3° Les hangars et constructions diverses élevés dans le voisinage de *la Columbiad*, ayant servi de magasins et d'ateliers lors de la première expérience;

4° Les appareils, palans, grues, moufles, chaînes ayant servi au chargement dudit obus, et encore en parfait état de conservation, ainsi que les batteries électriques, piles, bobines, fils conducteurs, etc., employés pour la déflagration de la charge de *la Columbiad*.

Ladite vente sera faite sur la mise à prix de deux cent mille dollars (1) et sur une seule enchère.

N. B. — Les opérations de la vente auront lieu sous la surveillance de l'honorable Harry Troloppe, juge-commissaire.

Jacques rendit le journal à Marcel.

« Que signifie cette plaisanterie? fit-il.

— Ce n'est pas une plaisanterie, répliqua Marcel, et, si tu veux m'écouter, je vais t'édifier en peu de mots.

---

(1) Un million de francs environ.

« Je suis parti, tu te le rappelles, au commencement de 187.,
pour la région des Montagnes Rocheuses. J'avais, dans un précédent
voyage, cru reconnaître dans la partie du nord du territoire du
Missouri d'importants gisements de cuivre; je m'étais résolu à
vérifier plus tard ces premières données et, si mes prévisions ne
m'avaient pas trompé, à en tenter l'exploitation sur une vaste
échelle.

« A cet effet, muni des autorisations suffisantes, j'organisai
une petite expédition pour mener cette œuvre à bonne fin. J'ai
passé là, aux confins du désert, dans cette contrée montagneuse,
aride et désolée, deux années de la plus rude existence, obligé de
disputer sans cesse ma vie aux Indiens au milieu desquels je
campais, et qui m'accusaient de venir profaner de mes travaux
sacrilèges la terre sacrée de leurs ancêtres. A chaque instant, en
effet, mes opérations de sondage étaient bouleversées, mes ateliers
d'essayage détruits : c'était toujours à recommencer.

« Je serais mort d'ennui si, dans le voisinage des gisements
que j'explorais, à une distance de 20 milles environ (mais à
20 milles dans cette zone peu habitée on est voisin), ne se fût
élevée la montagne de Long's Peak.

« Tu n'as pas oublié sans doute que lors de la célèbre tentative
faite en 186. pour atteindre la Lune, le Gun-Club de Baltimore
avait fait construire sur ce sommet, l'un des plus élevés des
montagnes, un télescope géant destiné à suivre dans leur vol
les audacieux explorateurs. Des relations assez suivies s'étaient
établies entre les astronomes de l'observatoire et moi. Dans cette
station perdue, à 4,350 mètres au-dessus du niveau de la mer, ils
ne rencontraient pas souvent à qui parler et m'avaient fait l'accueil
le plus gracieux et le plus empressé. Je passai auprès d'eux tout
le temps que m'ont laissé libre les explorations que j'avais entreprises. J'y demeurais d'ordinaire plusieurs jours de suite, pendant
lesquels je me considérais non comme un hôte, mais comme un
des observateurs attachés à ce poste astronomique.

« J'avais senti se réveiller en moi un goût très prononcé pour
la science du ciel et, bientôt, le maniement des cercles méridiens,
des lunettes et des télescopes m'était devenu familier. Mon ima-

gination s'exaltait aux souvenirs de 180., et je ne pouvais m'arracher à l'oculaire du grand télescope. Cet admirable instrument mettait la Lune à une distance bien plus rapprochée que ne l'avaient fait jusqu'ici les plus puissants appareils d'optique.

« J'ai longuement observé notre satellite, et j'ai pu rectifier en bon nombre de ses parties la carte de Beer et Madler, qui passait jusqu'alors pour la plus complète et la plus exacte. J'ai pu faire des constatations nouvelles qui me semblent présenter tous les caractères d'une entière certitude. C'est ainsi que j'ai pu établir que les derniers astronomes qui ont écrit sur la Lune se sont trompés, lorsqu'ils ont constaté à sa surface la présence d'une certaine quantité d'eau. Il est maintenant établi pour moi que ce n'est pas de l'eau, mais de l'air, qu'ils ont vu; c'est ce que l'on peut induire de l'aspect que présentent certains contours et certaines arêtes légèrement estompées des extrémités du croissant lunaire. Pour moi les grandes dépressions qui existent à la surface de notre satellite, telles que celle qu'on appelle la mer du Froid, renferment dans leurs parties les plus basses une couche d'air dont l'épaisseur est sans doute excessivement faible, mais suffisante à mon avis pour entretenir, au moins dans ces régions, la vie d'êtres animés. Et puis, qui sait? Dans la rapide éclaircie qui leur a permis d'entrevoir la portion du disque de la Lune toujours invisible pour nous, les voyageurs du Gun-Club n'ont-ils pas cru apercevoir des eaux, des montagnes boisées, de profondes forêts? Les lueurs fulgurantes du bolide qui a failli les pulvériser ne se sont-elles pas réfléchies sur la surface de vastes océans? Cela se trouverait d'accord avec l'hypothèse de quelques astronomes, qui soutiennent que ce qui reste de l'atmosphère lunaire a pu se condenser sur la partie invisible de son disque. Ce sera, du reste, un point à vérifier. Bref, je sentais grandir en moi le désir d'accomplir ce qu'avaient tenté les Américains avec l'espoir que, cette fois, aucun malencontreux bolide ne viendrait me faire dévier de la route et m'empêcher d'atteindre le but.

« Un événement imprévu vint hâter ma résolution.

« J'avais pour aide dans mes travaux un Anglais, John Parker, en qui je mettais toute ma confiance. Ingénieux et adroit, fertile

en ressources, il m'avait été d'un puissant secours pour conduire
mes travaux et diriger les ouvriers que j'employais à mes son-
dages et à mes essais. C'est à lui que je laissais la surveillance
des chantiers et que je confiais la garde de mes plans et de
mes notes, lorsque je m'éloignais du lieu de mes explorations.

« Je l'avais toujours trouvé si fidèle et si sûr, que j'avais pris
l'habitude de prolonger mes absences.

« Un jour, le 27 juillet de l'année dernière, en revenant à ma
station après un séjour d'un mois passé à l'observatoire de
Long's Peak, je fus tout surpris d'y trouver installés des travailleurs que je ne connaissais pas, une administration qui fonctionnait au nom de la *Great Western Copper mining Company;* et quand
je demandai des explications, on me répondit en me montrant
un *act* en due forme accordant à la nouvelle société l'exploitation des mines de toute la région que j'avais explorée. Je
voulus protester, on me rit au nez; je m'emportai et criai au
vol : le canon d'un revolver braqué sur ma poitrine m'apprit
que je n'avais rien à attendre des nouveaux occupants.

« J'eus bientôt l'explication de ce mystère : le lendemain même
de mon départ, John Parker avait pris la fuite emportant tous
mes plans et mes croquis, mes notes, mes tableaux d'essayages,
mes échantillons, tout ce qui en un mot établissait la réalité
de ma découverte. Il s'était rendu à New-York, avait vendu le
tout à la *Great Western Copper mining Company,* dont le directeur, lié avec des membres influents du Congrès, qu'il avait du
reste grassement rétribués, avait enlevé sans coup férir la
concession; mes ouvriers avaient été congédiés avec une grati-
fication; de nouveaux travailleurs avaient été amenés, et comme
les résultats que j'avais obtenus étaient probants, les travaux
préparatoires d'exploitation avaient immédiatement commencé.

« J'étais indignement volé; mais que faire? A quelle juridic-
tion m'adresser? Comment surtout établir l'antériorité de mon
droit, maintenant que j'étais complètement dépouillé?

« J'aurais peut-être tenté malgré tout de me faire rendre justice; j'aurais tout au moins cherché ce misérable John Parker pour
lui brûler la cervelle, si je n'avais été tourmenté par la pensée

dont je te parlais tout à l'heure. J'eus donc bientôt pris mon parti, et après m'être fait restituer à grand'peine par mes voleurs certains objets que je te montrerai tout à l'heure et qui étaient pour eux sans valeur, je résolus de me consacrer tout entier à la réalisation du projet dont j'étais hanté. Quelques jours après, j'étais à Chicago, où l'annonce que je viens de te faire lire me tomba sous les yeux, et mon projet commença à prendre corps.

— Tout cela est fort bien, interrompit Jacques avec un sourire; mais jusqu'ici je ne vois rien qui puisse te permettre d'affirmer que notre satellite est habité, et dès lors je ne saisis pas bien, quand même tu parviendrais à l'atteindre.....

— Écoute, fit Marcel en baissant la voix; tout à l'heure tu vas m'accompagner chez moi, ici tout près, rue Taitbout, et je te donnerai la preuve indéniable non seulement que la Lune est habitée, mais que ses habitants ont tenté d'entrer en communication avec nous. Tu as beau prendre un air d'incrédulité, tu seras bien forcé de te rendre à l'évidence.

— Eh bien! soit, dit Jacques; voyons maintenant comment tu comptes t'y prendre pour réaliser cette entreprise qui, sauf preuve contraire, me paraît tout à fait extravagante.

— Mon projet est bien simple, reprit Marcel, et je suis en France depuis une semaine précisément pour le réaliser. Je vais fonder, sous le nom de « Société anonyme d'explorations astronomiques », une société au capital de cinq millions de francs divisés en mille parts de cinq mille francs chacune, car notre entreprise ne doit avoir rien de commercial, et ceux qui s'y associeront ne devront être mus que par l'amour désintéressé de la science. Je ne doute pas d'arriver promptement en France, où toute entreprise généreuse et élevée trouve nombre d'adhérents, à réaliser le modeste capital qui nous sera nécessaire. Il est à Paris même un financier bien connu que possède la passion de la science, qui déjà a donné des preuves éclatantes de son goût pour l'astronomie, et à qui cette science doit déjà d'importantes fondations. Je suis bien sûr que lorsqu'il connaîtra mon projet dans tous ses détails, il le jugera praticable et ne lui refusera pas un large concours. Aussitôt les fonds

souscrits, je pars pour Baltimore, j'achète *la Columbiad*, son obus
et tous les accessoires, qui ne me seront certes pas disputés par
beaucoup d'amateurs ; je répare le tout, j'achève mes préparatifs

On répondit en me montrant un art... (p. 7).

et, le 15 décembre de l'année prochaine, nous renouvelons
ensemble, mais cette fois avec un succès complet, la tentative
de Barbicane, Ardan et Nicholl.

2.

— Peste! comme tu y vas, s'écria Jacques, riant malgré lui de l'assurance enthousiaste de son ami, je ne suis pas encore décidé.

— Incrédule! va, fit Marcel; viens jusque chez moi et tu vas être convaincu. — Garçon! cria-t-il, l'addition. »

L'entretien que nous venons de rapporter avait lieu à Paris, dans la grande salle du Café Anglais, par une belle matinée du mois d'août 188.. — Les deux jeunes gens qui causaient ainsi à cœur ouvert étaient à peu près du même âge : ils avaient de vingt-huit à trente ans. Mais ils différaient et par l'aspect et par la stature. Marcel de Rouzé, d'une taille élevée et de large carrure, aux membres à la fois souples et robustes, à la tête couverte d'une épaisse forêt de cheveux d'un blond tirant sur le roux, avait le visage coloré et coupé par une longue moustache. Ses grands yeux bleus, largement ouverts, respiraient la franchise et la gaieté. Ses lèvres rouges, un peu épaisses, exprimaient une bonté un peu dédaigneuse. On eût cru ne voir en lui qu'un bon et joyeux garçon toujours disposé à prendre la vie par ses meilleurs côtés, si la lueur qui parfois animait son regard et le pli qui creusait son front n'eussent dénoté une volonté énergique au service d'une intelligence vive et capable des plus hautes conceptions.

Jacques Deligny offrait avec son compagnon un contraste frappant.

D'une taille moins élevée, mais élégante et bien prise, il semblait réaliser le type d'une rare distinction. Sa tête fine et intelligente, qu'encadraient une barbe et des cheveux d'un noir de jais, offrait la pâleur mate de ceux que de patientes et difficiles études ont tenu longtemps renfermés dans le cabinet de travail ou dans le laboratoire.

Sa bouche, aux lèvres un peu serrées, semblait avoir désappris le sourire. Son front élevé était d'un penseur et ses yeux, assez profondément enfoncés, se voilaient d'ordinaire d'une teinte de mélancolie.

Tous les deux s'étaient connus enfants, alors qu'ils s'asseyaient ensemble sur les bancs du lycée Louis-le-Grand.

Plus tard, lorsque Marcel était entré l'un des premiers à

l'École polytechnique, tandis que Jacques suivait les cours de l'École de médecine, ils ne s'étaient jamais perdus de vue, et les liens qui les unissaient et qui étaient formés d'un peu de protection de la part de Marcel et d'une grande confiance du côté de Jacques, n'avaient fait que se resserrer. Ensuite la vie les avait séparés. Jacques était resté à Paris poursuivant à travers les concours de l'externat, puis de l'internat, ses laborieux travaux; Marcel était allé chercher dans un autre continent un champ plus vaste où exercer son exubérante activité.

Il était orphelin, et sa fortune personnelle lui permettait de voyager et d'attendre sans trop d'impatience le succès de quelqu'une des grandes entreprises que caressait toujours son ardente imagination.

En se quittant on s'était promis de s'écrire, et on s'était en effet écrit quelque temps. Mais bientôt les lettres étaient devenues plus rares, puis avaient cessé tout à fait. Cependant les deux amis pensaient souvent l'un à l'autre; la séparation n'avait en rien affaibli leur affection, et, lorsque le hasard les avait mis en présence, c'était avec une véritable joie qu'ils étaient tombés dans les bras l'un de l'autre. Comme ils avaient de longues confidences à échanger, ils étaient entrés dans le premier endroit qui s'était présenté à eux, et avaient causé en savourant le déjeuner délicat qu'ils étaient en train d'achever.

CHAPITRE II

LE DOCUMENT

Au moment où les deux convives, secouant la cendre de leurs cigares, se disposaient à se lever, un garçon s'approcha de Marcel et lui tendit sur un plateau d'argent une carte de vélin en lui disant :

« La personne dont voici le nom sollicite l'honneur de vous être présentée.

— A moi? fit Marcel.

— Oui, Monsieur. »

Et d'un clin d'œil le garçon désignait une table voisine vers laquelle Marcel dirigea un rapide regard.

A cette table était assis un homme qui paraissait âgé de quarante à quarante-cinq ans et dans lequel il était, au premier aspect, facile de reconnaître un originaire de la Grande-Bretagne. Son visage régulier et énergique était empreint d'une grande noblesse. Sa barbe, qu'il portait tout entière, était blonde et striée de quelques fils d'argent. Ses yeux, d'un bleu changeant, semblaient recéler une rare fermeté d'âme, et cependant on y distinguait comme une expression de lassitude et d'ennui.

De tous ses traits du reste légèrement fatigués se dégageait la même impression : le spleen avait passé par là.

Il était mis avec une extrême recherche, et l'on sentait en lui un homme du meilleur monde. Bien qu'il fût assis, on voyait que sa taille était haute, ses membres bien proportionnés; sa main, longue et fine, qui jouait négligemment avec un monocle d'écaille, était tout à fait aristocratique. Rien en lui de commun ou de vulgaire : cet homme à coup sûr n'était pas le premier venu.

Marcel laissa tomber ses yeux sur la carte qui lui était tendue et lut :

LORD DOUGLAS RODILAN

« Que peut me vouloir cet insulaire? » murmura-t-il.

Mais avec la courtoisie naturelle à un homme du monde, il se retourna vers l'étranger, le sourire aux lèvres.

Celui-ci se leva et s'approcha des deux amis.

« Pardonnez-moi, monsieur, fit-il en s'inclinant vers Marcel et en adressant aussi un salut à Jacques, l'irrégularité de ma démarche, et puisqu'il ne se trouve ici personne qui puisse me servir d'intermédiaire, permettez-moi de me présenter moi-même. »

Et d'un ton de voix un peu solennel :

« Lord Douglas Rodilan, affligé de cinquante mille livres sterling de rente. »

Et comme à cette déclaration un peu brutale Marcel faisait un geste de hauteur, l'Anglais ajouta :

« Excusez-moi, monsieur, mais ce détail, auquel je n'attache pas plus d'importance que vous-même, aura tout à l'heure sa raison d'être, lorsque je vous aurai fait connaître le motif qui m'a fait désirer votre entretien.

— Parlez, milord, fit Marcel, mais souffrez tout d'abord que je vous présente mon ami intime, M. le docteur Jacques Deligny. »

Les deux hommes s'inclinèrent.

Marcel désigna de la main un siège à l'Anglais, qui continua ainsi :

« J'ai tout d'abord à me faire pardonner une indiscrétion involontaire. Quelques mots de votre conversation sont arrivés jusqu'à moi; ma curiosité a été éveillée par la hardiesse de vos conjectures, l'audace de l'entreprise que vous projetez, et j'ai pris, sans plus délibérer, la résolution de vous mettre en mesure de la réaliser sans attendre la constitution d'une Société lente peut-être à se former, et dont les membres intéressés pourraient vous créer dans l'avenir maintes difficultés.

— Quoi! s'écria Marcel, vous voudriez...

— Mettre tout simplement à votre disposition les fonds qui vous seraient nécessaires pour acheter le fameux canon du Gun-Club et subvenir à tous les frais de l'expédition.

— Mais, milord...

— Je ne mets à cette offre qu'une seule condition : vous m'accepterez comme compagnon de voyage et je partirai avec vous. »

Les deux jeunes gens fixaient sur leur interlocuteur un regard ahuri. Il s'en aperçut et continua en souriant :

« Je vois bien qu'il faut que je vous explique les raisons de cette proposition, qui peut paraître au moins singulière. Mon père, lord Glennemare, est mort lorsque j'atteignais à peine ma seizième année. Resté très jeune maître d'une immense fortune, j'ai parcouru le monde sans autre souci que de satisfaire toutes mes fantaisies, demandant aux contrées les plus diverses, aux civilisations les plus raffinées des jouissances nouvelles, bientôt épuisées. Tout ce que peut fournir le luxe savant et délicat des grandes capitales de l'Europe, Paris et Londres, Vienne et Pétersbourg, je m'en suis abreuvé jusqu'à satiété; j'ai goûté à tous les plaisirs inventés par l'imagination surexcitée de l'Extrême-Orient; l'Inde, la Chine, le Japon n'ont plus rien qui puisse me tenter. J'ai parcouru les contrées sauvages de l'Afrique, où j'ai chassé l'autruche et dormi sous la tente. J'ai mené dans les pampas et les savanes du Nouveau Monde la rude existence des gauchos et des trappeurs. Les fonctions diplomatiques dont j'ai été chargé à diverses reprises, en facilitant ces voyages, m'ouvraient l'accès de toutes les cours. De ces postes d'observation j'ai pu étudier toutes les sociétés, connaître l'homme sous tous les climats et à tous les degrés de civilisation. J'ai recherché les émotions de la guerre, j'ai bravé les typhons et les cyclones des tropiques, j'ai demandé à la science les jouissances qu'elle réserve à ses adeptes. Rien n'a pu dissiper l'incommensurable ennui que m'a laissé l'incomplète satisfaction de désirs toujours renaissants et toujours inassouvis.

« Bien décidé à ne pas prolonger plus longtemps une recherche de bonheur que je juge tout à fait irréalisable, j'étais résolu à quitter ce monde si pauvrement agencé pour ceux que tourmente le désir de l'infini, et dont on a si vite fait le tour. Un seul point me faisait hésiter encore : je cherchais un moyen neuf et original pour sortir de cette étroite vallée. J'aurais voulu que ma mort m'apportât au moins quelques jouissances nouvelles, quelque chose que nul homme avant moi n'aurait pu ressentir. Ce que j'ai entendu de votre conversation m'a paru répondre à ce secret désir de mon âme.

« Je suis, je ne vous le cache pas, parfaitement convaincu que l'entreprise où vous allez vous engager doit aboutir à une épouvantable catastrophe. Si vous parvenez à franchir une fois encore le cercle d'attraction de la terre, vous tomberez infailliblement sur son satellite, et si les lois de la pesanteur sont exactes, vous vous briserez en mille pièces sur son écorce rocheuse.

« Eh bien! c'est là ce qui me tente. Cette chute vertigineuse et assez prolongée cependant pour qu'on puisse se sentir tomber, analyser de seconde en seconde ses sensations multiples et tout à fait inusitées, m'attire invinciblement. Voulez-vous de moi dans les conditions que je viens de vous indiquer?

— C'est un fou », murmura Jacques, en se penchant vers Marcel.

L'Anglais l'entendit ou peut-être le devina.

« Non, reprit-il avec le plus grand calme, je ne suis pas fou, et je vous donne bien ma parole que si vous refusez de m'accepter pour compagnon de voyage, ce soir même, je me serai fait sauter la cervelle. Voyez donc maintenant, si vous ne devez pas, dans l'intérêt de cette science pour laquelle vous avez un amour si passionné, accepter ma proposition. En assurant la réalisation de

Et d'un ton de voix un peu solennel : « Lord Douglas Rodilan » (p. 14).

vos projets, elle vous sauve de toutes les difficultés qui pourraient en retarder ou peut-être en rendre impossible l'exécution.

— Eh bien! soit, milord, dit Marcel, j'accepte, mais à mon tour de vous poser une condition. Si, comme j'en ai la conviction, nous atteignons la lune sains et saufs, vous me jurez de renoncer à vos projets de suicide.

— Oh! de très grand cœur, s'écria lord Rodilan, car alors j'aurai retrouvé un intérêt puissant à vivre, et je n'aurai plus de raisons pour renoncer à une existence qui m'apportera tant d'émotions nouvelles et inaccessibles au vulgaire. Mais vous me permettrez, jusqu'à nouvel ordre, de ne voir dans ce second voyage qu'une pure et simple folie à laquelle je ne m'associe que parce que j'y trouve mon compte.

— Eh bien! messieurs, dit Marcel en se levant, veuillez me suivre jusque chez moi, et si ce que je vais vous montrer ne triomphe pas de votre incrédulité, ce sera à désespérer de la logique humaine. »

En quelques minutes on arriva rue Taitbout à la maison où Marcel occupait à l'entresol un petit appartement meublé avec une élégante simplicité. Il les laissa seuls un instant dans le salon, pénétra dans la chambre à coucher contiguë et revint bientôt, portant avec effort une sorte de coffre aux ferrures solides, qu'il déposa soigneusement sur la table.

Les deux compagnons s'étaient levés et regardaient : leur visage offrait l'expression d'une vive curiosité.

Marcel ouvrit le coffre mystérieux et en tira un objet de forme ronde d'environ 20 centimètres de diamètre, de couleur brune et rougeâtre, paraissant d'un poids considérable, et qu'il posa avec respect sur la table.

« Mais c'est là un vulgaire boulet de canon, dit Jacques en riant; cela date de la prise de Québec par les Anglais.

— Attends, sceptique, tu vas voir », fit Marcel.

Saisissant alors un tournevis qu'il avait apporté en même temps que l'objet singulier qu'il montrait à ses compagnons, il leur fit remarquer deux petites rainures presque imperceptibles; puis, introduisant son tournevis successivement dans chacune d'elles, il retira deux petites vis finement taraudées et fit tomber une plaque assez épaisse noyée dans la masse du métal. Cette plaque fermait l'orifice d'un trou rectangulaire qui s'enfonçait suivant l'axe du boulet, et à l'aide d'une pince il en retira une tablette faite d'un métal bizarre d'un blanc violacé, aux reflets changeants, large de 1 centimètres sur 2 centimètres d'épaisseur et longue de 12 centimètres environ.

Sur ses deux faces étaient gravés les caractères suivants :

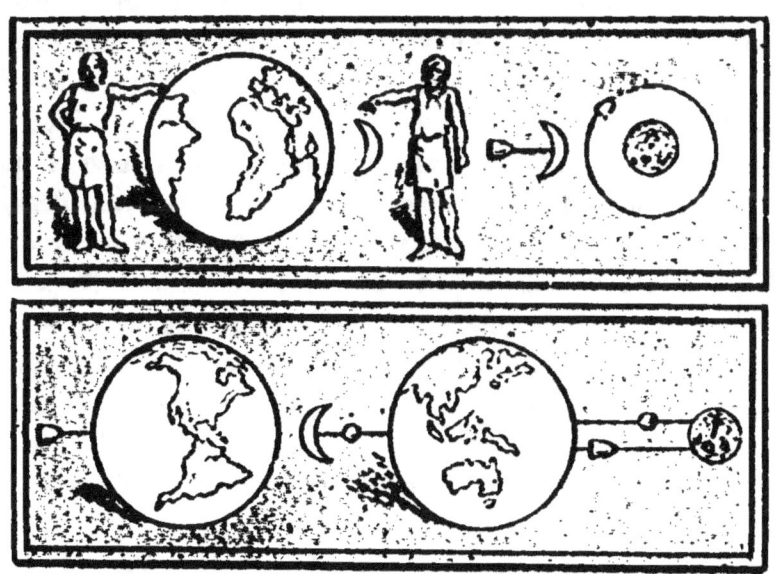

Jacques et lord Rodilan se penchèrent et regardèrent avec curiosité ce singulier document.

« Eh ! bon Dieu ! qu'est-ce là ? s'écria Jacques.

— Crois-tu, lui dit Marcel, que les Anglais se soient avisés, en 1761, d'écrire tout au long sur une plaque de métal l'histoire authentique de l'expérience du Gun-Club pour l'envoyer gracieusement aux Français assiégés dans Québec ? Non, mon ami, s'écria-t-il en s'animant, ce que tu as sous les yeux est un message envoyé de notre satellite à la terre, la réponse à l'audacieux voyage des immortels Barbicane, Ardan et Nicholl.

— Quelle folie ! » murmura le jeune médecin.

Lord Rodilan regardait d'un œil indifférent, et un sourire où il y avait presque de la pitié se jouait sur ses lèvres.

Le mot folie avait exaspéré Marcel.

Il reprit :

« Une folie ! Eh bien ! apprenez comment cet objet étrange est

venu en ma possession et si, après cela, vous doutez, c'est que
vous êtes résolus à nier l'évidence.

« Un jour, dans les Montagnes Rocheuses, quelques semaines
avant la catastrophe qui m'a fait perdre le fruit de mes longs
travaux, j'avais fait commencer le forage d'un puits qui devait
servir à augmenter l'aération de galeries déjà fort avancées. On
avait creusé à une profondeur de 15 mètres environ, lorsque le
pic de l'un des travailleurs se brisa sur un corps d'une dureté
exceptionnelle. Je crus d'abord à la présence de quelque roche,
ou peut-être d'un bloc erratique amené là à la suite de quelque
éruption volcanique. Mais bientôt, les ouvriers ayant dégagé cet
obstacle, placèrent sous mes yeux étonnés un fragment métallique
d'une forme singulière. Le côté extérieur offrait l'aspect d'une
section de surface sphérique régulière, à laquelle correspondait
sur l'autre face une autre section concave non moins régulière. Les bords de ce fragment, d'une épaisseur de 30 centimètres, présentaient l'aspect d'une cassure semblable à celle d'un
projectile brisé à la suite d'une explosion. J'avais évidemment
devant moi un morceau d'un énorme boulet creux dont le rayon
mesurait environ 47 centimètres, c'est-à-dire d'un diamètre de
91 centimètres. Or, il n'existe pas, que je sache, sur la terre, en
dehors de la Columbiad, d'engins capables de lancer un pareil
projectile.

— Il n'en existe pas, en effet, dit lord Rodilan.

— Très intrigué, j'ordonnai à mes hommes de continuer leurs
fouilles avec le plus grand soin, en prenant toutes les précautions
possibles pour pouvoir me rendre compte de la position relative de
tous ces fragments, car je ne doutais pas d'en rencontrer d'autres.

« Au bout de quelque temps, en effet, j'avais réuni autour de
moi une douzaine de fragments d'inégale grosseur, qui tous
présentaient les caractères que je viens de décrire et confirmaient
ma première hypothèse. Mais bientôt mon étonnement fut au
comble, lorsqu'un de mes gens me présenta un objet sphéroïdal
qui n'était autre que le boulet que vous venez de voir. De plus
en plus intrigué, je fis arrêter les travaux; j'ordonnai que l'enceinte
du trou déjà creusé fût entourée de palissades, afin que rien n'y

pût être changé, et j'emportai chez moi mon étrange trouvaille.
Après l'avoir débarrassé de la terre argileuse qui le recouvrait en
partie, j'examinai ce boulet dans tous les sens et ne tardai pas à
découvrir deux petites rainures rectilignes paraissant former le
diamètre d'un petit cercle tracé dans le métal : c'étaient évidemment les têtes de deux vis. Après bien des efforts, je parvins
à les dévisser et j'en retirai la tablette que vous venez de voir,
soigneusement ajustée à l'intérieur comme vous pouvez vous en
convaincre par vous-mêmes.

« Je fus longtemps sans comprendre ces signes mystérieux. Un
jour, cependant, la lumière se fit dans mon esprit et il devint
évident pour moi que j'avais sous les yeux un message envoyé à
la Terre par les habitants de la Lune, en réponse à la tentative
avortée du Gun club.

« Il était d'abord hors de doute que, si nos voisins ont eu la
pensée d'entrer en relations avec nous, ils ne pouvaient, dans
l'ignorance réciproque où nous nous trouvons les uns et les autres
de nos idiomes respectifs, recourir à des caractères phonétiques;
ils ont dû, par conséquent, user d'une certaine écriture idéogra-
phique et se référer à quelque événement qui, en les intéressant
eux-mêmes, fût de nous parfaitement connu.

« Voyez en effet, tout y est.

« Les premiers signes représentent évidemment la Terre et la
Lune, c'est-à-dire les deux astres entre lesquels il s'agit d'établir
des communications. Vous n'en pouvez douter, puisque sur la
première figure est tracé l'ancien continent terrestre, et la forme
d'un croissant donnée à la Lune prouve jusqu'à l'évidence que les
habitants de notre satellite se rendent parfaitement compte de
l'aspect sous lequel se présente à nous leur planète au commencement de la lunaison. Donc, il y a chez eux des astronomes, et
leurs instruments d'observation ont atteint un grand degré de
perfection, puisqu'ils peuvent distinguer la forme exacte de nos
continents. Quant aux figures humaines qui se dressent à côté des
deux astres, elles démontrent que les habitants de la Lune, constitués, à en juger par l'apparence, à peu près comme nous le
sommes, ont supposé que la Terre était habitée par des êtres

analogues à eux-mêmes et avec lesquels il n'était pas impossible de communiquer.

— Si tu n'as que cette preuve-là, interrompit Jacques, cela est assez maigre.

— Ne te hâte pas trop de juger, répliqua Marcel, mais plutôt écoute.

« Vous voyez ensuite, continua-t-il, un signe représentant très clairement un obus — celui du Gun-Club — se dirigeant vers la Lune. Le signe suivant nous montre ce même obus, qui n'a pas atteint son but, décrivant une courbe autour de notre satellite et finalement se dirigeant de nouveau vers la Terre, sur laquelle en réalité il est retombé.

— Tout cela ne prouve pas grand'chose, reprit Jacques incorrigible dans son scepticisme. Qu'en pensez-vous, Milord?

— Oh! fit l'Anglais, tout cela me laisse assez indifférent. Je ne tiens, vous le savez, qu'à faire le voyage avec vous et à me briser correctement sur la surface de la Lune. »

Cette observation jeta un froid.

Marcel poursuivit :

« Voici maintenant un boulet qui part de la Lune pour se diriger vers la Terre ; c'est évidemment la réponse à l'obus du Gun-Club. Et comme il est à supposer que les astronomes de la Lune ne se sont pas bornés à un seul envoi, ne sachant trop où tomberait leur projectile, la grosse sphère dont j'ai retrouvé les débris et qui renfermait le boulet, est bien certainement l'un des messages par lesquels ils ont essayé d'entrer en relations avec nous. Les signes qui suivent confirment cette démonstration : voyez en effet ce boulet qui va de la Lune à la Terre, cet obus qui suit une direction inverse, mais parallèle; n'est-ce pas là l'indication manifeste de relations permanentes et suivies entre les deux astres au moyen de projectiles messagers circulant d'une façon régulière et normale? N'est-ce pas la réalisation de l'idéal rêvé par les plus éminents d'entre les astronomes, et que le Gun-Club avait essayé de faire entrer dans le domaine pratique ? »

Alors Jacques s'exclama :

« Mais c'est une plaisanterie, mon cher Marcel! tu as là

entre les mains quelque inscription commémorative imaginée par
un membre du Gun-Club ou autre témoin de l'expérience de 186.,
il n'y a là de lunatiques que les rêveries.

— Raille et fais de l'esprit tant que tu voudras, mais explique-

Je fus longtemps sans comprendre... (p. 21).

moi toutes les circonstances dans lesquelles j'ai fait cette trouvaille
singulière. J'avais fait, comme je l'ai dit tout à l'heure, entourer
d'une palissade le trou au fond duquel le pic de mes travailleurs
s'était heurté contre le boulet que nous avons sous les yeux. Je
suis revenu examiner ce trou, et j'ai constaté que ce projectile avait

traversé la couche supérieure du sol formée d'humus et de sable mêlés, puis une couche épaisse d'une argile rougeâtre constituant le sous-sol, et finalement s'était heurté contre la roche granitique dont le soulèvement forme, à quelques kilomètres de là, les premiers contreforts des Montagnes Rocheuses. Là, la sphère enveloppante, dont j'ai conservé le fragment que voici, s'était brisée et ses débris s'étaient enfoncés de tous côtés dans la terre. Ce qui vint corroborer mes observations et les conséquences que j'en tirais, c'est que le boulet reposait sur une couche de sable blanc, très fin, où l'on ne voyait aucun vestige des terrains traversés. Il était donc certain pour moi que ceux qui avaient fabriqué ce boulet avaient pris toutes les précautions imaginables pour qu'il arrivât sans encombre à son adresse. Ils l'avaient enfermé dans une sphère creuse, remplissant de sable fortement comprimé tout l'espace libre qui entourait le boulet intérieur, de façon à ce que, quelle que fût la violence du choc, le sable pût l'amortir et préserver leur message. T'imagines-tu que quelqu'un, voulant conserver le souvenir du voyage de Barbicane, se serait amusé à prendre un tel luxe de précautions pour garder un document qu'il suffisait de déposer dans n'importe quel musée, et serait allé l'enfouir à 15 mètres de profondeur dans une contrée déserte où jamais personne ne devait s'aviser de l'aller chercher? Car vous avez reconnu vous-mêmes qu'aucun canon terrestre n'avait pu lancer ce boulet colossal.

— Oui, murmura Jacques visiblement ébranlé, il y a là quelque chose que je ne m'explique pas.

— Ah! tu y viens, reprit Marcel. Regarde maintenant cela : tu es chimiste; dis-moi quel est ce métal. »

Et il rapprochait de ses yeux la plaque sur laquelle étaient gravés les signes dont il venait de fournir l'explication.

« Ma foi, je n'en sais rien; il faudrait l'essayer.

— Je l'ai essayé; j'ai détaché là, à cet angle, un minuscule fragment. Je l'ai amené à l'incandescence et analysé au spectroscope. Eh bien! j'affirme que ce métal n'a pas son pareil sur notre planète.

— Tu m'en diras tant... »

Et, comme se parlant à lui-même, Jacques continua :

« Quel magnifique rêve ce serait là! Arriver à constater la présence sur notre satellite d'une humanité avec laquelle nous pourrions entrer en communications suivies! Quels horizons nouveaux ouverts devant la science!... Quelles découvertes inappréciables ne nous réserverait pas l'avenir! Où s'arrêterait désormais le génie de l'homme et quelle gloire ne serait pas réservée à ceux qui auraient fait le premier pas dans les abîmes de l'infini?

— Eh! mais, docteur, fit alors lord Rodilan, il me semble que vous prenez feu bien facilement et que vous, qui étiez tout à l'heure si réservé, vous voilà maintenant aussi enthousiaste que votre ami.

— Ma foi, je ne m'en défends pas; cet étrange message, les circonstances dans lesquelles il a été découvert, ce métal inconnu, tout cela me remue étrangement. Et vous-même, malgré votre flegme britannique, ne vous sentez-vous pas quelque peu ébranlé?

— Oh! moi, reprit l'Anglais, je suis désintéressé dans la question et, comme dit l'un de vos écrivains, mon siège est fait. Je ne veux qu'un genre de mort original et je ne crois pas le payer trop cher en vous assurant mon concours; car il est une chose dont je demeure parfaitement convaincu, c'est que si nous échappons au choc initial au moment de notre départ, nous nous briserons infailliblement en cent mille morceaux sur les rocs de notre inhospitalier satellite.

— Ah! permettez, dit Marcel.....

— Non, mon ami, interrompit l'Anglais, — je vous demande, en effet, la permission de vous donner ce nom, puisque nos destinées vont être si étroitement unies, — nous reviendrons plus tard sur ce sujet, puisqu'il paraît vous intéresser.

— Et j'espère bien vous convaincre, conclut Marcel, en lui tendant la main, que l'Anglais serra vigoureusement ainsi que celle de Jacques, en murmurant : « Oh! pour cela, j'en doute. »

CHAPITRE III

L'ADJUDICATION

Le 10 février 183., vers midi, la grande salle de l'Hôtel des Ventes de Baltimore présentait une animation inaccoutumée. On allait y procéder à la vente aux enchères du fameux canon *la Columbiad* du Gun-Club et de ses accessoires.

Selon toutes les prévisions, le nombre des amateurs ne devait pas être considérable, et il est fort probable que cette vente aurait passé inaperçue, et que le monstrueux engin, qui avait si fortement surexcité, près de vingt ans auparavant, la curiosité publique, aurait été vendu comme vieille ferraille s'il n'était survenu quelque chose de tout à fait inattendu. Les curieux assemblés dans la salle, bien avant l'heure fixée pour la vente, se racontaient avec force commentaires que des acheteurs sérieux allaient se présenter. Des gens qui paraissaient bien informés disaient qu'un mois auparavant trois étrangers, deux Français et un Anglais, avaient un beau jour débarqué en Floride.

Malgré le mystère dont ils s'entouraient, leurs agissements avaient été observés; on les avait vus s'aboucher avec les gens préposés à la garde du canon; ils avaient examiné avec soin tous les appareils, visité l'obus d'aluminium, s'étaient même fait descendre jusqu'au fond de *la Columbiad* dont ils avaient soigneusement inspecté les parois.

Pendant que ces propos s'échangeaient dans la foule, l'honorable
John Elkiston, commissaire-priseur de l' « auction », assisté de son
clerc, s'était installé derrière la table sur laquelle on plaçait d'ordinaire les objets précieux exposés en vente. A défaut du canon du
Gun-Club, qui eût été difficilement transportable, le crieur déroulait sous les yeux des curieux qui s'étaient empressés de se masser
de l'autre côté de la table, des plans, des dessins, des épures, des
photographies représentant sous toutes ses faces l'objet de cette
vente anormale.

« Gentlemen, dit Elkiston, vous n'êtes pas sans avoir entendu
parler de l'inoubliable voyage effectué il y a dix-huit ans dans les
régions lunaires par les illustres membres du Gun-Club, Impey Barbicane, le capitaine Nicholl, accompagnés du hardi Français Michel
Ardan. Vous savez tous qu'une société s'était formée pour arriver,
grâce aux résultats obtenus, à établir des communications suivies
entre la Terre et son satellite. Au début les capitaux ont afflué; mais
bientôt le zèle des donateurs s'est ralenti ; ceux qui avaient été les
instigateurs de cette entreprise l'ont abandonnée et la société est
tombée en faillite.

« Cependant le moment approche où, d'après les calculs astronomiques les plus irréfutables, l'expérience qui avait été sur le
point d'obtenir un succès complet va pouvoir être renouvelée. Aussi
l'honorable syndic de la société a-t-il jugé l'instant favorable pour
faire procéder à la vente de *la Columbiad* et mettre ainsi les amateurs
d'expéditions scientifiques en mesure d'effectuer un nouveau départ.

« Nous ne doutons pas qu'il ne se trouve sur le sol de l'Union
nombre d'hommes courageux et dévoués qui voudront garder à
notre patrie le monopole de toutes les audaces et la gloire d'un
succès qui fera pâlir de jalousie toutes les universités et tous les
savants du vieux monde. Hurrah! pour l'Union. Attention! les enchères vont commencer. »

Malgré cette dépense d'éloquence, les assistants paraissaient
assez froids. Ce n'était pas l'agitation, le brouhaha, les interjections
pressées d'une foule que passionne une grande idée ou qu'exalte
une entreprise glorieuse. On se regardait du coin de l'œil, on rica-
nait, des sourires ironiques plissaient les lèvres. On semblait se

demander s'il se rencontrerait quelqu'un d'assez fou pour se lancer dans une telle aventure. On se disait tout bas que l'enchère ne serait pas couverte et que les débris du monstre colossal qui gisait enfoui dans le sol de la Floride étaient sans doute condamnés à

« Une fois !... Deux fois !... Personne ne dit mot ? » (p. 31).

rester là indéfiniment, rongés par la rouille, détruits par le temps, monument lamentable de la folie humaine, triste témoin d'une ambition démesurée et d'une incommensurable déception.

Cependant personne n'avait remarqué l'entrée dans la salle de trois étrangers qui s'y étaient glissés sans bruit : c'étaient Marcel de Rouzé, Jacques Deligny et lord Rodilan.

Le commissaire-priseur reprit :

« *La Columbiad*, avec tous ses accessoires, projectile, appareils électriques, grues et palans, plus les hangars dans lesquels ces objets sont conservés, sont offerts en vente sur la mise à prix de deux cent mille dollars et seront adjugés au dernier et plus fort enchérisseur, même sur une seule enchère.

« Les enchères sont ouvertes. »

Le crieur répéta :

« A deux cent mille dollars *la Columbiad !* »

Un silence.

« Allons, gentlemen, décidez-vous. Jamais plus magnifique occasion ne se sera présentée pour les amateurs de la science de renouveler la fameuse tentative qui a passionné les deux mondes. »

Personne ne souffla mot.

John Elkiston se démenait derrière sa table.

« Voyons, disait-il, il n'est pas possible que ce gigantesque effort fait pour sonder les abîmes de l'infini reste à jamais perdu. Ne se trouvera-t-il donc personne dans les États de l'Union pour reprendre et mener à bonne fin la plus grande idée du siècle ? Les enfants de la libre Amérique ont-ils donc perdu tout courage, tout esprit d'initiative ? Le goût des aventures héroïques a-t-il donc disparu avec les illustres Barbicane et Nicholl ? »

L'éloquence du commissaire-priseur restait sans effet, et il allait sans doute déclarer la vente remise à un autre jour, lorsque tout à coup :

« Deux cent mille cinquante dollars, » dit froidement lord Rodilan.

Tous les regards s'étaient tournés vers lui. La voix du juge exultait.

« Bravo, gentleman ! Il y a marchand à deux cent mille cinquante dollars. Je savais bien qu'une œuvre si glorieuse ne pouvait être perdue ; mais vous ne voudrez pas, vous Américains, laisser à un étranger l'honneur de réussir là où nos concitoyens ont échoué. »

Mais les assistants continuaient à se regarder d'un air narquois, et, à voir la façon dont on dévisageait le singulier enchérisseur, il était évident qu'on n'était pas éloigné de le tenir pour un excentrique, sinon pour un fou. Quant à celui qui était l'objet de cette curiosité, il restait impassible et promenait sur la foule un regard indifférent.

La voix du crieur se fit de nouveau entendre :

« Il y a marchand à deux cent mille cinquante dollars. — Allons ! deux cent mille cinquante dollars ! »

Mais aucune voix ne s'éleva pour couvrir l'enchère.

Le marteau du commissaire-priseur se leva :

« Une fois ! dit-il, à deux cent mille cinquante dollars... personne ne dit mot ?... Deux fois !... »

Le silence régnait toujours dans l'assemblée.

« Deux cent mille cinquante dollars, répéta-t-il ; c'est bien vu, bien entendu ?... Il n'y a pas de regrets ?... Adjugé ! »

Et le marteau retomba sur la table.

L'Anglais était propriétaire de *la Columbiad*, et, quelques instants après, la salle de vente était redevenue déserte.

CHAPITRE IV

MATHIEU-ROLLÈRE

Pendant que Marcel, accompagné de lord Rodilan, qui paraissait prendre à l'entreprise où il s'était engagé plus d'intérêt qu'il ne voulait l'avouer, se rendait en Floride pour y diriger les préparatifs du voyage projeté, Jacques Deligny, du consentement de ses deux amis, faisait route pour l'Europe, afin d'y accomplir ce qu'il regardait comme un devoir sacré.

Dans la rue Cassini, à Paris, près de l'Observatoire, habitait depuis près de trente ans le vieil astronome François Mathieu-Rollère. C'est là, dans une petite maison riante et qu'entourait un assez grand jardin, qu'il était venu s'installer avec sa femme, lorsqu'il avait été nommé astronome titulaire à l'Observatoire de

Paris. Le jeune savant aurait été complètement heureux entre
une épouse qu'il chérissait et la science à laquelle il avait voué
sa vie si le ciel eût béni son union. Pendant de longues années
il désespéra d'être père, et il semblait résigné à cette souffrance
lorsqu'il lui naquit une fille, à laquelle il donna le nom d'Hélène.
Mais ce bonheur fut chèrement payé : la naissance de l'enfant
avait coûté la vie à la mère.

Cette mort inattendue jeta le savant dans un grand désespoir.
Pour faire diversion à son chagrin, il se plongea plus résolument
encore dans la science, qui seule pouvait lui faire oublier celle
qu'il avait perdue. Hélène grandit ainsi aux côtés d'un père qui,
tout entier à ses travaux scientifiques, ne songeait guère à elle
et semblait ne plus se rappeler combien il avait ardemment
désiré la venue d'un enfant. Bien que sa vieille bonne, la brave
Catherine, eût reporté sur elle l'affection qu'elle avait pour la
défunte, la vie de cette enfant privée de la tendresse maternelle,
dont les journées s'écoulaient entre un savant perdu dans ses
livres et une vieille servante, était assez triste. Elle ne sortait
que rarement et ne se mêlait jamais aux jeux des enfants de
son âge.

Elle avait déjà huit ans lorsque la venue d'un jeune compagnon vint modifier profondément sa vie.

L'astronome avait une sœur mariée avec un officier de marine
qu'elle aimait profondément. Un brillant avenir s'ouvrait devant
le lieutenant de vaisseau Deligny, lorsque, au cours d'une campagne
dans l'Extrême-Orient, la mort l'avait soudainement ravi à la
tendresse de sa femme. Celle-ci l'avait suivi de près dans la
tombe, et Jacques, leur fils unique, alors âgé de quatorze ans,
était resté orphelin. Son oncle, que la loi désignait pour son
tuteur, avait pris chez lui le jeune homme, qui achevait alors ses
études au lycée Louis-le-Grand.

Dès lors la vie avait changé pour la jeune Hélène : une étroite
affection n'avait pas tardé à unir les deux enfants. Ce sentiment,
grandissant avec l'âge, était devenu un amour sérieux que rien
ne semblait devoir contrarier. Le vieux savant paraissait ne
s'intéresser qu'aux choses du ciel ; il ne semblait pas qu'il dût

jamais s'opposer à l'union des deux jeunes gens, et Jacques
travaillait avec confiance pour faire à celle qu'il adorait une
situation heureuse et honorée dans le monde. Aussi, grande avait
été sa surprise et grand son désespoir lorsque, à la demande
de lui accorder la main d'Hélène, son oncle avait répondu par
un refus catégorique. Il savait que rien ne ferait revenir l'astronome sur sa résolution, et il s'était éloigné le cœur brisé et
disant à Hélène qu'étouffaient les sanglots : « Je vais chercher
les moyens de vous mériter. »

A partir de ce moment, la vie avait été bien triste pour la
jeune fille ; elle se consumait dans une attente que chaque jour
rendait plus désespérée. Jacques, depuis son départ, n'avait pas
donné signe de vie, et elle se demandait parfois si celui qu'elle
aimait ne l'avait pas oubliée, ou même s'il n'était pas mort dans
quelque aventure périlleuse. Son teint avait pâli, ses yeux avaient
perdu leur éclat, sa santé même paraissait s'altérer.

Cependant le vieux savant, tout entier à son œuvre, ne
s'apercevait de rien. C'est à peine s'il jetait sur sa fille, qu'il
voyait seulement à l'heure des repas, un regard distrait ; il ne
remarquait pas les changements qui s'étaient opérés en elle.

Huit mois s'étaient déjà écoulés depuis le départ de Jacques :
Hélène n'espérait plus.

Un matin des derniers jours du mois de février, la sonnette
de la porte du jardin s'agita bruyamment, comme secouée par
une main vigoureuse, et Hélène, qui était assise dans sa chambre,
ressentit sans savoir pourquoi comme un coup au cœur. La
vieille servante avait couru ouvrir.

En voyant le visiteur qui entrait et d'un pas rapide gagnait
la maison, la jeune fille s'était levée toute droite, ses traits
s'étaient couverts d'une étrange pâleur, et elle était retombée
presque anéantie sur son siège.

Ce visiteur, c'était Jacques.

Il s'élança joyeux dans la petite salle où si souvent il
s'était assis entre son oncle et celle qu'il aimait. Le vieux
savant, qui se disposait à se rendre à l'Observatoire, venait d'y
pénétrer.

« Ah! mon oncle, s'écria Jacques en sautant à son cou, que je suis heureux de vous voir! Vous allez être content de moi. Mais où donc est ma cousine? Je veux l'embrasser aussi.

— Doucement, doucement, fit l'astronome, que l'accolade du jeune homme avait failli renverser. Tu pars comme un fou, tu restes huit mois sans donner de tes nouvelles et tu tombes ici comme un aérolithe. Que signifie tout cela?

— Je vous expliquerai tout dans quelques instants. Et d'abord, fit-il, en retirant à son oncle encore ahuri sa canne et son chapeau, l'Observatoire vous donne congé pour aujourd'hui; vous allez pour une fois être tout à nous. »

Cependant Hélène, surmontant son émotion, était descendue et entrait dans la salle... Ses joues maintenant étaient couvertes d'une vive rougeur, ses yeux avaient retrouvé un éclat qu'on ne leur connaissait plus depuis longtemps. Elle tendit son front à Jacques et, pendant qu'il y déposait un baiser brûlant : « Méchant, murmura-t-elle, comme vous m'avez fait souffrir. »

Lorsque le déjeuner fut achevé et pendant qu'il savourait son café, Jacques raconta à son oncle et à sa cousine tout ce qu'il avait fait depuis qu'il les avait quittés.

La jeune fille écoutait avidement ce récit où elle sentait palpiter tout l'amour dont le cœur de Jacques était rempli. Le vieillard n'y prêtait qu'une oreille distraite. Mais lorsque le narrateur arriva à sa rencontre avec Marcel de Rouzé, aux derniers événements qui avaient rempli sa vie, à l'audacieux voyage enfin qu'il était décidé à tenter, l'œil de l'astronome s'anima, son attention devint soutenue, un vieux reste de sang afflua à ses joues: il était gagné par l'enthousiasme de son neveu. A la fin sa joie déborda.

« Bravo! mon cher enfant, cria-t-il. Voilà en effet une grande et noble entreprise, qui va faire sécher d'envie et de jalousie tous les astronomes de l'Europe, et fournir à la science une mine inépuisable de riches documents, de découvertes dont on ne peut encore pressentir la portée.

— Mais, mon père, interrompit Hélène, dont la joie semblait tout à coup tombée, et qui se sentait prise d'une inexprimable angoisse, vous n'y songez pas! Consentir à ce que Jacques s'engage dans cette aventure insensée, c'est le vouer à une mort certaine, c'est me condamner moi-même : car, bien sûr, je ne lui survivrai pas.

— Ta! ta! ta! fit le vieux savant, voilà bien les petites filles, ignorantes et timides. Si on les écoutait, on ne tenterait jamais rien et la science resterait immobile. Mais, aveugle que tu es, ce voyage qui te cause tant de craintes, on l'a déjà fait et on en est revenu. Il s'agit aujourd'hui de le recommencer dans des conditions d'absolue sécurité. On t'a dit que là-haut, sur notre satellite, il y a des gens qui nous attendent, qui brûlent d'entrer en communication avec nous. Rien ne sera plus facile à ceux qui auront atteint la Lune que d'en revenir. »

Hélène ne partageait pas l'enthousiaste conviction de son père et, pendant les jours qui suivirent, elle usa de tout son ascendant sur Jacques pour le faire revenir sur sa terrible résolution. Mais ses efforts restèrent inutiles : Jacques s'était peu à peu grisé à la pensée de ce voyage dans l'immensité. L'ardente foi de Marcel dans le succès final l'avait gagné lui-même; il ne voyait pas d'ailleurs à sa portée d'autres moyens d'obtenir la main de celle qu'il aimait.

Son amour le rendit éloquent, persuasif, et, s'il ne parvint pas à faire partager sa confiance à la jeune fille, il obtint d'elle qu'elle cessât de s'opposer à son projet. Mais elle voulut au moins rester jusqu'au dernier moment près de celui qu'elle aimait et le suivre des yeux dans sa périlleuse entreprise.

« Je vois bien, dit-elle un jour à son père, que tout ce que je pourrais tenter pour vous détourner, Jacques d'entreprendre ce voyage, toi de l'approuver, resterait inutile. Il faut donc que je m'y résigne. Mais pourquoi ne l'accompagnerions-nous pas en Amérique? Et puisqu'il existe dans les Montagnes Rocheuses un télescope qui permet de suivre le projectile dans son trajet, pourquoi ne nous rendrions-nous pas dans cette contrée, afin de rester, autant que possible, en communication avec celui qui nous est si cher?

— Tu as raison, s'écria l'astronome; voilà une excellente

idée. Rien ne sera plus facile que d'obtenir une mission spéciale
de l'Observatoire. »

Il fut donc convenu qu'on partirait ensemble pour New-York
et que, pendant que Jacques gagnerait la Floride, le vieux savant
et sa fille se rendraient aux Montagnes Rocheuses pour y attendre
le prochain départ du projectile de *la Columbiad.*

CHAPITRE V

PRÉPARATIFS DE DÉPART

Depuis quelques mois, une activité extraordinaire régnait dans la presqu'île de la Floride. On y avait vu débarquer successivement plusieurs équipes d'ouvriers venus d'Europe. Des ateliers nouveaux avaient été construits, remplaçant ceux qui avaient été édifiés dix-huit ans auparavant et qui, fort négligés depuis cette époque, étaient tombés en ruine ou devenaient inutiles pour l'entreprise nouvelle. Plus n'était besoin en effet de ces fours innombrables qui avaient servi à fondre *la Columbiad*. Le nombre des travailleurs était bien moins considérable pour ce qu'il s'agissait de faire aujourd'hui.

Quelques maisons provisoires suffirent à les loger. Mais il fallait remettre en état le railway qui reliait Tampa-town à Stone's hill et par lequel devaient arriver sur les chantiers tous les engins et tous les approvisionnements nécessaires ; car cette voie, qui pendant quelques mois avait été si fréquentée et qui avait transporté tant de matériaux et tant de voyageurs, avait été depuis lors singulièrement délaissée.

Il ne s'agissait plus, comme jadis, de creuser le trou immense où devait s'enchâsser le canon gigantesque, d'y couler l'énorme quantité de fonte qui devait former ses parois. Tout ce travail colossal, effrayant, qui dépassait toutes les proportions connues, avait été magistralement exécuté et mené à bonne fin par les devanciers de nos explorateurs. L'obus d'aluminium lui-même qui leur avait servi d'habitacle, était là sous un hangar fermé avec son aménagement intérieur.

Mais il fallait passer soigneusement en revue et le canon et le projectile. Comment l'un et l'autre s'étaient-ils comportés au moment du départ? N'avaient-ils pas souffert dans une certaine mesure du long abandon dans lequel ils avaient été laissés? Sans doute l'annonce publiée par les journaux américains affirmait que tout était en bon état, mais nos gens étaient trop avisés pour s'en tenir à une pareille assertion.

La Société nationale des communications interstellaires avait bien pris soin de faire élever au-dessus de l'orifice de la *Columbiad* une sorte de toiture pour la garantir des intempéries de l'air, mais on ne pouvait s'en rapporter absolument à de telles précautions; il fallait se livrer à un examen sérieux et approfondi.

Marcel et lord Rodilan dirigeaient les travaux. La présence de Jacques, qui n'aurait apporté dans ces circonstances aucune compétence spéciale, n'avait pas été jugée indispensable. Il avait fait du reste connaître à ses deux amis le résultat de ses entretiens avec son oncle, et ceux-ci lui avaient obligeamment fait savoir qu'il pouvait tout à son aise préparer le départ de l'astronome et de sa fille pour les Montagnes Rocheuses : ils se chargeaient à eux deux de mener tout à bien pour l'époque où devait s'effectuer le voyage.

L'orifice de la *Columbiad* fut débarrassé de la toiture qui le protégeait, et à sa place on installa les palans qui devaient permettre de pénétrer jusqu'au fond du gigantesque tube pour en vérifier l'état. Marcel ne voulut laisser à aucun autre le soin de procéder à cet examen. Muni d'une puissante lampe électrique à réflecteur, il descendit lentement le long des parois et reconnut avec satisfaction que l'âme du canon avait été enduite dans toute sa longueur d'une épaisse couche de goudron pour la préserver des atteintes de l'humidité. Il put constater par une minutieuse inspection que nulle part cette couche de goudron n'était fendillée, ce qui prouvait suffisamment que le cylindre de fonte, soutenu par l'épais massif de maçonnerie dans lequel il était comme enchâssé, avait admirablement résisté à la formidable pression des gaz.

IL FUT DONC CONVENU QU'ON PARTIRAIT ENSEMBLE POUR NEW-YORK (p. 34).

Il s'agissait maintenant de procéder à un nouvel alésage pour enlever le goudron et rendre à l'âme de la pièce le poli qu'elle avait perdu. On n'avait pour cette opération qu'à suivre les errements des constructeurs de *la Columbiad*, et le travail, dirigé et surveillé de près par Marcel qui se multipliait et faisait passer dans l'âme des ouvriers l'ardeur dont il était animé, fut mené à bonne fin en aussi peu de temps qu'il était rigoureusement possible.

Lord Rodilan, à qui il était indifférent de promener son ennui sur tel ou tel point du globe, ne prenait pas une part fort active à ces préparatifs. Il les suivait même d'un air assez narquois ; la robuste confiance de Marcel n'avait pu ébranler son incrédulité, et il n'épargnait pas à son ami les réflexions désobligeantes et les prédictions sinistres.

« Vous êtes pour moi, dear, lui disait-il, l'objet d'une curiosité assez intéressante, et vraiment je vous admirerais si j'étais capable d'éprouver encore un pareil sentiment. A voir le sérieux que vous apportez dans tous ces travaux préparatoires, on croirait que vous êtes sûr d'arriver sain et sauf au terme de votre voyage.

— Comment, si j'en suis sûr ? Mais, mon cher lord, cela est pour moi mathématiquement démontré, et il faut que vous fermiez volontairement les yeux à l'évidence pour ne pas être convaincu par les calculs que je vous ai si souvent soumis.

— Là, là, ne vous fâchez pas, incorrigible ingénieur que vous êtes. Puisque l'on part avec vous, que vous faut-il de plus ? J'espère bien que nous allons opérer là-haut une dégringolade mémorable ! (voyez-vous une dégringolade en haut ? C'est cela qui est original) et que nous serons mis en miettes avant d'avoir pu seulement reconnaître la couleur de ce satané satellite qui vous attire comme un véritable aimant.

— Mais nous ne tomberons pas, vous le savez bien ; nous descendrons peut-être un peu vite...

— Oui, oui, je sais, les fameuses fusées, qui n'ont même pas pu faire tomber l'obus sur la Lune.

— D'accord, mais cette fois nous ne rencontrerons pas, je l'espère, un bolide malencontreux qui nous fera dévier de notre route, et mon nouveau système de fusées pourvoira à tout. »

Marcel s'était en effet préoccupé de cette question ; il avait refait les calculs de Barbicane et de Nicholl, et il était demeuré convaincu que le moyen imaginé par eux pour ralentir la rapidité de la chute de l'obus sur la surface lunaire était absolument insuffisant, étant donné surtout l'absence d'une atmosphère dont le projectile n'aurait pas à vaincre la résistance. Mais cette idée de fusées dont la déflagration devait en quelque sorte repousser l'obus et amortir sa chute, était ingénieusement trouvée. Marcel était résolu à s'y tenir ; il jugea utile seulement d'en augmenter le nombre et d'en aménager trois séries qui seraient mises en jeu à des intervalles calculés et en raison inverse de la distance à franchir. Il obtiendrait ainsi trois résistances successives qui, si ses calculs étaient justes (et il ne doutait pas de leur exactitude), devaient faire arriver les voyageurs sans choc trop violent au terme de leur course.

L'obus qui avait servi à la première expédition fut aussi l'objet d'un examen attentif. Il avait parfaitement résisté à la pression des gaz dont l'explosion l'avait projeté dans l'espace et à sa chute formidable dans les profondeurs du Pacifique. Les parois épaisses qui étaient, on se le rappelle, en aluminium pur et avaient la résistance d'un bloc plein, n'avaient pas subi de déformation appréciable. Les aménagements intérieurs seuls avaient fort souffert des injures du temps ; le capitonnage des murailles et du divan circulaire devait être complétement refait, et Marcel profita de cette circonstance pour faire remplacer les ressorts d'acier fin et résistant qui, avec le temps, s'étaient rouillés et avaient perdu de leur élasticité. Les verres lenticulaires des hublots et les châssis métalliques dans lesquels ils étaient encastrés durent également être renouvelés. Il fallut aussi rétablir les plaques de métal destinées à les protéger contre le choc du départ et que les précédents voyageurs avaient simplement rejetées au dehors. On refit enfin tous les récipients, caisses à eau et à vivres, réservoir à gaz, appareil de Reiset et Regnault destiné à fournir pendant le trajet un air toujours respirable.

Avec la certitude qu'il avait de rencontrer sur notre satellite des êtres vivants avec lesquels il lui serait possible d'entrer en communication intellectuelle, Marcel avait voulu, sinon les instruire ou les émerveiller, du moins leur faire connaître à quel degré de civilisa-

tion et de développement moral étaient arrivés leurs frères terrestres. Aussi avait-il pris soin de garnir le wagon-projectile dans
lequel il allait se rendre vers eux, de tout ce qu'il crut de nature à
les renseigner.

Aux instruments d'optique et de mathématiques les plus perfectionnés et soigneusement emballés, longue-vue, microscope, bous-
sole, chronomètre, théodolite, sextant, etc., il avait joint une petite
presse à imprimer, un phonographe avec plusieurs cylindres pouvant reproduire les airs les plus remarquables de nos opéras, un
téléphone, un appareil de photographie instantanée établi avec les
derniers perfectionnements, des échantillons de nos divers métaux,
des graines des végétaux les plus utiles et les plus précieux, ainsi
qu'une douzaine d'arbustes choisis parmi les essences fruitières les
plus productives et les plus faciles à acclimater.

Il avait surtout pris soin de faire établir une riche collection
d'albums renfermant des photographies de paysages terrestres et
maritimes, de nos monuments les plus célèbres ; les œuvres d'art,
tableaux et statues, des plus grands maîtres s'y trouvaient largement représentées, ainsi que nos principaux appareils industriels,
agricoles, de navigation, de transport.

Un atlas du globe terrestre complétait cette collection, où se
résumaient tout l'effort des siècles et toutes les conquêtes de la
civilisation moderne. Tout ce qui concerne la vie usuelle chez les
divers peuples qui couvrent la surface du monde, habitations,
meubles, costumes, armes, ustensiles et objets de toutes sortes s'y
rencontraient en quantité suffisante.

Ils emportaient avec eux quelques armes très perfectionnées,
carabines à répétition et revolvers avec leurs munitions.

« Car, se disait Marcel, nous ne savons trop à qui nous allons
avoir affaire, et malgré les dispositions hospitalières qu'ils semblent
témoigner, il pourrait là aussi se rencontrer des gens d'humeur
difficile qu'il faudrait mettre à la raison. »

Tout avait été soigneusement calculé comme volume et comme
poids pour ne pas encombrer le projectile et ne pas l'alourdir outre
mesure. Comme ils n'emmenaient pas de chiens avec eux, ainsi
qu'on l'avait fait au précédent voyage, ils pouvaient disposer d'un

plus large espace et leur chargement se trouvait à la fois plus complet et moins embarrassant que celui des premiers explorateurs.

L'obus lui-même qui devait servir de réceptacle à ces objets si nombreux et si divers et qu'allaient habiter les trois voyageurs pendant un temps indéterminé, devait recevoir quelques remaniements indispensables. Bien qu'il n'eût subi, comme on le sait déjà, aucune déformation extérieure, il était nécessaire d'en polir à nouveau la surface. Mais c'était peu de chose. Il fallait rétablir les cloisons brisantes qui avaient si bien, lors du premier départ, réussi à amortir le choc initial. Sur ce point il n'y avait rien à changer, tant, dix-huit ans auparavant, les précautions avaient été sagement prises et habilement exécutées; il suffisait de refaire ce qui avait déjà été fait.

Mais il restait un point important à régler : Marcel, on ne l'a pas oublié, avait calculé que les fusées dont Barbicane avait garni le fond de l'obus et qu'il avait jugées suffisantes pour amortir la chute n'étaient pas assez puissantes. En outre, depuis 186., la science avait fait des progrès; l'ingénieux chimiste Cailletet avait découvert le moyen de liquéfier quelques-uns des gaz qui, jusqu'alors, avaient résisté à tous les essais. Bien évidemment cette liquéfaction ne pouvait s'obtenir que sous d'énormes pressions; mais, une fois le gaz ainsi ramené à la forme liquide et enfermé dans des récipients d'une résistance éprouvée, on avait sous un très petit volume une force d'expansion considérable et plus facile à manier que celle des explosifs si nombreux et si variés que les savants modernes ont récemment découverts. Marcel résolut donc de substituer à la poudre employée précédemment l'oxygène liquéfié et de faire disposer dans le culot de l'obus les trois séries de fusées nouvelles sur l'action desquelles il comptait absolument.

Pendant que ces préparatifs se faisaient en Floride, le vieil astronome François Mathieu-Rollère, tout entier à l'idée nouvelle qui maintenant le passionnait, avait mis tout en œuvre pour faciliter l'exécution du projet que lui avait suggéré sa fille. Sans faire connaître exactement ce qui se préparait, il avait laissé entrevoir qu'il serait intéressant de contrôler et de compléter, à l'aide du gigantesque télescope des Montagnes Rocheuses, les observations commencées par l'Observatoire de Paris sur la constitution et lo mouvement de nébuleuses récemment découvertes. Et comme il avait une grande habitude des recherches astronomiques, l'amiral Mouchez, l'illustre directeur de l'Observatoire, qui le prisait fort,

Pendant que ces préparatifs se faisaient en Floride... (p. 16).

avait obtenu pour lui du ministre de l'instruction publique une mission particulière.

Ni Marcel, ni lord Rodilan, ne tenaient à faire du bruit autour de l'entreprise projetée ; ils jugeaient l'un et l'autre que le fracas de réclame qui avait accompagné le premier voyage, ces annonces bruyantes jetées à tous les échos de la publicité, ces populations entières convoquées à assister à une expérience scientifique comme à un spectacle de la foire, étaient indignes de véritables savants. Il s'agissait en effet d'une tentative sérieuse pour essayer de résoudre un intéressant problème de cosmographie, et non d'une exhibition prétentieuse et presque charlatanesque où l'orgueil d'une foule ignorante pouvait trouver son compte.

Du reste, les conditions n'étaient plus les mêmes. Le Gun-Club, qui avait patronné la première entreprise, était bien loin d'avoir les ressources nécessaires pour réaliser la somme considérable qu'elle avait coûté : il avait fallu faire appel au public des deux mondes, mettre en jeu l'amour-propre national, provoquer notamment chez les Américains cet élan d'enthousiasme patriotique qui avait fait affluer les capitaux dans la caisse des explorateurs.

Aujourd'hui rien de semblable : la complète déconfiture de la Société des communications interstellaires et la vente à un prix dérisoire de tout son matériel, y compris *la Columbiad*, réduisaient dans des proportions considérables les frais de premier établissement; en outre, la paradoxale générosité de lord Rodilan dispensait de tout appel au public et par suite de toute publicité. Le succès tout relatif qu'avaient obtenu Barbicane, Nicholl et Michel Ardan était quelque peu oublié; un profond silence s'était fait sur cette grandiose équipée. D'autres événements étaient survenus qui avaient détourné l'attention et passionné l'opinion publique.

Avant de se rendre à l'observatoire des Montagnes Rocheuses d'où il devait suivre l'obus dans son vol aérien, François Mathieu-Rollère, poussé peut-être aussi par sa fille qui désirait retarder autant que possible l'instant de la séparation suprême, avait voulu passer quelque temps en Floride pour se rendre compte par lui-même des préparatifs de l'entreprise à laquelle il portait un si vif intérêt.

Aussi, le 10 novembre, Marcel et lord Rodilan, qu'un télégramme avait prévenus, s'étaient-ils rendus à Tampa-town, où devait aborder le paquebot qui portait Jacques et ses deux compagnons.

« J'espère bien, mon cher lord, avait dit Marcel, pendant qu'ils se rendaient ensemble à la rencontre des arrivants, que vous n'allez pas effrayer de vos funèbres prophéties la fiancée de notre ami. La pauvre enfant, si j'en crois les lettres de Jacques, n'a qu'une confiance assez médiocre dans notre succès final; elle cherche elle-même à se rassurer, mais n'y parvient pas toujours. N'allez pas augmenter ses inquiétudes; laissez-lui au moins l'espérance.

— Oh! mon cher, répondit flegmatiquement lord Rodilan, je suis un gentleman, je sais les égards que l'on doit à une jeune fille, et, quoique mon opinion n'ait pas varié, je n'en laisserai rien paraître; vous pouvez en être certain. »

L'entrevue fut cordiale et touchante. Hélène dont le sourire cachait mal l'inquiétude, se sentit quelque peu gagnée par la mâle confiance et la robuste gaieté de Marcel. Le flegme même de lord Rodilan contribua à la rassurer : il ne pouvait lui venir à l'esprit que ce gentleman si correct envisageât avec une si tranquille indifférence la perspective d'une mort épouvantable.

Quant à son père, il était tout entier à ses préoccupations scientifiques et ne s'apercevait de rien. Les quinze jours qu'il passa auprès des trois hardis compagnons furent employés par lui à tout examiner; il refit avec Marcel tous les calculs sur lesquels celui-ci fondait sa confiance, et les trouva justes. Il voulut descendre au fond de *la Columbiad* pour en vérifier l'état définitif, et visita avec un soin minutieux le wagon-projectile, dont il loua fort les nouveaux aménagements.

« Mes chers amis, dit-il, lorsqu'il eut tout inspecté, vous réussirez, j'en ai maintenant la certitude absolue. »

Et il se frottait les mains avec une évidente satisfaction.

Le 25 novembre, il partait avec sa fille pour les Montagnes Rocheuses.

La veille de ce jour Jacques avait eu avec Hélène un dernier entretien.

« Ainsi, disait la jeune fille, c'est bien résolu et rien ne peut changer votre détermination. Vous allez partir pour cette effroyable aventure dont la seule pensée glace mon cœur d'épouvante!

— Rassurez-vous, répondait Jacques, votre père lui-même a vérifié nos calculs et a déclaré que le trajet était possible et sans péril. Ce que nous aurons fait pour atteindre le but que nous poursuivons, rien ne s'opposera à ce que nous le fassions de même pour le retour. Voyez Marcel : il n'a pas un instant d'hésitation ni de doute; voyez lord Rodilan : son calme superbe n'est-il pas la garantie d'une réussite assurée?

— Ah! s'écria Hélène, ces gens-là n'aiment pas et ne laissent pas derrière eux quelqu'un qui les aime.

— Mais, chère âme, c'est précisément parce que je vous aime et que je veux vous obtenir que je me résigne à vous causer de pareilles angoisses. Vous savez bien qu'aucun autre moyen ne s'offre à moi de fléchir la volonté de votre père. Que je revienne, et il m'accordera votre main. Si je refusais maintenant de partir avec mes amis, je serais déshonoré; votre père me bannirait à jamais de sa présence; tout espoir d'être votre époux serait perdu et je n'aurais plus qu'à mourir triste et désespéré.

— Mourir, vous, Jacques! vous savez bien que je ne vous survivrais pas.

— Mais je reviendrai, j'en ai l'inébranlable conviction... Ne m'enlevez pas, à ce moment cruel de la séparation, le courage dont j'ai besoin pour m'éloigner de vous.

— Allez donc, murmura-t-elle en étouffant mal ses sanglots, et que Dieu nous protège tous. »

CHAPITRE VI

LES OBSERVATEURS DE LONG'S PEAK

Le jour du départ approchait : on était au 1ᵉʳ décembre. Les opérations nécessaires pour le chargement de *la Columbiad* étaient commencées. Après de nombreuses réflexions, après avoir passé en revue et soumis aux lois d'un rigoureux calcul toutes les substances explosives récemment découvertes, les trois voyageurs étaient revenus au fulmi-coton employé par ceux qui les avaient précédés.

On se souvient que, malgré l'erreur commise par l'observatoire de Cambridge sur la vitesse initiale que devait avoir l'obus pour atteindre et franchir la zone neutre d'attraction, la charge de quatre cent mille livres de fulmi-coton avait été suffisante pour obtenir ce résultat. On s'en était donc tenu à ces données, et le 10 décembre au soir le chargement était terminé.

Bien que la tentative projetée n'eût pas été annoncée *urbi et orbi*, comme la précédente, et que les sociétés savantes des deux mondes en eussent été seules informées; bien que les préoccupations politiques qui agitaient alors les États de l'Union en eussent détourné l'attention publique, un assez grand nombre de personnes, attirées surtout par l'amour de la science, s'étaient réunies dans la ville de Tampa et suivaient avec intérêt la marche de ces gigantesques travaux.

Ce fut donc au milieu d'un public encore assez nombreux que s'embarquèrent les trois compagnons.

Marcel avait amené de France un jeune ingénieur, Georges Dumesnil, attaché précédemment à l'usine du Creusot, d'une expérience éprouvée, qui l'avait aidé dans la partie technique de toutes les opérations préalables. C'est à lui qu'il confia la délicate mission de présider à la descente de l'obus dans l'âme de *la Columbiad*, et de lancer l'étincelle électrique qui devait mettre le feu à la charge de fulmi-coton et envoyer le projectile dans l'espace.

Le départ s'effectua comme il avait été prévu, le 15 décembre, à dix heures quarante-six minutes quarante secondes du soir. L'obus lancé avec une force prodigieuse s'échappa des flancs embrasés de *la Columbiad*, au milieu des hurrahs d'une foule enthousiasmée.

L'expérience du premier départ n'était pas restée inutile, et les désastres qui avaient signalé la précédente explosion du gigantesque tube de fonte furent pour la plupart évités. Les assistants ressentirent, il est vrai, une violente commotion, et bon nombre d'entre eux, bien que prévenus, roulèrent sur le sol; mais aucun train ne dérailla, aucun navire ne chassa sur ses ancres, et les vaisseaux qui sillonnaient l'Atlantique ne furent pas troublés dans leur marche. Le ciel même ne s'obscurcit pas de vapeurs insolites, et les observateurs qui, à l'heure dite, tenaient l'œil fixé à l'oculaire du télescope des Montagnes Rocheuses, constatèrent le passage dans notre atmosphère d'une sorte d'astéroïde incandescent qu'en toute autre circonstance ils auraient pris pour un vulgaire bolide, si, prévenus comme ils l'étaient, ils n'avaient reconnu en lui le projectile de *la Columbiad*.

Le savant Mathieu-Rollère surtout trépignait d'aise.

« Ah! s'écriait-il en se frottant vigoureusement les mains, les voilà partis, ces braves jeunes gens. Ils ont été exacts. Maintenant le véhicule qui les transporte, sorti de notre atmosphère, a disparu dans les profondeurs de l'espace. Mais, ajoutait-il, dans trois jours nous les reverrons, nous les suivrons pas à pas dans leur chute, et nous assisterons à leur arrivée triomphale sur notre satellite. »

Hélène pleurait en silence.

Pendant les trois nuits qui suivirent celle du départ, l'astronome à son poste essayait de sonder les ténèbres qui remplis-

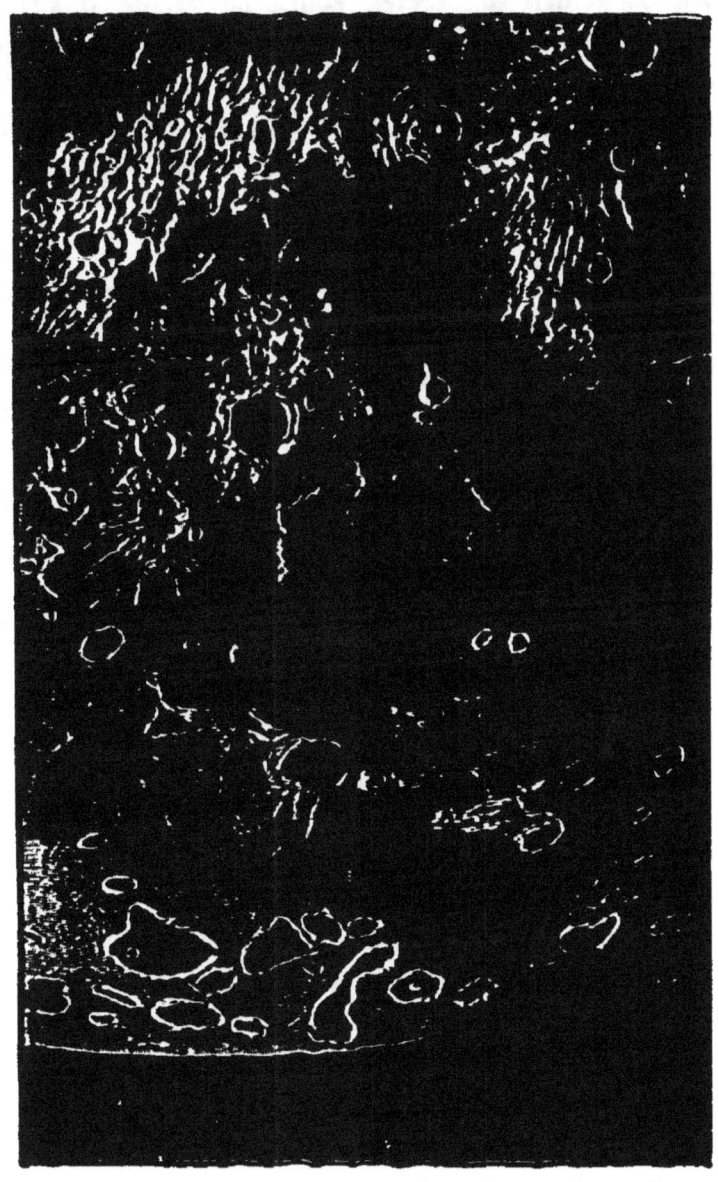

Région de la mer des Pluies.

A chaîne des Apennins; B chaîne du Caucase; C Archimède; D Autolycus;
E Aristillus; O fissure où s'est heurté l'obus.

saient l'espace et de suivre dans son vol aérien l'obus qui emportait les trois audacieux. Mais l'obscurité était impénétrable et, bien

qu'il connût scientifiquement la route que devait tenir le projectile, l'œil géant du télescope ne pouvait rien percevoir : la nuit jalouse gardait son secret. Épuisé de fatigue, il s'était endormi dans l'après-midi du quatrième jour, lorsque tout à coup (il était alors environ cinq heures du soir, mais la nuit vient vite dans cette saison et dans ces régions hyperboréennes) un des jeunes astronomes qui se relayaient au télescope poussa un cri : « Les voilà! les voilà! »

Mathieu-Rollère, aussitôt prévenu, bondit.

Sur le disque largement éclairé de la Lune se détachait un petit point noir presque imperceptible, mais qui, ainsi qu'on put le constater à l'aide du micromètre, se déplaçait sensiblement.

« Ce sont eux, à n'en pas douter, » murmura le savant.

En effet, le point mobile dans lequel l'astronome reconnaissait le projectile se trouvait à ce moment au-dessus de la partie occidentale de la mer des Pluies, là où s'élèvent les cratères d'Aristillus et d'Autolycus; il semblait s'avancer dans cette vallée limitée par la pointe extrême de la chaîne du Caucase et les deux cratères.

Bien que le mouvement de translation du projectile fût, à une pareille distance, presque insensible, il était évident que la chute s'opérait avec une effrayante rapidité.

Tous les astronomes habituels de l'observatoire et bon nombre d'autres savants qu'avait attirés le désir de suivre cette étrange expérience, étaient venus successivement fixer leur œil à l'oculaire du télescope, et tous avaient constaté le déplacement du point observé par Mathieu-Rollère. Tous partageaient son avis.

Il reprit sa place à l'oculaire. Les autres astronomes, le regard attaché aux aiguilles d'une pendule sidérale, calculaient l'instant où les voyageurs devaient arriver à leur but. C'était à onze heures cinquante-neuf minutes soixante secondes qu'ils devaient atteindre la surface de notre satellite.

« Ils approchent, murmurait Mathieu-Rollère, mais il y a quelque chose que je ne m'explique pas. Ils devraient, à l'aide des fusées dont ils disposent, ralentir leur mouvement; mais sans doute, à une telle distance, pareille constatation est impossible. »

Tout à coup il poussa un cri. On s'empressa autour de lui. Il bégayait : « Je ne les vois plus. »

Tous s'approchèrent et regardèrent à leur tour.

« Parbleu! s'écria l'honorable W. Burnett, le directeur de l'observatoire, ils sont tombés dans une rainure.

« Voyez en effet, ajouta-t-il, cette fissure de l'écorce lunaire qui serpente au pied de la chaîne du Caucase; elle ne nous apparait que comme une fine ligne noire tracée à l'encre; mais elle a en réalité plusieurs kilomètres de largeur, espace plus que suffisant pour livrer passage à des milliers de projectiles de ce calibre. Et, fit-il en se tournant vers Mathieu-Rollère, c'est sans doute parce qu'ils se sont aperçus de la direction que prenait l'obus, qu'ils ont réservé pour le dernier instant les fusées destinées à amortir leur chute.

— Mais, reprit Mathieu-Rollère, et sa voix tremblait d'émotion, que vont-ils devenir au fond de cet abime?

— By God, fit l'Américain, voilà une question à laquelle je suis assez embarrassé de répondre. La rainure dans laquelle ils semblent être tombés, provenant d'un craquement de l'écorce lunaire, doit avoir, selon toute probabilité, des bords taillés à pic, et l'ascension doit en être difficile. D'un autre côté, si, comme les dernières observations permettent de le supposer, les basses régions lunaires renferment encore de l'air, ils ont plus de chances, en sortant de leur obus, de rencontrer une atmosphère respirable.

— Sur mon âme, grommela un des jeunes attachés de l'observatoire, je ne donnerais pas 10 schellings de leur peau. »

Hélène était tombée évanouie et le vieux savant s'efforçait de la rappeler à la vie.

Pour tous les observateurs des Montagnes Rocheuses les trois voyageurs étaient irrémédiablement perdus.

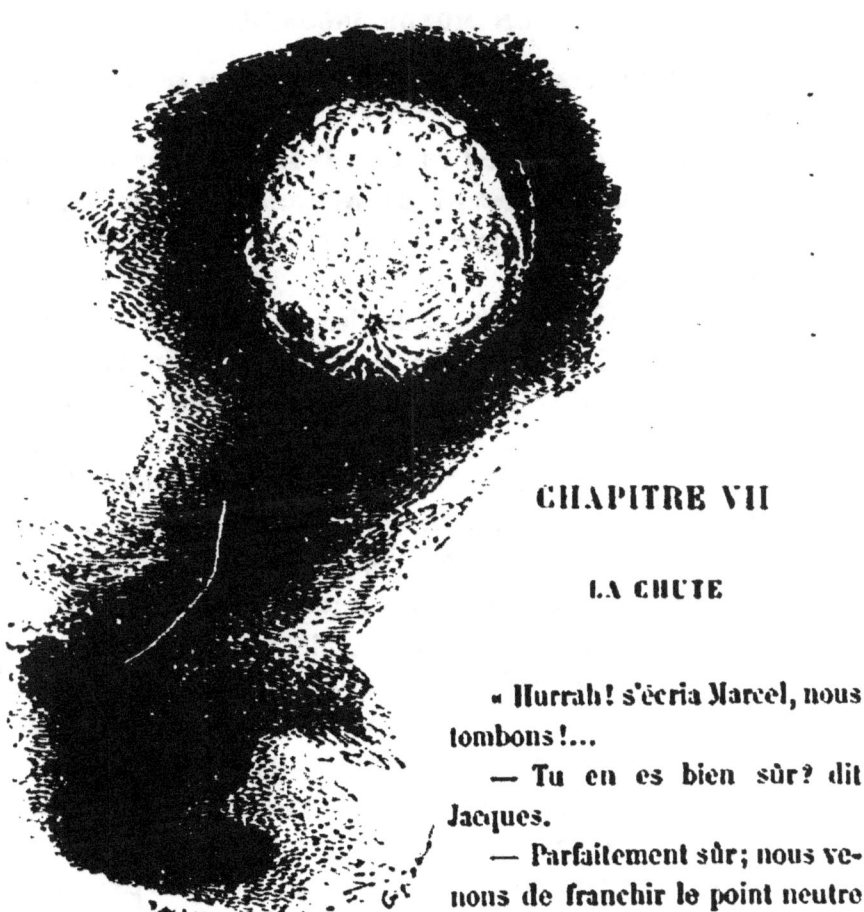

CHAPITRE VII

LA CHUTE

« Hurrah! s'écria Marcel, nous tombons!...

— Tu en es bien sûr? dit Jacques.

— Parfaitement sûr; nous venons de franchir le point neutre où, notre obus étant soumis à la double attraction de la Terre et de la Lune, la pesanteur se trouvait annihilée, et tu as dû sentir comme moi que nous ne pesions plus sur le fond du projectile.

— Oh yes! fit lord Rodilan; et je dois dire que je n'ai jamais rien éprouvé de semblable à cette sensation étrange : il me semblait que je n'avais plus de corps et que j'étais devenu un pur esprit. Cela seul vaut la peine d'avoir fait le voyage. Mais il n'y a rien de durable en ce monde, et nous voici maintenant redevenus lourds et matériels comme auparavant. Heureusement que cela va bientôt finir et que, dans quelques instants, nous allons...

— C'est entendu, mon cher ami, fit Jacques, mais gardez cela pour vous; nous avons les moyens d'amortir notre chute et nous débarquerons tranquillement sur le sol de la Lune comme les voyageurs qui descendent sur le quai de Charing-Cross.

8

— Mille guinées, dit lord Rodilan, que nous serons réduits en bouillie.

— Tenu, riposta Marcel en riant. Je suis bien sûr que, si vous gagnez, vous ne viendrez pas me réclamer le prix de la gageure.

— Pour moi, dit Jacques, j'ai pleine confiance, je sens que je reverrai Hélène.

— Bravo! mon fils, dit solennellement Marcel; il faut avoir foi dans la science. Et maintenant, attention, canonniers à vos pièces! »

Sous les regards des voyageurs s'étendait alors le lit desséché d'une immense mer de forme ovale de laquelle émergeaient quelques cratères isolés aux flancs abrupts et tourmentés. Vers l'occident trois de ces cratères, disposés comme en triangle, se rapprochaient des montagnes qui, de ce côté, formaient l'enceinte de cette vaste plaine. Au milieu de ces montagnes s'ouvrait un large détroit qui la faisait communiquer avec une autre mer de moindres dimensions. Les rayons du Soleil, dont aucune vapeur ne venait atténuer la force, versaient sur ce paysage désolé une éblouissante lumière. Ce sol, absolument aride, où l'on ne voyait pas trace de végétation, semblait ne présenter au regard que les assises rocheuses d'un monde éteint; sa surface, irrégulièrement creusée de profondes dépressions, était hérissée de pics qui jaillissaient brusquement; les parties planes elles-mêmes paraissaient soulevées en boursouflures infinies, qu'on aurait, à cette distance, prises pour des granulations serrées. Tout cet étrange panorama offrait aux yeux des voyageurs émerveillés un spectacle d'une incontestable grandeur.

« Que c'est beau! » murmurait Jacques, comme écrasé d'admiration.

L'Anglais lui-même, malgré son flegme et son détachement de toutes choses, n'avait pu conserver son indifférence.

« En vérité, s'écria-t-il, je n'ai jamais rien vu d'aussi splendide. » Quant à Marcel, il triomphait.

« Voyez, disait-il à ses compagnons; nous allons arriver dans la région peut-être la plus intéressante de notre satellite. Cette grande dépression qui s'étend au-dessous de nous est évidemment le lit d'un ancien océan que les sélénographes ont baptisé du nom de *Mer des Pluies.* Les trois cratères que vous voyez un peu sur la gauche ont aussi leurs noms : voici Archimède, le plus vaste ; à côté de lui Aristillus, et, un peu plus au nord, Autolycus. Le détroit qui sépare ces deux chaînes de montagnes que vous apercevez, l'une, la plus épaisse, s'avançant du sud et qu'on nomme les Apennins, l'autre moins importante, descendant du nord, le Caucase, conduit à une plaine qui n'est autre que la mer de la Sérénité. A en juger par la direction de notre chute, nous allons, j'imagine, tomber mollement dans les marais du Brouillard qui s'étendent au pied d'Autolycus, du côté du nord-est.

— Oh! mollement! fit l'Anglais en ricanant.

— Eh bien! vous allez voir, » répliqua Marcel.

Il avait la main sur le levier destiné à déplacer les obturateurs des tubes formant la première série des fusées à oxygène liquéfié, et il l'inclina brusquement.

Soudain les voyageurs ressentirent une secousse si violente qu'ils furent précipités sur le sol. Le mouvement de recul imprimé au projectile avait été tel qu'emporté comme il l'était dans sa chute vertigineuse, il eût infailliblement volé en éclats entre ces deux forces contraires, s'il n'avait eu la solidité d'un bloc plein.

La vitesse de la descente en fut pendant quelques instants presque complètement annihilée, et le projectile recommença à tomber comme si cet instant d'arrêt marquait le point initial de sa chute.

« Eh bien! milord, qu'en dites-vous? fit Marcel.

— C'est là, j'en conviens, répondit l'Anglais, un joli tour de passe-passe; mais vous aurez beau faire, et je distingue déjà au-dessous de nous des pointes de rochers qui ne tarderont pas à nous mettre en charpie. Pour ma part, je ne me consolerais pas qu'il en fût autrement.

— Eh bien! il en sera tout autrement, je vous l'affirme. Préparez-vous à faire au milieu des plaines lunaires une entrée digne d'un gentleman. »

Jacques était tout entier à la contemplation du merveilleux tableau qui se déroulait sous ses yeux. De seconde en seconde les sommets des cratères, vers lesquels semblait se diriger l'obus, grandissaient et apparaissaient d'une façon plus vive; leurs arêtes aiguës se détachaient avec une netteté que rendait plus précise encore l'absence d'atmosphère; sur leurs flancs profondément labourés se creusaient de sombres précipices, que remplissait une ombre dont aucune lumière diffuse ne diminuait la noirceur. Tout autour, le sol était semé de crevasses et de brusques saillies : on aurait dit les vagues d'un océan surpris tout à coup et figé au milieu des déchaînements de la tempête. Mais nulle part on n'apercevait rien qui pût indiquer la présence d'êtres animés.

Marcel appuya de nouveau sa main sur le levier. Pour la seconde fois l'oxygène fusa. Cette secousse fut moins violente que la première et le temps d'arrêt moins marqué. Le jeune ingénieur put se rendre compte exactement de la marche du projectile.

Il s'écria :

« Nous allons passer au-dessus du groupe des cratères; nous ne tomberons pas dans les marais du Brouillard.

— Où donc alors allons-nous aborder? demanda Jacques.

— Sur les rives de l'Achéron, » murmura lord Rodilan.

Personne ne songea à relever cette boutade.

Le visage de Marcel exprimait une certaine anxiété; celui de Jacques était grave.

Au moment d'atteindre leur but, ces hommes si fortement trempés, dont l'audace n'avait pas reculé devant les périls d'un tel voyage, se sentaient pris d'une secrète angoisse.

Qu'allait-il advenir? Comment arriveraient-ils sur le sol de notre satellite? Y arriveraient-ils vivants?

« Ah! s'écria tout à coup Marcel, nous allons passer entre les deux cratères d'Autolycus et d'Aristillus, et nous allons sûrement tomber dans la vallée qui s'étend du pied des cratères jusqu'aux derniers pics de la chaîne du Caucase. »

Lord Rodilan, assis sur le divan circulaire, semblait ne pas écouter cet entretien fiévreux et se perdait dans une rêverie profonde, comme si tout ce qui l'entourait lui eût été complètement étranger.

« Mais, fit tout à coup Jacques, qu'est cela? »

Et du doigt il désignait une large fissure du sol lunaire dont les sinuosités serpentaient au milieu de la vallée. Elle allait s'élargissant à mesure que le projectile se rapprochait et, entre ses bords, s'ouvrait un sombre abîme dont les côtés étaient hérissés d'aspérités rocheuses et dont l'œil ne pouvait sonder la mystérieuse profondeur.

Marcel avait vu, lui aussi. Le front plissé, l'œil fixe, le visage pâle, il regardait silencieusement ce gouffre qui grandissait d'instant en instant. Ses bords semblaient s'ouvrir comme pour les engloutir.

« J'avais tout prévu, hormis cela, murmura-t-il; c'est une rainure et nous y tombons à pic. »

L'horreur grandiose de leur situation avait arraché lord Rodilan lui-même à son flegme imperturbable. Ils étaient maintenant tous les trois debout et comme prêts au dernier sacrifice.

Marcel avait pris son parti. Il gardait ses dernières fusées comme ressource suprême. A l'instant précis où l'obus arrivait avec une effroyable rapidité au niveau de la crevasse, il appuya une dernière fois sur le levier. Le projectile sembla bondir en arrière. Dans cet instant d'arrêt les trois hommes s'étreignirent avec force et, l'œil tranquille, le visage calme, sans qu'aucun muscle de leur face tressaillît, fiers et résolus, s'enfoncèrent dans les entrailles de ce monde qu'ils étaient venus conquérir.

CHAPITRE VIII

AU FOND DU GOUFFRE

Les ténèbres les plus profondes et le silence le plus complet régnaient dans le projectile. — Les trois hommes étaient-ils morts? — Les sombres pressentiments de lord Rodilan s'étaient-ils réalisés? Un trépas obscur et sans gloire, mais original à coup sûr, comme l'avait rêvé l'Anglais, était-il le dénouement de tant d'efforts et de courage?

Marcel sortit le premier de son évanouissement : il se releva péniblement et, ne voyant rien, n'entendant aucun bruit, il se sentit le cœur pris d'une anxiété mortelle.

« Où sommes-nous ? se dit-il, que s'est-il passé? »

Et il appela : « Jacques! Milord! »

Rien ne lui répondit.

Une sueur froide coula sur ses membres; il frissonna d'horreur. Il chercha autour de lui en tâtonnant et bientôt sa main rencontra un bouton de cuivre qu'il pressa brusquement. Un jet de lumière électrique illumina l'intérieur de l'obus : Jacques et lord Rodilan gisaient à terre immobiles. Marcel se pencha tout d'abord vers son ami d'enfance : le jeune médecin était d'une pâleur cadavérique; son cœur ne battait que faiblement. « Mon Dieu! » murmura Marcel. Et, le soulevant avec précaution, il l'étendit sur le divan, la tête appuyée sur des coussins. Il défit précipitamment ses vêtements, mettant sa poitrine à nu. Mais c'est en vain qu'il lui fit respirer des sels violents, en vain qu'il frotta ses tempes et son front de vinaigre, en vain qu'il fit couler entre ses dents serrées quelques gouttes d'un puissant cordial : l'évanouissement de Jacques persistait.

Marcel se sentait pris par le désespoir. Découragé, il ne savait plus quel moyen employer lorsqu'un faible soupir s'échappa des lèvres du malade. Penché sur lui, Marcel tout frémissant se mit alors à le frictionner vigoureusement dans la région du cœur.

Bientôt sa respiration devint plus forte et les couleurs de la vie commencèrent à reparaître sur ses joues.

« Ah! mon cher Jacques, que tu m'as fait peur! murmura-t-il.

— Eh bien! dit Jacques, d'une voix encore faible, hésitante, qu'est-il arrivé?

— Ah! pour cela, je n'en sais absolument rien; mais avant de nous en assurer, il faut voir en quel état se trouve notre compagnon de voyage.

— Est-il donc blessé? s'écria Jacques.

— Je l'ignore, je n'ai d'abord songé qu'à toi; je vais maintenant m'occuper de lui.

— Et je vais t'y aider, mon cher Marcel, car maintenant mes forces sont à peu près revenues. »

Ils soulevèrent avec précaution le corps de l'Anglais.

Comme s'il n'eût attendu que ce contact pour revenir à la vie, lord Rodilan ouvrit brusquement les yeux et poussa un formidable juron.

« Goddam! grogna-t-il d'une voix irritée, que me veut-on encore? Je suis mort, laissez-moi en paix.

— Mais non, milord, fit Jacques en riant malgré ce que la situation avait d'effrayant, vous n'êtes pas mort et vous avez perdu votre pari. »

L'Anglais fit la grimace.

« Allons, dit-il, je n'ai pas de chance. Mais attendez un peu, si nous ne sommes pas morts, nous n'en valons pas beaucoup mieux.

— C'est ce qu'il faudra voir, interrompit Marcel, mais puisque nous sommes vivants et bien vivants, il faut aviser à sortir d'ici. »

Ils restèrent un instant immobiles.

« Tiens, mais, fit Marcel, on dirait que notre obus bouge; notre voyage ne serait-il pas terminé? Se poursuivrait-il dans les entrailles de notre satellite? »

Le projectile en effet paraissait animé d'oscillations lentes et faibles, comme s'il n'eût pas reposé sur une base solide... Brusquement Jacques, ne pouvant résister à son anxiété, largua les boulons qui retenaient la plaque d'aluminium d'un des hublots percés dans la muraille de l'obus; puis, saisissant la lampe électrique, il l'approcha de la vitre.

Il poussa un cri : « Mais nous sommes dans l'eau! »

Ses deux compagnons s'approchèrent précipitamment. Lord Rodilan lui-même semblait avoir oublié sa mauvaise humeur : un vif sentiment de curiosité se peignait sur ses traits.

Le rayon électrique vigoureusement projeté par le réflecteur dont la lampe était munie, allait s'écraser sur une surface tremblante où elle se réfléchissait en s'irradiant.

A n'en pas douter, ils flottaient.

L'obscurité profonde qui régnait dans le milieu où ils étaient parvenus ne leur permettait de rien distinguer de plus.

« Voyons, dit Marcel; pour le moment nous flottons, cela est certain. Sur quoi, je ne saurais le dire encore, mais nous avons le temps d'y penser. Avant tout, il importe de savoir si l'espace dans lequel émerge notre projectile est rempli d'un air respirable.

— Mais, fit Jacques, nous ne pouvons pourtant pas ouvrir l'un de nos hublots : tout l'air que renferme notre obus s'échapperait en un clin d'œil, et c'est là une précieuse réserve que nous aurons peut-être besoin de bien ménager.

— J'y avais songé, répondit Marcel, et je suis en mesure de recueillir une certaine quantité du milieu gazeux dans lequel nous émergeons et de voir s'il renferme les éléments nécessaires à la conservation de la vie. »

En disant cela, il avait pris une clé anglaise et, saisissant l'extrémité d'un fort boulon qui traversait dans toute son épaisseur la paroi de l'obus, il se mit à la dévisser.

Au moment où la tige d'acier sortait du trou qu'elle remplissait, il y adapta sans perdre une seconde la douille à pas de vis d'un tube de platine muni d'un robinet. L'opération avait été faite avec une telle rapidité qu'aucune déperdition n'avait pu se produire de l'air renfermé dans le projectile. Jacques avait compris.

« Tu es homme de précaution, dit-il, et je vois que tu as pensé à tout. Je comprends ce que tu vas faire, et je vais t'aider. »

Lord Rodilan, complètement revenu de son étourdissement, les regardait attentivement ; cela semblait l'intéresser beaucoup.

Marcel retira avec précaution de l'une des caisses où étaient emballés les instruments scientifiques, un appareil d'apparence fort simple bien connu dans les laboratoires. Il se composait d'un tube en verre dressé verticalement et maintenu par une tige de cuivre le long de laquelle il pouvait se mouvoir, et plongeant dans une cuvette de cristal. Puis il prit un long bâton de phosphore. Pendant ce temps, Jacques avait disposé au-dessous du robinet une tablette sur laquelle l'appareil fut posé. Le tube et la cuvette furent remplis d'eau, et bientôt un tuyau de caoutchouc adapté au robinet et immergé dans la cuvette alla s'ajuster sur un renflement ménagé à la partie inférieure du tube dans lequel avait été au préalable introduit le bâton de phosphore. Puis le robinet fut ouvert et les trois voyageurs virent le gaz formant l'atmosphère extérieure pénétrer en globules dans le tube et y prendre peu à peu la place de l'eau expulsée. Au bout de quelques instants le tube était plein et le robinet fut fermé.

« Maintenant, dit Marcel, en attendant que notre expérience s'achève et comme nous avons quelque temps devant nous, nous allons déjeuner.

— Déjeuner ou dîner? dit Jacques.

— Il serait plus logique de dire souper, reprit lord Rodilan, car nous sommes en pleine nuit.

— Comme il vous plaira, répliqua Marcel. Pour moi je me sens un furieux appétit : toutes ces émotions m'ont terriblement creusé.

— Ma foi! fit l'Anglais, puisque nous ne sommes pas encore morts, je prendrai volontiers quelque chose.

— Voilà, dit Marcel, une conserve de volaille de « Cross and Blacwell » dont vous me direz des nouvelles. »

Et tous les trois, assis sur le divan circulaire, se mirent à mordre à belles dents dans des ailes et des cuisses de dindes qui plongeaient au milieu d'une gelée savoureuse et fortement parfumée de truffes. Des biscuits de première marque leur servaient de pain. L'Anglais surtout travaillait consciencieusement.

« Je vois, mon cher lord, dit Jacques en riant, que pour un homme dégoûté de la vie, vous ne faites pas fi des moyens de la sustenter et de la prolonger.

— By Jove! répondit lord Rodilan, la bouche pleine, je veux bien mourir écrasé, mais il n'est pas entré dans mon programme de me laisser bêtement mourir de faim. Or, quand on mange il faut boire; qu'allez-vous nous donner, ami Marcel, pour arroser cette succulente nourriture ?

— Ma foi, dit Marcel, je dois sur ce point réclamer toute votre indulgence. Je n'ai emporté que quelques bouteilles d'un petit vin léger, suffisamment digestif et qui, je l'espère, ne vous montera pas à la tête; car, vous le comprenez, j'ai dû prévoir et craindre les maléfices du jus de la grappe. »

Les deux amis firent une grimace significative. Marcel souriait dans sa moustache. Il prit dans une caisse, où elles étaient soigneusement enveloppées dans une chemise de paille, une bouteille au goulot hermétiquement cacheté.

« Peste! dit Jacques, que de précautions pour de la piquette! »

Et, le flacon débouché avec précaution, Marcel versa dans les verres que lui tendaient ses compagnons un liquide dont la couleur ambrée et le parfum pénétrant firent se dilater les narines de l'Anglais.

« Mon cher Marcel, fit-il, je crois que vous vous êtes agréablement moqué de nous. »

Et, savourant avec respect la précieuse liqueur, il s'écria, la face épanouie :

« C'est du Clos-Vougeot de 1865. — Peste! mon camarade, si vous en avez beaucoup comme cela, je suis prêt à vous suivre dans toutes les planètes où il vous plaira de nous conduire! »

Jacques riait sous cape: il n'avait pas cru à la plaisanterie de Marcel et connaissait trop le sens pratique de son ami pour croire qu'il eût négligé un point si important.

Le généreux bourgogne avait rendu aux trois voyageurs toute leur force et toute leur confiance.

« Voyons maintenant, dit Marcel, où nous en sommes de notre expérience ? »

Ils s'approchèrent de l'appareil. Le tube qui auparavant était complétement rempli du gaz extérieur, paraissait maintenant vide à un tiers environ de sa hauteur.

Marcel regarda la graduation marquée sur le verre: l'eau s'élevait à 26°.

« Oh! oh! dit-il, nous nous trouvons bien en présence d'air respirable, mais d'un air quelque peu capiteux. La proportion d'oxygène indiquée par le tube est de 26 p. 100 au lieu de 21 seulement que renferme l'atmosphère terrestre.

— Bah! dit Jacques, nous avons tous les trois les poumons solides et nous nous y ferons.

— Eh bien, dit Marcel, il faut maintenant songer à sortir d'ici et à savoir un peu où nous sommes!

— Oui, dit Jacques, mais il ne serait peut-être pas prudent de nous exposer brusquement à cet air surchargé d'oxygène. Ne penses-tu pas qu'il y faudrait quelques précautions? »

— Tu as raison, répondit Marcel, je vais dévisser mon tuyau de

caoutchouc : l'air extérieur va pénétrer peu à peu dans l'obus par le
trou que fermait le boulon, et d'ici à quelques instants la substi-
tution sera complète. Rien ne nous empêche en attendant d'essayer,
à l'aide de notre lampe électrique, de reconnaître l'endroit où nous
nous trouvons.

Le faisceau lumineux fut en effet promené à travers les hublots
dans diverses directions. Du côté où ils avaient tout d'abord reconnu
la surface du liquide sur lequel flottait le projectile, ils ne
distinguaient rien : le rayon lumineux se perdait au loin dans
d'insondables ténèbres. Mais, du côté opposé, la lumière renvoyée
par le réflecteur alla rencontrer une paroi qui paraissait de couleur
noirâtre, d'aspect rocailleux, dont la hauteur ne put être évaluée
et qui ne semblait pas située à plus de cinq encâblures. Sa base
sortait d'une grève sur laquelle venaient mourir les ondes de ce lac
ou de cette mer souterraine.

Cependant l'air extérieur pénétrait peu à peu dans l'obus, et les
trois voyageurs se sentaient vivifiés par cette atmosphère riche en
oxygène et qu'ils respiraient avec délices. Jacques avait craint un
instant, au moment où Marcel avait fait connaître le résultat de son
analyse, que cet air où abondait l'élément comburant ne surexcitât
outre mesure l'activité des phénomènes vitaux et que leur organisme ne pût que difficilement s'y accoutumer. La précaution qu'ils
avaient prise de ménager ainsi l'entrée de l'air du dehors le rassura
bientôt. Un peu d'excitation cérébrale, une respiration un peu plus
active et un peu plus rapide, tels furent les seuls phénomènes physiologiques qu'il constata sur lui et sur ses deux compagnons dont
son doigt expérimenté avait interrogé le pouls.

« Nous pouvons nous rassurer, fit-il. L'excitation que nous ressentons en ce moment et qui provient d'un passage un peu brusque
de notre atmosphère ordinaire à un air plus oxygéné n'a rien qui
puisse nous inquiéter et ne durera pas.

« Nous sommes tous les trois sains et vigoureux, nos organes
auront bientôt fait de s'adapter au milieu ambiant. Nous y trouverons même, j'en suis sûr, un surcroît de vitalité qui augmentera
nos forces, et notre cerveau y puisera une puissance intellectuelle
que nous ne soupçonnons pas. »

Les prévisions de Jacques semblaient du reste s'être déjà réalisées. Depuis qu'ils avaient retrouvé l'usage de leurs sens, les trois amis se trouvaient dans un état singulier : ils se sentaient animés d'une vigueur inaccoutumée ; leur corps semblait avoir perdu de son poids ; tous leurs mouvements s'exécutaient avec une aisance et une facilité à laquelle ils n'étaient pas habitués. Ils s'étonnaient de mouvoir sans efforts et comme en se jouant des objets qui partout ailleurs leur auraient semblé lourds ; leurs pieds ne pesaient plus sur le sol et même lord Rodilan, ayant voulu se hausser pour atteindre un objet arrimé sur une tablette supérieure, se trouva emporté par son mouvement jusqu'au haut du projectile, dont sa tête heurta le capitonnage supérieur.

« Où allez-vous ainsi, mon cher lord ? s'écria Jacques en riant ; prenez-vous votre vol pour nous quitter ? »

— Pardieu ! fit l'Anglais en retombant doucement sur le sol, voilà qui est bizarre. Du diable si j'y comprends rien.

— Cela est pourtant bien simple, interrompit Marcel, et suffirait à prouver, s'il pouvait nous rester encore un doute, que nous sommes bien arrivés sur la Lune ou dans la Lune.

— Bah ! fit lord Rodilan intrigué.

— Mais oui, mon cher ami. Vous savez bien que sur la Lune la pesanteur est six fois moindre que sur la Terre. Ainsi votre honorable personne qui, aux balances du Yachting-club accusait 148 pounds, n'en pèse que 24 environ. C'est pour cela que tous les objets que vous touchez vous paraissent si légers et que le simple effort que vous avez fait tout à l'heure a suffi pour vous élever si haut.

— Tout cela est fort bien, dit alors lord Rodilan, mais si je dois continuer à vivre, je voudrais bien ne pas rester trop longtemps dans ces ténèbres ; ce n'est pas la peine d'être vivant pour être ainsi enterré.

— Oh ! dit Marcel, nous n'en sommes pas là. Je n'ai pas pu évaluer encore la distance qui nous sépare de la surface lunaire, mais elle doit être considérable. Il nous faut tout d'abord sortir d'ici et reconnaître l'endroit où nous nous trouvons. »

L'air extérieur avait achevé de remplir l'obus : on pouvait maintenant ouvrir les hublots. Cela fait, Marcel s'empressa de consulter les instruments d'observation dont le projectile était muni. Le thermomètre centigrade marquait + 18°,5; le baromètre indiquait une pression de 641 millimètres correspondant sur la Terre à une

« Où allez-vous ainsi, mon cher lord! » (p. 39).

altitude de 1.480 mètres; l'aiguille de l'hygromètre de Saussure se trouvait arrêtée à 90°, ce qui, suivant la table construite par Gay-Lussac, correspondait à 0,791 de saturation : c'était une atmosphère très chargée d'humidité.

« Tout cela est fort rassurant, dit Marcel; il faut maintenant savoir quelle est la nature du liquide sur lequel nous flottons. »

Aussitôt Jacques plongea à l'extérieur un gobelet d'étain et le ramena plein d'un liquide transparent et incolore. Marcel l'examina attentivement, en versa quelques gouttes dans le creux de sa main, et y trempa ses lèvres.

« C'est de l'eau, fit-il, mais avec un goût légèrement salin. — Nous voilà tout au moins assurés de ne pas mourir de soif. »

Il s'agissait maintenant de gagner la grève, et cela paraissait d'autant plus urgent que Marcel avait cru remarquer depuis quelques instants que l'obus semblait s'en éloigner par un mouvement à peine sensible. Il le fit observer à ses compagnons.

« Il est probable, leur dit-il, que ce lac se déverse dans quelque bassin inférieur, et le courant tend à nous entraîner Dieu sait où. Il nous importe donc d'aborder sans perdre de temps. »

Comme ils s'étaient attendus à tomber sur la surface de la Lune et à avoir à cheminer sur un sol très tourmenté, ils s'étaient prudemment munis de longs et solides bâtons ferrés. Deux de ces bâtons furent liés bout à bout et fortement assujettis.

« A vous, mon cher lord, dit alors Marcel, à vous, l'un des plus glorieux champions d'Oxford, l'honneur de diriger sur ce lac lunaire la première embarcation terrestre qui s'y soit certes jamais hasardée.

— All right! répondit l'Anglais; il est bien fâcheux que quelque champion de Cambridge ne soit pas ici pour être témoin de cette navigation sous-lunaire et crever de jalousie.

— On ne peut pas tout avoir, » murmura philosophiquement Jacques.

Défaisant alors son habit et relevant les manches de sa chemise, lord Rodilan mit à nu ses bras musculeux; puis, saisissant la perche formée des deux bâtons ferrés, il la passa par le hublot opposé à la rive et qui s'élevait de deux pieds environ au-dessus de la surface de l'eau. Elle atteignit le fond. S'arc-boutant alors vigoureusement sur l'extrémité de la perche, il donna une énergique impulsion, et la lourde machine commença à se déplacer et à se rapprocher d'une façon sensible du rivage. Il était évident que le lac souterrain dans lequel avait eu lieu la chute, remplissait une dépression d'une profondeur considérable, assez semblable au cratère d'un volcan. L'obus devait être tombé vers le centre; puis, remonté à la surface, il avait été saisi par le courant qui, en raison des sinuosités du rivage, semblait tantôt l'en rapprocher, tantôt l'en éloigner.

Marcel et Jacques se tenaient à l'autre hublot, éclairant au moyen de leurs lampes électriques la direction à suivre. Comme l'obus, de forme absolument cylindrique, ne pouvait avancer rigoureusement en ligne droite, ils indiquaient à lord Rodilan le sens dans lequel il devait pousser cet incommode esquif.

L'Anglais travaillait avec ardeur. Ses membres robustes n'avaient rien perdu de leur souplesse et de leur élasticité, et sa force se trouvait décuplée dans ce milieu où la pesanteur avait diminué d'une façon si remarquable. Aussi, malgré la difficulté d'un tel travail, une heure s'était à peine écoulée que l'obus venait échouer sur le fond insensiblement relevé et s'arrêtait à environ 50 mètres de la grève.

« Ah ! fit lord Rodilan en étirant ses bras, cette petite gymnastique m'a fait du bien. »

Et, s'approchant du hublot qui regardait le rivage, il ajouta en riant :

« Bon ! voilà qu'il nous va falloir maintenant prendre un bain. Après un violent exercice cela est tout à fait hygiénique. »

L'obus en effet plongeait d'environ quatre pieds dans l'eau et il fallait franchir à gué la distance qui séparait les voyageurs de la terre ferme.

Détachant alors l'échelle de fer mobile qui leur servait à atteindre ceux de leurs bagages qui étaient arrimés dans la partie supérieure du projectile, ils la passèrent par le hublot et la plongèrent dans l'eau, où son poids la maintint immobile. Les trois amis avaient rapidement passé par-dessus leurs habits un vêtement de caoutchouc absolument imperméable et qui les enveloppait de la tête aux pieds. Ainsi équipés, ils franchirent en quelques bonds la distance qui les séparait de la rive.

En posant le pied sur le sable fin qui formait le sol de la caverne et que n'avait jamais foulé jusqu'ici aucune créature terrestre, Marcel eut un moment d'exaltation et de triomphe.

« Victoire ! amis, s'écria-t-il ; nous voici au sein de ce monde mystérieux dont notre audace a rêvé de pénétrer les secrets. Les calculs de la science sont confirmés. Rendons grâce à Dieu qui nous a conduits jusqu'ici sains et saufs, et vive la France ! »

Jacques lui serrait la main avec une émotion qu'il ne cherchait pas à dissimuler.

« Pardon, mon cher Marcel, fit alors l'Anglais ; puisque je ne suis pas mort, laissez-moi prendre ma part de votre joie et y associer aussi l'Angleterre. Ne croyez-vous pas juste de crier avec moi :

— Hurrah pour l'Angleterre?

— De grand cœur, mon cher Rodilan, et, quoi que nous réserve l'avenir, c'est entre nous maintenant à la vie et à la mort. »

Et les trois amis s'étreignirent avec transport.

L'obus fut alors amarré, à l'aide d'un câble que Marcel avait solidement fixé à l'intérieur et déroulé en s'avançant vers la grève, à une saillie rocheuse qui, non loin de l'endroit où ils avaient abordé, surplombait et s'avançait presque au bord de l'eau.

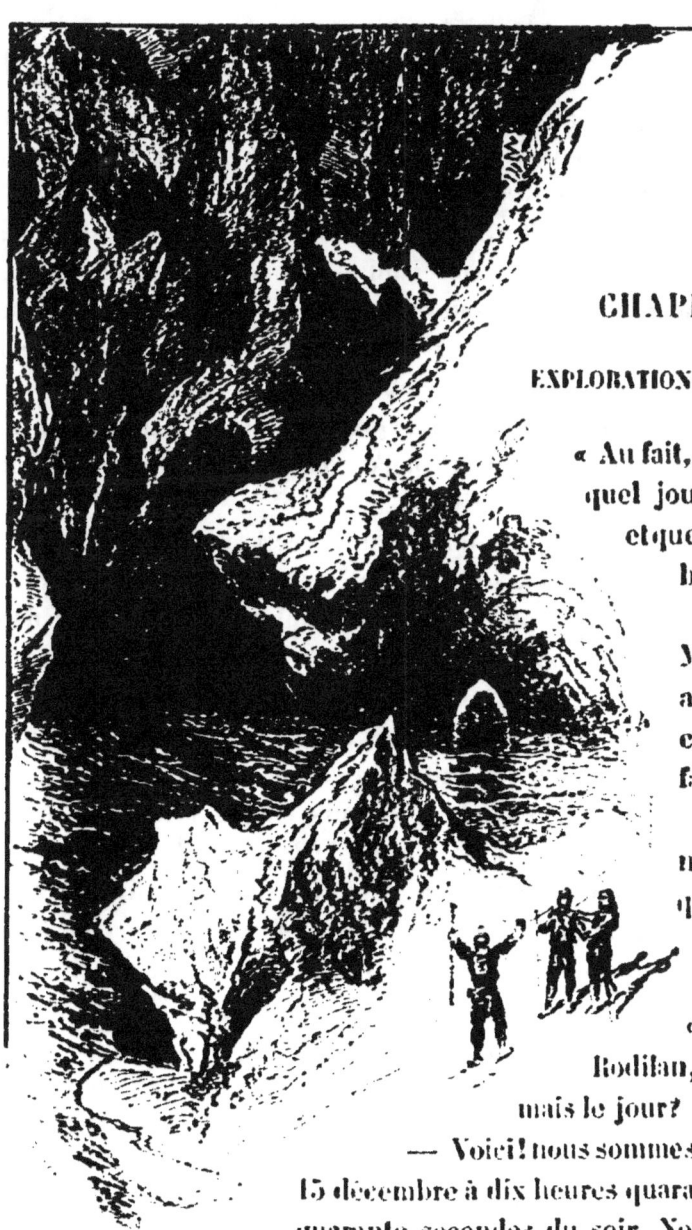

CHAPITRE IX

EXPLORATION DANS L'INCONNU

« Au fait, s'écria Jacques,
quel jour sommes-nous
et quelle heure peut-il
bien être?

— Tiens, fit
Marcel, je n'y
avais pas songé;
c'est, du reste,
facile à vérifier. »

Il tira son chro-
nomètre: il mar-
quait sept heures
quarante - cinq
minutes.

« Bon, dit lord
Rodilan, voilà l'heure,
mais le jour?

— Voici! nous sommes partis le samedi
15 décembre à dix heures quarante-six minutes
quarante secondes du soir. Notre trajet, pour
atteindre la surface lunaire, a duré quatre-vingt-dix-sept heures
treize minutes vingt secondes. Je néglige le temps que nous avons dû
mettre à traverser l'écorce lunaire. Nous sommes tombés dans l'eau le
mardi 19 à onze heures cinquante-neuf minutes soixante secondes,
c'est-à-dire minuit. Nous sommes donc aujourd'hui au mercredi
20 décembre à sept heures quarante-cinq minutes du matin.

— Mais, à propos, fit Jacques, comment se fait-il, puisque notre projectile a pu pénétrer jusqu'ici sans être brisé, que nous ne voyions aucune ouverture, aucune trace de lumière indiquant une communication avec l'extérieur?

— Ma foi, mon cher, tu en demandes trop pour le moment. Il est probable que la fissure qui nous a donné accès allait se rétrécissant; elle a sans doute plusieurs kilomètres de profondeur, auquel cas la lumière solaire ne saurait pénétrer jusqu'ici. Selon toute vraisemblance, nous sommes tombés dans une partie de cette caverne où l'eau est très profonde, et, grâce au courant insensible dont nous avons déjà constaté l'action, nous nous sommes rapprochés de la rive.

— Tout cela est fort intéressant, s'écria lord Rodilan, mais nous ne sommes pas venus ici seulement pour nous livrer à des dissertations scientifiques, mais pour explorer. Je demande donc que nous explorions, et je ne vous cache pas que j'ai hâte de revoir le soleil.

— Eh bien! explorons, dit Jacques : je commence, moi aussi, à être fatigué de cette obscurité. »

Tous trois s'armèrent alors de leurs lampes électriques et les dirigèrent vers la muraille au pied de laquelle ils se trouvaient et qui se dressait à 20 mètres environ du bord du lac. Cette muraille était formée d'un granit serré et compact; en projetant aussi haut que possible la lumière de leurs lampes, ils ne pouvaient en apercevoir le faîte, sur lequel s'arc-boutaient les masses rocheuses qui devaient former la voûte de la caverne.

« Nous n'avons, à mon avis, dit Marcel, qu'une chose à faire : suivre le rivage jusqu'à ce que nous trouvions quelque galerie, quelque faille qui nous permette de remonter à la surface.

— Puisque nous sommes fondés à croire, dit Jacques, que la Lune est habitée dans sa partie toujours invisible pour la Terre, tous nos efforts doivent tendre à gagner cette région.

— La chose, reprit Marcel, ne me paraît pas devoir être très difficile. Il est évident qu'à l'époque où les nombreux volcans lunaires étaient en activité, chacun d'eux avait sa cheminée, et, de plus, cet ébranlement continu de l'écorce du satellite a dû ménager autour de chaque foyer d'éruption des fissures, des

MAIS ILS SONT DES CENTAINES... p. 87.

crevasses, des cavités de toutes sortes. Nous n'aurons sans doute que l'embarras du choix.

« — Hâtons-nous donc, dit lord Rodilan; j'ai assez de cette inaction et je ne serais pas fâché de faire connaissance avec nos nouveaux compatriotes. »

Cette résolution prise, les trois amis commencèrent leur exploration. A l'endroit où l'obus avait échoué, la muraille de la caverne n'était qu'à une faible distance du rivage, mais bientôt l'espace s'agrandissait, le lac intérieur s'éloignait, et comme ce qu'ils cherchaient c'était une issue à travers la montagne, ils continuèrent à suivre la paroi en l'observant attentivement. Ils marchaient depuis une heure environ sur un sable fin lorsque lord Rodilan, qui allait en avant, leur cria :

« Nous voici, je pense, au fond de la caverne. »

Et, projetant les rayons de sa lampe, il leur désignait du doigt une masse de rochers noirs qui coupaient brusquement la grève.

« C'est un obstacle à contourner, dit Marcel après avoir regardé attentivement. Autant que j'en puis juger, ces rochers s'abaissent assez rapidement du côté du lac. »

Au bout de quelques minutes en effet ils se retrouvèrent au bord de l'eau, où la muraille granitique plongeait, formant une sorte de cap. Le désordre chaotique de ces masses profondément bouleversées, aux arêtes vives, aux cassures nettes et aux parois polies, que la lumière de leurs lampes réunies permettait de distinguer nettement, éloignait toute idée d'escalade possible.

« Que faire? dit Jacques.

« — Pardieu! dit lord Rodilan, il faut entrer dans l'eau et au besoin passer à la nage. »

Et déjà il s'avançait dans l'eau.

« Prenez garde, dit Marcel, allez avec précaution, et, à l'aide de votre bâton ferré, sondez attentivement le fond. »

Et tous les trois s'avancèrent ainsi derrière leur guide, qui tâtait soigneusement le terrain. Bientôt ils arrivèrent à l'extrémité du cap; ils avaient de l'eau jusqu'à la ceinture. Bien que leurs vêtements de caoutchouc, hermétiquement clos, les empêchassent

d'être mouillés, la fraîcheur de cette eau souterraine finissait par
les pénétrer et glacer leurs membres. Devant eux s'étendait une
immense nappe liquide dans laquelle, de l'autre côté du cap,
baignait la muraille granitique.

Ils hésitèrent un instant.

L'absence de grève en cet endroit pouvait faire craindre que
la profondeur du lac ne s'abaissât brusquement et qu'il leur fallût
renoncer à toute recherche de ce côté; mais retourner à leur
point de départ pour prendre une autre direction était tout
aussi chanceux et c'était bien du temps perdu.

Marcel était une âme fortement trempée; il pensait, comme
Descartes, que lorsqu'on ne sait où l'on se trouve, on doit choisir
une direction et la suivre toujours sans se laisser détourner, bien
sûr qu'on arrivera quelque part.

Au moment où il conseillait à ses compagnons d'aller en
avant, lord Rodilan, qui avait élevé sa lampe au-dessus de sa
tête et qui éclairait l'extrémité inférieure des rochers, s'écria :

« Je ne me trompe pas; voyez, Marcel, n'est-ce pas là, à une
centaine de mètres environ, l'entrée de quelqu'une de ces fissures
ou galeries dont vous nous parliez tout à l'heure? »

Dans la direction qu'il indiquait apparaissait en effet une
ouverture obscure.

« Vous avez raison, dit Marcel; c'est là qu'il faut aller. »

Ils reprirent leur marche en contournant le cap. Ils avançaient lentement, alourdis et embarrassés par leurs vêtements de
caoutchouc, ayant, suivant les inégalités du sol, de l'eau tantôt
jusqu'à mi-jambes, tantôt jusqu'aux épaules. Après une demi-
heure de cette marche pénible, ils sentirent que le sol sur lequel
ils s'avançaient s'élevait en pente douce. L'excavation qu'ils
avaient remarquée formait l'entrée en voûte surbaissée d'une
grotte assez spacieuse, où ils pénétrèrent en se courbant légèrement. Lorsqu'ils relevèrent la tête, leurs regards furent éblouis
et ils poussèrent un cri d'admiration. Les parois de la grotte
étaient entièrement recouvertes d'une substance brillante et polie
qui réfléchissait avec un incomparable éclat les feux des trois
lampes électriques.

C'était une irradiation de lumière où les faces prismatiques des cristaux semaient à profusion les rubis, les saphirs, les topazes, les émeraudes. On eût dit un palais enchanté. Marcel s'approcha de l'une des parois et détacha, à l'aide de son bâton ferré, quelques fragments de cette substance cristalline, l'examina attentivement et poussa une exclamation de surprise.

« Qu'y a-t-il? fit Jacques.

— Il y a que la moitié des trésors qui se trouvent ensevelis ici suffirait à payer les dettes de tous les États de l'Europe et à enrichir toute l'humanité terrestre.

— Qu'avez-vous donc trouvé de si merveilleux? demanda lord Rodilan.

— Mais ce sont des diamants, mon cher lord, de vrais diamants. Et voyez, ajouta-t-il, en projetant sur la surface brillante les rayons de sa lampe; il y en a qui sont plus gros que le poing. Tous les Juifs de Londres et d'Amsterdam pâliraient d'envie devant de pareilles richesses. Mais nous n'avons que faire ici de ces précieux cailloux; ne songeons qu'à poursuivre notre route. »

Puis jetant autour de lui un regard circulaire, il s'écria :

« Voilà deux ouvertures qui doivent, selon toutes probabilités, être le commencement de ces galeries que nous cherchons. »

A peu de distance, en effet, s'ouvraient deux anfractuosités dont, au premier abord, il était impossible d'apprécier la profondeur.

La première dans laquelle ils s'engagèrent suivait d'abord une direction horizontale, mais bientôt elle allait s'abaissant en une pente rapide qui se dirigeait évidemment vers le centre du satellite.

« Malédiction! » fit lord Rodilan en rebroussant chemin.

Marcel et Jacques étaient silencieux, mais leurs sourcils froncés disaient leur désappointement et trahissaient un commencement d'inquiétude.

Ils revinrent à la caverne des diamants et prirent sans hésiter l'autre galerie. A peine y avaient-ils fait quelques pas que le visage de Marcel s'éclaircit.

« Je crois, cette fois, dit-il, que nous sommes dans la bonne voie. »

Le sol de la galerie allait, en effet, s'élevant par une pente sensible; la voûte en était assez élevée et la largeur suffisante

11

pour que les trois voyageurs pussent s'avancer de front. Après avoir reconnu la direction de cette galerie, Marcel s'arrêta :

« Nous ne pouvons, dit-il, nous engager plus avant sans nous être munis de vivres et de tout ce qui est nécessaire pour une exploration peut-être longue et pénible.

— En avons-nous donc pour longtemps, reprit lord Rodilan, à nous débattre dans cette obscurité?

— Ma foi, mon cher ami, il m'est impossible d'apprécier exactement la profondeur à laquelle nous nous trouvons, mais elle est certainement de plusieurs kilomètres. Rien ne prouve en outre que cette galerie conserve toujours la même pente, et Dieu sait, du reste, contre quels obstacles nous pouvons avoir à lutter. Il faut donc compter sur quelques jours, peut-être plus, d'une route accidentée et pénible.

— Allons au plus pressé, cria Jacques ; nous verrons ce que nous garde l'avenir. »

On revint donc à l'obus, mais les émotions par lesquelles avaient passé les trois compagnons depuis qu'ils s'étaient réveillés de leur profond évanouissement et les fatigues d'une telle exploration avaient brisé leurs forces. Tant qu'ils avaient été animés par le sentiment d'une si étrange situation et par la crainte de rester à jamais ensevelis dans ces sombres abîmes, une surexcitation nerveuse les avait soutenus. Maintenant qu'un rayon d'espoir brillait à leurs yeux et que Marcel avait fait passer dans l'âme de ses amis l'ardente conviction dont il était rempli, la nature réclamait impérieusement ses droits.

Jacques, en sa qualité de médecin, l'avait constaté le premier.

« Amis, dit-il, avant de repartir pour l'inconnu, il nous faut faire provision de forces; mon avis est donc de demander à un sommeil réparateur toute l'énergie dont nous aurons besoin.

— Tu parles comme un sage, répondit Marcel; aussi bien, maintenant que j'y songe, je me sens tout moulu.

— Parfait, ajouta lord Rodilan, dormons! Nous n'avons pas à craindre les importuns, et, à notre réveil, nous nous préparerons, par un solide repas, à présenter aux habitants de la Lune trois gentlemen corrects et bien vivants. »

Les trois amis s'étendirent donc sur le divan circulaire, et bientôt le calme de leur respiration indiqua qu'ils reposaient avec autant de tranquillité que s'ils eussent été dans la meilleure chambre du Grand-Hôtel de Paris.

Ils s'engagèrent dans la galerie (p. 84).

Dix heures plus tard ils se réveillaient et, après un substantiel déjeuner, où le vieux bourgogne ne fut pas épargné, chacun s'équipa comme pour une ascension difficile. Ils emportaient des vivres pour trois semaines. Avant de s'éloigner, ils vérifièrent

avec soin l'amarre qui retenait l'obus au rocher et s'assurèrent
qu'aucune oscillation ne pouvait la détacher : c'était leur unique
et suprême ressource dans ce monde fantastique où ils se trouvaient perdus.

De retour à la caverne des diamants, ils s'engagèrent résolument dans la galerie qu'ils avaient choisie. Pendant le premier
jour, le voyage s'effectua sans trop de peine. Ils suivaient évidemment la cheminée d'un ancien volcan; les couches de roches
qu'ils traversaient présentaient dans leurs stratifications successives
à peu près les mêmes dispositions que celles qui forment la croûte
terrestre. Ils avaient d'abord rencontré des roches primitives :
gneiss et micaschiste. Puis étaient venus les terrains primaires.
Ils avaient franchi les couches silurienne et dévonienne, et ils
étaient au troisième jour de leur marche lorsqu'apparurent les
premières traces de terrain carbonifère.

« Nous approchons évidemment de la surface, fit Jacques. Si
nous étions sur la Terre, nous pourrions espérer de voir dans deux
ou trois jours à peine la lumière du Soleil.

— Oui, dit Marcel, mais comment déterminer ici l'épaisseur
des couches lunaires qui nous séparent encore de la surface? Qui
sait d'ailleurs ce que les éruptions volcaniques dont la Lune a
été le théâtre ont pu accumuler sur le sol primitif de matériaux
en fusion arrachés à la profondeur de ses entrailles? Qui sait si
nous ne nous heurterons pas contre des murs impénétrables de
laves refroidies?

— Nous avons peut-être, dit Jacques, à redouter un péril plus
grand encore. Depuis quelques heures il me semble que ma respiration est plus pénible et que l'air arrive plus rare à mes poumons.

— C'est vrai, dit lord Rodilan; j'attribuais à la fatigue cette
difficulté de respirer dont je souffre aussi moi-même; mais évidemment Jacques a raison, l'air se fait plus rare.

— C'est bien ce que j'avais craint, dit Marcel; j'hésitais à vous
faire part de mes appréhensions, espérant m'être trompé. Mais il
n'y a plus à en douter, nous éprouvons ce que ressentent ceux qui
tentent sur la terre de hautes ascensions et qu'on appelle le mal
des montagnes... Mais où est donc allé lord Rodilan?

— Il aura pris les devants, » dit Jacques.

Tout à coup ils entendirent à quelque distance une exclamation :

« Hurrah! criait l'Anglais, voici des traces d'êtres vivants. »

Et il sortait d'une anfractuosité creusée dans la paroi de la galerie, brandissant un objet que ses deux compagnons ne pouvaient distinguer. Ils accoururent, et lord Rodilan leur montra avec un geste de triomphe un fragment d'outil à peu près semblable au pic dont se servent les mineurs pour détacher des blocs de houille.

Bien qu'il fût rongé par la rouille, on distinguait encore sa forme primitive, et on voyait à son centre le trou dans lequel avait dû être engagé le bois dont il avait été emmanché.

« Voilà, dit-il, une preuve irrécusable que la Lune est habitée. »

Tous trois pénétrèrent dans l'étroit passage où avait été faite cette importante découverte. C'était évidemment l'extrémité d'une galerie de mine jadis exploitée. On voyait encore sur ses parois les traces des pics des travailleurs; mais les trois amis eurent beau chercher, ils ne trouvèrent aucune issue à ce court boyau que quelque éboulement, survenu à une époque indéterminée, avait séparé du reste de la mine.

« Et dire, s'écriait lord Rodilan, en frappant la muraille de son bâton ferré, que derrière cet obstacle il y a peut-être des êtres semblables à nous.

— Cela prouve au moins, dit Jacques, que les habitants de la Lune sont descendus jusqu'ici. Donc on vit à la surface. »

Marcel paraissait plongé dans une profonde méditation.

« Tu ne dis rien, ami, » fit Jacques en lui frappant sur l'épaule. Marcel tressaillit.

« Il y a là, murmura-t-il, quelque chose d'inexplicable. Si l'air continue à se raréfier ainsi à mesure que nous nous élevons, comment la vie est-elle possible? comment surtout le sera-t-elle pour nous à la surface lunaire ?

— En avant ! s'écria l'Anglais. Tout plutôt que de revenir sur nos pas. »

Ils reprirent donc leur marche. La pente du couloir qu'ils suivaient devenait de plus en plus raide et la raréfaction de l'atmosphère augmentait plus rapidement. Quelques heures ne s'étaient pas écoulées que l'air manquait à leurs poumons avides, le sang bourdonnait à leurs oreilles, leurs tempes battaient avec force, un voile s'étendait sur leurs yeux et des gouttelettes de sang perlaient à la surface de leur peau. Ils furent forcés de s'arrêter.

« Mes chers amis, dit Marcel, aller plus loin est impossible.

— Que faire alors ? dit Jacques.

— Il n'y a pour l'instant qu'un parti à prendre : il nous faut regagner la caverne où nous avons abordé et où nous avons laissé avec l'obus toutes nos provisions et toutes nos ressources. Évidemment la Lune est habitée ; nous en avions la certitude en tentant ce voyage ; le document que vous avez eu sous les yeux en est la preuve catégorique et la découverte que vient de faire notre ami la confirme. Où se trouve l'humanité que nous cherchons ? Quelles sont les conditions de son existence ? Rien jusqu'à présent n'est venu nous l'apprendre. Allons-nous donc perdre courage parce que nous n'avons pas réussi du premier coup ? L'humanité lunaire existe : nous devons la trouver, nous la trouverons. Retournons à notre point de départ ; là nous aviserons.

— Ah ! fit lord Rodilan, moi qui me croyais déjà sur le point d'échanger avec un sélénite un vigoureux shake-hand !..... J'ai eu une bien mauvaise inspiration en vous accompagnant.

— Mais non, mon cher lord, dit Marcel en souriant malgré la gravité de la situation. Tous vos amis vous croient mort. Dans leur esprit, vous dépassez Empédocle de cent coudées ; votre but se trouve atteint.

— Eh bien ! soit, dit l'Anglais, si nous ne pouvons vivre ici, nous pourrons toujours y mourir. »

Les voyageurs reprirent tristement la route qu'ils avaient suivie. La descente s'effectua sans difficulté ; ils traversèrent de nouveau, sans lui accorder un regard, la caverne des diamants et regagnèrent en toute hâte l'endroit où, après leur chute, ils avaient abordé.

Mais le rivage était vide. Un cri de stupéfaction et de désespoir s'échappa de leurs lèvres : l'obus avait disparu !

CHAPITRE X

UNE HUMANITÉ QUI NE VEUT PAS PÉRIR

Depuis que l'intelligence humaine, à l'étroit dans la sphère exiguë où elle se trouve confinée, a commencé à sonder les profondeurs de l'espace pour étudier les lois qui régissent les mondes gravitant dans l'infini, le satellite qui accompagne fidèlement la Terre dans sa route, et dont, à des intervalles réguliers, la lumière vient éclairer ses nuits, a été l'objet de sa plus constante préoccupation. Pendant que l'imagination poétique des Grecs divinisait la blonde Phœbé et la faisait descendre du Ciel sur un rayon argenté, auprès du berger Endymion endormi sur les bords du Céphise, les prêtres chaldéens calculaient l'orbite de notre satellite, en décrivaient les phases, en prédisaient les éclipses.

Au Moyen Age, l'astrologie attribuait à la Lune une influence néfaste.

C'était elle qui présidait aux incantations nocturnes; c'était à sa lumière indécise et tremblante que les sorcières, déterrant les cadavres, ou cherchant au pied des gibets la redoutable mandragore, composaient les filtres puissants qui distribuaient à leur gré l'amour ou la haine, le plaisir ou la mort. C'était sur un rayon de la pâle Hécate qu'elles chevauchaient pour s'envoler au Sabbat dans les nuits de Walpurgis, et c'est par là qu'elles regagnaient leurs tanières quand l'aube naissante dissipait les fantômes, renvoyait à leurs sepulcres les âmes des morts et faisait rentrer dans leurs sombres domaines les divinités infernales.

Avec les progrès de la science, la Lune, observée à l'aide d'instruments perfectionnés, nous a successivement et par degrés livré les secrets de son étrange existence. Aujourd'hui que des télescopes, chefs-d'œuvre de l'industrie moderne, ont permis de la rapprocher à une distance de 18 lieues, on la connaît d'une façon à peu près complète; on a pu la photographier, on a pu mesurer la hauteur de ses montagnes, la profondeur de ses cratères. On a dressé de sa surface visible des cartes beaucoup plus exactes que celles du globe terrestre où tant de régions, comme les pôles, le centre de l'Afrique et du continent australien, sont encore inexplorées.

A en juger par l'aspect que présente le disque lunaire hérissé de montagnes abruptes, creusé d'une multitude de cratères de toutes dimensions, tous éteints, car l'œil aperçoit le fond de leurs cheminées obstruées, il semble que la Lune est un monde refroidi et d'où la vie est complètement absente.

Il n'en est rien cependant. Déjà, avec les télescopes de lord Ross et de Foucault, les astronomes avaient cru distinguer, dans les régions les plus basses du sol lunaire, des signes indiquant la présence d'une atmosphère; on y avait vu des contours et des arêtes, qui d'ordinaire apparaissaient très nettement, s'émousser et s'estomper comme voilés par une brume. On y avait constaté des phénomènes de réfraction de lumière, et on en avait logiquement conclu qu'au moins dans ces régions, il y avait de l'air et de la vapeur d'eau, c'est-à-dire que la vie n'y était pas impossible. Le raisonnement venait ainsi confirmer les données de l'observation. Aux temps insondables où s'est formé notre système planétaire, où le soleil a projeté de son centre embrasé les gouttes fulgurantes qui sont devenues des mondes, l'éruption qui a donné naissance à la Terre a, du même coup, formé la Lune qui, détachée de notre globe, a été retenue dans son orbite. Les deux astres, d'abord à l'état gazeux, ont commencé à se condenser et ont passé successivement à l'état liquide, puis à l'état solide. Mais le volume de la Lune étant beaucoup plus petit que celui de la Terre, la transformation a été pour elle infiniment plus rapide. A une époque où la Terre était encore une masse en fusion, la Lune avait déjà vu se former à sa surface une croûte solide où la vie se manifestait avec une exubérante abondance.

Puis les siècles se sont succédé, et pendant que la Terre arrivait avec peine à faire éclore à sa surface les premiers germes

Elles s'envolaient au sabbat... (p. 82).

de la vie, et qu'apparaissaient les formes primitives, grossières encore et à peine ébauchées, des végétaux gigantesques et des animaux monstrueux, la Lune voyait s'établir régulièrement à sa surface une vie normale et progressive.

A cette époque, de vastes océans remplissaient les cavités dont notre regard sonde aujourd'hui le fond desséché ; d'épaisses forêts se dressaient sur les flancs de ces montagnes ; une humanité supérieure à la nôtre, parce que les conditions de la vie s'y montraient plus favorables, naissait, grandissait, et, sous d'heureuses influences, atteignait un développement intellectuel et une hauteur morale à laquelle nous ne sommes pas près de parvenir.

L'humanité lunaire était donc arrivée à un surprenant degré de civilisation, de science et de moralité, alors que commençaient à peine à apparaître sur la Terre les premiers êtres humains, les prognathes contemporains de l'ours des cavernes. Mais l'évolution vitale de la Lune devait être beaucoup plus courte que celle de la planète sa voisine. Si elle était arrivée plus tôt à son plus haut période, la décroissance devait aussi commencer plus tôt. D'âge en âge le refroidissement du globe lunaire s'accentuait ; la chaleur se retirait de la périphérie vers le centre, dont le noyau incandescent, source de la vie, allait diminuant d'une marche lente mais inéluctable.

Comme sur la Terre, tant que la chaleur centrale avait été considérable, les eaux, qui s'infiltraient incessamment dans les couches profondes par les nombreuses crevasses sillonnant la Lune, avaient été vaporisées et rendues ainsi à la circulation générale de la surface ; mais, par suite du refroidissement graduel, l'eau avait fini par être complètement absorbée. Grâce à cette lente absorption, les roches encore fluides que renfermait le centre en fusion s'étaient solidifiées, les éléments chimiques, encore instables, s'étaient combinés.

En même temps, l'oxygène de l'air se fixait dans les parties solides, et ainsi avaient disparu peu à peu l'atmosphère et les mers lunaires. A mesure que diminuaient ces éléments essentiels à l'entretien des êtres organisés tels que nous les comprenons, la vie se retirait insensiblement.

Mais l'humanité lunaire ne voulait pas mourir.

Lorsqu'on étudie attentivement une carte de la Lune, on remarque dans bon nombre de ses vallées, au pied de ses hautes chaînes de montagnes, des fissures qui, du point d'où nous les observons, ressemblent à de minces lignes noires tracées comme par une pointe aiguë, mais qui, en réalité, sont de larges crevasses dont les bords sont distants de plusieurs kilo-

Il semble que la Lune est un monde refroidi (p. 88).

mètres et qui souvent pénètrent profondément dans les entrailles du sol.

Les savantes explorations auxquelles s'étaient livrés les habitants de la Lune leur avaient fait connaître la structure intime du globe qu'ils habitaient et qui n'avait plus de secrets pour eux. Ils savaient qu'au-dessous de la croûte solide, où la vie s'était

manifestée pendant des siècles, il existait toute une région souterraine où s'était maintenue loin des rayons du soleil une vie
encore primitive.

A des profondeurs variables et pouvant être évaluées à 12 ou
15 de nos lieues terrestres, dans d'immenses excavations, se
trouvaient des mers, des continents, des fleuves, une végétation
abondante. Là, dans ces cavités plus rapprochées du centre,
où régnait encore une température douce et toujours égale,
dont les voûtes s'élevaient à de prodigieuses hauteurs, où l'air
était plus dense et où, à défaut de la lumière du jour, régnait
une clarté de source électrique entretenue par des phénomènes
cosmiques, il y avait place pour une humanité tout entière.
C'est là que s'étaient retirés avec leurs sciences, leurs industries, leurs institutions et leurs lois, les derniers habitants de
notre satellite, bien résolus à défendre leur vie jusqu'au dernier
instant.

Pendant que l'humanité terrestre s'éveillait péniblement à la
vie intellectuelle et morale, et s'élevait, à travers de longues
périodes séculaires, de l'âge de la pierre à l'âge du bronze et à l'âge
du fer; pendant que les premières tribus humaines, dispersées
et errant à travers les gigantesques forêts primitives, passaient
de l'état de peuples chasseurs à l'état de peuples pasteurs, puis
agriculteurs et enfin industriels, les habitants de la Lune continuaient, dans le monde souterrain où se maintenait la vie, leur
existence de progrès ininterrompu.

Dans ces régions calmes et tranquilles, où la température
était presque sans variations, où ne se faisait pas sentir l'influence
des saisons, où l'humanité n'avait pas à se défendre contre les
forces aveugles d'une nature marâtre, où la lutte pour l'existence n'avait pas cette âpreté qu'elle présente chez nous, ces
êtres organisés pour vivre dans un milieu surchargé d'oxygène
et où la vitalité était par suite plus énergique et plus résistante,
avaient dépassé de beaucoup le niveau des sciences où nous
nous sommes si longtemps attardés.

Affligés de moins de besoins que nous, ils étaient exempts de
la plupart de nos vices et de nos convoitises. Moins préoccupés

du soin de satisfaire des passions basses ou égoïstes, ils avaient donné davantage à la culture de leur âme et leur moralité était à la hauteur de leur science. Après avoir expérimenté dans les âges précédents les diverses formes politiques entre lesquelles nous hésitons ici-bas, ils étaient arrivés à une organisation sociale rationnelle et simple où chacun tenait exactement la place que lui assuraient son degré d'intelligence et sa valeur morale.

Depuis de longs siècles déjà, avant même que le refroidissement de la surface les eût contraints de se réfugier dans leurs nouvelles demeures, ils s'étaient préoccupés de cet astre voisin dont le disque énorme flamboyait au-dessus de leurs têtes, dans l'orbite duquel ils se mouvaient, dont ils savaient que leur monde n'était que le modeste satellite. Ils avaient mesuré la distance qui les en séparait, et, grâce aux puissants instruments d'optique qu'ils avaient su construire bien avant nous, ils l'avaient attentivement observé et soigneusement étudié. Aucune des parties de sa surface n'avait échappé à leurs investigations et sa constitution leur était parfaitement connue.

Ils savaient, à n'en pas douter, que la Terre était habitée; ils avaient même pu, dans une certaine mesure, y surprendre les développements de la vie. Ce qui s'était passé sur le globe qu'ils habitaient les avait renseignés sur l'histoire du globe terrestre. Ils avaient suivi de l'œil les transformations de sa surface; ils avaient vu des continents surgir ou disparaître, les vastes forêts des âges préhistoriques diminuer avec les siècles. Les grands fleuves qui sillonnaient les continents terrestres leur étaient apparus; ils avaient vu, dans les principales vallées ou à l'embouchure des cours d'eau les plus importants, se produire sur le sol des taches dont la couleur et l'aspect différaient des régions avoisinantes et où la perfection croissante de leurs instruments d'optique avait fini par leur faire reconnaître des agglomérations d'habitations humaines.

Avec les progrès qu'avaient accomplis chez eux les sciences astronomiques et aussi les sciences naturelles, disposant de forces considérables de la nature, le désir leur était venu bientôt d'en-

trer en communication avec les habitants de ce monde voisin,
et ils avaient souvent essayé d'attirer sur eux leur attention. Mais,
à cette époque, les peuples qui commençaient à couvrir la surface
de la Terre étaient encore trop grossiers et trop barbares pour
songer à regarder, et surtout à étudier les astres qui roulaient
au-dessus de leurs têtes; ou si, parfois, leurs regards s'élevaient
dans la profondeur des nuits jusqu'à ces points brillants, leur
aveugle superstition y voyait des divinités dont il fallait, à force
de prières et de sacrifices, conquérir la faveur ou écarter l'influence néfaste.

Aucun des efforts auxquels s'étaient livrés les habitants de
la Lune n'avait été couronné de succès; toutes leurs interrogations étaient demeurées sans réponse. Aussi, découragés, avaient-
ils fini par penser ou que leurs observations étaient inexactes et
que la Terre n'était pas habitée, ou que les êtres qui la peuplaient,
dépourvus d'intelligence, ne s'élevaient pas beaucoup au-dessus
de la vie animale. Et les tentatives, commencées avec une certaine ardeur, étaient restées interrompues pendant de longs
siècles.

Plus tard, après que les conditions de l'existence avaient si
complètement changé pour eux, alors qu'ils pouvaient mesurer,
avec une certitude presque infaillible, la durée du temps qu'il
leur restait à vivre, ils s'étaient repris à tourner leurs regards
vers ce monde, qui continuait toujours si près d'eux sa course
majestueuse.

De nouveaux perfectionnements dans l'art de construire les
instruments d'optique avaient rendu possibles de nouvelles et
plus précises observations. Des signes leur étaient apparus : des
tracés semblables à des canaux, des figures géométriques qui
pouvaient être des enceintes de villes et dont les formes régulières semblaient révéler la présence d'êtres actifs et intelligents;
des monuments dont ils avaient pu, par la mesure de l'ombre,
calculer la hauteur, leur avaient appris que les habitants de la
Terre étaient en possession de moyens mécaniques assez puissants, et ils en avaient conclu qu'ils s'étaient avancés assez loin
dans la connaissance des sciences. Leur désir d'établir avec eux

des communications régulières et suivies s'en était augmenté.

Comme les signes par lesquels, dans les âges précédents, on avait essayé, au moyen de puissants foyers lumineux, d'attirer l'attention des habitants de la Terre, n'avaient pas réussi, on avait songé à d'autres procédés. Puisqu'ils n'avaient pas répondu alors qu'on les appelait, il fallait forcer leur attention en leur envoyant directement, brusquement au besoin, des messages sur l'origine et la signification desquels ils ne pussent se méprendre. Comme les lois de la balistique leur étaient depuis longtemps familières, ce n'avait été qu'un jeu pour eux d'envoyer au delà de la ligne neutre d'attraction des deux astres des projectiles que la pesanteur devait ensuite précipiter sur la Terre.

Mais comme la surface du globe terrestre est, pour les sept dixièmes, occupée par les océans, la majeure partie de ces messages lunaires devaient nécessairement se perdre au sein des mers. En outre, de vastes espaces sont, dans les divers continents, ou complètement déserts, ou habités par des peuplades sauvages, ignorantes et absolument incapables de comprendre de telles invitations et d'y répondre; enfin ceux même des projectiles lunaires que le hasard de leur chute avait pu faire tomber dans des régions civilisées, devaient pour la plupart s'enfoncer profondément dans le sol qui, se refermant après leur passage, en dérobait la connaissance aux habitants de ces contrées.

Il avait fallu un concours prodigieux de circonstances fortuites pour qu'un de ces messages pût être conservé intact, découvert et compris.

C'était celui que Marcel avait montré à ses deux amis. Bien qu'il ne pût nullement se douter des conditions dans lesquelles vivait l'humanité lunaire, l'audacieux ingénieur ne s'était pas trompé en affirmant son existence, et c'est au milieu de cette humanité qu'il allait se trouver jeté avec ses deux compagnons d'aventure.

CHAPITRE XI

L'ARRIVÉE

« Que les grâces de l'Esprit Souverain descendent sur vos têtes et mettent dans vos cœurs la joie et la sérénité, » dit le sage Rugel, en pénétrant sur la terrasse où se tenaient Marcel et ses deux amis contemplant un merveilleux spectacle.

Sous leurs yeux se déroulait une ville étrange, telle que l'imagination des conteurs orientaux n'en aurait jamais pu rêver de pareille. Ses blanches habitations, aux formes élégantes et capricieuses, dont les murs brillants et polis étaient rehaussés des plus vives couleurs artistement disposées, et enrichis de mosaïques, de métaux précieux, s'étendaient en pente douce jusqu'à la mer.

Cette mer offrait elle-même un aspect dont ne saurait donner l'idée celui des mers terrestres. Ses ondes, que ridait en ce moment une légère brise, n'avaient ni le bleu profond de la Méditerranée, ni le vert changeant de l'Océan; mais l'eau, comme si elle eût renfermé de la lumière en dissolution, était irisée et comme diaprée de toutes les couleurs de l'arc-en-ciel. Et chaque mouvement que le léger souffle du vent imprimait aux flots mobiles, faisait passer dans leurs masses transparentes mille rayons subtils qui se fondaient en un délicieux mélange.

Le personnage qui venait d'apparaître sur la terrasse offrait toutes les apparences extérieures d'un membre de l'humanité ter-

testre et semblait compter de 40 à 45 de nos années. Sa taille élevée
était bien prise ; tous ses membres, bien proportionnés, décelaient
la souplesse et la vigueur ; sa démarche aisée et libre trahissait
l'harmonie d'une nature bien équilibrée. Son visage, qu'encadraient
de longs cheveux noirs brillants et bouclés et une barbe de la même
couleur, fine et naturellement frisée, était empreint de douceur et
de gravité. Son front développé, ses yeux vifs et pénétrants dénotaient une intelligence large et prompte.

Il avait le nez droit, la bouche petite, qu'entr'ouvrait d'habitude
un sourire bienveillant.

Il était vêtu d'une sorte de tunique descendant jusqu'aux pieds,
faite d'une étoffe brillante et soyeuse dont la couleur azurée était
très douce à l'œil, et que retenait à la taille une ceinture d'une
nuance plus foncée, tout enrichie d'ornements qui ressemblaient à
la plus fine broderie. Ses pieds étaient chaussés de sandales faites
d'une sorte de liane tressée et que rattachaient au bas de la jambe
des rubans entrecroisés. Sur ce costume, riche et simple à la fois,
était négligemment jeté un vaste manteau d'une éclatante blancheur, fixé au sommet de la poitrine par une large agrafe formée
d'une matière brillante comme le diamant.

Les trois amis se levèrent. Marcel fit quelques pas au-devant du
nouveau venu, et s'inclinant avec gravité :

« Sois le bienvenu, dit-il, toi qui, depuis que nous sommes dans
ce monde nouveau, nous a initiés à tant de merveilles. »

Jacques et lord Rodilan s'étaient approchés et joignaient à celles
de Marcel leurs marques de respect et de reconnaissance.

« Amis, reprit Rugel, le moment que je vous avais annoncé est
arrivé. Vous avez maintenant une connaissance suffisante de notre
langue pour pouvoir paraître devant le prudent Aldéovaze, notre
chef suprême et vénéré, et les sages qui l'assistent dans la direction
de nos affaires publiques. Depuis longtemps déjà le bruit de votre si
extraordinaire arrivée est parvenue jusqu'à lui ; nos savants s'en
sont occupés ; c'est lui qui m'a placé auprès de vous avec la mission
de vous instruire pour vous permettre d'entrer en communication
avec nous. »

Jacques l'interrompit :

« QUE LES GRACES DE L'ESPRIT SOUVERAIN DESCENDENT SUR VOS TÊTES »,
DIT LE SAGE RUGEL (p. 97).

« Et vous vous êtes acquitté de cette mission avec un zèle, une bonne grâce et une aménité qui nous ont touchés jusqu'au cœur.

— C'est vrai, ajouta lord Rodilan ; je n'ai jamais rencontré dans le monde où nous avions vécu jusqu'ici un esprit plus fin et plus délicat, un caractère plus égal et plus doux, une bienveillance plus aimable que celle que vous nous avez témoignée. »

Rugel souriait.

« Je n'ai fait que remplir auprès de vous, répondit-il, la tâche que m'avaient confiée les membres du Conseil Suprême, et vous me laisserez bien vous dire, à mon tour, que cette tâche m'a été aussi douce que facile. Lorsque nos Diémides — et c'est là, vous le savez, le nom que nous donnons aux rangs inférieurs de notre humanité — ont rencontré votre véhicule dans la caverne où ils venaient chercher ces cailloux brillants qui servent à orner nos édifices ou nos vêtements, et où la main de l'Être Souverain avait dirigé votre chute, ils l'ont conduit, par le canal qui sert de déversoir au lac de la caverne, jusqu'à la capitale de la province voisine.

« Déjà nos savants avaient été témoins de la tentative faite par les habitants de la Terre pour entrer en communication avec nous. Aussi le magistrat qui gouverne cette province n'a pas eu de peine à comprendre que cette maison flottante avait dû servir d'abri à des êtres humains, sans doute venus de la Terre. En voyant les traces des chocs, les éraflures que portaient ses parois, il resta effrayé en songeant aux terribles hasards de cette chute. Il était évident que vous étiez tombés dans une de ces fissures larges et profondes qui sillonnent la surface de notre globe. Vous avez dû vous heurter aux nombreuses aspérités qui en hérissent les parois, bondir et rouler à travers toutes ses sinuosités jusqu'à ce qu'enfin un dernier élan vous ait précipités dans le lac qui a amorti votre chute.

« La caverne dont il forme le fond est en effet située à une profondeur bien plus considérable que vous n'aviez pu le soupçonner. La distance qui la sépare de la surface peut être évaluée au soixantième environ du rayon de la Lune.

— C'est-à-dire, interrompit Marcel, à peu près soixante de nos kilomètres.

— Le magistrat, poursuivit Rugel, que le hasard mettait en présence de cette étrange découverte, s'attendait à ne trouver que des cadavres dans ce singulier véhicule; le voyant vide, il comprit que le soin avec lequel tout avait été disposé à l'intérieur avait garanti les voyageurs, et il jugea que, s'ils l'avaient momentanément abandonné, c'était pour explorer la région où le hasard les avait conduits et se mettre le plus promptement possible en rapport avec nous. Il fallait donc aller au plus tôt à leur recherche, et cela avec d'autant plus d'empressement que les voyageurs, perdus au milieu de l'obscurité, devaient se trouver dans le plus grand embarras et peut-être exposés à périr.

« Des émissaires furent envoyés dans toutes les directions et l'on finit par vous découvrir sur les bords mêmes du lac où l'on avait recueilli votre projectile.

— Et il était temps, fit Jacques avec une explosion de gratitude. que vous vinssiez à notre secours : sans vous nous allions mourir.

— Et de la mort la plus ridicule et la plus humiliante pour des gentlemen, fit lord Rodilan : mourir de faim et d'inanition.

— Ah! oui, reprit doucement Rugel, car vous êtes sur votre Terre soumis à cette nécessité d'entretenir chaque jour en vous la vie par l'absorption d'éléments étrangers, nécessité dont nous sommes heureusement affranchis.

— Nous étions en effet à bout de forces, dit Marcel ; notre désespoir avait été immense lorsque nous avions constaté la disparition de notre obus. Cette disparition même prouvait que la Lune était bien habitée, comme nous l'avions pensé, et c'est au moment même de toucher le but que nous succombions. Nous n'avions pas voulu nous éloigner de ce lieu dans la pensée que ceux qui y étaient déjà venus pourraient y revenir, mais le besoin nous avait terrassés et nous nous endormions du dernier sommeil lorsque nous avons été arrachés à une mort certaine. »

L'entretien continua quelques instants encore sur ce ton de cordialité et d'aimable confiance, et Rugel prit congé de ses hôtes en les informant que leur réception par le magistrat suprême du monde lunaire était fixée au moment prochain où la Terre se trouverait à son premier quartier.

Depuis que, miraculeusement sauvés, nos trois voyageurs
vivaient au sein de l'humanité lunaire, ils étaient dans un conti-
nuel et complet enchantement. Ceux qui les avaient recueillis les
avaient trouvés évanouis au bord du lac dans la caverne obscure,

Le magistrat que le hasard mettait en présence de cette découverte... (p. 105).

et lorsque, rappelés à la vie par des soins intelligents, leurs yeux
s'étaient rouverts, ils s'étaient crus transportés dans un monde surnaturel. Ils étaient étendus sur de riches coussins dans une vaste
salle dont les baies larges et hautes s'ouvraient à un air tiède et

comme embaumé. Autour d'eux s'empressaient des êtres dont le visage sans barbe, les longs cheveux, la douceur des traits, les robes longues et flottantes, trahissaient le sexe. Leur voix était douce, et elles s'entretenaient dans une langue harmonieuse et sonore dont les accents, cadencés comme par un rythme caressaient l'oreille.

Bientôt ranimés, Marcel et ses deux compagnons sentirent se réveiller en eux les tortures de la faim. Ils désespéraient de se faire comprendre de celles qui les entouraient lorsque lord Rodilan, jetant les yeux autour de lui, reconnut, rangés dans la salle où ils se trouvaient, les divers objets qui garnissaient l'obus dans lequel ils avaient accompli leur étonnant voyage. Il désigna du doigt une boîte de forme carrée qu'on s'empressa de lui apporter et qu'il ouvrit avec effort.

Ses deux amis et lui se mirent à dévorer les biscuits qu'ils en retiraient avec une avidité gloutonne que Jacques, en sa qualité de médecin, ne tarda pas à modérer. Les femmes qui les entouraient donnaient, à ce spectacle évidemment nouveau pour elles, les marques de la plus complète stupéfaction.

« Qu'ont-elles donc à nous regarder ainsi ? grommelait lord Rodilan ; on dirait qu'elles n'ont jamais vu un honnête Anglais satisfaire son appétit. »

Et, comme le peu de nourriture qu'il avait prise lui avait rendu ses forces, il se leva et alla prendre un flacon de vieux bourgogne dont il se versa une large rasade, ainsi qu'à ses deux compagnons.

En les voyant absorber ce liquide qui leur était inconnu, les habitantes du monde lunaire passèrent de la stupéfaction au plus complet ahurissement.

« Les singulières personnes ! » murmurait Marcel.

Telle avait été l'entrée de nos trois voyageurs dans ce monde inconnu qu'ils venaient visiter de si loin.

CHAPITRE XII

LE MONDE LUNAIRE

L'ignorance où ils se trouvaient de la langue des indigènes fut d'abord pour eux une source d'embarras et de difficultés; mais ils avaient tous les trois trop de vivacité d'esprit pour qu'un pareil obstacle pût les arrêter longtemps.

Leur arrivée avait fait grand bruit; de toutes parts on accourait pour voir ces représentants d'une humanité si voisine. On voulait savoir comment ils étaient faits, s'ils étaient intelligents, bons et doux; on voulait savoir comment ils étaient venus; on ne cessait de se faire raconter les circonstances dans lesquelles ils avaient été découverts.

Le monde lunaire tout entier était en émoi, et, sans les précautions dont le gouverneur de la province les entourait, les nouveaux venus auraient eu parfois à souffrir d'une curiosité peut-être un peu gênante. La nouvelle avait été promptement apportée à la capitale de l'État lunaire, où résidait, avec le Conseil Suprême du gouvernement, le chef de l'État.

Les sages qui formaient le Conseil avaient jugé qu'avant de présenter les trois étrangers au dépositaire de l'autorité souveraine, il convenait de les initier à la langue du pays, de façon à ce qu'ils pussent être interrogés et fournir sans embarras d'utiles explications sur le monde dont ils étaient les messagers.

C'est ainsi que le sage et savant Rugel, l'un des membres du Conseil, avait été placé auprès d'eux pour les préparer à la réception solennelle qui leur était réservée.

Intelligents comme ils l'étaient, ils n'avaient pas tardé à se familiariser avec la langue que parlaient les habitants de la Lune.

Cette langue, aux inflexions musicales et douces, était d'une extrême simplicité logique. La grammaire et la syntaxe, fondées sur des règles nettes et conformes aux lois mêmes de la pensée, dégagées de toute complication inutile et de toutes ces exceptions qui embarrassent nos langues européennes, étaient claires et faciles. Mais cette sobriété des formes essentielles n'excluait pas la richesse : le vocabulaire était abondant et chacune des nuances les plus délicates de la pensée trouvait pour l'exprimer un mot précis, facile à retenir, qui, le plus souvent, formait image et dont le son mélodieux charmait l'oreille.

Le même esprit d'exactitude méthodique présidait à l'écriture qui servait à représenter les mots de cette langue.

L'humanité lunaire ne présentait en effet qu'une race unique, toujours soumise aux mêmes influences de température et de milieu. Il n'avait donc jamais été parlé qu'un seul idiome qui était allé se perfectionnant à mesure que progressait la civilisation et que les conquêtes de la science apportaient à la pensée de nouveaux éléments. On ne rencontrait pas dans cette langue la variété de radicaux venus de sources différentes et ces chinoiseries d'orthographe que nous ont laissées tant d'idiomes disparus. Les mots étaient donc figurés tels qu'ils étaient prononcés par un petit nombre de caractères faciles à saisir et à tracer. Tout le monde parlait bien, tout le monde écrivait bien.

D'ailleurs, la curiosité des explorateurs était surexcitée par tout ce qu'ils voyaient, et le désir d'apprendre, déjà naturel à ces esprits d'élite, se trouvait singulièrement accru. Toutes les forces de leur intelligence se trouvaient tendues pour comprendre et admirer ce monde où tout leur semblait supérieur à ce qu'ils connaissaient.

Ils allaient d'étonnement en étonnement.

Cette humanité qui semblait, à force de science et de volonté, avoir conquis le droit de vivre dans un milieu étrange; ces êtres d'une nature plus subtile, débarrassés du souci matériel d'entretenir quotidiennement leur vie par une nourriture grossière; ces arts et ces industries bien plus perfectionnés que les nôtres et qui avaient déjà dérobé à la nature des secrets que nous soupçonnons à peine, discipliné des forces dont nous sommes loin encore d'avoir tiré tout le parti possible; cette civilisation si avancée qu'elle était arrivée à simplifier les conditions de la vie, à faire disparaître les rivalités et les dissentiments qui divisent les hommes; cette haute culture morale, cet amour éclairé du bien, cette sagesse pratique exempte d'austérité farouche et de rigorisme étroit; enfin ces mœurs douces où l'affabilité et la bienveillance rendaient tous les rapports aimables et faciles, tout cela les enchantait et les ravissait.

Marcel était dans un perpétuel état d'exaltation et d'enthousiasme. Jacques n'avait pas oublié son amour pour Hélène; mais, dans ce milieu plein de sérénité, il y songeait sans amertume et avec une douce espérance. Lord Rodilan lui-même, rattaché à la vie, était guéri de son spleen et ne regrettait plus d'avoir échappé à la mort.

Pour compléter et hâter leur instruction, Rugel leur avait fait parcourir les diverses régions de la contrée où vivait l'humanité lunaire, dont le chiffre ne dépassait pas douze millions d'habitants.

Le centre de cette contrée était occupé par une mer de dimensions à peu près égales à celles de notre Méditerranée. La surface de cette mer intérieure était semée d'îles nombreuses, quelques-unes de dimensions très restreintes et groupées en riants archipels; d'autres, plus importantes et isolées, atteignaient les proportions de petits continents. Des États comme la Grèce, la Belgique, le Portugal, y auraient tenu sans peine.

Autour de ces rivages, que découpaient des golfes nombreux, où s'avançaient de pittoresques presqu'îles, s'étendaient de vastes régions sillonnées de nombreux cours d'eau, parsemées de villes florissantes, où vivait à l'aise une population bien moins dense que celle qui s'entasse dans nos étouffantes cités.

Le sol allait s'élevant par une pente insensible jusqu'à une région de montagnes inaccessibles, aux roches surplombantes, aux précipices insondables et dont jamais personne n'avait gravi les flancs inhospitaliers. C'est par delà cette ceinture impénétrable que s'élevaient les assises granitiques formant à la fois et les parois et la voûte de la caverne colossale qui renfermait un monde.

Ce milieu, où ne pénétraient jamais les rayons du soleil, était éclairé d'un jour égal et constant produit par la diffusion dans l'atmosphère de cette lumière de nature électrique dont l'aspect imprévu avait si étrangement surpris les trois voyageurs. Cette continuité de la lumière, que ne variait aucune alternative de jour et de nuit, faisait aux habitants du monde lunaire une existence toute différente de la nôtre. La vie ne s'y partageait pas en deux parties de longueur inégale, dont l'une est toute remplie de fièvre, d'agitations, de combats âpres et acharnés, et l'autre plongée dans les ténèbres, où la nature et l'humanité semblent ensevelies dans la nuit du tombeau.

La surface du sol y était toujours pleine de vie et comme souriante. Chacun y donnait à ses occupations tout le temps nécessaire, sans s'inquiéter des divisions des jours, puisque la lumière ne cessait de remplir l'espace, et se livrait au repos lorsqu'il sentait le besoin de réparer ses forces épuisées.

La nature, toujours logique dans sa prévoyance, avait disposé la vie animale en vue du milieu où elle devait se développer. Comme les hommes, les êtres inférieurs étaient organisés de façon à entretenir leur vie par la seule respiration. La lutte pour l'existence n'armait les uns contre les autres ni les individus d'une même espèce ni les espèces différentes. Aussi le regard n'était-il pas affligé par le spectacle de ces combats incessants où le faible, toujours sacrifié, sert à nourrir le plus fort; et il n'était pas à craindre que cette absence d'ennemis acharnés laissât se développer outre mesure les diverses espèces animales : leur fécondité limitée suffisait à remplir les vides que la mort, naturellement survenue, faisait dans leurs rangs, sans que jamais aucune d'elles pût devenir envahissante.

Les animaux n'ayant pas à se défendre contre des ennemis sans cesse renaissants et n'ayant pas non plus à attaquer pour

vivre, n'avaient nul besoin de cet arsenal d'armes variées et terribles dont la nature les a gratifiés sur notre globe. Pas de griffes
acérées, de dents menaçantes, de dards envenimés. Aussi les
espèces malfaisantes y étaient-elles inconnues.

Les oiseaux venaient familièrement ..
(p. 110).

Des êtres doux et inoffensifs,
n'ayant jamais eu à souffrir des
attaques injustes de l'homme, et
par conséquent à le redouter ou à s'en défier, s'en rapprochant
du reste par leur intelligence et les instincts d'un naturel presque
sociable, vivaient avec lui dans un état qui tenait le milieu entre
l'indépendance et la domestication.

L'espèce qui semblait tenir le premier rang dans cette vie
d'ordre inférieur offrait des analogies frappantes avec notre race

canine. A la fois plus fine et plus forte, de forme plus svelte et
plus élégante, elle vivait près de l'homme comme un compagnon
affectueux et soumis.

Dans une plus étroite intimité avec les habitants de la Lune,
vivait encore un autre animal de taille plus petite, d'allures moins
vives, aux formes charmantes, souple et caressant, qui était comme
l'hôte assidu de chaque maison. Sa robe aux poils longs et soyeux,
offrait les couleurs les plus variées et les plus chatoyantes. Comme
le plumage de nos oiseaux des tropiques, elle était tantôt de teinte
uniforme et brillante, tantôt diversement nuancée, mais toujours
douce et plaisante aux regards. De mœurs familières et paisibles,
ces animaux n'avaient rien de l'égoïsme féroce, de l'hypocrisie de
notre race féline. Ils semblaient avoir fait à l'homme le sacrifice
de leur liberté, et leurs yeux, expressifs et doux, montraient qu'ils
étaient sensibles à l'affection dont ils étaient l'objet.

D'autres animaux dont la taille et les formes rappelaient celles
de nos daims, de nos cerfs et de nos gazelles ou dont le pelage
de couleurs variées était tantôt zébré ou capricieusement tacheté
comme celui de nos tigres et de nos léopards, dont ils n'avaient
ni la férocité ni les instincts sanguinaires, peuplaient la campagne.

Les familles des oiseaux, bien moins nombreuses que chez
nous, se faisaient, en revanche, remarquer par la beauté et l'éclat
de leur plumage et l'harmonie de leurs chants. Comme ils n'avaient
pas plus que les autres êtres animés de raisons pour redouter l'approche de l'homme, ils venaient familièrement à son appel, peuplaient les bosquets qui entouraient les habitations, pénétraient
dans les demeures qu'ils égayaient de leurs gazouillements et de
leur présence.

Dans les mers, dans les fleuves, dans les lacs, vivaient quelques
races de poissons dont rien ne troublait jamais la tranquille existence et qui semblaient n'être là, comme le dit un poëte ancien,
que pour qu'aucun des éléments de la nature ne restât privé d'habitants.

Dans ce milieu presque complètement clos, la clarté du jour et
la température ne subissaient que de légères variations. La lumière

qui l'éclairait était analogue à celle que répand sur notre terre le
soleil lorsque, dans les journées d'été, il s'élève au matin voilé des
brumes qui se forment à la surface du sol refroidi pendant la nuit.
Cette clarté était douce, irisée des teintes du prisme singulièrement attendries, délicatement nuancées, et qui semblaient se succéder en ondulations harmonieuses; elle n'était assombrie que
lorsque les vapeurs qui s'élevaient des mers se condensaient dans
les hautes régions de l'atmosphère en nuages légers et changeants, qui parfois se résolvaient en une pluie fine dont l'ondée
vivifiante faisait s'épanouir les fleurs et augmentait leurs parfums.
La température s'abaissait alors de quelques degrés, mais jamais
assez pour qu'une sensation de froid vînt surprendre les habitants
et diminuer leur activité.

Cette tiédeur constante de la température, ces pluies bienfaisantes donnaient au sol une merveilleuse fertilité. Les campagnes
n'étaient pas cultivées, puisque les habitants de ces heureuses
régions n'étaient pas astreints à la nécessité d'arracher péniblement
à la terre des aliments indispensables à une vie inférieure et
matérielle. Aussi les plantes s'y épanouissaient en pleine liberté.
Toutefois, privée de la lumière du soleil, la végétation y offrait un
aspect étrange auquel l'œil de nos Européens avait eu quelque
peine à s'accoutumer. Le sol était généralement couvert d'un
gazon épais et fin, d'un vert pâle et qui parfois atteignait la couleur
d'un blanc légèrement teinté.

Sur ce fond d'un ton très adouci s'enlevaient des bouquets de
bois d'une verdure un peu plus sombre. Les troncs élevés et recou-
verts d'une écorce tantôt blanche et marbrée, tantôt lisse et verte,
tantôt striée de bandes longitudinales plus ou moins foncées,
étendaient leurs branches couvertes de feuilles aux formes bizar-
rement découpées. Ces feuilles n'étaient pas d'une couleur uniforme. Les unes, panachées et légères, étaient presque transparentes,
et la lumière qui les traversait leur donnait un éclat semblable
à celui des fleurs; d'autres, formées d'un tissu fin et cotonneux,
découpées comme une fine dentelle, semblaient vaporeuses et
légères.

Parfois, au milieu des prairies, s'élevaient des végétaux gigan-

tesques, au tronc colossal, étendant dans tous les sens leurs
rameaux vigoureux et tout chargés de longues et larges feuilles
qui, comme des voiles de gaze mordorée, ondulaient au moindre
souffle, et où la lumière s'irradiait en couleurs variées. D'autres
enfin, de moindre hauteur, au tronc lisse et d'un vert plus vif,
dressaient dans les airs leurs feuilles lancéolées, aux nervures
épaisses, à la pointe armée d'une sorte de dard.

Tous ces arbres, d'essences diverses et inconnues à nos voyageurs, portaient des fleurs aux formes étranges et capricieuses;
mais ces fleurs, comme celles qui émaillaient les campagnes,
étaient toutes de couleurs voilées et d'un éclat en quelque sorte
attiédi. On n'y voyait point, comme sur la terre, ces rouges écla-
tants et d'une pourpre saignante, ces jaunes rutilants qui ressemblent à de l'or en fusion, ces bleus et ces violets vigoureux
et profonds; mais des roses pâles, des jaunes qui semblaient
atténués par le temps, des bleus tendres, des rouges éteints
aux reflets violâtres. Seul le blanc, que caressait la lueur
légèrement bleutée de l'atmosphère, prenait à ce contact un
lumineux éclat.

Sous cet heureux climat, où il n'y avait jamais d'hiver, les forêts
ne dépouillaient jamais leur parure, les gazons n'étaient jamais
sans fleurs; elles se succédaient sans relâche et le regard en était
toujours charmé.

Pour des yeux habitués aux couleurs violentes et quelquefois
heurtées qu'affectent chez nous les plus riches floraisons, l'aspect
général de la nature pouvait paraître un peu fade et un peu
monotone; mais la vue s'habituait bientôt à ces tons d'une douceur infinie et dont les mille nuances et la diversité délicate
ravissaient et reposaient à la fois.

Les villes étaient nombreuses, construites comme celle qu'habitaient nos voyageurs et qui était, à proprement parler, la capitale du monde souterrain : car c'était là que siégeait, avec le
Conseil Suprême, le chef de l'État. Mais la capitale ne se distinguait pas autrement des autres cités. Comme le sol appartenait à
tous et que nul n'avait intérêt à disputer à autrui une part de la
propriété commune, chacun avait pu donner à sa demeure les pro-

portions qu'exigeait le nombre des membres de sa famille ou sa
propre fantaisie.

Il n'y avait pas là, comme sur la Terre, de ces ruches sans
lumière et sans air, formées d'étages superposés, où s'entassent de

Le train ainsi formé... (p. 115).

nombreuses familles étrangères les unes aux autres. Chaque
famille avait sa demeure et tous se plaisaient à l'orner et à la
décorer avec un goût d'une exquise variété.

Les rues étaient larges et spacieuses, dallées d'une sorte de
matière semblable au verre dont les coloris divers, disposés avec

art, formaient une espèce de mosaïque. Les végétaux qui les bordaient, les jardins qui entouraient les maisons, les larges espaces plantés d'abres et d'arbustes toujours couverts de feuillage et de fleurs, donnaient à toutes ces villes un aspect riant et paisible. De nombreux véhicules électriques, légers, rapides et de formes gracieuses, roulant sans bruit, les sillonnaient dans tous les sens. Les routes qui reliaient les villes n'étaient que la continuation des rues qui les traversaient; elles étaient plantées et pavées de la même façon.

Dans la campagne, à certaine distance des villes, s'élevaient des habitations solitaires, asiles préférés de quelques sages jaloux de ne pas être troublés dans leurs méditations par le mouvement des cités.

Grâce à un système de locomotion électrique qui permettait d'obtenir, avec des appareils d'un très petit volume, une force propulsive très considérable, les communications entre les diverses villes étaient rapides et fréquentes. Ils avaient en effet découvert un métal avec lequel la constitution géologique du globe terrestre n'offre rien d'analogue. De couleur bleuâtre, d'une densité inférieure à celle de l'aluminium, moins fusible que le platine, plus magnétique que le fer doux, il avait la propriété de se charger à l'air libre d'électricité, de l'emmagasiner et de former ainsi de véritables accumulateurs d'une extrême puissance et d'une durée presque indéfinie.

Les principales villes étaient reliées par un réseau de voies ferrées dont l'étrangeté avait causé aux trois habitants de la Terre une profonde surprise lorsqu'ils les avaient vues pour la première fois.

Tout y était nouveau, en effet.

Qu'on se figure des véhicules de forme élégante et légère, évidés par le haut et renflés par le bas, reposant des deux côtés sur l'extrémité d'un essieu servant d'axe à une sorte de sphère formée de quatre grands cercles métalliques se coupant à angle droit, et dont l'un, perpendiculaire au véhicule et muni d'une gorge, court sur un rail unique. Comment un semblable appareil pouvait-il se maintenir en équilibre?

Ce fut le problème que se posa tout d'abord l'ingénieur Marcel, et dont la solution, aussi simple qu'originale, l'émerveilla.

Les savants de la Lune n'avaient fait là qu'appliquer à la locomotion le principe du gyroscope.

On sait qu'un corps solide, comme par exemple un disque métallique, soumis à un rapide mouvement de rotation sur son axe, conserve invariablement son plan de rotation et par conséquent son axe tant que la vitesse initiale n'est pas modifiée. C'est sur ce point que le physicien Foucault s'était fondé pour construire l'instrument qui lui servit à démontrer la rotation des planètes. Son gyroscope, en effet, se maintient en équilibre, suspendu en porte-à-faux tant qu'il conserve la même vitesse de rotation.

C'était, dans l'appareil qui causait la surprise de Marcel, l'application de la même loi physique.

Au centre de la sphère sur l'axe de laquelle reposait le véhicule, était disposé un disque ou plutôt une sorte de volant métallique très pesant, animé par un moteur électrique d'un mouvement de rotation extrêmement rapide, dans le plan même de la roue à gorge qui reposait sur le rail. Le diamètre et le poids de ce volant, ainsi que la vitesse qui lui était imprimée, tout était calculé en vue de la charge que l'axe de la sphère était appelé à supporter. Tant qu'il conservait sa vitesse, l'appareil tout entier gardait sur le ruban de métal un équilibre fixe et invariable, assez stable pour n'être pas rompu par le va-et-vient des voyageurs. Le train ainsi formé était mis en mouvement par un moteur électrique indépendant, disposé sur le premier des véhicules, qui constituait ainsi une sorte de locomotive électrique, dont la forme en coupe-vent très aigu diminuait de beaucoup la résistance atmosphérique.

Ce système avait pour conséquence, puisque le tout roulait sur un seul rail, de réduire le frottement à son minimum et d'augmenter proportionnellement la vitesse obtenue. Il en résultait aussi pour l'établissement des voies de précieuses facilités.

En effet, le rail reposait sur des piliers métalliques placés de distance en distance et dont les hauteurs, variant suivant les inégalités du sol, maintenaient la voie dans un plan toujours horizontal. Ainsi étaient évités ces travaux de terrassements, ces tranchées, ces remblais, tout ce qui rend si long et si pénible l'établissement des voies ferrées terrestres; pas d'autres ouvrages d'art que quelques ponts hardis, également métalliques, jetés sur une gorge profonde ou sur un cours d'eau.

Toujours soucieux de parer aux accidents possibles, les ingénieurs lunaires avaient prévu le cas où, pour une cause quelconque, le courant moteur venant à faire défaut, le train serait menacé de perdre son équilibre.

Ils y avaient pourvu par un ingénieux système de freins. Le rail, de dimensions et de force bien supérieures à ceux en usage sur la terre, avait aussi la forme d'un champignon, à cette différence près qu'il était évidé plus profondément et en retrait de façon à offrir de chaque côté une gorge dont une semelle d'acier pouvait épouser exactement la forme; cette semelle terminait, à droite et à gauche du rail, un bras de levier très puissant, disposé sous les véhicules et formant ainsi un triangle isocèle dont le rail était le sommet. Quand le train était en marche, ces deux semelles d'acier se maintenaient assez écartées pour qu'aucun frottement ne pût se produire. Aussitôt que le courant actionnant les gyroscopes venait à cesser ou même à diminuer et que la stabilité des véhicules se trouvait compromise, les deux semelles se rapprochaient du rail, y adhéraient fortement et formaient ainsi au train une base inébranlable. Pour déterminer ce rapprochement, un mécanisme automatique était disposé sur le véhicule locomoteur. Là, se trouvaient en effet, sous les yeux de ceux qui conduisaient le train, des appareils enregistreurs dont les aiguilles indiquaient à la fois avec précision le nombre de tours accomplis par les gyroscopes dans l'unité de temps, la force et l'intensité du courant électrique. Aussitôt que l'aiguille atteignait le chiffre minimum, un déclenchement se produisait et les semelles de tous les freins, saisissant à la fois le champignon du rail, maintenaient le train en équilibre. Il suffisait alors d'interrompre le courant qui activait l'appareil locomoteur pour qu'en peu d'instants le train s'arrêtât sans secousse.

Tout cela était léger, aérien, silencieux, et les trois amis ne pouvaient se lasser d'admirer le génie fertile qui avait imaginé ces trains hardis qu'on voyait fendre l'air avec rapidité et dont un faible bruissement signalait seul le passage.

Ce système de transports servait aux besoins généraux et industriels; mais, pour les communications particulières ou les déplacements individuels, il existait d'autres moyens d'un usage commode et facile.

Dans cette atmosphère saturée d'électricité, où dominait l'ozone, c'est-à-dire l'oxygène électrisé, il y avait là un réservoir inépuisable de forces naturelles que la science très avancée des habitants de la Lune avait pliées à tous leurs usages.

C'était un jeu pour eux, avec le moteur léger et puissant dont ils disposaient, de construire des appareils qui, plus lourds que l'air, et prenant leur point d'appui dans le milieu ambiant, pouvaient se diriger avec sûreté dans l'atmosphère et franchir sans encombre et avec rapidité des distances considérables.

Un ingénieux système de parachutes qui, sous un petit volume, offraient une large surface de résistance et se déployaient automatiquement, prévenait les accidents, toujours à craindre, même avec les engins les plus perfectionnés, et assurait à ce genre de transports une sécurité complète. Après de longs tâtonnements, les physiciens lunaires avaient reconnu que le mode de propulsion le plus simple et le plus pratique était celui de l'hélice auquel, sur la Terre, on n'est arrivé que si tard.

Les oiseaux fatiguaient leur vol à suivre ces nefs légères qu'une seule personne suffisait à diriger et à maintenir dans la direction voulue.

C'était le fluide électrique lui aussi qui mettait en mouvement les embarcations de toutes sortes qui flottaient à la surface de la mer intérieure, remontaient le cours des fleuves ou même, plongeant sous les eaux, allaient explorer les couches profondes de ces mers inconnues.

Tout, dans ce monde si différent de la Terre, respirait le calme et la paix de l'âme; tous, affranchis des besoins matériels, semblaient n'avoir d'autre souci que de développer leur intelligence ou de s'abandonner aux sentiments du cœur les plus tendres et les plus élevés. La sérénité de leurs traits, la franchise de leur regard,

la bienveillance de leur sourire montraient que leur âme était
libre de toutes les ambitions mesquines, de toutes les passions
égoïstes qui rendent si misérable la condition de l'humanité terrestre.

On n'y connaissait guère d'autres tristesses que celles qui pouvaient résulter de la perte des êtres qu'on chérit, de quelque enfant
arraché, à l'aurore de la vie, à l'affection de ses parents, d'une
compagne bien-aimée, d'un ami ou d'un maître vénéré, ou encore
de ces inquiétudes ou de ces tourments dont ne peut se défendre
l'âme des sages, alors que, tout entiers à la recherche de quelque
important problème, ils voient fuir devant eux la solution qu'ils
ont longtemps poursuivie.

Nos voyageurs se demandaient cependant où, comment et par
qui étaient construits les monuments qui excitaient leur admiration, les machines et les appareils si divers qui répondaient d'une
manière si commode et si complète à toutes les exigences de la vie.

Ils n'avaient en effet, dans les villes et dans les campagnes
qu'ils avaient parcourues, aperçu nulle part les traces d'un travail
industriel. Ils devaient apprendre, en prolongeant leur séjour dans
le monde lunaire, qu'au delà de la limite des régions qu'ils avaient
visitées, se trouvaient d'autres agglomérations d'habitants différentes
de celles qu'ils connaissaient déjà.

C'était dans le voisinage des montagnes dont nous avons déjà
parlé, que se dressaient ces cités véritablement industrielles. Là,
on extrayait du sol les métaux utiles ou précieux; là, on les mettait
en œuvre; de là sortaient tout fabriqués les ustensiles nécessaires
aux divers usages de la vie et tous les appareils que comporte un
état de civilisation très avancée.

C'était la classe des Diémides qui était employée à ces travaux
multiples.

CHAPITRE XIII

DIÉMIDES ET MÉOLICÈNES

Comme dans toutes les réunions d'êtres humains, intelligents et moraux, soumis à la grande loi du progrès, et qui s'élèvent sans cesse dans la voie d'un bien-être de plus en plus complet, d'une connaissance de plus en plus large et d'une moralité de plus en plus haute, l'humanité lunaire avait, dès le début, présenté des aptitudes diverses, des capacités différentes.

Là, comme partout où nous pouvons concevoir des êtres vivants et perfectibles, la lutte pour l'existence, dont chaque pas en avant est une conquête sur la nature, l'influence des milieux, la sélection et l'hérédité avaient fait leur œuvre. Pendant que les uns mieux doués, mieux armés, avaient pu cultiver leurs facultés dans des conditions plus favorables et devenaient supérieurs par la science et la pratique du bien, les autres ne suivaient que de loin et d'un pas plus lent cette marche dans la route du progrès indéfini.

Toutefois, comme les habitants de la Lune n'étaient pas soumis aux mêmes nécessités que ceux de la Terre, comme ils étaient par nature d'une essence moins grossière et moins asservis aux exigences de la matière, leur point de départ avait été plus élevé que celui de nos races primitives; le développement de cette humanité privilégiée avait été plus rapide et plus complet. La distance qui séparait les couches extrêmes de cette hiérarchie morale était bien

moins considérable que celle qui existe sur la Terre entre les produits raffinés de nos civilisations européennes et les barbares
grossiers qui errent dans la brousse de l'Afrique centrale ou dans
les déserts de l'Australie.

D'un naturel doux et paisible, pénétrés dans une large mesure
de l'amour du bien, du respect de la science et de l'ambition
légitime de s'élever toujours plus haut, les Diémides — c'est-
à-dire en langage lunaire ceux qui aspirent à une condition
meilleure — acceptaient avec joie ces travaux qui servaient à
l'utilité commune de la grande famille dont ils faisaient partie.
Du reste, les incessantes découvertes des savants qui déro-
baient chaque jour à la nature quelque nouveau secret, et qui
employaient à leur usage, en les disciplinant, des forces qui nous
sont encore inconnues, rendaient ces travaux toujours plus faciles
et moins répugnants.

D'ingénieux procédés, des machines d'un mécanisme aussi
simple que sûr permettaient d'extraire presque sans effort les
matières premières que le sol fournissait en abondance, de fabriquer sans peine tous les objets utiles, et réduisaient à son
minimum le travail de l'homme, dont le rôle se bornait à conduire
et à surveiller la marche d'un outillage perfectionné.

D'ailleurs, le grand sentiment de justice et d'amour qui régnait
dans cette société épurée rendait douce aux Diémides leur condition et réservait à chacun la perspective des plus précieuses
récompenses. Là chacun tenait le rang que lui assignaient exactement son mérite et sa valeur morale. Quiconque par son intelligence, par les services rendus, par le bon exemple donné, se
distinguait de ceux au rang desquels l'avait placé sa naissance,
s'élevait d'autant dans l'échelle sociale : à tout progrès dans la
dignité morale correspondait une élévation proportionnelle dans
la dignité sociale. De cet ensemble de mœurs et d'institutions qui
s'étaient librement et spontanément établies chez ces races naturellement portées au bien, était résultée une hiérarchie fixe quant
aux démarcations qui séparaient les diverses classes, mais essentiellement mobile pour les individus, qui pouvaient toujours, par
la continuité de leurs efforts, monter vers les classes supérieures.

De là un ordre social d'où étaient exclues toute envie et toute basse jalousie, où régnaient dans tous les rangs le sentiment du devoir accompli et la paix qui l'accompagne.

Au degré le plus inférieur de l'échelle se trouvaient ceux des Diémides qui étaient employés aux industries extractives; au-dessus les constructeurs, ceux qui élevaient les habitations ou qui façonnaient les machines, objets mobiliers et engins divers. Plus haut enfin ceux qui, sous la direction des artistes, peintres, sculpteurs, architectes, ingénieurs, décoraient les édifices, sculptaient ou ciselaient le bois, la pierre ou le métal.

Là s'arrêtait le rôle des Diémides.

La hiérarchie se continuait dans la classe supérieure appelée les « Méolicènes », c'est-à-dire les hommes de l'intelligence.

A vrai dire, il n'y avait d'autres distinctions entre les deux branches de ce grand peuple que la nature du travail auquel on s'employait. Tant que ce travail était entièrement ou surtout matériel, on restait dans la classe des Diémides. Lorsque l'œuvre à laquelle on était voué exigeait l'emploi exclusif des facultés de l'intelligence, on entrait dans la classe supérieure des Méolicènes. Et là encore se continuait une marche ascendante jusqu'au rang le plus élevé où se tenaient les sages dont le vaste esprit embrassait le principe de toutes les sciences, les lois générales de l'univers, et les grandes vérités morales qui servaient de guide à cette humanité déjà si avancée dans la voie de la perfection.

Comme le culte et la pratique du bien étaient, dans ces natures d'élite, en harmonie avec l'étendue des connaissances, les premiers d'entre les Méolicènes unissaient à la plus complète sagesse la plus inaltérable vertu.

Dégagés de ce qui pouvait exister encore dans les rangs inférieurs de faiblesses humaines, de défaillances, d'imperfections morales, ils semblaient vivre dans une atmosphère éthérée où ne parvenait jamais rien de bas ou d'impur. Ils dominaient par la puissance de leur esprit, la possession presque complète des secrets de la nature qui mettaient entre leurs mains des forces capables au besoin de détruire le monde qu'ils habitaient, et surtout par la sérénité de leur vie et l'autorité que leur donnait la réalisation constante de tout ce qui est bon, honnête et juste.

Ils formaient le Conseil Suprême du magistrat qui était à la tête de cette sorte de république.

Ce chef de l'État, dont les pouvoirs duraient autant que sa vie, était élu par les membres de ce conseil et toujours choisi parmi eux.

Dans cette assemblée de sages il ne pouvait être question d'intrigues ou de compétitions vulgaires : c'était toujours au plus digne qu'allaient les suffrages de ses collègues.

Ses fonctions consistaient à diriger les délibérations de l'assemblée qu'il présidait, et à prendre de son initiative propre toutes les mesures qu'il jugeait utiles au développement matériel et moral de la société tout entière.

Il figurait au premier rang dans toutes les cérémonies publiques ; il était à la fois le chef de la religion et de la cité. Ce double caractère auguste et sacré, la conviction de tous qu'il était le premier par la science, par la sagesse et par la vertu, lui assuraient une autorité devant laquelle chacun s'inclinait avec respect.

Dans ce milieu où la situation sociale était marquée par la seule valeur personnelle, aucun privilège n'était réservé à la naissance : tous naissaient égaux, tous passaient par les mêmes épreuves. L'enfant, qu'il fût issu d'un Diémide ou d'un Méolicène, était élevé jusqu'à la puberté au sein de la famille. Sans distinction de sexe, il recevait de la bouche des sages les éléments de toutes les connaissances utiles ou agréables qui devaient lui permettre de remplir plus tard le rôle auquel la nature l'avait destiné. Les jeunes gens y puisaient les principes des sciences qu'ils auraient à appliquer dans les fonctions diverses que leur gardait la hiérarchie sociale. Les jeunes filles, dans l'âme desquelles on cultivait surtout le sentiment du beau, s'y formaient à la culture des arts, sans que ces aspirations vers l'idéal pussent jamais altérer la réserve et la modestie si naturelles à leur sexe et qui font le charme de la vie.

Et ceux qui étaient chargés de distribuer ainsi l'enseignement, et qui avaient la mission délicate de discerner dans chacun les aptitudes dominantes et d'en favoriser le développement pour le

plus grand bien de l'intérêt commun, étaient des plus honorés
parmi les Méolicènes.

On considérait comme la plus importante de toutes la tâche de

Dans cette assemblée de sages... (p. 135.)

former ainsi au culte du bien, du beau et du vrai l'âme des générations futures.

Pour les jeunes filles, leur vie se continuait au foyer domes-
tique jusqu'à ce que le choix d'un époux vînt les faire sortir de
la maison paternelle.

Comme nul ne pouvait songer à s'enrichir ni à s'élever par de mauvais moyens au-dessus des autres, et comme il n'y avait pas de propriété individuelle, chacun recevait sa part légitime du fonds commun, et par suite il n'y avait ni transactions, ni salaires, ni monnaies d'aucune sorte; aussi ne pouvait-il être question de fortune ou de dot. Tandis que, sur la Terre, on se lance éperdûment à la chasse des riches héritières et, sans se préoccuper des qualités de l'esprit et du cœur, on ne vise que des apports opulents ou de basses espérances, heureux et envié lorsqu'on a brillamment réussi dans ces honteux calculs, l'amour seul, confiant et désintéressé, présidait là aux unions, dont il assurait à la fois le bonheur et la dignité.

Lorsqu'une sympathie réciproque avait rapproché deux êtres, lorsque la sincérité de leurs sentiments, qu'ils ne pouvaient songer à dissimuler, avait consacré ces premiers mouvements du cœur, nul ne s'inquiétait de savoir à quel rang de l'échelle sociale se trouvaient placés ceux qui aspiraient à s'unir pour fonder une nouvelle famille. Sur ce terrain, pas de distinction entre les Diémides et les Méolicènes.

Du reste, le fonctionnement même des institutions qui régissaient l'humanité lunaire rendait impossible la formation d'une aristocratie de race : on ne s'inclinait que devant la supériorité intellectuelle et morale acquise par un travail incessant et constatée par de nombreuses et décisives épreuves.

Pour s'en rendre compte, il faut revenir sur l'éducation donnée aux jeunes gens.

Lorsqu'ils étaient entrés dans l'adolescence, tous sans distinction, qu'ils fussent issus des plus élevés des Méolicènes ou des plus humbles des Diémides, prenaient rang dans la classe de ces derniers et devant eux s'ouvrait une carrière de perfectionnement et de progrès.

Tous commençaient par être employés aux travaux purement manuels et qui ne réclamaient que l'usage des forces physiques. Mais ces travaux qui, pour la plus grande partie, étaient exécutés par des machines dont l'électricité était l'inépuisable moteur, leur fournissaient l'occasion d'exercer à la fois leur intelligence et leur sentiment artistique. Une fois que les matériaux étaient extraits et grossièrement mis en œuvre, ils n'avaient plus qu'à les façonner, leur donner la forme définitive et, quel que fût l'usage auquel ils étaient destinés, depuis les supports puissants sur lesquels reposaient les lignes ferrées et les blocs qui servaient d'assises aux monuments jusqu'aux organes les plus délicats des appareils compliqués et aux meubles qui garnissaient et ornaient les demeures, tout, chez ce peuple si éminemment doué, revêtait des formes d'une élégante et harmonieuse variété.

Ces occupations, du reste, leur laissaient de nombreux loisirs; et, en même temps qu'ils travaillaient à l'utilité commune, ils poursuivaient la culture de leur esprit et s'efforçaient de se rendre dignes d'une condition supérieure.

Les savants qui dirigeaient leurs travaux et distribuaient à chacun sa tâche, étaient aussi ceux qui les guidaient dans le développement de leur instruction scientifique et morale. C'était ainsi une vaste famille, où l'autorité était aimée et respectée parce qu'elle était toujours bienveillante et juste, où l'obéissance était facile et douce, car elle ne reposait pas sur la crainte d'un pouvoir tyrannique ou jaloux, mais sur une affection réciproque et un constant désir de bien faire.

Ces savants, qui étaient aussi des sages, suivaient d'un œil attentif l'œuvre de chacun; ils jugeaient du mérite, des efforts accomplis, des résultats obtenus, et, aussitôt que l'un de ceux qui étaient soumis à leur direction avait, par son travail personnel, augmenté la somme de ses connaissances et s'était rendu capable de rendre à la société des services d'un ordre plus élevé, ils le désignaient pour prendre rang dans une classe supérieure.

Et ces décisions que dictaient seuls l'esprit de justice et le sentiment du bien commun, étaient acceptées sans contestation, sans jalousie et sans envie.

Celui qui s'élevait ainsi dans l'échelle sociale ne voyait autour de lui que des visages souriants, que des mains tendues pour le féliciter de son heureux succès : tant la conviction régnait du haut en bas de cette société que tout devait tendre et tendait en effet à la prospérité et au bonheur de tous.

Il n'était pas cependant donné à tous ceux qui formaient la classe des Diémides de marcher d'un pas égal dans la voie de progression qui leur était ouverte. Ceux qui, comme il est naturel dans toute réunion d'hommes, étaient moins bien partagés au point de vue de l'intelligence, ne franchissaient jamais les degrés inférieurs ou ne pouvaient jamais sortir du rang des Diémides; mais la moralité, l'esprit d'ordre et de soumission étaient les mêmes chez tous. Et ainsi s'accomplissait d'une façon régulière et constante, sans opposition, sans regrets et sans amertume, la sélection rationnelle qui assurait à chacun la place qui lui convenait le mieux.

La condition des femmes était telle qu'on peut la concevoir dans un monde exempt de passions, d'ambitions mesquines ou de puériles vanités. Quel que fût l'époux de leur choix, Diémide ou Méolicène, toutes étaient également considérées. Du reste, s'il existait pour les hommes des distinctions de classes, des degrés hiérarchiques, rien de semblable ne se rencontrait pour les femmes. Et la raison en était simple : là point de riches ni de pauvres; la vie matérielle, ramenée à sa plus simple expression, réduisait à n'être plus qu'un jeu ces soins du ménage qui sont souvent chez nous si fastidieux et si rebutants.

Nul n'était réduit à la condition servile de rendre à son semblable des services humiliants. La dignité de chacun, à quelque classe qu'il appartînt, était ainsi respectée, et on n'avait pas à souffrir de ces vices dégradants qu'engendre sur la Terre la domesticité : la jalousie et la haine, le mensonge et la fraude qui se dissimulent sous les formes de la complaisance et de l'obséquiosité.

Pendant que les hommes remplissaient leurs fonctions sociales, — nul en effet n'était là oisif ou désœuvré, — aux femmes était réservé le soin d'orner et d'embellir leurs demeures, d'élever les enfants et aussi de cultiver en elles le sentiment exquis des arts, du dessin et de la peinture, de la musique ou de ces ouvrages délicats et charmants qui rehaussaient l'éclat des vêtements et ajoutaient à leur beauté l'attrait de la parure.

Le goût qui présidait à leurs ajustements était toujours réglé par un sentiment très juste de mesure et de décence; rien n'y était donné à la vanité, à l'ostentation, au besoin de paraître, qui gâte si souvent chez les femmes de la Terre les plus précieuses qualités. Leurs traits, réguliers et purs, n'offraient pas ces spécimens de laideur pénible qui chez nous font parfois sourire et aliènent toute sympathie. Leurs visages étaient empreints d'une douceur attachante et d'un agréable enjouement. Un art faux et malsain n'aurait pu y rien ajouter; la nature leur suffisait, et il ne leur serait pas venu à l'esprit de recourir à de vains artifices pour exagérer l'opulence de leur chevelure, la fraîcheur de leur teint, l'éclat de leurs regards.

Elles ignoraient également cette coquetterie désespérée des femmes qui ne veulent pas vieillir, dont l'esprit frivole et le cœur léger s'alarment à la première ride et aux premiers cheveux blancs. La pensée de lutter contre les lois qui président à la transformation de tous les êtres n'aurait pu germer en elles : elles passaient sans trouble de la jeunesse à l'âge mûr et à la vieillesse, toujours aimées, respectées, honorées.

Du reste, leur visage gardait toujours, même dans l'âge le plus avancé, un grand air de noblesse et de bonté. La franchise et la sincérité absolues qui étaient une loi de leur nature et la condition de leur supériorité morale, rendaient impossibles chez elles ces dissimulations perfides, ces roueries, ces trahisons qui ont si souvent causé sur la Terre le désespoir et la ruine. Les médisances, les calomnies, les bavardages insipides, les insinuations méchantes où se complaisent d'ordinaire dans notre monde inférieur les esprits oiseux ou vides de nos sociétés mondaines, étaient complétement inconnus.

Les liens créés par la nature, consacrés par l'affection et rehaussés par une grande dignité morale, étaient saints et respectés. Chaque famille offrait un tableau complet de concorde et d'amour, où se reflétaient l'ordre et l'harmonie qui régnaient dans la société tout entière.

Les croyances religieuses étaient bien celles qui convenaient à ce monde épuré. Dès l'origine, ses habitants avaient été par la haute puissance de leur raison tenus à l'abri de ces superstitions grossières qui ont marqué chez nous le lent développement de nos

civilisations. L'idée d'une Intelligence Souveraine, infinie, source
de toutes choses, centre de tout bien et de toute beauté, n'avait pas
eu besoin de s'incarner pour eux dans des formes d'abord d'un maté-
rialisme barbare, puis peu à peu plus abstraites et plus parfaites.

Elle s'était, dès l'origine, présentée à eux dans toute sa simplicité et son inaltérable splendeur.

Aussi jamais n'avaient-ils jugé à propos d'enfermer la divinité
dans des temples, ni de soumettre le culte qu'ils lui rendaient à
des manifestations souvent cruelles et sanglantes, parfois puériles
ou ridicules.

Chacun, dans son for intérieur, rendait à la divinité un hommage libre et pur, reportait sur l'Auteur de toutes choses ses joies
ou ses tristesses, et, en dehors de tout rite étroit et de toute
liturgie, s'abandonnait, dans toute la spontanéité d'une conscience qu'aucune autorité ne venait contraindre, à ses sentiments
de reconnaissance et d'adoration.

A de certaines époques, le chef de l'État conviait à des cé. *no-
nies publiques, d'un caractère à la fois patriotique et religieux, tous
les habitants du monde lunaire, et c'était à cet appel tout paternel
que se bornait l'exercice de son autorité religieuse.

Pour ces cérémonies qui entretenaient dans les générations
successives la chaîne des traditions, les poètes composaient des
chants, des hymnes inspirés, les musiciens faisaient entendre
les plus ravissantes mélodies. On y célébrait le souvenir de ceux
dont le génie avait doté l'humanité de quelque grande et féconde
découverte, des sages qui avaient formulé les préceptes d'une
morale sublime, et la voix de tout un peuple montait vers le ciel
en accents de joie et de gratitude.

Rien dans ce culte si élevé qui ressemblât à ces controverses
théologiques où un fanatisme aveugle déchaîne ses fureurs into-
lérantes et qui ont fait couler des torrents de sang et de larmes.
Rien non plus de pareil à ces disputes philosophiques, vaines
et stériles, où des esprits infatués de leur propre puissance se
perdent dans les brouillards d'une incompréhensible méta-
physique.

Tout était simple, tout était noble, tout était grand.

CHAPITRE XIV

LA RÉCEPTION

Le jour fixé pour la réception des étrangers était arrivé. C'était dans le palais où siégeait le chef de l'État et où se réunissait le Conseil Suprême que devait avoir lieu cette cérémonie qui allait consacrer d'une impérissable façon le succès de la plus audacieuse entreprise qu'aient jamais tentée des créatures humaines. Le bruit de cette solennité s'était répandu dans tout le monde lunaire : chacun était avide d'y assister et tout s'accordait pour l'entourer d'une exceptionnelle magnificence.

Le palais s'élevait à quelque distance du rivage où la mer venait briser ses flots tranquilles, au centre d'une vaste place bordée de portiques de marbre dont les couleurs variées rappelaient le porphyre, le portor, le paros, le sanguinède, le jaspe.

Autour des colonnes et des piliers se tordaient des guirlandes de fleurs et de feuillage en métaux précieux, merveilleusement fouillés, et dont les éclats tour à tour fauves ou azurés se mariaient à la couleur des marbres qu'elles décoraient. Le long des entablements et sur les frises couraient des arabesques du travail le plus fini. Sur ce fond d'une teinte chaude se détachait vigoureusement le palais dont la blancheur était atténuée par la multiplicité des ornements qui en couvraient les murs. Des générations d'artistes s'étaient succédé pour embellir ce fastueux monument où se résumait en quelque sorte l'histoire du monde lunaire.

Au centre de l'édifice s'élevait un dôme d'une élégante hardiesse, surmonté d'un campanile svelte et léger, finement ajouré. Ce dôme était recouvert d'un lacis d'ornements métalliques, dont les ciselures laissaient apercevoir entre leurs réseaux capricieux l'éclatante blancheur du marbre qu'ils recouvraient. Il reposait sur une rangée de colonnettes, aux chapiteaux richement travaillés, et que reliaient entre elles des arceaux sculptés à jour dont les nervures, tourmentées et entrecroisées par une main sûre, formaient une véritable dentelle.

Le palais que couronnait ce dôme aérien affectait, dans ses dispositions générales, la forme d'une croix aux quatre branches égales. Au-dessus de celle qui s'allongeait dans l'axe de la place, s'étendait une vaste terrasse entourée d'une balustrade légère d'or et d'argent et aussi de ce métal, aux reflets violacés, que connaissaient déjà nos voyageurs. C'était, on se le rappelle, sur une plaque de ce métal qu'étaient gravés les signes mystérieux qui avaient donné à Marcel l'idée de se lancer dans cette entreprise surhumaine. Tout était massif, et là encore se retrouvait cette inépuisable fantaisie qui assouplissait le métal, comme une branche flexible, autour du dôme et dans l'entre-deux des colonnettes. Au-dessus des trois autres branches de la croix se dressaient, supportés par de légers arceaux, de hardis campaniles moins élevés que celui du dôme central et chargés de sculptures. Tout autour de l'édifice régnait un portique formant une galerie couverte.

Sur le fût des hautes colonnes qui le supportaient reparaissaient ces guirlandes de fleurs et de feuillage où de précieux émaux, habilement sertis, imitaient la nature par leurs couleurs vives et variées.

Partout où les exigences de la construction avaient laissé des surfaces planes, pans de murs, côtés de pilastres, frises ou entablements, le ciseau de sculpteurs habiles avait fouillé dans le marbre des bas-reliefs polychromes dont les personnages étaient figurés avec une telle réalité d'attitude et une telle intensité d'expression qu'ils offraient toutes les apparences de la vie. Chacun de ces tableaux dont les tons étaient aussi riches et aussi variés que ceux d'une peinture, représentait quelque scène de l'histoire de l'humanité lunaire. Mais ce n'était pas, comme chez nous, des scènes de meurtre et de carnage. Les heureux habitants de ce monde supérieur ignoraient depuis longtemps la guerre et ses horreurs. Si, dans les premiers âges de cette planète, les convoitises inhérentes à toute humanité au berceau avaient armé les êtres vivants les uns contre les autres, le progrès des sciences et des mœurs avait fait depuis de longs siècles oublier ces luttes fratricides, et le souvenir n'en était plus conservé que pour être voué à l'exécration universelle.

Chacun de ces bas-reliefs rappelait quelque découverte grande ou utile, quelque trait de dévouement resté vivant dans la mémoire et la reconnaissance des hommes, l'établissement de quelque sage loi, le souvenir des personnages illustres entre tous par leurs services ou leurs vertus.

C'était là comme un enseignement perpétuel placé sous les yeux de la foule et qui entretenait dans tous les cœurs une généreuse émulation.

Malgré la profusion des ornements qui recouvraient ce palais, il offrait dans ses lignes générales harmonieusement combinées l'aspect d'une incroyable légèreté.

Sous les portiques, entre les colonnes, se jouaient l'air et la lumière et l'ensemble de l'édifice s'enlevait comme ces palais

fantastiques qu'on entrevoit en rêve, ou dont l'œil croit suivre
parfois dans les nuages les contours capricieux et changeants.

Au moment indiqué, une délégation du Conseil Suprême à la
tête de laquelle se trouvait Rugel, était venue chercher les trois
étrangers dans leur demeure pour les conduire devant le grand et
vénérable Aldéovaze.

La route qui les menait au palais et qu'ils parcoururent à pied
environnés des sages qui formaient leur escorte, était bordée de
la foule des habitants qu'avait attirés une légitime curiosité. Mais
dans les rangs de cette multitude aucun cri, aucun tumulte,
aucune fièvre hâtive et indiscrète : chacun se tenait à son rang
calme et digne, et là, où tous avaient le respect d'eux-mêmes et
de leurs voisins, il n'était besoin ni de règlements ni de force
publique pour éviter les manifestations intempestives ou tur-
bulentes.

Au passage du cortège, chacun s'inclinait pour saluer les
nouveaux venus avec un sourire d'un bienveillant accueil, et
c'est à peine si un léger murmure marquait la surprise que causait
à ceux qui ne les connaissaient pas encore la vue de ces voyageurs
intrépides si étrangement venus d'un monde voisin.

Le temps était calme et doux; une faible brise faisait mouvoir
lentement dans l'espace de molles vapeurs, qui flottaient comme
des voiles d'une gaze fine et aérienne. La petite baie au fond de
laquelle se dressait la ville capitale, était toute couverte d'embarcations aux formes diverses remplies de curieux venus de tous les
points du littoral, avides de jouir du spectacle qui se préparait.

C'était, en effet, sur la terrasse du palais faisant face à la baie
que devait avoir lieu cette cérémonie solennelle. Une sorte de
construction légère d'une somptueuse magnificence avait été
dressée, un peu exhaussée au-dessus du dallage de marbre qui
formait la terrasse et disposée en amphithéâtre, pour qu'aucun
détail de ce spectacle n'échappât à la foule qui remplissait la place
et la baie.

A l'instant même où le chef de l'État venait occuper le trône
qui lui avait été réservé et où se groupait autour de lui l'imposante assemblée des membres du Conseil auxquels s'étaient joints,

pour cette circonstance exceptionnelle, tous les hauts dignitaires de l'État et les gouverneurs des provinces, les trois étrangers apparurent sur la terrasse.

Un long frémissement de curiosité parcourut la foule des assistants jusqu'aux rangs les plus éloignés.

L'étrangeté de leur costume — ils avaient, en effet, conservé leurs vêtements européens — les signalait à l'attention des spectateurs.

Eux-mêmes restèrent un instant éblouis devant le tableau magnifique qu'ils avaient sous les yeux.

Le visage du prudent Aldéovaze était empreint d'une majestueuse gravité que tempérait une expression de bienveillance et de douceur. Il s'était levé pour faire honneur à ses hôtes, et sa haute taille, que n'avait pu courber le poids des ans, sa tête que couronnait une longue chevelure blanche, sa barbe, dont les flots argentés descendaient sur sa poitrine, lui donnaient un aspect d'une indicible grandeur. La vivacité de son regard, l'énergie qu'on devinait sous ses traits réguliers que la vieillesse n'avait pas flétris, dénotaient en lui une âme où la bonté n'avait en rien affaibli les ressorts de la volonté.

Tous ceux qui l'entouraient s'étaient levés comme lui. Conduits par Rugel, leur introducteur, Marcel, Jacques et lord Rodilan s'avancèrent, s'inclinèrent profondément et attendirent.

« Habitants de la Terre, dit Aldéovaze d'une voix grave et sonore, soyez les bienvenus parmi nous. Depuis le jour où votre courage vous a permis de franchir la distance qui nous sépare, et où vous êtes venus comme les messagers d'un monde jusqu'ici imparfaitement connu, nous avons conçu l'espoir, longtemps caressé, d'entrer enfin en relations suivies avec ce globe autour duquel nous gravitons.

« Nous avons voulu donner à votre réception un éclat exceptionnel, afin que tous ici sachent bien qu'un âge nouveau va s'ouvrir. Deux humanités que semblaient séparer à jamais les lois inexorables de la nature, vont pouvoir, grâce à vous, entrer en communications régulières. Nous ne doutons pas que ces communications ne soient fécondes.

« Dès longtemps déjà nous y avions songé; nos savants s'étaient efforcés d'attirer l'attention de leurs frères terrestres. Ces tentatives étaient jusqu'ici demeurées inutiles; votre audace a résolu le problème. Le génie de la science, qui n'est qu'une des manifestations de la Puissance Suprême qui régit l'univers, vous a conduits parmi nous, au milieu de périls dont votre grand cœur a su triompher.

« Nous espérons que ce n'est là qu'un commencement, et il nous est peut-être permis d'entrevoir le temps où, grâce aux progrès incessants de l'esprit humain, les mondes qui gravitent autour d'un centre commun, reliés les uns aux autres, ne formeront plus qu'une vaste famille. Ce sera là pour vous une gloire immortelle.

« Allez et mettez-vous en rapport avec nos savants; étudiez avec eux la constitution géologique de notre monde, nos sciences, nos arts et nos industries. Rendez-vous compte de l'état de nos mœurs, de nos coutumes, de nos institutions. Et lorsque vous aurez acquis une connaissance complète de notre civilisation, instruisez-nous à votre tour et faites-nous connaître le monde dont vous êtes les représentants. »

Aldéovaze avait fini de parler.

Ses paroles, recueillies par des appareils vibratoires et ampli- fiées, grâce à une savante application de l'électricité, arrivaient claires et précises jusqu'aux derniers rangs des spectateurs qui, du milieu même de la baie, assistaient à cette émouvante céré- monie. D'autres appareils transmettaient les discours échangés dans la capitale jusque dans les provinces les plus éloignées, dont les habitants, réunis sur les places publiques, assistaient en quelque sorte à ces solennités.

« Glorieux et vénéré chef d'un monde où nous avons reçu un si cordial accueil, répondit Marcel d'une voix émue, les enfants de la Terre vous saluent. Les nobles et généreuses paroles que nous venons d'entendre ont rempli notre cœur d'une joie pro- fonde et d'une éternelle reconnaissance.

« Les hautes espérances que vous nous avez fait concevoir nous ont animés d'une nouvelle ardeur. Nous serons fiers de servir d'intermédiaires entre les deux humanités qui s'ignorent encore, et, pour arriver à cet admirable résultat, nous sommes disposés, soutenus par votre auguste bienveillance, à tenter tous les efforts, à braver tous les périls. »

Un murmure d'approbation, qui dans cette race si calme et si

« Habitants de la Terre! » dit Abléovaze (p. 133).

pondérée était la plus haute expression de l'enthousiasme, circula parmi la foule.

Abléovaze était descendu de son trône et s'entretenait familièrement avec Marcel. Tous les membres du Conseil Suprême

entouraient Jacques et lord Rodilan, charmés de la facilité avec
laquelle les nouveaux venus parlaient leur langue. On les interrogeait sur les péripéties de leur voyage; on voulait recueillir de
leur bouche le récit des impressions qu'ils avaient éprouvées dans
cette traversée formidable; on leur demandait ce qu'ils pensaient
de ce monde qu'ils étaient venus visiter dans des conditions si
extraordinaires; on admirait leur courage; leur éloge et leurs
noms étaient sur toutes les lèvres.

Jacques et lord Rodilan se prêtaient de bonne grâce à cette
curiosité empressée, mais toujours discrète. Tout ce qu'ils voyaient
depuis quatre mois, cette humanité si différente de la leur; ce
milieu, relativement restreint, où se conservait, comme dans une
serre tempérée, un précieux échantillon d'une race éminemment
perfectible; ces hommes chez lesquels la nature seule entretenait
la vie sans qu'ils fussent astreints à y travailler eux-mêmes; ces
arts si délicats, ces sciences si complètes, ces institutions si
simples et si fécondes, tout cela maintenait leur âme dans un'état
d'admiration et d'émerveillement perpétuels.

Les préoccupations de Jacques s'étaient dissipées, sa mélancolie
avait disparu et, revenu à son naturel ardent et généreux, il se
livrait tout entier à ces nouveaux amis dont l'accueil si sympathique lui allait au cœur. Si quelque membre du Pall-Mall Club de
Londres eût pu voir en ce moment lord Rodilan, il n'aurait pas
reconnu le flegmatique et froid gentleman qui promenait dans les
salons dorés de Waterloo-Place son inexorable ennui. L'atmosphère de spleen glacé où il s'enfermait s'était définitivement
fondue au contact de ces affections si sincères et si désintéressées.
Tout ce qu'il voyait, tout ce qu'il entendait excitait sa curiosité et son
intérêt; il trouvait maintenant que c'était bien la peine de vivre.

Aussi nos deux amis répondaient-ils avec un cordial entrain et
une gaieté communicative aux questions qui leur étaient adressées
de toutes parts.

Parfois même les saillies qu'arrachait à Jacques son caractère
expansif, à lord Rodilan la tournure incisive et vive de son esprit,
amenaient des sourires sur les lèvres de leurs graves auditeurs.

La réception terminée, Aldéovaze, accompagné des trois étran-

gers et suivi des membres du Conseil et des dignitaires qui avaient
assisté à la cérémonie, se rendit dans une des salles du palais où
avaient été exposés, dans un ordre méthodique, tous les objets
retirés de l'obus et qui allaient devenir pour les savants du monde
lunaire un sujet de comparaison et d'étude. On se souvient que
Marcel, convaincu qu'il devait rencontrer sur le satellite de la
Terre une humanité nouvelle, s'était muni de nombreux objets,

Il leur montra l'appareil photographique... (p. 135).

échantillons de nos arts et de nos industries ou pouvant donner
l'idée de l'état d'avancement de nos sciences. Tout cela fut de la
part de la docte assemblée l'objet d'un examen attentif. Ces esprits
sérieux et réfléchis se rendaient rapidement compte des progrès
qu'avait accomplis l'humanité terrestre, des phases diverses par
lesquelles elle avait passé, et parfois s'étonnaient que ce monde
si contemporain du leur fût, en de certains points, si fort en retard.

Quelques-unes des théories exposées avec chaleur par Marcel ou par Jacques les laissaient assez froids; ils semblaient se dire : Il y a longtemps que nous avons franchi ces degrés de la science.

Toutefois les albums photographiques, dont l'obus renfermait une ample collection, excitèrent leur admiration.

Ils avaient pris tout d'abord ces épreuves pour des dessins d'une extrême finesse; leur étonnement fut grand lorsqu'ils apprirent que c'était la lumière solaire seule qui, captée et fixée sur des plaques de verre enduites d'une substance sensible, avait dessiné ces images. Ils connaissaient bien les lois de l'optique, la réfraction des rayons lumineux passant à travers les lentilles et s'épanouissant sur un écran; mais l'idée ne leur était jamais venue de chercher à saisir et à rendre durables ces images fugitives.

Marcel jouissait de leur étonnement. Il leur montra l'appareil photographique qu'il avait apporté et leur en expliqua le fonctionnement; et, comme l'un de ceux qui l'entouraient s'écriait : « Il est bien fâcheux que nous soyons privés de la lumière du Soleil », il le rassura et lui promit d'exécuter, à l'aide de la lumière qui éclairait le monde lunaire, des épreuves semblables à celles qu'ils avaient sous les yeux.

Au nombre des objets exposés figuraient les armes dont s'étaient munis les trois explorateurs, des revolvers, des carabines à répétition du modèle le plus perfectionné. Les albums renfermaient aussi l'image de ces engins puissants de destruction créés par le génie de la guerre, preuve irréfutable de l'infériorité de notre race. Les savants qui considéraient ces instruments de mort ou qui feuilletaient les albums, avaient une connaissance approfondie de la balistique. Mais il ne pouvait venir à l'esprit de ces hommes qui avaient toujours vécu dans une atmosphère de concorde et de paix, que des créatures humaines en vinssent à ce point de folie sanguinaire de s'entr'égorger pour se disputer les misérables lambeaux de la planète qu'elles occupaient.

Ils ne virent donc là tout d'abord que des appareils scientifiques. Marcel se garda bien de les détromper; il se réservait de faire connaître plus tard à quelques savants de choix, et dans des entretiens confidentiels, l'histoire lamentable de notre humanité, ses débuts, où elle se distinguait à peine de l'animalité, sa marche lente dont chaque pas fut marqué par des luttes sanglantes, où chaque conquête fut le prix du deuil et des larmes. Il espérait que ces esprits, doués d'une haute conception philosophique, comprendraient ce qu'il avait fallu au génie des humains de persévérance et de foi en eux-mêmes pour triompher de tant de difficultés et de périls. C'était, il le sentait déjà, le seul moyen de relever un peu aux yeux de ces êtres supérieurs la triste condition des habitants de la Terre.

Quelques-uns des savants qui composaient l'assemblée s'étaient arrêtés à examiner un magnique atlas d'anatomie, et Jacques qui, ils ne l'ignoraient pas, avait, en sa qualité de médecin, approfondi les sciences médicales et physiologiques, leur expliquait le mécanisme des organes qui servent à la nutrition. C'était avec la curiosité toujours en éveil d'esprits avides de savoir qu'ils considéraient cette structure humaine qui ne différait de la leur que par ce seul point. Mais ce point était d'une très haute importance. Et l'un de ceux qui entouraient Jacques ne put s'empêcher de lui dire :

« Ami, je ne vous cacherai pas qu'au premier abord, lorsque nous avons vu que la nature, moins généreuse pour vous que pour nous, ne vous avait pas délivrés de la pénible obligation de renouveler chaque jour les éléments indispensables à votre vie, nous avions songé qu'il n'était resté à votre race que bien peu de loisirs pour cultiver ses facultés pensantes. Aussi nous sommes agréablement surpris d'apprendre que vous avez pénétré si avant dans l'étude des sciences. Ce que nous voyons de vos progrès dans tous les ordres de connaissances nous émerveille et nous charme à la fois.

— C'est que, répondit Jacques en souriant, le besoin de se nourrir a fait pour les habitants de la Terre, dans une moindre proportion, je me hâte de le reconnaître, ce qu'a fait chez vous le seul amour de la vérité. C'est parce qu'il était astreint à ces nécessités matérielles, parce qu'il fallait les satisfaire à tout prix, que l'homme s'est ingénié à chercher et a trouvé. Chacune de ses conquêtes, en satisfaisant son esprit, accroissait son bien-être, et il y trouvait la récompense de ses efforts. »

Pendant ce temps, lord Rodilan, déployant sous les yeux d'un autre groupe des assistants un planisphère terrestre, leur expliquait à grands traits comment la civilisation, née entre deux fleuves dont il leur désignait le cours dans le continent asiatique, s'était peu à peu développée suivant la marche du Soleil et avait passé d'abord dans cette petite contrée presqu'imperceptibe, aux côtes profondément déchiquetées, qu'on appelait la Grèce, pour s'établir ensuite dans la péninsule italique toute voisine et s'avancer enfin vers la rive du grand Océan Atlantique.

Puis posant le doigt sur deux petites îles qui formaient la pointe la plus avancée du continent occidental, il s'écriait :

« Et voilà maintenant le centre de la civilisation moderne! De ces îles, si petites par la superficie mais si grandes par le génie de leurs habitants, rayonnent sans cesse des milliers de vaisseaux qui vont chercher dans toutes les parties du monde les produits les plus utiles, les marchandises les plus précieuses, pour les distribuer ensuite sur toute la surface de la Terre. Il n'est pas de contrée où on ne parle la langue de l'Angleterre, — c'est le nom de cette nation, la première du monde, — pas un point du globe où on ne reconnaisse sa suprématie. De vastes et riches régions lui sont soumises. »

Et son doigt se promenait avec orgueil sur la péninsule indienne, sur le continent australien, sur l'Afrique méridionale, sur toute la contrée qui s'étend au nord du Saint-Laurent.

Sa taille se redressait; toute la fierté britannique revivait en lui. On eût dit qu'il se croyait au milieu d'un de ces congrès où l'intraitable Albion défend avec tant de morgue et d'âpreté ses plus injustifiables prétentions.

« Eh! eh! fit tout à coup Marcel qui avait entendu les dernières paroles de son compagnon, il me semble, Milord, que vous faites bien bon marché de la France. »

Puis se retournant vers ses auditeurs que la vivacité de ce débat paraissait surprendre, car, dans leurs discussions, ils ne se départaient jamais de leur calme et de leur gravité :

« Loin de moi, dit-il, la pensée de rabaisser l'illustre nation à laquelle appartient notre ami, car vous vous êtes déjà doutés, à la

chaleur de son plaidoyer, qu'il parlait pour son pays. Mais il me
sera bien permis de revendiquer pour ma patrie, la France, — et
il désignait du doigt cette partie de l'Europe dont tous les peuples
ont tour à tour prononcé le nom avec envie ou avec amour, — la
part de gloire qui lui est due. Si l'Angleterre est grande par le
commerce et l'industrie, la France ne l'est pas moins par le cœur et
par la pensée. Toujours à l'avant-garde de l'humanité, elle a toujours tenu et élevé bien haut le flambeau du progrès, éclairant la
route où la suivaient les autres nations. Il n'est pas une idée
grande et généreuse qu'elle n'ait propagée et pour laquelle elle
n'ait versé son sang. Son dévouement désintéressé a toujours été
au service de la justice et du droit; elle a combattu pour toutes les
causes justes; ennemie de tous les oppresseurs, amie de tous les
opprimés, elle a vu son nom béni par tous ceux qu'elle a affranchis; ses triomphes ont fait pâlir de jalousie tous les autres peuples, et si elle a été vaincue parfois, elle n'est tombée qu'écrasée
sous le nombre ou surprise par la trahison. »

Pendant que Marcel se laissait ainsi entraîner par son patrio-
tisme, Jacques s'était rapproché de lui, et lui serrait la main avec
force.

« Bravo! ami, » faisait-il.

Un peu de sang était monté aux joues un peu pâles d'ordinaire
de lord Rodilan, et il se préparait sans doute à répondre avec
quelque aigreur, lorsque le prudent Aldéovaze, qui avait écouté
attentivement ce débat, s'avança en souriant :

« Je vois, dit-il, que vous appartenez à deux grandes nations
de la Terre, et l'audace même de votre entreprise nous prouve
que vous devez compter parmi les plus éminents de vos compatriotes. Mais, à la distance où vous vous trouvez de vos com-
munes patries, sied-il bien de réveiller des rivalités que nous ne
pouvons juger ici? L'œuvre à laquelle vous vous êtes consacrés
n'est qu'à son début; vous devez vous garder tout entiers pour la
mener à bonne fin.

— La sagesse parle par votre bouche, » répondit Marcel.

Et les trois amis se serrèrent la main.

CHAPITRE XV

PREMIERS SIGNAUX

Sept mois s'étaient écoulés depuis le départ de l'obus lancé par *la Columbiad* vers les régions lunaires, lorsque tout à coup une nouvelle invraisemblable, inouïe, stupéfiante, se répandit dans le monde savant.

Le Scientific American, dans son numéro du 29 juillet 188., publiait le télégramme suivant, immédiatement reproduit par la presse des deux mondes :

« Observatoire de Long's Peak, Montagnes Rocheuses, 28 juillet, 8 heures du matin.

« Signaux lumineux alphabétiques apparus distinctement, cette nuit, à intervalles réguliers, sur partie obscure du disque lunaire, près cratère Hansteen, partie sud Océan des Tempêtes.

« W. BURNETT. »

Au premier abord on avait cru à une de ces colossales mystifications familières au puffisme américain ; mais le caractère sérieux, universellement reconnu, du savant directeur de l'observatoire de Long's Peak ne permettait pas de s'arrêter longtemps à cette pensée.

Dès lors, de Saint-Pétersbourg au cap de Bonne-Espérance, de

New-York à Melbourne, mille télescopes se braquèrent fiévreusement sur la Lune.

Tous les *Journaux* et toutes les *Revues Scientifiques* retentirent des discussions les plus passionnées. Chacun des observateurs, suivant la puissance des instruments d'optique dont il disposait, interprétait à sa façon les prétendus signaux lumineux qu'avaient vus ou cru voir les astronomes des Montagnes Rocheuses. La plupart avaient eu beau s'écarquiller les yeux, rien n'était apparu dans le champ de leurs télescopes ou de leurs lunettes. Aussi niaient-ils carrément le phénomène et traitaient-ils de visionnaire, avec force railleries, l'honorable W. Burnett.

Quelques-uns avaient bien aperçu dans la région indiquée, à n'en pouvoir douter, des points lumineux dont personne jusqu'ici n'avait signalé l'existence ; mais ils triomphaient en rappelant, avec preuves à l'appui, que des phénomènes analogues avaient déjà été, à diverses époques, signalés dans d'autres régions du satellite, puis avaient cessé de se montrer pour ne plus reparaître. Et ils n'hésitaient pas à affirmer que, cette fois comme les précédentes, ces signes plus ou moins authentiques disparaîtraient bien vite sans laisser de traces.

Mais il était quelqu'un que l'importante communication émanée de l'observatoire de Long's Peak avait jeté dans une véritable stupeur : c'était l'astronome F. Mathieu-Rollère.

A la lecture du télégramme que lui avait adressé personnellement son confrère américain et qui lui avait été remis dans son cabinet, vers 10 heures du soir, alors qu'il était encore au travail, il était resté muet de saisissement, les membres agités d'un tremblement nerveux ; il avait relu plusieurs fois le texte de la dépêche comme si, au premier instant, il n'en avait pas bien saisi le sens. On aurait pu l'entendre murmurer, comme se parlant à lui-même : « Serait-ce donc eux ? »

Puis il s'était rendu précipitamment à l'Observatoire, et, bousculant tout sur son passage, avait fixé son œil à l'oculaire du grand télescope de Foucault.

Mais la nuit était brumeuse, comme elle l'est trop souvent à Paris, et des voiles de vapeurs passaient devant le disque de la Lune, qui

DÈS LORS, DE SAINT-PÉTERSBOURG AU CAP DE BONNE-ESPÉRANCE... (p. 113).

approchait alors de son premier quartier. Il eut beau fouiller la région du satellite qu'indiquait le télégramme et qui se trouvait alors dans l'ombre, il n'y put rien découvrir de certain. Il lui sembla bien parfois entrevoir quelques lueurs fugitives. Était-ce une illusion? Son ardent désir de découvrir quelque chose ne le trompait-il pas? Il ne pouvait rien affirmer.

Le jour le surprit dans ces hésitations. Il rentra chez lui où une nouvelle surprise l'attendait:

Sur sa table de travail se trouvait un nouveau télégramme qu'on venait d'apporter. Il était conçu en ces termes:

« Observatoire de Long's Peak, Montagnes Rocheuses.

« Confirmons dépêche d'hier. Constaté sûrement, à intervalle d'une heure, retour de lettres lumineuses M. J. R. — Hauteur des lettres mesurées au micromètre: 300 pieds. Amis retrouvés. Prière venir pour observation prochaine lunaison. Cordiales félicitations.

« W. Burnett. »

Et le vieil astronome exultant, triomphant, s'élança vers la chambre de sa fille.

« Hélène, mon enfant, balbutiait-il, ils sont vivants, ils ont donné de leurs nouvelles; tes pressentiments avaient raison. Apprête-toi, nous partons. »

Un cri s'échappa de la poitrine de la jeune fille; elle pâlit et tomba presque inanimée dans les bras de son père.

Lorsque les astronomes des Montagnes Rocheuses, suivant dans l'œil géant du télescope le vol du projectile dans l'espace, l'avaient vu disparaître soudain dans la fissure qui s'ouvrait presque au pied du cratère d'Aristillus, ils avaient bien cru que c'en était fait des hardis explorateurs et que trois noms nouveaux venaient de grossir le martyrologe de la science. Cependant, bien qu'ils fussent convaincus de leur perte, ils n'avaient pas voulu abandonner toute espérance; ils connaissaient la force d'âme de leurs amis, ils savaient que tout ce que ces hommes, d'une trempe exceptionnelle, pourraient tenter pour échapper à la mort serait essayé.

Ils se disaient qu'après tout, s'ils n'avaient pas péri dans la chute, ils pourraient peut-être remonter à la surface du satellite et donner quelques signes de vie.

Aussi avaient-ils résolu de ne pas quitter le champ de l'observation avant d'avoir acquis une certitude définitive. Du reste, l'astronome français était poussé par sa fille elle-même à ne pas abandonner la partie. Revenue de l'émotion qui l'avait terrassée au moment où on avait cru voir se perdre le projectile, Hélène avait senti se ranimer dans son âme la foi robuste qui ne l'avait jamais abandonnée ; elle voulait espérer contre toute espérance.

François Mathieu-Rollère était donc resté aux Montagnes-Rocheuses, et les observations avaient continué avec un zèle et une persévérance que rien n'avait pu lasser.

Tout le temps que le satellite de la Terre avait montré sur l'horizon visible quelque partie de son disque éclairé, l'œil infatigable des astronomes avait scruté le champ lumineux. Mais jusque-là rien n'était apparu, et chaque fois que s'éclipsait pour reparaître plus tard l'astre si ardemment observé, c'était avec un profond soupir de regret que les savants se disaient :

« Rien encore ; attendons la phase prochaine. »

Mais les semaines, puis les mois s'étaient écoulés ; six fois déjà la Lune avait montré sa face éclairée par le soleil, et six fois s'était de nouveau replongée dans les ténèbres célestes. On n'avait surpris aucun signe qui pût faire espérer que les voyageurs avaient atteint sains et saufs le but de leur entreprise. Le découragement avait gagné tous les cœurs, et lorsque le vieil astronome se résigna à regagner l'Observatoire de Paris, Hélène elle-même ne sentit plus dans son cœur, que le doute commençait à gagner, le courage de le retenir.

Depuis qu'elle était rentrée dans sa petite maison de la rue Cassini, elle avait pris le costume des veuves. Si celui auquel elle avait promis sa foi n'était plus, elle passerait à le pleurer le temps qui lui restait à vivre ; elle ne serait à personne.

A peine remise de la surprise que lui avait causée la nouvelle si inattendue venue d'Amérique, la jeune fille avait lu et relu avec avidité le télégramme adressé à son père.

« Dieu soit loué ! disait-elle, M. J. R., Marcel, Jacques, Rodilan ;

ils sont vivants tous les trois ; ils ont pu parvenir à leur but ; ils sauront bien revenir. »

Les préparatifs de départ ne furent pas longs. Bientôt un train rapide emportait vers le Havre l'astronome et sa fille ; le *Labrador* de la Compagnie Transatlantique les débarquait huit jours après à New-York et, le 17 août 188., ils arrivaient à la station astronomique de Long's Peak, où régnait la plus grande animation.

Mathieu-Rollère se fit longuement expliquer les conditions dans lesquelles avait été faite l'observation du 28 juillet, qui avait jeté dans le monde savant une telle émotion.

« J'étais, lui dit l'honorable W. Burnett, à mon poste d'observation ; le grand télescope était braqué sur la Lune et j'observais la partie dans l'ombre, lorsque tout à coup une lueur insolite attira mon attention. Je ne distinguai pas d'abord très nettement la nature et la disposition de cette lueur, et, pour pouvoir la définir plus nettement, j'adaptai au télescope un oculaire de grossissement supérieur. Il me sembla distinguer alors une sorte de traînée irrégulière dont les contours étaient vagues et semblaient parfois interrompus. Je n'hésitai pas alors à employer le plus fort grossissement dont je pusse disposer. Cette fois l'image m'apparut nette et précise : c'étaient des lignes droites très déliées, formant entre elles des angles dont, au premier abord, je ne me rendis pas bien compte. Cela ressemblait vaguement à une figure géométrique ; on eût dit deux parallèles coupées par des sécantes.

« Je cherchais en vain l'explication de ce phénomène, lorsque tout à coup une idée traversa mon esprit : « C'est une M, m'écriai-je ; c'est l'ingénieur Marcel qui signale sa présence.

« Mon émotion fut si vive que ma vue s'en trouva troublée, et pendant quelques instants il me fut impossible de rien distinguer.

« A ce moment j'étais seul. Hors de moi, je quittai l'oculaire du télescope et descendis dans l'observatoire. J'avais le visage si bouleversé que mes collègues s'empressèrent autour de moi, me demandant avec anxiété ce qui était arrivé. Je fus quelques instants avant de pouvoir répondre ; puis je m'écriai : « Si mes yeux ne m'ont pas trompé, je viens d'avoir la preuve que les voyageurs de *la*

Columbiad sont vivants sur la Lune. Venez; voyez vous-mêmes si je ne m'abuse pas. »

« Tous s'élancèrent, gravirent d'un même élan l'échelle qui conduisait au télescope, et le premier arrivé eut à peine fixé son œil à l'oculaire qu'il s'écria: « Je vois distinctement une M. »

« Chacun d'eux fit à son tour la même constatation.

« Je n'avais donc pas été la victime d'une illusion; mes yeux avaient bien vu; c'étaient bien nos amis qui donnaient ainsi de leurs nouvelles. Une autre surprise nous attendait. Pendant que le dernier observait à son tour, nous l'entendîmes s'écrier: « Je ne vois plus rien, tout a disparu. »

« Pendant une heure rien n'apparut sur la partie obscure de la Lune, et nous allions redescendre pour nous entretenir de ce miraculeux événement, lorsque je regardai une dernière fois à l'oculaire. Quel ne fut pas mon étonnement en apercevant une nouvelle lettre, la lettre J. Cette fois, c'était la première du nom de Jacques. Si quelque doute avait pu subsister sur l'identité de ceux qui correspondaient ainsi avec nous, cette seconde apparition l'aurait complètement dissipé. Nous résolûmes donc de rester à notre poste toute la nuit.

« Nous vîmes la lettre R succéder aux deux premières, puis celles-ci reparurent à leur tour et nous constatâmes que chacune d'elles restait visible pendant l'espace d'une heure. Une heure la séparait de la suivante. Tout était calculé avec une précision mathématique pour produire des impressions certaines et éviter toute confusion.

« Nous continuâmes les observations pendant les dix nuits qui suivirent, et toujours, tant que cette région de la Lune resta plongée dans une ombre épaisse, nous vîmes les mêmes signes avec la même intensité de lumière. »

Mathieu-Rollère avait écouté ce récit avec une satisfaction visible; il se frottait vigoureusement les mains et murmurait à demi voix:

« Ah! les braves gens! quel triomphe pour la science et pour la France! »

Quand l'honorable W. Burnett eut fini de parler, le vieil astronome se leva et, arpentant la salle à grands pas, s'écria:

« Quel malheur que je n'aie pas été là pour recevoir, moi aussi,

le premier message de nos amis! Voilà maintenant qu'il nous faut
attendre deux semaines encore avant de pouvoir recommencer nos
observations. »

Puis, serrant énergiquement la main du directeur de l'observatoire de Long's Peak, il lui dit avec effusion :

« C'est à vous, mon cher collègue, à votre persévérance, que
nous devons cette importante constatation, dont les conséquences,
que j'entrevois déjà, seront incalculables.

— C'est aussi et surtout, fit modestement W. Burnett, à l'admirable instrument dont nous disposons que nous devons ce magnifique résultat. »

On se souvient, en effet, que le télescope des Montagnes
Rocheuses avait été spécialement construit pour pouvoir distinguer
sur la surface lunaire des objets ayant une dimension de 9 pieds,
c'est-à-dire égale à celle de l'obus. Rien donc d'étonnant à ce que
des lignes lumineuses, ayant, suivant les mesures relevées au micromètre par l'astronome américain, une longueur de 300 pieds,
pussent apparaître distinctement dans le champ de l'instrument.

La fille de Mathieu-Rollère avait assisté à cet entretien, et son
cœur s'épanouissait doucement à ces heureuses nouvelles. Quand
il avait été question du signe représentant son fiancé, son visage
s'était teint d'une vive rougeur, et une confiance sereine animait
son regard. L'avenir lui apparaissait maintenant tout éclairé d'un
rayon d'espérance : elle avait eu raison de ne pas douter.

Les jours qui séparaient les astronomes de la prochaine observation furent bien employés. Comme si on était déjà sûr de ne s'être
pas trompé, on se préoccupa de rechercher les moyens de faire
savoir aux trois voyageurs que leurs signaux avaient été aperçus
et compris. Il ne fallait pas, en effet, les laisser trop longtemps dans
l'incertitude ; on ne savait comment ils étaient parvenus à produire
les signaux, et si les ressources dont ils disposaient leur permettraient de les renouveler souvent.

Pour avoir sous la main un homme spécial, on avait fait venir en
hâte l'ingénieur Georges Dumesnil, cet ami de Marcel qui, après
avoir lancé au fond de *la Columbiad* l'étincelle électrique, était
resté sur les lieux pour garder l'installation et veiller à l'entretien

do toutes les machines. Le télégramme envoyé par l'observatoire de
Long's Peak ne l'avait pas trop surpris: Marcel lui avait fait partager sa mâle confiance. Sans rien savoir des conditions dans les-

Serrant énergiquement la main du directeur de l'observatoire... (p. 151).

quelles se trouvait l'humanité lunaire, il était fermement convaincu
que le satellite de la Terre n'était pas inhabité, et il s'attendait tous
les jours à apprendre que les audacieux explorateurs avaient réussi
dans leur entreprise.

On tint une sorte de conseil dans lequel on examina les moyens les plus sûrs et les plus prompts pour répondre aux signaux dont on attendait impatiemment le retour. L'ingénieur Dumesnil exposa un plan dont la simplicité ingénieuse rallia tous les suffrages. Il s'agissait de choisir au sud de l'Algérie, aux confins du désert, une plaine largement découverte où l'on disposerait une sorte de réseau de 100 mètres de côté, divisé comme un canevas de tapisserie en carrés d'un mètre. Au centre de chacun de ces carrés serait placé un puissant foyer électrique ; à chacun de ces foyers correspondraient des fils aboutissant à un commutateur permettant de les allumer ou de les éteindre instantanément. Sur ce réseau ainsi disposé, rien de plus facile que de figurer, à l'aide de ces foyers, les diverses lettres de l'alphabet.

. « J'ai conçu, continua l'ingénieur, le plan d'une sorte de clavier dont les 25 touches seraient marquées chacune d'une lettre, et qui permettraient d'éteindre et de rallumer à volonté les foyers figurant la lettre qu'on voudrait produire. On aurait ainsi avec une extrême facilité des mots et des phrases.

. « Il est évident, ajouta-t-il, qu'en faisant les signaux que vous avez aperçus, nos amis, qui connaissent la puissance de votre télescope, ont calculé l'intensité lumineuse de ces signaux de façon à ce qu'ils fussent clairement perçus par cet instrument. Nous devons croire aussi qu'ils disposent à leur tour d'instruments d'optique assez perfectionnés pour pouvoir distinguer sur la Terre des signes de même intensité que ceux qu'ils nous ont envoyés. Dans tous les cas nous devons par prudence exagérer plutôt les dimensions de nos lettres lumineuses et établir nos signaux dans une contrée où la limpidité de l'atmosphère soit aussi complète que possible.

— C'est pour cela sans doute, reprit Mathieu-Rollère, que vous avez choisi l'Algérie pour y disposer votre réseau électrique.

— Précisément, répondit l'ingénieur; c'est la pureté et la transparence de l'air dans cette région qui ont tout d'abord appelé mon attention. Et puis je ne vous cacherai pas qu'il me semble juste, puisque l'idée première émane d'un Français, que l'expérience reste complètement française. J'espère, ajouta-t-il en s'inclinant devant les astronomes américains, que vos honorables collaborateurs ne trouveront pas cette prétention excessive. La gloire leur restera toujours d'avoir aperçu les premiers signaux envoyés de la Lune. Sans le télescope de Long's Peak, rien de ce qui a été fait n'aurait été possible.

— Oh! notre part est bien mince, répondit W. Burnett; la gloire première revient en réalité au grand Barbicane, qui, le premier, a songé à la possibilité d'un voyage dans la Lune, qui a construit *la Columbiad*, s'est audacieusement élancé dans l'espace avec une confiance sans précédent, et aurait réussi dans son entreprise si des forces impossibles à conjurer ne l'avaient détourné de sa route. »

A ces paroles, prononcées avec un légitime orgueil, tous s'inclinèrent en signe d'assentiment.

« Mais, reprit bientôt l'ingénieur G. Dumesnil, j'ai aussi songé à une chose : avant que nous puissions établir notre réseau alphabétique, il s'écoulera nécessairement un certain temps. Il nous faut tout d'abord obtenir l'autorisation du gouvernement français.

— Oh! interrompit Mathieu-Rollère, cela ne sera pas long; j'ai des amis puissants au ministère, et, du reste, la question qui pourrait nous retarder, celle des dépenses, ne sera pas un obstacle, car nous avons à l'observatoire des fonds disponibles.

— Bien, fit l'ingénieur; mais pour installer notre réseau en plein désert, à 40 kilomètres au sud de Biskra, il nous faudra tout transporter à dos d'homme ou de chameau, à moins, ce qui serait infiniment plus pratique, que nous puissions établir un chemin de fer Decauville.

— Nous l'établirons, affirma Mathieu-Rollère, qui maintenant ne doutait plus de rien.

— Parfait; mais il nous faudra des moteurs à vapeur, et par suite d'importantes provisions de combustible, de nombreuses et puissantes machines dynamo-électriques, 10.000 lampes à arc, de grand modèle, munies chacune d'un réflecteur parabolique, des kilomètres de fil. Ce n'est pas tout : il faut abriter tout cela; il faut loger, nourrir et approvisionner tout le personnel nécessaire au fonctionnement permanent de ce système de signaux; car vous pensez bien que lorsque les communications seront une fois régulièrement établies, elles ne cesseront plus.

— Sans doute. Tout cela se fera.

— Oui, mais il faut du temps. Je reviens donc à mon idée. Ne vous semble-t-il pas utile de faire savoir au plus tôt à nos amis que leurs signaux ont été aperçus. Si nous devons encore, et il me paraît impossible qu'il en soit autrement, rester plusieurs mois sans leur donner signe de vie, n'est-il pas à craindre qu'ils se découragent et renoncent à leurs essais ?

— Vous avez peut-être raison, mais que faire ?

— Eh bien ! voilà. Nous pouvons installer ici même un puissant foyer, 1.500 lampes, par exemple, que nous allumerons au moment opportun et que nous éteindrons pour les rallumer ensuite à intervalles réguliers. Évidemment ils ont braqué les instruments dont ils disposent sur l'Amérique du Nord, où ils savent que se trouve le seul télescope capable de les distinguer. Ils verront ce point lumineux ; ils comprendront que nous les avons aperçus, et ils attendront avec patience que nous ayons organisé un moyen de correspondre analogue au leur.

— Bravo ! s'écria l'honorable W. Burnett, je me charge de tout. »

Le jour même on télégraphia à New-York et, quinze jours plus tard, 1.500 foyers électriques réunis en un immense faisceau étaient prêts à fonctionner.

Tout étant ainsi prévu et disposé, on attendit avec impatience la prochaine phase lunaire.

Le 26 août la Lune approchait de son premier quartier, et la concordance des nuits lunaires et terrestres rendait les observations faciles.

Le télescope était braqué sur l'astre des nuits, et chacun des observateurs venait tour à tour interroger d'un regard anxieux le miroir où se réfléchissait le satellite. Mais ils eurent beau se succéder à l'oculaire, rien n'apparut sur la surface obscure.

Pendant les jours qui suivirent, l'observation continua ardente, passionnée ; on ne fut pas tout d'abord trop surpris de ne rien apercevoir. Mathieu-Rollère avait en effet expliqué que le moment où commence à apparaître le croissant éclairé de la Lune est aussi celui où la Terre, se trouvant pleine par rapport à son satellite, lui envoie la plus grande quantité possible de lumière réfléchie. De là, sur la partie obscure de la Lune, un reflet que les astronomes appellent la *lumière cendrée*. Ce n'est guère qu'à l'approche du premier quartier que ce reflet disparaît, la Terre, alors elle-même à son dernier quartier, ne lui envoyant plus que moitié moins de lumière.

Aussitôt que la partie de la Lune, où avaient apparu les premiers signaux, fût plongée dans une ombre véritable, le puissant foyer préparé par les soins de l'ingénieur G. Dumesnil s'enflamma comme un astre étincelant dans la profondeur des ténèbres. Les jets lumineux, déchirant la nuit de leur clarté éblouissante, illuminèrent toute la contrée, et dans un rayon de cinquante lieues les habitants surpris purent croire à quelque étonnante aurore boréale. Nul doute que ce faisceau gigantesque, traversant l'atmosphère terrestre, n'allât porter jusqu'au satellite le signal que les observateurs de Long's Peak supposaient impatiemment attendu.

Pendant une heure le torrent de lumière traversa l'espace, et lorsqu'il s'éteignit, Mathieu-Rollère avait déjà l'œil fixé à l'oculaire interrogeant avec anxiété la partie obscure de la surface lunaire.

Il resta, lui aussi, une heure attentif et haletant, mais rien ne lui apparut.

« Recommençons, » fit-il.

Et pendant toute la nuit, d'heure en heure, les 1.500 foyers se rallumèrent et envoyèrent de nouveau à travers les airs leurs inutiles appels. Rien ne répondit.

« Vous seriez-vous trompé ? murmura Mathieu-Rollère en s'adressant à W. Burnett.

— Non, non, mille fois non, répondit l'astronome avec une véhémence qui contrastait avec son flegme habituel; je suis sûr de mes yeux comme de mon instrument, et d'ailleurs tous mes collaborateurs ont vu comme moi.

— Eh bien ! reprit Mathieu-Rollère, nous recommencerons les nuits suivantes. Nous ne savons ce qui se passe là-haut, mais nous devons supposer que nos amis attendent notre signal avec une impatience égale à la nôtre et qu'ils y répondront aussitôt que cela leur sera possible. »

Mais les nuits se succédèrent : rien ne se montra sur la surface du satellite, et la Lune redevint pleine sans qu'aucune manifestation fût venue confirmer les espérances des observateurs. Lorsque ce résultat négatif fut connu en Europe, tous ceux qui avaient accueilli avec incrédulité le télégramme de l'astronome américain, triomphèrent bruyamment.

Pour les uns, W. Burnett avait été victime d'une illusion d'optique ; pour d'autres, la fameuse dépêche n'était qu'un gigantesque canard destiné à mystifier le vieux monde. Seul, le directeur de l'observatoire de Nice, l'éminent Perrotin, ne partagea pas la jubilation de tous ses confrères. Sans avoir pu exactement définir les signes lumineux qui s'étaient produits, il en avait vu assez, il avait assez nettement constaté leur intermittence régulière pour être convaincu qu'ils étaient l'effet d'une volonté intelligente et réfléchie. Lui aussi, il avait observé attentivement la Lune dans ses dernières phases, attendant la réapparition des phénomènes, et ne pouvait s'expliquer pourquoi ils ne se manifestaient pas de nouveau.

Pour lui, comme pour les astronomes américains, il y avait là un inquiétant et redoutable mystère.

Ils avaient construit ces esquifs aériens... (p. 162).

CHAPITRE XVI

ÉTUDES ET RECHERCHES

Depuis le jour où ils avaient été solennellement reçus par le magistrat suprême de l'humanité lunaire, une existence nouvelle avait commencé pour Marcel, Jacques et lord Rodilan. Devenus en quelque sorte citoyens de cette nouvelle patrie, ils avaient entrepris, sous la direction de leur ami Rugel, une étude approfondie des mœurs et des institutions qui régissaient ce monde si différent du nôtre.

En possession parfaite de la langue, qu'ils connaissaient maintenant à fond, ils pouvaient s'entretenir avec tous ceux qu'ils rencontraient, voir et juger par eux-mêmes. Du reste, leur renommée avait déjà pénétré dans toutes les régions habitées de la Lune; grâce aux moyens de communication rapide, la cérémonie de leur réception, les paroles qui avaient été échangées, les espérances qu'avait fait naître leur heureuse arrivée étaient connues partout. Aussi, en quelque lieu qu'ils se présentassent, ils étaient accueillis avec un bienveillant empressement; chacun se montrait ravi de les recevoir, de contribuer à les instruire.

Pour eux, tout était nouveau, tout était à étudier.

Et, suivant leurs aptitudes, ils s'étaient partagé la tâche.

A Marcel revenait de droit le domaine si étendu des sciences et de leurs applications; à Jacques appartenait celui de la physiologie, de la médecine et des sciences naturelles, qui lui offrait un champ indéfini d'observations. Lord Rodilan s'était réservé l'étude des institutions politiques et de l'histoire de ce monde inexploré.

Profondément versé dans l'étude des sciences à laquelle il avait voué sa vie, et doué d'une rare faculté de compréhension, Marcel eut bientôt parcouru le cercle des applications nouvelles et hardies où s'était aventuré le génie des savants du monde lunaire. Rugel et quelques autres esprits d'élite, qui s'étaient mis avec empressement à sa disposition, étaient émerveillés de la facilité avec laquelle il abordait les problèmes les plus ardus et devinait en quelque sorte leurs solutions aussitôt qu'il était mis sur la voie de la démonstration. Il s'arrêtait souvent devant quelqu'une de ces machines simples à la fois et puissantes qui exécutaient des travaux de force ou de vitesse; il cherchait un instant et bientôt découvrait la loi du mécanisme, en donnait la formule, et ceux qui s'étaient chargés de son initiation se regardaient avec un sourire approbateur.

Les instruments d'optique appliqués à l'astronomie attirèrent son attention : l'astronomie était sa passion.

Dans les bibliothèques et les musées, qu'il avait visités avec soin, il avait vu des modèles de lunettes dont les proportions lui avaient paru colossales. Il s'était souvent demandé comment les habitants de la Lune, enfermés sous une voûte de granit, pouvaient observer les espaces célestes; et un jour qu'il interrogeait Rugel à ce sujet, celui-ci lui avait répondu en souriant :

« Patience, ami; nous vous montrerons notre observatoire, qui vous étonnera, j'en suis sûr; laissez-moi le plaisir de vous ménager cette surprise. »

Parmi les nombreuses inventions entrées pour ainsi dire dans

la vie quotidienne, une de celles qui avaient le plus charmé Marcel était, sans contredit, la transmission à distance des images sensibles et parlantes. Les physiciens de la Lune avaient résolu le problème de transmettre simultanément au loin l'image d'un être vivant, les mouvements qu'il exécutait et les paroles qu'il prononçait. Le même fil électrique servait de véhicule aux ondes lumineuses et aux ondes sonores.

On assistait ainsi à ce spectacle étrange : une personne assise devant un écran y voyait tout d'un coup apparaître celui avec lequel elle était en communication ; elle le voyait, l'entendait, échangeait avec lui des propos comme dans une conversation en tête-à-tête, et chacun des interlocuteurs avait ainsi en face de lui celui avec lequel il conversait.

Pour cette humanité supérieure, soumise à moins de besoins que l'humanité terrestre, le cercle des applications industrielles que nous demandons à la science était assez restreint. Leur activité intellectuelle et leur ardeur aux recherches spéculatives n'en avaient pas été amoindries. Tous les problèmes qu'entrevoient nos savants et qui, aux limites de la science moderne, surexcitent leur esprit d'investigation ou exaltent l'imagination de certains précurseurs, avaient été abordés et résolus par eux. Ils avaient depuis longtemps trouvé le moteur électrique que cherchent encore nos physiciens, et qui, développant sous un petit volume une énergie puissante, obtient une somme de travail que sont bien loin d'atteindre encore nos essais rudimentaires.

Après avoir passé, comme nous, en matière d'aérostation, par la théorie des ballons fondée sur la doctrine du *plus léger que l'air*, ils n'avaient pas tardé à reconnaître son impuissance radicale. L'observation du vol des oiseaux les avait rapidement conduits à l'adoption d'un principe tout opposé, celui du *plus lourd que l'air*. Et avec ce moteur dont ils disposaient, ils étaient bientôt arrivés à construire ces esquifs aériens, légers et résistants, dont nous avons déjà parlé et qui avaient fait l'admiration des représentants d'un monde moins avancé.

Dans un intérêt purement scientifique et sans même songer à leur demander des applications pratiques dont ils n'avaient pas besoin, ils avaient arraché à la nature ses plus mystérieux secrets.

La liquéfaction et la solidification des gaz leur étaient depuis longtemps familières, et Marcel put contempler dans leurs laboratoires, maintenus sous de formidables pressions, les divers gaz contenus dans leur atmosphère.

Ils avaient découvert depuis longtemps, et ce ne fut pas un des moindres étonnements de Marcel, la transformation des ondes lumineuses en ondes sonores que, malgré leurs essais, jusqu'ici infructueux, cherchent encore nos savants. Ils pouvaient ainsi recueillir le bruit des sphères tournant dans l'espace et entendre ce mystérieux concert de l'infini qu'avait deviné Pythagore et dont Cicéron, dans une sorte d'intuition prophétique, décrit les mélodieux effets[1].

Des appareils électriques spéciaux et délicats, disposés à la surface même de la Lune, recevaient en notes diverses l'impression sonore produite par chacun des astres de notre système planétaire, et ces sons amplifiés se combinaient dans une inexprimable harmonie.

Dans le domaine de toutes les sciences qui procèdent du raisonnement et de l'observation et où le calcul joue un rôle, Marcel constata les mêmes progrès, les mêmes vues hardies et profondes. Il y avait là de quoi défrayer pendant plusieurs siècles tous les instituts de l'humanité terrestre.

---

1. Scipion Émilien raconte qu'il a été, en songe, enlevé au ciel par l'âme de son aïeul, Scipion l'Africain :

« Quel est, lui dis-je, ce son si puissant et si harmonieux qui remplit mes oreilles ?

— C'est, me dit-il, le bruit qui résulte de la course et du mouvement des astres eux-mêmes qui roulent dans des temps inégaux, mais dont la variété est fixée par une loi immuable, et qui, mêlant les sons graves aux sons aigus, forment de leur ensemble un mélodieux concert. De si vastes mouvements ne sauraient, en effet, s'accomplir en silence, et, par une loi de la nature, les mondes les plus éloignés rendent un son plus grave, tandis que les astres les plus rapprochés donnent un son aigu. C'est pour cette raison que cette région du ciel où sont fixées les étoiles produit, puisqu'elle est la plus élevée et que son mouvement de conversion est plus rapide, un son plus aigu, tandis que le cercle où se meut la Lune, étant le plus bas, fournit un son plus grave. La Terre, en effet, le neuvième des astres, se tient immobile au centre du monde. Or, ces huit révolutions d'astres, dont deux (Mars et Vénus) se meuvent avec la même rapidité, forment sept sons séparés par des intervalles égaux et qui sont la mesure de toutes choses. Ce sont eux que des hommes inspirés ont imités sur la lyre et dans les chants, se ménageant ainsi en quelque sorte un retour vers cette région supérieure, comme tous ceux qui, éminents par leur génie, ont introduit dans la vie humaine l'étude des choses divines. Mais les oreilles des hommes, dominées par ce bruit, y sont devenues sourdes : il n'est pas en vous de sens plus émoussé. C'est ainsi qu'en ces lieux appelés Cataractes, où le Nil tombe avec fracas du haut de montagnes élevées, les nations indigènes, à cause de la grandeur du bruit, ont perdu la faculté d'entendre. Ainsi le son de l'univers tout entier, emporté dans ce mouvement rapide, est tel que les oreilles humaines ne sauraient le saisir, de même que vous ne pouvez regarder le soleil en face, et que la puissance de votre vue est vaincue par la force de ses rayons. »

(CICÉRON, *République*, liv. VI, Songe de Scipion.)

De pareilles surprises étaient réservées à Jacques, dans le champ des études qui lui étaient attribuées.

Il n'avait pu, au premier abord, ne pas être frappé des conditions physiologiques de ces êtres semblables à nous sous tant de rapports, mais si différents en un point capital. Les habitants de la Lune n'étaient pas astreints au plus impérieux de nos besoins matériels, celui de se nourrir. Chez eux, par conséquent, point de tube digestif, pas d'œsophage, pas d'estomac, pas d'intestins.

C'est à l'état gazeux que les éléments indispensables à la vie, oxygène, carbone, azote, hydrogène, pénétraient dans leur organisme et, entraînés dans la circulation générale, allaient renouveler les tissus.

L'oxygène, ils l'empruntaient directement à l'air par la respiration ; les poumons, beaucoup plus développés que chez nous, présentaient une surface plus large, capable d'absorber une plus grande quantité de ce gaz vivifiant. Le carbone et l'azote, ils se les assimilaient par une véritable décomposition chimique de l'acide carbonique et du gaz ammoniac en suspension dans l'atmosphère. A cet effet, le tube digestif et ses annexes étaient remplacés chez eux par un ensemble d'organes spéciaux tapissés de muqueuses d'une extrême finesse qui, sous l'influence du système nerveux, séparaient les éléments de ces gaz, à peu près comme les parties vertes des plantes, sous l'influence de la lumière solaire , décomposent l'acide carbonique et retiennent le carbone.

La grande quantité de gaz ammoniac existant dans l'air provenait de la décomposition des corps des animaux. Dans ce monde, en effet, où nulle vie ne se nourrissait d'une autre vie, entretenue qu'elle était par des éléments gazeux, les corps des êtres animés ne voyaient pas leur existence abrégée par la nécessité de fournir aux autres êtres vivants des aliments solides. Ils allaient tous jusqu'au bout de leur évolution vitale ; la nature opérait son œuvre de dissolution et ceux que la mort avait frappés rendaient rapidement aux vivants les éléments que ceux-ci s'assimilaient à leur tour dans un perpétuel échange.

Comment enfin l'hydrogène se trouvait-il à l'état libre dans l'air? C'est que l'atmosphère des immenses cavernes était éminemment hydratée et que les puissants courants électriques qui la traversaient sans cesse, en y décomposant la vapeur d'eau, enrichissaient l'air de ce gaz si léger qu'il pénètre toutes les parois. Ainsi s'expliquaient l'absorption constante et l'assimilation de l'hydrogène par les tissus du corps humain dans le monde lunaire.

Dans cette vie physiologique d'un ordre supérieur, aucun élément impur et inassimilable, comme ceux que la nutrition apporte à nos organes, n'entrait dans leur économie pour en être ensuite expulsé. Il n'était pas nécessaire que leur sang fût, comme le nôtre, débarrassé par une voie spéciale d'éléments grossiers. Un organe particulier, sorte de glande située au-dessous de l'appareil respiratoire, filtrait en quelque sorte le sang, éliminant les molécules nuisibles devenues inutiles. Elle remplissait un rôle analogue à celui du rein, avec cette différence essentielle que les résidus de cette élimination étaient entraînés au dehors à l'état gazeux, tant par l'expiration que par l'évaporation à travers l'épiderme.

Comme leur mode de nutrition n'impliquait aucun travail de mastication, les dents chez eux auraient pu paraître inutiles. Ils en avaient cependant, mais celles qui meublaient leurs bouches ne jouaient pas le même rôle que chez nous. Moins épaisses et de moindre dimension, elles ne servaient qu'à régulariser le passage de l'air dans l'émission de la parole, et à produire avec les mouvements de la langue et des lèvres les articulations du discours. D'une blancheur d'ivoire, que n'altérait jamais aucune de ces causes qui, sur la Terre, les dégradent et les détruisent, leur éclat contrastait avec le rouge vif des gencives, où elles s'enchâssaient comme des perles dans un écrin.

Dans cet organisme moins complexe, la fonction du foie, au lieu d'être double, comme chez nous, était simple. Pas n'était besoin, en effet, d'une sécrétion de bile là où il n'y avait ni alimentation ni digestion. Mais le foie conservait toute son activité pour produire la matière glycogène qui donne elle-même naissance au glycose, dont le rôle est si considérable dans la respiration et la rénovation des tissus. Le mécanisme vital, dans ce milieu suroxygéné était d'une énergie beaucoup plus active. Aussi le développement physique était-il plus rapide que sur la Terre, et une dizaine de nos années suffisait à l'être humain pour atteindre l'âge adulte. Ces conditions physiologiques entretenaient une vigueur constante, une jeunesse qui se prolongeait jusque dans un âge très avancé, un équilibre permanent de tous les éléments qui concourent à la vie.

On ne rencontrait pas chez eux de ces tempéraments déséquilibrés par la prédominance soit du système nerveux, soit de la lymphe, soit du sang. On n'y voyait pas de névropathes, de ces êtres anémiés, au teint pâle et blafard, qui n'ont que les apparences de la vie, de ces natures sanguines ou pléthoriques irrémédiablement vouées aux congestions ou aux apoplexies. Aussi le champ des maladies était-il restreint et ne présentait que de très rares complications. Quelques irritations des voies respiratoires, auxquelles on remédiait facilement par un dosage ingénieux de l'air respirable, parfois des engorgements ou des inflammations des organes abdominaux, des céphalalgies causées par une dépense excessive de force musculaire ou de tension cérébrale, composaient toute leur pathologie.

Et, chez ces êtres supérieurs, la thérapeutique était fort simple. Comme la respiration était chez eux l'unique mode d'entretien de la vie, c'est par la respiration qu'ils transmettaient à l'organisme tous les agents curatifs. Leur connaissance approfondie de la chimie et les moyens qu'ils possédaient d'agir sur les diverses substances, leur permettaient de les faire passer facilement à l'état gazeux et de les administrer aux malades par voie d'inhalation.

Depuis longtemps aussi ils étaient en possession de la méthode d'injection hypodermique, à laquelle ils ne recouraient d'ailleurs que dans les cas particulièrement graves et où il s'agissait de faire pénétrer rapidement dans la circulation certaines substances énergiques, d'une action prompte et décisive.

Quant aux traumatismes qui pouvaient résulter de tous les accidents inhérents, surtout pour la classe des Diémides, à une vie active et laborieuse, la science de leurs chirurgiens en avait d'ordinaire aisément raison. La liste, beaucoup plus complète que la nôtre, des anesthésiques et des antiseptiques, leur fournissait les moyens de pratiquer avec la plus grande sécurité les opérations les plus délicates, sans avoir à craindre les funestes conséquences qui souvent chez nous les rendent si redoutables.

Tout d'ailleurs les favorisait : l'air qu'ils respiraient et que surchargeait l'ozone, milieu essentiellement défavorable aux germes morbides, et par-dessus tout la simplicité même de leur organisme, qui rendait toujours facile et jamais périlleuse la diffusion des substances médicamenteuses.

Un jour que Jacques s'entretenait avec ses amis des singularités que ses observations lui avaient révélées sur la constitution physiologique des habitants de la Lune, lord Rodilan l'interrompit en s'écriant :

« Ah! voilà un pays où les damnés fils d'Esculape seraient bien assurés de ne jamais faire fortune!

— Vous leur en voulez donc bien, mon cher ami, répondit Jacques, à ces malheureux médecins, qui, si souvent, exposent leur vie pour arracher leurs semblables à la mort?

— Oui, oui, je sais, il en est qui, comme vous, sont de braves gens, toujours prêts à soulager le pauvre monde. Mais je parle de ces charlatans qui se targuent orgueilleusement du titre de princes de la science et n'ont en vue que de vendre à des prix fantastiques les moindres paroles tombées dédaigneusement de leurs lèvres sibyllines.

— Vous avez donc été écorché de bien près par quelqu'un de mes savants confrères?

— Ah! oui, et il m'en souvient encore. J'étais, depuis quelque temps, travaillé par des douleurs d'estomac à propos desquelles j'avais consulté nombre de médicastres, tous plus diplômés les uns que les autres. Ils m'avaient drogué à qui mieux mieux et envoyé aux stations balnéaires les plus fantaisistes, et, bien entendu, toutes ces pérégrinations n'avaient profité qu'à ceux qui me les avaient conseillées : car nul n'ignore que ces messieurs ne dédaignent pas de toucher une commission plus ou moins raisonnable pour chacun des patients qu'ils adressent aux établissements en vogue.

« Bref, on finit par m'indiquer un célèbre spécialiste qui, dans des cas pareils, opérait, disait-on, des miracles. Il résidait à Londres. J'étais alors à Calcutta; je fis le voyage tout exprès, tant j'avais hâte de digérer comme tout le monde.

« A peine arrivé, je me rendis chez lui. Je pénétrai dans un hôtel splendide qui ressemblait plutôt à un palais qu'à la demeure d'un savant...

— Pardon, interrompit Jacques en souriant, il s'agissait d'un *prince* de la science.

— Soit; mais la cage valait mieux que l'oiseau. Après avoir longtemps, très longtemps attendu dans un salon somptueusement orné, où s'entassaient tous les chefs-d'œuvre des arts, et que remplissait déjà une foule de fidèles, attendant l'oracle de leur destinée, je fus introduit à mon tour dans le sanctuaire.

« Je me trouvai en présence d'un grand vieillard, au front dégarni, à la face rougeaude encadrée de longs favoris blancs. Son œil froid avait l'air de vous scruter jusqu'à l'âme et peut-être jusqu'au fond du porte-monnaie; ses lèvres minces n'avaient jamais dû s'ouvrir pour un sourire bienveillant; son abord était plutôt antipathique.

« D'un geste grave, il m'indiqua une chaise placée en face du fauteuil élevé sur lequel il se laissa tomber lui-même, me dominant de tout son buste.

« Je le considérai avec curiosité, car je ne me suis jamais laissé prendre aux airs solennels de ces fantoches qui semblent toujours pontifier et traiter comme un vil bétail les malheureux que leur imprudence met à portée de leurs griffes.

« Se renversant enfin sur le dossier de son siège et croisant les jambes, pendant qu'il regardait avec une attention profonde les ongles de sa main gauche, il laissa tomber ces mots : « Milord, je vous écoute. »

« J'exposai mon cas, énumérai les supplices divers auxquels m'avaient soumis ceux de ses confrères que j'avais consultés. Il m'écoutait, hochant parfois la tête et se bornait, lorsque je faisais mine de m'arrêter, à me dire : « Allez, allez toujours. »

« J'arrivai à la nomenclature des eaux thermales que j'avais essayées et lui dis, sans y attacher autrement d'importance, que

l'usage des eaux de Vichy semblait m'avoir procuré quelque
soulagement.

« Ce fut une révélation.

Pendant qu'il regardait les ongles de sa main gauche... p. 169.

— Ah! s'écria-t-il, Vichy vous a fait du bien. Eh bien, Milord,
« retournez à Vichy! »

« Il s'était levé. Tout stupéfait, j'en fis autant. La consultation
était terminée. Il ajouta obligeamment : « C'est trois livres. »

Marcel riait franchement.

« Vous avez eu, conclut Jacques, la malchance de tomber
sur un de ces faiseurs qui, sous le nom de médecins, exploitent
la crédulité publique. Mais de tout cela résulte un enseignement
utile. Si votre estomac vous tourmentait, c'est qu'il avait pour
cela d'excellentes raisons. On sait que les dîners délicats à la fois
et plantureux sont de mise dans le monde diplomatique, et, soit
dit sans vous offenser, vous en aviez quelque peu abusé.

« Depuis que vous êtes réduit à un régime qui a le précieux
avantage de rendre tout excès impossible, votre estomac vous
laisse parfaitement tranquille.

— C'est possible, répliqua lord Rodilan; mais au risque de
quelques crampes, je ne serais pas fâché de me retrouver assis
à la table du Yachting-Club. »

En étudiant attentivement la structure physiologique des
membres de l'humanité lunaire, Jacques était arrivé à constater
chez eux une particularité qui lui avait d'abord échappé et qui
expliquait, dans une certaine mesure, leur supériorité morale.

Dispensés du soin de se nourrir, ils n'avaient pas besoin du
sens du goût, et la nature, qui ne fait rien d'inutile, ne les en
avait pas dotés. Chez eux, les papilles de la langue et du palais
ne recevaient pas l'impression des saveurs diverses, mais elles
remplissaient une autre fonction. Douées d'une sensibilité dont
nous pouvons à peine concevoir la délicatesse, elles formaient
comme une sorte d'appareil d'émission électrique, et les mouvements que la volonté, élaborée dans le cerveau, imprimait à cet
organe produisaient des ondes qui, bien que très faibles, allaient
frapper chez les autres individus un organe récepteur d'une
égale sensibilité. Cet organe résidait dans l'oreille, où une
deuxième membrane, analogue au tympan, mais infiniment plus
délicate, vibrait à son tour et transmettait l'impression au cerveau.

Grâce à ce sens, à l'aide duquel se traduisaient ces états insaisis-
sables de l'âme qui échappent chez nous à l'observation, la pensée,
en se transmettant de l'un à l'autre, arrivait exprimant en toute sincérité, et sans qu'il fût possible de les dissimuler, l'idée, le sentiment
et la volonté. Ce sens fonctionnait en même temps que la parole.

De même que, chez nous, plusieurs sens s'exerçant à la fois concourent à l'expression complète de la pensée ou du sentiment, la voix en traduisant les idées; les yeux, les mouvements du visage et parfois même le geste en complétant cette manifestation, ainsi, mais avec beaucoup plus de puissance, chez les êtres que Jacques étudiait alors, ce sens inconnu faisait de la sincérité la loi même de leur nature.

Des êtres qui ne pouvaient dissimuler aucune de leurs pensées ni aucun de leurs sentiments n'avaient jamais pu même concevoir l'idée du mensonge. Il n'y avait donc pas entre eux place pour l'hypocrisie ni pour la fraude. Par suite, nulles tromperies, nulles machinations secrètes, nulles intrigues au profit d'ambitions inavouées. Ne pouvant rien cacher, on n'avait pas songé à ourdir des complots, à combiner des manœuvres, à tendre des pièges. Il était impossible d'avoir une chose sur les lèvres, une autre dans le cœur; enfin, chez les heureux habitants de la Lune, la science diplomatique, qui n'est, le plus souvent, qu'une science d'artifices et de mensonges, était absolument inconnue.

Jacques s'était demandé aussi comment, depuis tant de siècles que l'humanité lunaire vivait dans ces conditions nouvelles, l'accroissement de la population, s'il était soumis aux mêmes règles que chez nous, n'avait pas déjà rempli outre mesure l'espace restreint dans lequel elle habitait. Mais il avait reconnu bientôt que les naissances, soumises aux mêmes conditions physiologiques que sur la Terre, échappaient à la loi de progression. La nature, dans sa prévoyance, avait sagement, pour la race humaine comme pour les espèces animales, renfermé dans des limites infranchissables le développement de la vie. Elle se contentait de réparer les pertes; les unions étaient loin d'y être aussi fécondes que chez nous, et le nombre des naissances ne dépassait pas celui des décès.

Grâce à la vigueur de leur constitution, la vie se prolongeait chez les habitants de la Lune, au delà des bornes que nous lui connaissons. Elle atteignait fréquemment cent vingt-cinq ou cent trente de nos années. Et dans ces natures robustes dont aucune cause morbide n'altérait le fonctionnement, les forces du corps

et les facultés de l'intelligence se conservaient sans altération
sensible jusque dans l'âge le plus avancé de la vie.

La période d'affaiblissement qui précédait la mort était relativement courte. La vie organique décroissait la première, laissant
à peu près intact ce que les physiologistes appellent la vie de
relation. Le vieillard, que ses forces physiques abandonnaient peu
à peu et chez lequel les fonctions nutritives — c'est-à-dire de
respiration — allaient diminuant, gardait jusqu'au dernier instant
la netteté de son esprit, la vivacité de ses sentiments. Résigné,
grâce à une haute philosophie à laquelle il devait la démonstration
incontestée de la vie future, il s'éteignait doucement au milieu
des siens, leur adressant ses suprêmes conseils, et les dernières
paroles qu'il prononçait renfermaient non un « adieu » désespéré,
mais un « au revoir » tout plein de promesses et d'espérances.

Dans cette fin d'un sage, semblable au sommeil de celui qui
s'endort sur sa tâche accomplie, rien de lugubre ou de sinistre
comme chez nous. On n'assistait jamais au spectacle répugnant
de ces décompositions qui semblent anticiper sur le tombeau, à
ces déplorables effondrements de l'intelligence, qui paraît s'éteindre
par fragments et ne laisser entre les mains de ceux qui entourent
le vieillard qu'une misérable guenille n'ayant plus rien d'humain
que la forme.

CHAPITRE XVII

LETTRES ET ARTS

Une société dont la culture intellectuelle et morale était si développée, ne pouvait rester inférieure dans le domaine des arts. Tous, ceux qui se manifestent dans le temps comme ceux qui se manifestent dans l'espace, y était assidûment cultivés depuis de longs siècles et servaient à entretenir le goût du beau et le sentiment du bien.

Au premier rang était la littérature.

Tous les genres y étaient représentés, depuis la poésie lyrique, aux généreuses envolées qui, dans des vers sublimes, s'élève à Dieu, jusqu'à ces récits aimables et charmants, où la fantaisie mêle aux conceptions les plus graves de la raison les gracieuses créations d'une imagination toujours maîtresse d'elle-même, et qui ne se départ jamais du respect de soi-même et des autres. Les poètes célébraient dans leurs hymnes la grandeur de l'Esprit Souverain, les spectacles merveilleux de la nature, les révolutions des mondes dans l'espace, les élans de l'âme vers l'infini, tout ce qui peut arracher l'homme à sa condition inférieure et réveiller en lui le sentiment de ses destinées immortelles.

D'admirables poèmes épiques, plus beaux que nos *Iliades* et nos *Odyssées*, inspirés par un ardent amour de l'humanité, retraçaient pour l'enseignement des âges nouveaux les exploits des temps antiques.

Là, rien de cette mythologie froide et incohérente où les habitants de la Terre, s'adorant eux-mêmes, divinisaient leurs plus mauvaises passions et leurs actes les plus condamnables.

Des héros à l'âme pure, ayant en vue non la satisfaction de grossiers désirs ou d'ambitions coupables, mais le bien de leurs semblables, y passaient grands et forts, luttant contre les forces naturelles pour affranchir les autres hommes de cette servitude et donnant avec joie leur vie, s'il devait en résulter, pour ceux auxquels ils se sacrifiaient, un bonheur conquis, un progrès accompli.

C'était, dans les âges passés, au temps où l'humanité lunaire vivait à la surface du satellite, lorsqu'elle avait dû, elle aussi, à force de courage et de persévérance, conquérir sur une nature hostile son indépendance et sa haute civilisation, que les divins aèdes trouvaient ces nobles figures dont le respect s'imposait à l'admiration de tous.

On ne rencontrait, dans cette littérature épurée, rien de semblable à notre poésie dramatique. Chez nous, en effet, la tragédie ne fait que mettre en œuvre les passions les plus désordonnées. Si parfois un éclair de grandeur et d'héroïque dévouement traverse cette nuit sombre, on n'aperçoit à sa clarté qu'un grouillement confus de haines ardentes, de jalousies effrénées, d'ambitions sans retenue; notre scène tragique ruisselle toujours de sang et de larmes.

La comédie, telle que nous la pouvons concevoir, ne montre pas notre triste humanité sous un jour plus favorable : c'est que, il faut bien le dire, elle n'est que la reproduction trop fidèle de ce que nous sommes en réalité. Si les catastrophes auxquelles sont mêlés les personnages sont moins cruelles et moins effrayantes, elles sont cependant d'une perfidie plus raffinée et plus subtile.

On n'y trouve que fourberie et duplicité, intrigues malsaines dans lesquelles on fait appel aux plus viles passions, étalage cynique des plus basses convoitises. Vieillards libidineux qui sont le jouet d'intrigants, femmes adultères et coquettes, jeunes filles dont la fausse innocence cache une dépravation précoce, valets fripons, entremetteuses de toutes sortes, voilà pour l'ordinaire les personnages qui s'agitent dans une action dont la complexité et l'imbroglio font souvent le seul mérite.

Et le public de s'esclaffer et d'admirer, comme s'il se complaisait au spectacle de ses propres turpitudes.

Les auteurs se flattent sans doute de corriger les mœurs par le rire, mais ce rire ne fait que souligner l'immoralité de leurs concep-

C'était, dans les âges passés... (p. 174).

tions, familiariser le spectateur avec ses misères, et les lui rendre par l'habitude moins odieuses et plus acceptables.

Si chez ces êtres, d'un niveau moral plus élevé et inaccessible à nos faiblesses, on ne pouvait rien imaginer d'analogue à nos poèmes tragiques ou comiques, ils n'avaient pas pour cela renoncé aux charmes séduisants des représentations scéniques. Aux fêtes les plus solennelles, on donnait à la foule assemblée des spectacles de nature à élever les âmes et à entretenir un culte de reconnaissance pour ceux qui avaient été les bienfaiteurs de l'humanité.

Comme il y avait dans ces cérémonies un caractère à la fois
religieux et patriotique, c'était un honneur que d'y figurer et d'y
tenir un rôle.

Aussi les acteurs, si l'on peut donner ce nom à ceux qui étaient
investis de cette mission très haut prisée, se recrutaient-ils parmi
les plus nobles et les plus intelligents, ceux qui possédaient à un
haut degré les plus rares qualités de l'esprit et de l'imagination.

Il ne s'agissait pas là, en effet, de réciter, avec une mémoire
plus ou moins heureuse et une mimique plus ou moins adaptée
au caractère d'un personnage fictif, l'œuvre d'un poète tracée
d'avance et invariable dans son expression. Un thème était
donné, quelque grand acte de dévouement, quelqu'une de ces
glorieuses entreprises ayant contribué à émanciper l'humanité,
à augmenter la somme de son bonheur et de sa prospérité. Les
grandes lignes seulement en étaient tracées. Chacun de ceux qui
devaient figurer les personnages du drame y choisissait son rôle,
le mieux adapté à sa propre nature et à ses sentiments. Il s'iden-
tifiait ensuite avec le personnage qu'il devait représenter, se pénétrait profondément de son caractère intime, arrivait à penser,
sentir, agir comme lui. Puis, quand il l'avait fait sien, il s'abandonnait sur la scène à sa propre inspiration. Suivant que les
péripéties de l'action se déroulaient, il éprouvait tous les sentiments que comportaient ces situations diverses; il parlait suivant
des impressions vraiment ressenties. C'était sa personnalité même
qui était en jeu, et les spectateurs avaient sous les yeux non pas
une vaine et froide illusion, mais la vie dans toute sa réalité, dans
ce qu'elle a de plus noble et de plus généreux.

Les manifestations de l'art musical concouraient aussi, chez les
habitants de la Lune, à la grandeur imposante de ces solennités.
Mais ici, comme pour l'art scénique, il fallait pour ces hommes
que la vérité seule pouvait émouvoir, des œuvres d'une absolue
sincérité.

Grâce aux progrès qu'avait faits chez eux la science de l'acoustique, ils pouvaient mettre la nature tout entière à contribution
et lui ménager en quelque sorte un rôle dans leurs conceptions
artistiques. Ils avaient déjà noté le son mystérieux des sphères

qui gravitent dans l'immensité. Ils percevaient et fixaient de même les harmonies les plus fugitives, le bruit des vagues qui tantôt se brisent mollement sur le rivage, tantôt, sous l'action du vent, s'écroulent avec un sourd fracas, le murmure des ruisseaux courant dans les plaines, le chant des oiseaux, le souffle léger de la brise dans le feuillage.

Sur ces thèmes, que leur fournissait le milieu même dans

C'était dans la capitale
du monde lunaire...
(p. 158).

lequel ils vivaient, les artistes inspirés brodaient les créations les plus variées de leur fantaisie. Suivant qu'ils étaient pénétrés de joie ou de tristesse, d'enthousiasme ou de mélancolie, ils adaptaient à leurs sentiments ces motifs si riches et si divers. Ils y ajoutaient l'expression de leurs propres passions; ils en faisaient un tout, où il était impossible de distinguer ce qu'ils devaient à la nature et ce qu'y avait ajouté leur génie créateur.

Il en résultait des mélodies d'un charme inexprimable, des concerts harmonieux dont la douceur berçait mollement les âmes, réveillait dans les cœurs les plus nobles sentiments et formait un merveilleux accompagnement aux grandes scènes dramatiques qui se déroulaient sous les yeux des spectateurs émus.

C'était dans la capitale du monde lunaire que se célébraient ces fêtes, qui devaient leur magnificence non à l'entassement puéril ou prétentieux de vaines somptuosités, mais au choix délicat, à la grandeur des conceptions artistiques dont elles étaient le prétexte et l'occasion. Ses habitants n'étaient pas, du reste, les seuls à jouir de ces spectacles magnifiques. Avec les moyens que la science avait déjà depuis longtemps vulgarisés dans ce monde privilégié, tout ce qui se faisait, tout ce qui se disait sur ces scènes grandioses était immédiatement transmis dans toutes les villes et dans les villages les plus reculés. Ceux qui n'avaient pu se rendre au lieu où siégeait le gouvernement, avaient sous les yeux, avec la fidélité la plus scrupuleuse, ces imposants spectacles. Ils voyaient les acteurs, ils les entendaient, ils percevaient le son des instruments. Rien n'était perdu pour eux et, dans ces jours où s'exaltait le culte de la patrie et de la vertu, la population entière de la Lune était réunie dans un élan commun de ferveur et d'amour.

De vastes salles, savamment aménagées pour l'acoustique et pour la vue, recevaient les nombreux spectateurs que ces fêtes attiraient.

Sur des gradins largement espacés, chacun était commodément assis, et n'était gêné, comme dans nos théâtres étroits où l'on s'entasse pour s'étouffer, ni par ses voisins, ni par le va-et-vient des gens égoïstes ou distraits qui ne se font nul scrupule de déranger vingt personnes pour regagner leur place. On n'avait ménagé ni l'air ni l'espace, et, du reste, tous les assistants, pénétrés de la gravité de ces représentations, jouissaient, d'un esprit recueilli et d'un cœur ému, des grandes scènes qui se déroulaient devant eux.

Comme ceux qui se rendaient à ces solennités y venaient non pour se montrer ou pour faire un fastueux étalage de joyaux ou de toilettes voyantes, mais pour s'y abandonner aux plus nobles jouissances de l'art, les architectes qui avaient construit ces vastes édifices avaient eu soin de laisser les spectateurs dans l'ombre et de projeter toute la lumière sur la scène où se mouvaient les personnages de ces drames héroïques ou lyriques. Ce qu'on avait sous les yeux c'était la vie dans toute sa réalité et dans toute son intensité.

Fidèles aux traditions du beau, qui se transmettaient sans s'altérer de génération en génération, les peintres et les sculpteurs s'inspiraient des sentiments les plus nobles et les purs. Rien n'y venait fausser leur jugement supérieur, le culte d'une forme épurée, le sentiment des beautés toujours nouvelles de la nature. Là jamais rien de mièvre ou de contourné, rien de prétentieux ou de factice, rien surtout qui pût abaisser les âmes, et, sous le faux dehors de la beauté plastique, faire naître le goût des vils instincts, des actes dégradants.

Les gymnases où, sous la direction de maîtres respectés, se formaient les disciples du grand art, ne retentissaient pas, comme chez nous, du bruit des querelles d'école; on ne s'y disputait pas sur la forme ou la couleur; on ne s'y jetait pas à la tête les noms d'impressionnistes, de symbolistes. On n'y connaissait qu'une seule forme de l'art, celle qui réunit dans une expression souveraine la splendeur de la forme à la noblesse de l'idée.

Grâce aux moyens tout à fait perfectionnés dont ils disposaient, les écrivains et les compositeurs n'étaient pas asservis à la nécessité de noter péniblement leurs pensées à l'aide de signes lents à tracer et où se perdent souvent les mouvements et la chaleur de l'inspiration.

Des appareils spéciaux saisissaient, au moment même où ils se produisaient, les mots sortis des lèvres du poète, les sons que le musicien tirait de l'instrument qui donnait à ses émotions une forme sensible. Et l'œuvre, à jamais fixée, apparaissait ainsi toute vibrante encore des impulsions de l'âme qui lui avaient donné naissance, dans la splendeur ou la grâce de sa spontanéité.

De riches bibliothèques remplies de tous les ouvrages remarquables laissés par les âges précédents, et des revues où s'enregistraient au jour le jour les conquêtes incessantes d'une science toujours en éveil, fournissaient à tous d'inépuisables trésors. Tout ce qu'avaient pu réaliser de progrès l'art de la typographie, le dessin et la gravure, se réunissait pour placer sous les yeux de ceux qui feuilletaient ces vastes collections, les conquêtes que le génie des sages avait réalisées à force de travail et de persévérance.

La simplicité des méthodes, la clarté des démonstrations, l'abondance des faits observés et la rigueur de l'esprit critique qui présidait à leurs classifications, rendaient accessible à tous les esprits la connaissance des problèmes qui sont chez nous le privilège de quelques intelligences d'élite. Et grâce à cette diffusion scientifique, ces êtres si bien doués sous le rapport de la compréhension et du raisonnement, se maintenaient à un niveau intellectuel que nous avons peine à concevoir.

Dans ce monde où tout était harmonieux et simple, l'organisation sociale était fixe et à l'abri de toutes les révolutions que suscitent sur la Terre les ambitions ou les fureurs des partis. On n'y connaissait rien non plus de ce que nous appelons *les affaires*. Aussi jouissait-on de l'inappréciable avantage de n'avoir pas de journaux! Par suite, on ignorait ces polémiques ardentes où les intérêts privés déchaînés font table rase des intérêts publics, ces factums injurieux où, pour satisfaire des haines sauvages ou de basses rancunes, on vilipende les hommes les plus considérables, on exalte le vice ou la perfidie, on traine sur la claie l'honnêteté et la vertu.

Rien de semblable non plus à ces scandaleuses entreprises où, sous prétexte de servir l'utilité générale, on trompe une multitude dont l'avidité égale la sottise, on spécule sur les plus mauvaises passions, on s'enrichit aux dépens d'autrui, et on donne le spectacle écœurant de fortunes colossales fondées sur l'agiotage et le jeu, sur la ruine d'une foule de misérables.

Pendant que Marcel et Jacques étudiaient ainsi, à des points de vue différents, le monde lunaire, et marchaient de surprise en surprise, lord Rodilan ne restait pas inactif. Son esprit philosophique avait été profondément frappé par la simplicité des mœurs et des institutions qui régissaient cette société d'un ordre supérieur. Son scepticisme, entretenu par les contradictions et les incohérences qui se rencontrent au sein de l'humanité terrestre, n'avait pas tenu devant cette réalité harmonieuse d'une nombreuse réunion d'hommes vivant dans

On ignorait la tyrannie bureaucratique (p. 182).

une concorde parfaite, avec un minimum de lois et de gouvernement qu'oseraient à peine entrevoir les plus utopistes rêveurs.

Il s'était donné pour tâche d'étudier à fond tout ce qui concer-

naît la religion, les mœurs, les institutions politiques et civiles, et
se proposait de réunir tous les résultats de ses recherches dans un
Mémoire qui, joint au résumé de Marcel et de Jacques, formerait
à coup sûr le plus inattendu, le plus nouveau et le plus intéressant des traités. Quel émerveillement ce serait pour le monde
savant de la Terre que de recevoir un jour ce livre étrange, imprimé
sur la Lune, tout rempli de photographies, de dessins, de peintures,
chefs-d'œuvre des artistes lunaires, représentant des êtres humains,
des animaux, des monuments, des paysages inconnus !

Comment un pareil ouvrage parviendrait-il à la connaissance
de ceux auxquels il était destiné? — Le diplomate anglais ne s'en
inquiétait pas pour le moment, mais il y travaillait avec ardeur.

Sa tâche, du reste, avait été facile.

Les institutions politiques qu'il s'était chargé d'étudier étaient
peu compliquées : pas d'autorité tracassière jalouse de ses préro-
gatives, toujours prête à mesurer son importance aux ennuis et aux
embarras qu'elle suscite à ses administrés. On ignorait et la tyrannie
bureaucratique, et les vexations paperassières, et les inquisitions
odieuses que les pauvres humains de la Terre, vraiment de très
bonne composition, déguisent sous les doux euphémismes de
libertés, de garanties administratives.

Là, on n'avait pas sous les yeux l'affligeant spectacle que présente, chez les peuples qui se prétendent les plus civilisés de la
Terre, l'organisation de la justice répressive. Les contestations
entre particuliers étaient rares et aisées à trancher : l'équité et la
bonne foi des contractants suffisaient amplement à les régler.

Quant aux attentats contre les personnes ou contre la chose
publique, produits le plus souvent par l'âpre lutte pour l'existence,
ils y étaient complètement inconnus.

Dès lors pas de tribunaux, pas de police, pas de gendarmes,
pas de bourreaux.

Nul n'avait à redouter les dénonciations perfides, les accusations
intéressées, à trembler pour lui-même ou pour les siens, à redouter
les surprises de la loi ou les pièges de la chicane.

On vivait ouvertement sans avoir rien à dissimuler, et partant
rien à craindre.

CHAPITRE XVIII

UNE ASCENSION GIGANTESQUE

Cependant les trois voyageurs avaient dû, tout en s'occupant de leurs importantes recherches, s'inquiéter d'un problème qui avait pour eux la plus haute importance : celui d'assurer leur vie dans un milieu si différent de celui où ils avaient jusqu'à présent vécu. Sans doute, les provisions dont ils avaient pris soin de se munir en quittant la Terre, conserves de toutes sortes, biscuits et boissons diverses, pouvaient leur suffire pendant un temps assez long. Mais, depuis plus de six mois qu'ils habitaient le monde lunaire, ils y avaient déjà fait d'assez larges brèches et ils voyaient s'approcher, non sans inquiétude, le moment où ils auraient épuisé leur stock.

D'autre part, ce phénomène d'êtres vivants se nourrissant autrement que par la simple absorption de l'air, à l'aide d'éléments matériels, avait intrigué les habitants de la Lune. Les trois étrangers avaient été l'objet d'une étude qui, sans leur profond sentiment des convenances, aurait peut-être pu devenir indiscrète. Mais on se souvient que parmi les documents que renfermait l'obus, se trouvaient des atlas d'anatomie les plus récents et les plus complets. Il avait donc été facile aux savants de se rendre un compte exact de la physiologie de l'humanité terrestre, et ils avaient songé eux-mêmes à trouver pour leurs hôtes les moyens les plus simples et les plus efficaces d'entretenir leur vie.

Marcel, qui avait examiné avec eux cette importante question, avait manifesté le désir d'utiliser à cet effet les graines diverses, céréales et légumineuses qu'il avait apportées de la Terre, et d'essayer aussi la culture des essences fruitières dont il s'était également muni. Une assez vaste région avait été aménagée à cet effet. Sur les indications de Marcel, les Diémides mis à sa disposition avaient fabriqué les instruments aratoires, et bientôt les trois exilés de la Terre avaient pu contempler comme un champ cultivé leur rappelant leur planète natale.

Mais il était quelqu'un à qui la perspective de cette nourriture de végétariens ne souriait que médiocrement, c'était lord Rodilan.

« Les conserves de corned beef, de ham, de gibier, passe encore, disait-il d'un ton piteux, bien que cela ne vaille pas une large tranche de roastbeef saignant; mais vos choux, vos carottes, peuh! le triste régal. Je ne suis pas un lapin pour vivre de la sorte et ne saurais m'y faire. »

Souvent il jetait des regards de convoitise sur les gracieux et jolis animaux qui bondissaient au milieu des plaines, ou sur les poissons aux écailles changeantes qui sillonnaient comme d'un éclair d'argent les ondes limpides de la mer et des ruisseaux. Il se disait qu'avec un des bons fusils de chasse ou quelqu'une de ces lignes perfectionnées qui figuraient en ce moment dans le musée du palais, il aurait bientôt fait de se procurer de savoureux repas. Il n'avait pu même résister à la tentation de s'en ouvrir à leur ami Rugel; mais celui-ci avait répondu en souriant. comme s'il comprenait les exigences de cet estomac britannique.

« Hélas! il vous faudra, ami, renoncer à cette espérance. Le meurtre ici est chose inconnue; tous les êtres vivent dans une sécurité complète; la vie, émanation de la toute-puissance de l'Être Souverain, est chose sacrée. Que, dans votre monde où de tristes nécessités vous obligent à vous repaître d'êtres animés, vous soyez conduits à imiter l'exemple que la nature vous y donne elle-même, cela se comprend et se peut excuser. Mais rien ne saurait chez nous rendre admissible une pareille atteinte à l'ordre et à l'harmonie de notre monde. Rassurez-vous toutefois: nos savants ont songé à vous; ils connaissent aujourd'hui les éléments indispensables à votre existence; ils ont prévu le cas où les expériences tentées par notre ami Marcel ne vous fourniraient pas tous ceux qui vous sont nécessaires, et ils étudient la composition d'un aliment qui, sous un volume très réduit, pourra remplacer la nourriture animale à laquelle vous êtes accoutumés. »

L'Anglais fit la grimace et murmura à part lui :

« Tout cela est bel et bon, mais sent diablement la pharmacie. Enfin nous verrons. »

Il ne tarda pas à voir, en effet.

Quelques jours après cet entretien, Jacques, qui passait presque tout son temps avec les savants lunaires dans leurs laboratoires, revint tout triomphant et présenta à ses deux amis un flacon tout rempli d'une liqueur claire et transparente comme de l'eau pure.

« Qu'est cela, bon Dieu! fit Marcel et qu'est-ce qui te rend si joyeux?

— Mes amis, dit Jacques, nous voici maintenant assurés de ne jamais avoir à regretter les succulents repas dont le souvenir hante encore notre cher Rodilan.

— Quoi! fit l'Anglais, prétendez-vous que votre mixture va remplacer efficacement les bœufs de Durham, les moutons du Yorkshire et les jambons de Westphalie dont le nom seul me fait venir l'eau à la bouche?

— Parfaitement, mon très cher; et d'abord ce que vous appelez en profane une mixture est le résultat d'une combinaison merveilleuse où se mélangent, dans des proportions scientifiquement déterminées, les éléments azotés que nous fournissait sur Terre la chair des animaux. Rien que dans ce petit flacon il y a de quoi nous nourrir tous les trois pendant plusieurs semaines. Et si nous faisions de cet aliment un usage exclusif, nous serions bientôt victimes d'une surabondance de vie et menacés de funestes congestions. Heureusement, les champs ensemencés par Marcel nous fourniront en quantité suffisante une nourriture rafraîchissante. L'élixir que j'ai l'honneur de vous présenter sera notre viande.

— Peuh! fit l'Anglais, je savais bien que tout cela finirait par des drogues.

« — Goutez-en seulement, dit Jacques en riant; vous jugerez après. »

Et il versa dans un verre quelques gouttes du précieux nectar.

Lord Rodilan regarda, flaira le liquide inconnu, puis brusquement fermant les yeux avec une grimace, comme un enfant qui avale une médecine, il absorba le contenu du verre. Et, se recueillant :

« On ne peut pas dire, fit-il, que ce soit excellent; mais enfin ce n'est pas mauvais. Je doute fort cependant qu'il y ait là de quoi remplacer un beefsteak.

— Attendez donc quelques instants, répondit Jacques, et vous m'en direz des nouvelles. Voyez notre ami Marcel; il n'y fait pas tant de façons. »

En effet, une demi-heure était à peine écoulée que lord Rodilan et Marcel, complètement réconfortés, se sentaient tout remplis d'une vigueur nouvelle, comme s'ils s'étaient assis à une table abondamment servie.

L'expérience était décisive; le nouvel aliment fut adopté sans plus de difficulté, et les trois amis se sentirent rassurés contre la crainte de mourir de faim.

Il leur sembla même que ce genre de nourriture presque immatérielle les rapprochait quelque peu, à leurs propres yeux, de la condition supérieure des habitants de la Lune. Plus d'une fois, en effet, ils s'étaient sentis humiliés des tristes nécessités que leur imposait leur nature terrestre, et ils avaient cru surprendre parfois dans les regards de ceux qui avaient été témoins de leurs repas comme une expression de surprise et de pitié. Aussi le plus souvent avaient-ils soin de prendre leur nourriture à l'écart.

Depuis qu'ils habitaient le monde lunaire, Marcel, Jacques et lord Rodilan avaient beaucoup observé, beaucoup appris. Toutefois Marcel n'avait pas oublié les paroles presque mystérieuses que lui avait dites Rugel au sujet des observatoires d'où les savants de la Lune pouvaient suivre le cours des astres. Il se demandait comment, du fond de cette gigantesque caverne où ils vivaient, ils avaient pu sonder les profondeurs de l'espace.

La voûte granitique qui emprisonnait cette humanité ne présentait aucune solution de continuité; et, du reste, quelque communication avec l'extérieur eût-elle existé, il savait par sa propre expérience que la colonne atmosphérique ne s'élevait pas jusqu'à

Lord Rodilan regarda, flaira le liquide inconnu (p. 186).

la surface du satellite, et que bientôt l'air raréfié offrait un milieu irrespirable. A plusieurs reprises, il avait rappelé à Rugel sa promesse; le moment était proche où il allait être complètement édifié à ce sujet.

Les études approfondies auxquelles il s'était livré n'avaient

pas détourné Jacques de la pensée de celle qu'il avait laissée sur
la Terre; il avait hâte de lui faire savoir qu'il était sorti vivant
de cette redoutable entreprise. Il s'en entretenait souvent avec
Marcel; ses préoccupations n'avaient point échappé au sage Rugel
qui, l'interrogeant affectueusement, n'avait pas eu de peine à
pénétrer la cause de sa tristesse. Cet amour si noble et si pur,
pour lequel Jacques n'avait pas craint de risquer sa vie, était
un de ces sentiments que comprenait l'âme élevée de leur
nouvel ami; il l'avait encouragé avec bienveillance à ne point
désespérer, et, à quelques paroles qu'il avait laissé échapper,
Jacques avait cru comprendre qu'on s'inquiétait des moyens
d'aviser les habitants de la Terre de l'arrivée à bon port des
hardis voyageurs. Mais le temps lui paraissait long, et lui aussi
attendait avec impatience.

Un jour Rugel apparut souriant :

« Je vous apporte, leur dit-il, une bonne nouvelle : nous allons
dans quelques instants, si vous le voulez bien, visiter l'observatoire dont je vous ai déjà parlé. Le moment est propice; la
partie de la Lune qui regarde la Terre est maintenant dans l'ombre,
et vous allez revoir votre patrie tout éclatante de lumière.

— Ah! enfin, s'écria Marcel avec un éclat de joie et en serrant
énergiquement la main que lui tendait Rugel.

— Merci, ami, dit Jacques, le visage rayonnant de bonheur.

— All right! fit lord Rodilan; je vais donc revoir la joyeuse
Angleterre. Quel dommage, ami Rugel, que nous ne puissions
pas vider ensemble, en son honneur, la dernière bouteille de
champagne qui nous reste!

— Videz-la, répliqua Rugel; je serai avec vous de cœur, non
seulement pour l'Angleterre, mais aussi pour la France, pour le
monde tout entier que vous avez quitté. »

Bientôt le vin pétilla dans les verres; on entendit retentir
les cris de : « Vive la France! vive l'Angleterre! » Et Rugel
contemplait d'un œil attendri cette joie qu'il semblait partager,
et qui, malgré son impassible sérénité, touchait son cœur.

Pendant ce temps un aéroscaphe s'était avancé : c'était un
véhicule à la fois élégant et solide.

Marcel, qui s'était déjà depuis longtemps familiarisé avec le mécanisme moteur, se mit au gouvernail, mit le cap sur le point de l'horizon que lui indiqua Rugel, et l'appareil s'éleva, fendant l'air avec rapidité.

Au bout de quelques heures, la mer intérieure qui s'étendait au centre de l'immense caverne était franchie, et l'on était arrivé

au pied d'une colossale montagne de granit, sorte de muraille à pic qui paraissait absolument infranchissable.

Entre le pied de la montagne et la grève où venaient mourir les flots, s'élevait une petite ville d'un aspect sévère et tranquille. Là vivaient, surtout pour être à proximité du lieu où ils se livraient à leurs travaux habituels, des hommes choisis dans la classe des Méolicènes et spécialement chargés des observations astronomiques. Leurs fonctions étaient prisées très haut dans le monde lunaire; c'étaient eux qui avaient pour mission de maintenir en quelque sorte cette humanité souterraine en communication avec l'univers extérieur. Sans eux, sans leurs constants

travaux, les habitants de la Lune auraient vécu complètement
étrangers à ce qui se passait dans le monde sidéral et comme
enfermés dans les ténèbres d'une éternelle prison.

De ce centre de recherches scientifiques partaient incessamment des bulletins signalant, à mesure qu'ils se produisaient,
tous les phénomènes célestes, et entretenant ainsi chez ces êtres
si intelligents et qui savaient que la fin du monde qu'ils habitaient
était fatalement marquée dans un espace de temps que l'on
pouvait déjà calculer, le désir d'entrer en relations avec l'humanité
la plus voisine.

Rugel et ses trois compagnons furent accueillis à leur arrivée
avec la plus bienveillante cordialité. Bien qu'ils n'eussent jamais
pénétré dans cette région lointaine, Marcel, Jacques et lord Rodilan
étaient suffisamment connus. Ils retrouvèrent là quelques-uns
des personnages éminents avec lesquels ils s'étaient déjà entretenus dans la capitale; tous du reste étaient déjà au courant de leurs
travaux. La salle où ils avaient été reçus était vaste et presque
entièrement tapissée de cartes sidérales du travail le plus fini
et de l'exactitude la plus parfaite. Mais Marcel remarqua qu'il
ne s'y trouvait aucun instrument propre aux observations astronomiques.

« Eh bien! mais, fit-il en s'adressant à Rugel, où donc est
votre observatoire? Ce n'est pas d'ici que vous pouvez contempler
le ciel !

— Patience, ami, répondit Rugel, nous y arrivons. »

L'un des savants qui l'entouraient fit un signe : au fond de
la salle s'ouvrit une large porte donnant accès à une sorte de
couloir éclairé électriquement.

« Suivez-moi, » dit Rugel.

Ce couloir aboutissait à une petite pièce de forme circulaire
élégamment meublée de sièges et de divans. Un fanal électrique
disposé dans le plafond l'éclairait d'une lumière douce et égale,
et, sauf la porte par laquelle ils étaient entrés, on n'y remarquait
aucune trace d'ouverture.

« Asseyez-vous un instant, dit leur guide et vous ne tarderez
pas à être satisfaits. »

Les trois amis, surpris, passablement intrigués, obéirent sans répondre.

« Nos observatoires, dit alors Rugel, ne vous offriront, au point de vue des instruments, aucune des surprises auxquelles vous vous attendez sans doute. D'après les dessins que vous nous avez montrés et les explications que vous nous avez fournies, nous avons pu juger que toute la théorie qui préside à la construction de vos instruments astronomiques repose sur les lois de la réflexion et de la réfraction des rayons lumineux. Ces lois sont générales; seules les applications peuvent varier suivant la différence des milieux. Notre œil est conformé comme le vôtre; le phénomène de la vision se passe pour nous comme pour vous; tous les appareils d'optique qui ont pour objet d'étendre à l'infiniment grand et à l'infiniment petit le champ des observations ne sont que des yeux agrandis ou perfectionnés. S'il existe — et rien ne nous prouve qu'il n'en existe pas — d'autres moyens de sonder les profondeurs de l'espace ou de scruter dans leurs plus infimes manifestations les secrets de la vie, ces moyens ne doivent être accessibles qu'à des êtres conformés autrement que nous le sommes.

« Déjà, avant que notre humanité ne fût réduite à se réfugier à l'intérieur de notre monde, d'importantes recherches avaient été faites et de sérieux résultats obtenus. Je vous montrerai bientôt toute la série des travaux préliminaires par lesquels nous avons passé. »

Depuis quelques instants Marcel paraissait préoccupé : de légers frémissements semblaient agiter d'une façon presque insensible le siège sur lequel il était assis et jusqu'au sol sur lequel se posaient ses pieds, en même temps que se faisait entendre un bruissement presque insaisissable.

On eût dit qu'il cherchait la cause de ce mouvement et de ce bruit.

Rugel, qui l'observait, reprit plus vivement, comme pour l'arracher à ses réflexions :

« Vous verrez que nous avons, comme vous, usé longtemps de lunettes et de télescopes; mais vous savez que les instruments réflecteurs sont toujours d'un maniement difficile et ne supportent pas des grossissements aussi considérables que ceux qui sont fondés sur le principe de la réfraction. Nous sommes arrivés dans la fabrication de nos lentilles à une telle perfection, nous avons pu construire des lunettes d'un tel diamètre que nous avons renoncé à l'usage des télescopes. »

Et Rugel s'étendit avec complaisance, en de longs détails, sur les procédés savants et précis à l'aide desquels ils obtenaient ces merveilleux et gigantesques objectifs; sur les mécanismes simples et puissants qui faisaient mouvoir sans peine ces appareils, dont les proportions dépassaient tout ce que la science terrestre avait jusqu'à présent pu réaliser.

Marcel et ses deux amis, vivement intéressés par les descriptions auxquelles se livrait Rugel, par les souvenirs des âges lointains qu'il évoquait, par la succession de progrès scientifiques obtenus à travers les siècles et qu'il faisait passer sous leurs yeux, ne s'apercevaient pas que le temps s'écoulait et que plusieurs heures étaient déjà passées depuis leur entrée dans le réduit assez étrange où ils s'entretenaient encore.

« Tout cela est très curieux et fort instructif, ami Rugel, dit Marcel avec gaieté; mais est-ce seulement pour nous faire une conférence sur l'histoire de l'astronomie lunaire que vous nous avez conduits ici?

— Toujours impatient, répondit Rugel en souriant. Mais rassurez-vous, nous sommes arrivés.

— Arrivés! s'écrièrent à la fois Marcel, Jacques et lord Rodilan. Où? Comment?

— A la surface de la Lune, » répondit simplement Rugel.

CHAPITRE XIX

L'OBSERVATOIRE

La porte s'était ouverte ; les trois habitants de la Terre, sous le coup d'une vive émotion, s'engageaient à la suite de Rugel dans une large galerie, assez faiblement éclairée, qui s'ouvrait devant eux. A son extrémité, une nouvelle porte cédait sous la pression de leur guide ; ils faisaient quelques pas et s'arrêtaient émerveillés. Ils se trouvaient sur une vaste terrasse inondée d'une lumière dont l'éclat, légèrement voilé par une teinte bleuâtre, ne rappelait en rien celle du soleil, mais ressemblait plutôt, avec une intensité infiniment supérieure, à celle dont la Lune, lorsqu'elle est dans son plein, éclaire les nuits terrestres.

Ils promenaient autour d'eux des regards surpris et contemplaient avec admiration l'étrange paysage qui se déroulait sous leurs yeux : une plaine immense, au centre de laquelle s'élevait le gigantesque édifice dans lequel ils se trouvaient, au sol crevassé et profondément tourmenté ; à l'horizon lointain des masses formidables de montagnes et de rochers aux formes capricieuses ; des pics dénudés, aux arêtes aiguës, dressant leurs cimes vers le ciel et projetant au loin des ombres fantastiques.

Ils étaient encore sous le coup de cette émotion, lorsque Rugel, levant le bras, leur désigna du doigt le ciel qui s'étendait au-dessus de leurs têtes.

Ils levèrent les yeux. Un tremblement subit agita leurs membres, et, dans un irrésistible élan, ils s'étreignirent avec ardeur : leurs visages étaient baignés de larmes.

Ils ne pouvaient que balbutier, comme sous l'impression d'une indicible angoisse : « La Terre! la Terre! »

Dans le ciel d'un noir profond, sous un angle de 1°54', s'arrondissait un globe immense, brillant comme quatorze pleines lunes, qui déversait sur les campagnes lunaires les ondes d'une lumière intense, mais douce et tranquille.

C'était le monde qu'ils avaient quitté il y avait déjà six mois.

La Terre, à ce moment pleine, tournait vers la Lune l'hémisphère contenant l'ancien continent.

Les trois amis distinguaient à l'œil nu les contours brillants des terres et les masses plus sombres des océans, reconnaissaient l'Europe aux côtes profondément découpées, la vaste surface de l'Asie avec les presqu'îles qui la terminent, et au sud l'Afrique triangulaire. Mais c'était surtout sur la France que Jacques et Marcel fixaient leurs yeux avides pendant que lord Rodilan répétait d'une voix que le saisissement rendait plus rauque : « England! England! »

Rugel les observait en silence et semblait partager leur émotion.

« Venez, amis, leur dit-il; vous allez voir la Terre de plus près. »

Ils s'arrachèrent comme à regret à leur contemplation et marchèrent derrière Rugel, non sans retourner la tête et sans lever encore les yeux vers le disque énorme qui brillait au-dessus de leurs têtes.

La terrasse sur laquelle ils se trouvaient surmontait une imposante construction qui se dressait au milieu d'une vaste dépression sur les confins de l'Océan des Tempêtes, dans le voisinage du cratère de Hansteen.

C'était une sorte de palais aux proportions colossales, de forme carrée, et composé de plusieurs étages. La partie inférieure, entourée de murs massifs d'une hauteur de quinze mètres environ, était percée de larges baies garnies d'un cristal épais, d'une extrême

RIGEL, LEVANT LE BRAS, LEUR DÉSIGNA DU DOIGT... (p. 193).

transparence, et séparées par de hautes colonnes à moitié engagées dans la muraille. On y avait ménagé de vastes salles qui servaient de bibliothèques, de musées, de cabinets de travail pour les astronomes dont la vie se passait à observer le ciel.

A la hauteur de la frise que supportaient les colonnes, s'élevait en retrait une construction autour de laquelle régnait une terrasse de dix mètres de largeur, hermétiquement fermée par de grands panneaux de verre cintrés dont la partie supérieure, formant dôme, s'appuyait sur la plate-forme surmontant le massif central et servant elle-même de base au dernier étage, où se trouvaient installés les instruments d'observation.

C'est sur cette terrasse vitrée que les voyageurs avaient été conduits tout d'abord, et c'est là qu'ils avaient contemplé la Terre, dont la vue subite les avait jetés dans une si vive émotion.

Ils n'étaient pas au bout de leurs surprises.

Bientôt un ascenseur électrique les transporta avec Rugel à l'étage supérieur; ils débouchaient sur la dernière plate-forme, et de nouveau, à travers l'armature de verre qui, ici encore, formait une coupole de douze mètres de diamètre complétement étanche, ils revirent l'astre vers lequel se reportaient toujours leurs pensées.

Leur visite avait sans doute été annoncée : car à leur apparition ils se virent entourés par les savants attachés à l'observatoire et qui s'empressaient autour d'eux en leur souhaitant la bienvenue. On les regardait avec une curiosité mêlée de respect.

Celui qui paraissait être le premier dans ce corps d'élite s'avança vers eux :

« Nous saluons avec bonheur, dit-il, votre arrivée parmi nous. Nous connaissons vos héroïques aventures; nous nous sommes réjouis avec toute la population lunaire de la venue de nos frères terrestres; nous partageons l'espoir que votre présence fait concevoir à l'homme éminent qui nous gouverne, et nous aiderons de tout notre pouvoir à sa réalisation. Mais nous allons, dès à présent, et en attendant mieux, vous rapprocher par la vue du globe qui vous est si cher. »

. Et il leur désigna de la main trois sièges dont chacun se trou-

vait placé à proximité d'un énorme cylindre faisant saillie à l'intérieur de la coupole et terminé par une lentille sertie dans un tube
métallique, semblable aux oculaires dont sont munis sur la Terre
les instruments d'observation astronomiques

« Regardez, » leur dit-il.

Trois exclamations de surprise jaillirent à la fois :

« La France!

« Paris!

« London! »

Grâce à la puissance des instruments mis à leur disposition, la
Terre s'était rapprochée d'une incroyable façon; elle était si près
qu'on en distinguait tous les détails géographiques, comme si une
vaste carte eût été étendue sous leurs regards : montagnes, forêts,
fleuves, cités.

Un mécanisme précis permettait de faire mouvoir sans effort
l'appareil et de le promener sur toute la surface éclairée du globe
terrestre.

Et leur œil insatiable ne pouvait se détacher des lieux où ils
avaient vécu.

Tandis que lord Rodilan fouillait la gigantesque ville de Londres,
qui lui apparaissait comme une large tache grise rayée de fils
imperceptibles qui devaient être des rues, et que coupait une ligne
noirâtre, la Tamise, Marcel et Jacques, palpitants d'émotion, tenaient
leurs regards obstinément fixés sur Paris. Bien que le grossissement fourni par ces merveilleux instruments et que Marcel estima
à vingt mille fois environ, fût tel qu'on eût dû distinguer tous les
monuments, l'épaisseur de l'atmosphère terrestre en diminuait
singulièrement la netteté. Entre les observateurs et la surface de
la Terre s'étendait comme un voile qui estompait les contours,
faisait osciller les lignes et empêchait l'œil de se fixer.

Pour les astronomes de la Lune qui n'avaient pu, sur ces impressions troublées et incertaines, établir que des conjectures, il était
difficile de se reconnaître dans ce milieu flottant; mais Marcel et
Jacques y retrouvaient facilement les lieux où ils avaient passé
une si grande partie de leur vie et qu'ils connaissaient si bien.
Quelques instants leur avaient suffi pour s'orienter; ils distin-

guaient maintenant, à l'ouest de la grande ville, comme un point
étoilé, qui devait être évidemment la place de l'Étoile avec ses
douze larges voies rayonnantes, et, ce point de repère établi, ils
avaient bientôt fait d'assigner à chaque monument, dans ce plan
presque effacé, la place qu'il devait occuper.

L'un revoyait ainsi, ou du moins croyait revoir, ce quartier
de l'Observatoire où il avait goûté de si douces joies, éprouvé
de si cruelles douleurs et laissé toutes ses espérances; l'autre,

« La France! Paris! London! » (p. 198).

dont aucun point de cette capitale n'attirait plus spécialement
l'attention, parcourait avec attendrissement la France tout entière.

Il allait de Dunkerque, qui se baigne dans les flots de la mer
du Nord, aux villes du Midi qui se mirent dans les eaux transparentes de la Méditerranée; de la pointe extrême de la Bretagne
au massif neigeux des Alpes dont les sommets, se profilant dans
une atmosphère moins dense et au-dessus de la région des nuages,
se détachaient avec une éclatante blancheur. Il ne pouvait se lasser
de suivre le cours des fleuves et de reconnaître au passage les

villes qu'ils traversent; tour à tour Rouen, Nantes, Bordeaux, Lyon attiraient ses regards.

Puis, tandis que lord Rodilan, après avoir jeté un regard sur Londres, se complaisait à passer en revue sur la surface du monde tous les points où l'avide nation anglaise avait planté son drapeau, et sentait son cœur se gonfler d'un insolent orgueil, Marcel, franchissant les frontières de la France, s'arrêtait, non sans un mélancolique regret, sur les provinces violemment séparées de la mère patrie.

Mais bientôt, s'arrachant à cette contemplation qui ravivait en lui de si cruels souvenirs, il franchissait le Rhin, passait sur l'Allemagne, à ce moment toute couverte de nuages, mais qui, son imagination aidant, lui semblait toute hérissée d'armes, pour courir au bord de la Néva, où son âme patriotique semblait deviner de futurs alliés. Bientôt, redescendant au sud de l'Europe, il suivait ces côtes si pittoresquement découpées et que l'atmosphère, plus transparente dans cette région, lui permettait de distinguer avec plus de netteté.

C'était la Grèce étalée comme une feuille de mûrier, l'Italie qui s'allonge vers le continent africain, l'Espagne toute zébrée de chaînes de montagnes, l'Algérie étroitement serrée entre la Méditerranée et l'Atlas, le Sahara déroulant ses longues plaines jaunâtres jusque vers l'Afrique centrale aux mystères insondables.

Mais toujours son regard revenait vers la France, cette douce patrie qu'on peut bien quitter, mais qu'on ne saurait jamais oublier.

Cependant, à mesure que le temps marchait, le globe terrestre tournait sur son axe; l'Europe s'effaçait peu à peu, et déjà les côtes du continent américain semblaient sortir de l'Atlantique.

« Amis, leur dit alors Rugel, pardonnez-moi de vous arracher à ce spectacle qui, je le comprends, charme vos cœurs; mais vous êtes ici chez vous et vous aurez le temps de contempler à loisir la Terre dans toutes ses phases, car votre séjour dans notre observatoire se prolongera autant que vous le jugerez nécessaire. Laissez-moi vous montrer les appartements qui vous sont réservés; puis je vous abandonnerai aux soins du savant Mérovar, mon col-

lègue du Conseil Suprême, qui dirige ici les observations astronomiques, et qui a déjà étudié, comme vous ne tarderez pas à vous
en convaincre, les moyens de vous mettre en communication avec
ceux que vous avez quittés. Pour moi, les devoirs de ma charge
m'obligent à me séparer de vous pour quelque temps. »

Il les conduisit à l'étage inférieur où avaient été préparées,
pour les voyageurs, des chambres spacieuses meublées avec un
luxe sévère et élégant. Tout y avait été disposé avec un soin
attentif pour satisfaire aux exigences de ces étrangers d'une nature
si différente de celle des habitants de la Lune.

Les trois amis prirent congé, non sans un certain sentiment de
tristesse, de celui qui, depuis leur arrivée, avait été leur guide
fidèle et dévoué, et leur avait toujours témoigné une véritable et
sincère amitié. Puis ils prirent possession des lieux où ils allaient
vivre pendant quelque temps, et ce fut avec une réelle satisfaction
qu'ils se retrouvèrent seuls : car, après les émotions violentes par
lesquelles ils venaient de passer, ils se sentaient pris d'un invin-
cible besoin de repos.

Dans les jours qui suivirent, ils furent l'objet des attentions et
des prévenances de tous les astronomes de ce merveilleux observatoire. Chacun avait à cœur d'initier les visiteurs aux secrets de ses
travaux, à leur faire admirer les instruments si parfaits dont il
disposait. Jacques et lord Rodilan lui-même avaient fini par s'intéresser à cette science supérieure de l'astronomie, privilège des
esprits les plus hardis, où les résultats fournis par l'observation
aidée du calcul revêtent toutes les couleurs et ont tout le charme
des créations les plus brillantes et les plus fantaisistes de l'imagination. Comment, du reste, seraient-ils demeurés indifférents,
lorsque c'était à cette science même qu'ils devaient de s'être rapprochés par la vue du monde auquel ils tenaient encore par tant
de liens si forts et si puissants ?

CHAPITRE XX

MÉCANIQUE ET OPTIQUE

Un problème de mécanique inquiétait Marcel. Il se demandait par quels moyens il avait pu être transporté avec ses compagnons du fond du monde lunaire à la surface du satellite. Ainsi qu'il le savait déjà, l'immense excavation qui servait d'asile aux réfugiés d'un monde devenu inhabitable, était située à une profondeur d'environ quinze de nos lieues terrestres. De quels puissants procédés disposaient donc les ingénieurs de cette étrange humanité pour pouvoir élever suivant la verticale, à de telles hauteurs, des poids aussi considérables? Il avait fallu en effet, semblait-il, que tout ce qui avait servi à la construction et à l'aménagement de l'observatoire fût transporté à la périphérie. Il y avait là de quoi troubler profondément l'esprit le plus audacieux. Il fut bientôt fixé et demeura émerveillé de la simplicité des moyens employés pour obtenir de si étonnants résultats. Il refit avec le savant Mérovar le voyage qu'il avait déjà accompli avec Rugel, et, sous ce guide éclairé, il avait tout examiné et s'était rendu compte de tout.

C'était la cheminée d'un ancien volcan que les habitants de la Lune avaient utilisée pour y installer les appareils mécaniques qui leur permettaient de communiquer avec le monde extérieur.

Ils disposaient, on le sait, d'une inépuisable force motrice, l'élec-

tricité; ils n'avaient eu qu'à disposer dans ce long couloir presque
vertical, dont ils avaient régularisé les parois, une cage d'ascenseur de cinq mètres environ de côté. Les montants et les
croisillons en étaient formés d'une tôle d'acier très résistante;
les diverses parties étaient reliées entre elles par des boulons
solidement rivés, ce qui donnait à l'ensemble la rigidité d'un
corps plein. De distance en distance, aux quatre angles de cette
cage, s'allongeaient des poutres de tôle, également boulonnées,
de longueur forcément variable, suivant la distance qui séparait
les montants de la paroi rocheuse, et profondément scellées dans
cette paroi.

L'ascenseur qui circulait dans cette sorte de cheminée était
muni, à chacun de ses angles, de deux roues dentées, l'une au
sommet, l'autre à la base, s'engrenant sur quatre crémaillères
disposées le long des montants. Le mouvement leur était donné,
avec une vitesse d'environ vingt kilomètres à l'heure, par un
moteur électrique d'une formidable puissance sous un volume
relativement restreint, aménagé dans la partie inférieure de l'ascenseur. Ce moteur, propulsif lorsqu'il s'agissait de faire monter
l'appareil, servait, à la descente, de modérateur et de frein. Tout
était calculé avec une rigueur si mathématique, les matériaux
employés étaient d'une telle homogénéité et d'une telle résistance,
le travail d'exécution était d'une telle perfection que le tout
fonctionnait avec la douceur et la sûreté d'un appareil de précision,
et que les chances d'accident avaient été réduites à une proportion
infinitésimale.

Pour plus de sécurité, pour ne rien abandonner à l'imprévu,
toujours possible dans les œuvres humaines, l'esprit de prévision
des ingénieurs lunaires avait disposé, au-dessous du point de
départ de l'ascenseur et dans l'axe même de la cage, une profonde
cavité remplie d'une eau rendue plus dense par l'addition d'un
mélange chimique, et dont l'élasticité devait, en cas de chute,
amortir le choc terminal.

Marcel restait saisi d'admiration devant ce travail colossal, qui
se développait sur une hauteur de quinze lieues, et dont la seule
conception paraissait effrayante.

Comment des êtres humains, aux forces bornées, avaient-ils pu concevoir et réaliser un pareil ouvrage?

En y réfléchissant, il se disait bien que cette prodigieuse quantité de matériaux à employer représentait, sur la Lune, un poids

L'ascenseur qui circulait dans cette sorte de cheminée... (p. 201).

six fois moindre que sur la Terre; il savait, pour en avoir déjà vu de remarquables applications, que les ingénieurs lunaires étaient arrivés à résoudre, comme en se jouant, d'importants problèmes de mécanique et que leur génie scientifique, triomphant des résistances de la matière, avait inventé les machines les plus puissantes et les plus variées, réduisant en quelque sorte à néant le travail individuel de l'homme.

Toutefois ce qu'il avait devant les yeux était si démesuré et semblait dépasser de si haut toutes les prévisions, qu'il ne pouvait en croire ses yeux.

Le savant Mérovar paraissait jouir de sa surprise.

« Nous avons, lui dit-il, été heureusement servis par les circonstances. Lorsque notre humanité, contrainte de quitter la surface de notre globe, s'est retirée dans les régions souterraines qu'elle occupe aujourd'hui et que l'Esprit Souverain semblait lui avoir ménagées comme un dernier refuge, nos savants ne se sont pas résignés à rester à jamais séparés du monde extérieur, de cet espace infini où les astres poursuivent leur course immuable. Partout ils ont dirigé leurs investigations; nul point accessible n'est resté inexploré. C'est ainsi que nous avons constaté l'existence de nombreuses cheminées de volcans éteints; mais presque toutes étaient de forme irrégulière, de direction oblique; leur parcours sinueux se prêtait mal à l'établissement d'appareils nous permettant de communiquer avec l'extérieur. Nous avons fini par trouver celle que vous venez de parcourir.

« Sa direction verticale, son diamètre étroit, la rendaient merveilleusement propre à l'usage auquel nous la destinions. Malheureusement elle était, comme du reste tous les cratères de la Lune, vous ne l'ignorez pas, obstruée à quelque distance de la surface par une épaisse couche de laves et de déjections volcaniques accumulées. Il nous a fallu nous frayer un passage à travers ces matériaux d'une extrême dureté, et nous avons pour cela recouru à nos explosifs, qui ont une force d'expansion considérable. Pour régulariser dans la mesure du possible les aspérités qui, en maints endroits, hérissaient les parois, nous avons employé des béliers puissants.

— Je suis frappé, interrompit Marcel, des résultats magnifiques obtenus par votre industrie; mais je me demande comment vous êtes arrivés à créer dans cette cheminée d'une prodigieuse hauteur, et surtout dans l'observatoire construit à la surface même de la Lune, une atmosphère respirable. Je sais par ma propre expérience qu'il ne faut pas s'élever beaucoup au-dessus du niveau de la caverne où nous sommes tombés, pour arriver bientôt à des couches où l'air raréfié est impropre à entretenir la vie.

— Votre remarque est fort juste, et vous allez comprendre comment ce problème a été résolu aussi facilement que les autres.

« Au bas de la cheminée où se meut notre ascenseur, sont établies de puissantes machines foulantes alimentées par l'air qui forme l'atmosphère où nous vivons; cet air, aspiré par elles, est incessamment refoulé dans la cheminée avec une pression qui l'élève jusqu'à la surface et l'accumule dans l'observatoire. Le jeu de ces machines est calculé de façon à ce que la colonne ascendante et l'atmosphère qui remplit tout l'édifice, de toutes parts hermétiquement clos, soient maintenues à une pression constante et sensiblement égale à celle que nous supportons dans notre monde souterrain. Et le mouvement de ces machines, fonctionnant sans relâche, fournit à la cheminée et à l'édifice qui la surmonte un courant d'air sans cesse renouvelé et toujours respirable. Les éléments inutiles sont ainsi entraînés et rejetés dans la circulation générale, où ils se purifient et se transforment à nouveau. Vous pouvez vous assurer par vous-mêmes qu'à tous les étages de l'observatoire, la respiration est aisée et facile, et que la vie à cette hauteur n'a rien perdu de son activité.

— Tout cela est merveilleux, » murmurait Marcel.

Les instruments d'optique dont les trois amis avaient éprouvé la formidable puissance, devaient être de leur part l'objet d'un examen attentif. La grande difficulté qui s'était présentée tout d'abord, pour les astronomes lunaires, consistait dans l'impossibilité où ils étaient d'opérer à découvert à la surface de la Lune. D'un autre côté, les observations n'étaient possibles qu'à l'aide d'instruments articulés de façon à pouvoir se mouvoir dans tous les sens et capables de fouiller toutes les régions de la voûte céleste. Il avait donc fallu trouver une combinaison telle que l'observateur, restant dans un milieu rigoureusement clos et rempli d'air respirable, pût cependant, sans effort et sans déplacement, faire mouvoir son instrument dans le vide extérieur.

Le système des lunettes équatoriales, tel qu'il est le plus communément usité sur la Terre, ne pouvait en rien remplir ce but, l'observateur étant obligé de se déplacer en même temps que la lunette. Mais ils avaient trouvé dans les lunettes coudées le moyen qu'ils cherchaient, et ce ne fut pas l'un des moindres étonnements de Marcel de constater que ces sortes d'appareils d'optique, auxquels les astronomes terrestres avaient été conduits par le seul désir de rendre les observations plus commodes et par suite plus précises, étaient justement ceux auxquels avaient dû recourir leurs confrères de la Lune en raison des conditions toutes spéciales où ils se trouvaient.

On connaît ce genre de lunettes imaginées par l'un des plus ingénieux et des plus savants astronomes (1) de l'Observatoire de Paris.

Le corps de l'instrument est formé de deux parties cylindriques montées à angle droit : l'une, celle qui porte l'oculaire, est parallèle à l'axe du monde ; l'autre, celle qui est munie de l'objectif, est parallèle à l'équateur. A cet objectif est adaptée une sorte de boîte rectangulaire renfermant un miroir en verre argenté incliné à 45° et pouvant tourner sur lui-même de façon à se placer en face de tous les points du ciel au-dessus de l'horizon.

L'image d'un astre quelconque, réfléchie par ce miroir et réfractée par l'objectif, vient rencontrer un second miroir également incliné à 45° et disposé au point où les deux parties de l'instrument forment un coude. Ce miroir à son tour réfléchit l'image ainsi reçue et l'envoie jusqu'à l'oculaire, qui n'est lui-même qu'un microscope de fort grossissement. Et c'est cette image ainsi amplifiée qu'examine l'œil de l'observateur.

C'est sur ce principe qu'étaient fondées les lunettes dont se servaient les astronomes lunaires, avec cette particularité que le tube porteur de l'oculaire qui faisait saillie à l'intérieur de la salle d'observation, y pénétrait par une ouverture cylindrique qu'il fermait hermétiquement tout en pouvant pivoter sur lui-même avec le corps tout entier de l'instrument.

Quant à la lunette elle-même, qui se trouvait ainsi presque complètement à l'extérieur, elle reposait, par l'extrémité de son

(1) M. Lœwy.

axe horaire sur un massif solide, où un système d'engrenages, mis
en mouvement par un moteur électrique d'une extrême précision,
lui permettait de suivre, au gré de l'observateur, un astre quelconque dans sa course.

Un autre mécanisme permettait à l'astronome de pointer le
miroir objectif sur l'astre qu'il voulait étudier. L'une des quatre
faces de la salle d'observations disposée dans le plan méridien,
avait été aménagée de façon à recevoir trois de ces appareils,
de dimensions égales et en tout semblables, quant à la disposition, à ceux qui sont en usage sur la Terre, mais qui en différaient pourtant par un point essentiel : leurs proportions colossales
et leur perfection absolue. Les objectifs, en effet, ne mesuraient
pas moins de 3^m,50 de diamètre et pouvaient supporter des grossissements utiles de 25.000 fois. Ainsi s'explique le prodigieux
effet qu'avait produit sur les trois voyageurs la vue de la Terre
si brusquement rapprochée d'eux. Trois autres lunettes, de construction semblable, mais non plus équatoriales, disposées symétriquement sur la face opposée, permettaient de balayer tous les
points du ciel et de compléter les recherches astronomiques.

C'était pour rendre possibles les observations simultanées, qui
seules peuvent assurer un contrôle efficace, que les savants
lunaires, auxquels ne coûtaient ni le temps ni les efforts, avaient
ainsi multiplié le nombre de ces gigantesques lunettes. Quant aux
autres instruments astronomiques, cercles divisés, lunettes méri-
diennes, etc., ils offraient beaucoup d'analogie avec les nôtres et
il devait en être nécessairement ainsi, l'astronomie étant une
science exacte fondée sur les lois mathématiques qui sont les
mêmes dans l'univers tout entier.

D'aussi savants astronomes n'avaient pu négliger la source
féconde d'observations que peut fournir l'analyse spectrale des
astres, et, dans ce domaine de l'astronomie physique comme dans
celui de la science pure, les résultats obtenus par eux dépassaient
de beaucoup ceux qu'on a atteints sur la Terre. Cette partie de la
science, toute récente chez nous, leur était familière depuis longtemps, et ils avaient pu, grâce à l'excellence de leurs procédés et à
la supériorité de leurs instruments, analyser bien plus complète-

ment la constitution physique des astres composant notre système
planétaire.

D'ailleurs, il n'échappait pas à Marcel que les observateurs
lunaires se trouvaient dans des conditions tout à fait uniques et
bien autrement favorables que ceux de la Terre. Ces longues nuits
de trois cent cinquante-quatre heures que leur ménageait, chaque
mois, le mode de rotation de la Lune, leur offraient de merveilleuses
facilités. Ils pouvaient, en effet, se livrer à des observations longues
et suivies dont rien ne venait ni troubler ni déranger le cours.
Dans le ciel d'une immuable pureté, que n'épaississaient jamais
aucunes vapeurs, que ne voilait aucun nuage, où la lumière arrivait
toujours nette et franche, on pouvait discerner les astres avec la plus
rigoureuse précision. En outre et par suite de la lenteur même de
cette rotation, le mouvement apparent des étoiles était extrêmement
faible et à peu près le même que celui de notre étoile polaire.
Ils pouvaient donc suivre avec exactitude la marche de l'astre
qu'embrassait le champ de leurs lunettes, et aucune des variations
qui se pouvaient produire ne leur échappait.

Dans de telles conditions, ils avaient trouvé la solution de bon
nombre de problèmes que se posent encore aujourd'hui les astronomes terrestres.

C'est ainsi qu'ils avaient pu depuis longtemps dresser des
cartes assez complètes de Mercure et de Vénus : ils avaient découvert que la rotation de cette dernière planète sur son axe s'effec-
tuait dans un temps sensiblement égal à celui de sa révolution
autour du soleil (1). Et cet étrange phénomène astronomique, que
n'avaient pas encore soupçonné les savants de la Terre, avait jeté
Marcel dans une profonde surprise.

Mars avec ses continents, ses canaux gigantesques et ses
calottes de glaces polaires, n'avait plus de mystère pour eux.
L'atmosphère épaisse qui enveloppe Jupiter leur en avait, comme
à nous-mêmes jusqu'ici voilé la surface, et leurs études sur cette
planète n'étaient guère plus avancées que les nôtres. Mais ils
avaient résolu l'anneau de Saturne, et Marcel put se convaincre

(1) Depuis, cette découverte, révélée par M. Schiaparelli, a été confirmée par
M. Perrotin.

par ses propres yeux qu'il est composé d'une infinité de petits
astres très rapprochés, tournant autour du noyau central avec une
rapidité telle que la lumière qu'ils réfléchissent paraît continue.
Quant à Uranus et à Neptune, perdus dans les profondeurs du ciel,
ils avaient bien pu déterminer sur leurs disques des différences de
teintes qui faisaient croire à la présence de continents et d'océans;
mais l'extrême éloignement de ces astres ne leur avait permis de

Son âme se perdait
dans un ineffable ravissement.
(p. 212).

rien préciser à ce sujet. Enfin, aux limites extrêmes de notre
système planétaire, ils avaient découvert, d'abord par la puissance
du calcul, puis par l'observation directe, l'astre hypothétique dont
nos savants ne font que soupçonner encore l'existence.

Ils avaient poussé très avant leurs recherches d'astronomie
sidérale, et les résultats obtenus n'avaient pas été moins féconds.

Autour de bon nombre des étoiles les plus rapprochées, ils avaient pu, grâce aux puissants moyens d'investigation dont ils disposaient, observer de nombreux satellites ou plutôt de véritables planètes effectuant, comme celles de notre système solaire, leurs révolutions autour de l'astre central.

Et lorsque Marcel, s'abandonnant à son goût pour l'astronomie, fouillait de ces gigantesques lunettes la voûte céleste toute resplendissante d'étoiles, quand son regard émerveillé contemplait ces myriades de soleils, les uns blancs comme le nôtre, les autres d'un rouge sanglant, d'un vert d'émeraude, d'un bleu profond ou d'un jaune d'or, qui jonchent l'immensité, il se demandait avec stupeur quelle inconcevable puissance maintient ces mondes suspendus dans les espaces infinis, et règle avec une immuable harmonie leurs révolutions diverses.

Et son imagination, s'exaltant devant cet éblouissant spectacle, s'élançait au delà de ces planètes qu'il avait vues tourner autour des soleils les plus voisins; il se disait qu'autour de tous les autres, de ceux que distinguent nettement les instruments astronomiques, de ceux qu'ils n'entrevoient que d'une façon vague dans des amas confus, de ceux plus lointains encore que révèle l'impression de leur lumière affaiblie sur une plaque sensible, de ceux enfin que l'esprit seul devine se succédant sans fin dans les incommensurables espaces, d'autres mondes gravitent.

Et là encore, toujours et partout, il sentait que vivaient des humanités, combien diverses, combien différentes de la nôtre et de celle de la Lune!... Son imagination s'épuisait sans trève à essayer de les figurer.

La vie sous ses formes multiples, depuis les types les plus rudimentaires et les plus grossiers jusqu'aux conceptions supérieures se rapprochant de plus en plus de la perfection, circulait dans l'univers sans bornes, célébrant la gloire et la grandeur de la force unique et souveraine d'où tout émane.

Et son âme se perdait dans un ineffable ravissement.

CHAPITRE XXI

A LA SURFACE DE LA LUNE

Pendant que Marcel se plongeait ainsi dans la contemplation de tant de merveilles scientifiques et admirait le génie avec lequel avaient été résolus tant de hauts problèmes, ses deux compagnons, que la passion de l'astronomie n'animait pas d'un zèle égal, commençaient à se sentir pris de préoccupations plus personnelles. Pendant les premiers temps de leur séjour dans l'observatoire, ils ne pouvaient détacher leurs regards du globe terrestre; mais, à la longue, la constante uniformité de ce spectacle, l'impossibilité de voir plus avant avaient commencé à faire naître dans leur âme quelques mouvements d'impatience.

Jacques surtout, que tant de liens rattachaient encore à la Terre, souffrait de voir son ami oublier ce qui, à ses yeux, devait être le but unique vers lequel ils devaient tendre, c'est-à-dire l'établissement de communications régulières avec le monde terrestre.

Il s'en ouvrit un jour à Marcel.

« Toutes ces études où nous nous absorbons, lui dit-il, sont du plus haut intérêt, et je suis comme toi heureux d'avoir pu connaître ce monde supérieur où nous avons déjà tant appris, et où il nous reste assurément encore plus à apprendre. Mais ne songes-tu pas que nous avons laissé derrière nous des amis qui,

depuis de longs mois, tiennent leurs yeux avidement attachés
sur le disque de la Lune, nous croient maintenant définitivement
perdus et sans doute nous pleurent?

— Pardon, ami, lui répondit Marcel; ma passion de savoir ne
m'a pas rendu égoïste et j'ai songé au problème qui t'inquiète.
Mais tu sais qu'en dehors de l'enceinte où, grâce à des moyens
artificiels, nous pouvons vivre en ce moment, la vie est impossible à la surface de la Lune. Il me paraît bien difficile que, de
cette enceinte étroite où nous sommes confinés, des signaux
soient faits qui puissent être aperçus de la Terre. Toutefois nous
devons tout tenter, même l'impossible, pour rassurer nos amis,
et j'étais résolu à m'en entretenir avec le savant Mérovar : car
il est bien évident que, pour construire cet observatoire et disposer
en dehors leurs instruments d'optique, ils ont dû trouver le moyen
de se mouvoir et d'agir dans le vide ambiant. Ton anxiété, que
je partage, ne fait que me décider. Nous allons sur-le-champ en
avoir le cœur net. »

Lord Rodilan, informé, haussa les épaules.

« Vous avez bien tort de vous inquiéter ainsi, fit-il en souriant. Il y a beau temps qu'on nous croit morts et que notre nom
figure à côté de celui de tous ces fous qui ont voulu, par des
entreprises insensées, rendre leur nom célèbre, Érostrate, Empédocle et tant d'autres. Croyez-moi, ne vous pressez pas tant que
cela, si vous n'avez pas d'autre souci que de rassurer des gens
qui, pour sûr, ne pensent plus à nous.

— J'ai meilleure confiance dans le cœur de ceux qui nous
aiment, répliqua Jacques avec vivacité; et, se tournant vers
Marcel, il ajouta : « Allons sur-le-champ trouver l'astronome. »

Aux premières ouvertures des deux amis, Mérovar répondit sans
paraître surpris : « Je vous attendais. Du jour où, en vous recevant, le prudent Aldéovaze a manifesté l'espérance de voir, grâce
à vous, s'établir prochainement des communications entre votre
monde et le nôtre, nous nous sommes préoccupés des moyens
pratiques d'arriver à ce résultat, et nous serons dans très peu de
temps en mesure de vous donner satisfaction. »

Et il déploya sous leurs yeux une carte très détaillée de la région dans laquelle s'élevait l'observatoire. Le cratère sur lequel il était construit, l'un des plus petits que l'œil des astronomes ait distingués à la surface de notre satellite, et qu'ils n'ont jugé à propos de désigner par aucun nom particulier, qu'on ne trouve même marqué par aucun chiffre sur les cartes les plus complètes,

Partie sud de l'Océan des Tempêtes.
A Cratère de Hansteen, B Billy, C Letronne, D observatoire lunaire.

était situé par 9° 31' de latitude sud et 49° 16' de longitude occidentale, et se dressait isolé au milieu d'une immense plaine, dans la partie méridionale de l'Océan des Tempêtes. La vaste dépression à laquelle les astronomes ont donné ce nom, après s'être étendue du cratère rayonnant de Képler au large cirque d'Hévélius, s'enfonce vers le sud, en une sorte de golfe au fond duquel s'élèvent le cratère de Hansteen, et plus bas encore celui de Billy. C'est un peu au nord-ouest du premier de ces deux cratères, et

sur une ligne le reliant à celui de Flamsteed, que se creusait
l'étroite cheminée que le génie des savants lunaires avait aménagée pour faciliter leurs communications avec l'extérieur.

Le hasard les avait merveilleusement servis : rien ne gênait
là leurs observations, et c'était dans un horizon lointain qu'apparaissaient à leurs yeux les cimes dentelées ou les murailles
tourmentées des montagnes et des cratères que l'absence d'atmosphère leur permettait d'atteindre. Autour de lui s'étendait un
large espace uni, sur lequel on ne remarquait aucune de ces
boursouflures qui, d'ordinaire, rendent si irrégulière la surface
de la Lune. On eût dit une vaste plaine liquide, subitement figée
par un temps calme.

« C'est là, leur dit Mérovar, que nous comptons établir les
appareils à l'aide desquels nous donnerons de vos nouvelles à
ceux qui en attendent sans doute avec anxiété.

— Là, là, s'écria Marcel, à la surface de la Lune, en plein
vide? Mais on n'y saurait vivre?

— Ah! répondit Mérovar, vous n'êtes pas au bout de vos surprises. Nous avons déjà depuis longtemps trouvé le moyen de
parcourir la surface désolée de notre monde, et, si vous voulez
nous y suivre, vous pourrez y faire de curieuses observations.

— Nous sommes prêts, » firent les trois amis.

Ils descendirent à l'étage inférieur de l'observatoire et pénétrèrent dans une vaste salle où se trouvaient rangés le long des
murs des sortes de mannequins ayant vaguement la forme
humaine.

« Voilà, leur dit Mérovar, les appareils qui nous permettent
de vivre et de nous mouvoir dans le vide extérieur.

— Mais ce sont là, s'écria lord Rodilan en riant, de vulgaires
scaphandres!

— Oui, fit Mérovar, mais des scaphandres renversés. Lorsqu'il s'agit pour des êtres humains de vivre dans l'eau, l'appareil
dans lequel ils s'enferment doit pouvoir résister à la pression du
milieu ambiant, qui augmente à mesure qu'on s'enfonce dans les
couches liquides. Ici le problème est inverse : comme il est
impossible de vivre, vous le savez, sans qu'une pression exté-

rieure vienne faire équilibre aux forces d'expansion dont notre
organisme est animé, il est de toute nécessité que nous soyons,
d'une manière permanente, enveloppés d'une atmosphère portée
à une tension suffisante. Et c'est pour cela que nous sommes

Après s'être divertis quelques instants... (p. 218).

obligés d'enfermer notre corps tout entier dans ces appareils. Or,
à la surface lunaire, il n'y a pas de pression qui puisse contre-
balancer la poussée de l'air qui les remplit. Il a donc fallu les
construire avec des matières assez résistantes et assez souples
cependant pour permettre à celui qui les revêt de se mouvoir et
d'agir en toute liberté. D'ailleurs, vous allez en juger par vous-
mêmes. »

Et, leur donnant l'exemple, il se mit en devoir de revêtir un des appareils disposés le long du mur.

« Que chacun de vous, leur dit-il, choisisse à sa taille ; mais ayez bien soin de fermer très hermétiquement toutes les ouvertures, car la moindre fuite, en laissant échapper l'air dont vous serez entourés, pourrait vous exposer à de sérieux dangers. ».

Bientôt les trois voyageurs et leur guide se trouvaient revêtus de ce costume dont l'étrangeté provoqua l'hilarité de lord Rodilan. Leurs têtes seules étaient encore libres.

« Certes, fit-il, si mes amis de la Terre me voyaient en pareil équipage, ils auraient peine à me reconnaître.

— Aucun d'eux surtout, repartit Jacques, ne pourra se vanter d'avoir tenté une expédition semblable à celle que nous allons accomplir. »

L'appareil dans lequel ils étaient étroitement enfermés était formé d'un tissu à la fois souple et tenace, revêtu d'un enduit qui le rendait absolument imperméable. La tête du voyageur était emprisonnée dans une sorte de sphère de métal garnie, à sa partie antérieure et sur les côtés, de plaques de cristal permettant au regard de parcourir presque tout l'horizon. Dans cette sphère s'ouvrait l'orifice d'un conduit qui y amenait l'air nécessaire à la respiration. Cet air venait d'un réservoir métallique, placé sur le dos, où il était comprimé à une pression considérable, et, grâce à un organisme automatique réglé avec une rigoureuse précision, il s'échappait d'une façon continue et à une tension toujours constante. La quantité en était calculée de manière à pouvoir entretenir la vie pendant une durée de dix heures. Pour fournir une issue à l'air qui s'échappait du réservoir, dont l'accumulation aurait fini par faire éclater l'appareil et qui, du reste, chargé des produits de l'expiration, c'est-à-dire d'acide carbonique et de vapeur d'eau, n'aurait pas tardé à devenir irrespirable, une petite soupape spéciale avait été ménagée au milieu de la poitrine. Lorsque la pression intérieure dépassait un certain degré, la soupape s'ouvrait d'elle-même, puis se refermait grâce à un ressort puissant et l'occlusion était complète.

Après s'être divertis quelques instants de ce nouveau déguisement, Marcel, Jacques et lord Rodilan s'étonnèrent de garder sous cette enveloppe, qui semblait rigide, le libre usage de leurs membres et la facilité de tous leurs mouvements.

« Non seulement, leur dit Mérovar, nous pourrons agir et nous mouvoir, mais il nous sera même permis de communiquer entre nous. »

Et il leur fit remarquer au niveau de la sphère correspondant aux oreilles deux petits récepteurs microphoniques, et devant la bouche un appareil de transmission; le tout était une merveille de délicatesse et de fini. Un fil métallique reliait les récepteurs à un petit accumulateur électrique fixé au réservoir à air.

A l'extérieur, un fil mobile d'une longueur de deux mètres environ et muni à son extrémité d'un anneau permettait à chaque touriste, en fixant cet anneau à la sphère de son voisin à l'aide d'un crochet disposé à cet effet, d'entrer en conversation suivie avec lui, de lui parler et d'entendre sa réponse.

« Tout cela est extrêmement ingénieux, dit Marcel, et dénote de la part de vos physiciens un sens des plus pratiques. J'ai hâte d'expérimenter ces charmants petits appareils que personne n'a encore songé sur la Terre à utiliser de la sorte.

— Allons donc, » répondit Mérovar.

Et il les fit pénétrer dans une petite pièce hermétiquement close et dont il eut soin de refermer soigneusement la porte.

« Nous sommes ici, leur dit-il, dans une écluse à air, et la paroi que voici nous sépare seule du vide extérieur. Il ne nous reste plus qu'à ajuster les sphères sur nos têtes. »

Quand ils furent prêts, Mérovar se mit en demeure d'ouvrir la porte qui donnait sur le dehors, et à peine les boulons qui la retenaient eurent-ils été largués qu'elle s'échappa d'elle-même sous la pression de l'air intérieur, malgré les ressorts dont elle était munie, et les quatre hommes eux-mêmes, violemment poussés en avant, seraient tombés s'ils ne s'étaient arc-boutés sur les solides bâtons ferrés dont leur guide avait eu soin de les armer.

Ils éprouvèrent tout d'abord une sensation étrange : l'appareil qui les revêtait, brusquement gonflé par la dilatation de l'air qui y était contenu, s'arrondissait autour de leurs membres en forme de manchons dans lesquels ils semblaient flotter. Cependant, après un premier instant de surprise, ils reconnurent que, grâce à la souplesse du tissu dont il était formé, la liberté de leurs mouvements ne se trouvait nullement gênée ; ils s'apercevaient à peine que leurs doigts étaient emprisonnés dans des gants.

Marcel s'expliqua alors comment avait pu s'élever cet observatoire dont la construction lui avait paru jusqu'alors un fait inexplicable. Il comprenait maintenant qu'une armée de Diémides, amenés à la surface de la Lune, avaient pu, avec les appareils dont ils étaient eux-mêmes revêtus, façonner sur place les blocs rocheux que les pentes du cratère fournissaient en abondance, et qu'il eût été impossible, à cause de leur masse, d'amener à pied d'œuvre au moyen de l'ascenseur. Il se rendait parfaitement compte que, la pesanteur étant sur la Lune six fois moindre que sur la Terre, les hardis constructeurs avaient pu mouvoir sans trop de peine des masses dont les proportions nous sembleraient démesurées. D'un autre côté, il calculait que, pour obtenir une stabilité égale à celle des monuments terrestres, il avait été nécessaire de donner à la base de l'observatoire et à l'épaisseur de ses murailles des dimensions beaucoup plus grandes. De telle sorte que, si l'effort paraissait moindre, les proportions données au travail rétablissaient à peu près l'équilibre.

Les trois voyageurs promenèrent alors leurs regards autour d'eux. Le soleil, dont aucune atmosphère ne tempérait l'ardente lumière, inondait de ses rayons la surface de la Lune. Le spectacle était éblouissant.

Ils se trouvaient sur une sorte de plate-forme qui entourait l'édifice. L'orifice du cratère, qui ne mesurait pas moins de huit cents mètres environ de diamètre, avait été comblé, à l'exception de la cheminée qui servait à la fois de cage à l'ascenseur et de conduite à l'air qui venait du fond dans l'observatoire, et c'est au centre de ce sol factice, représentant un travail gigantesque, que s'élevait le colossal monument d'où ils venaient de sortir.

Sous la conduite de Mérovar qui les précédait, ils s'engagèrent dans une sorte de chemin grossièrement taillé dans le roc. Jamais, depuis qu'ils étaient arrivés dans ce monde où tout était étrange, ils n'avaient ressenti d'une manière plus complète les effets singuliers de la loi de la pesanteur. Leur poids spécifique se trouvait diminué dans d'étonnantes proportions; leurs pieds posaient à peine sur le sol; le moindre effort leur faisait franchir des distances considérables; ils avaient descendu avec une merveilleuse facilité la pente âpre et tourmentée du cratère, et lorsqu'ils regardaient derrière eux la route qu'ils avaient suivie, ils se demandaient avec une sorte d'horreur comment ils ne s'y étaient pas brisés mille fois.

Au bout d'une heure environ, ils se trouvèrent au pied du cratère, dans la plaine que bornaient au loin des masses confuses de rochers. A la surface de ce monde éteint, tout était d'une morne tristesse, et l'éclatante lumière du soleil, qui s'écrasait sur le sol, augmentait encore cet aspect de suprême désolation. Tout était mort et immobile, et, dans ce silence universel que ne troublait même pas le bruit de leurs pas, les trois habitants de la Terre étaient comme surpris de se sentir vivants.

Revenus de cette première émotion, ils s'étaient arrêtés pénétrés d'une satisfaction profonde. Fouler le sol de cet astre jusque-là inaccessible; contempler de leur base ces montagnes, ces cratères immenses dont ils n'avaient eu jamais sous les yeux que des images lointaines et fugitives; sonder de l'œil ces précipices monstrueux qu'ils n'avaient fait que soupçonner; avoir là sous les pieds ce monde inconnu, quel rêve et quel triomphe!

Ils sentaient frémir en eux l'âme des conquérants. Le grand Colomb avait dû éprouver quelque chose de semblable le jour où, pour la première fois, il avait planté l'étendard de Castille sur la terre nouvelle que son génie avait en quelque sorte fait jaillir de l'Océan. Mais combien plus grande et plus étonnante était la conquête due à leur courage et à leur persévérance!

Pour eux, ce que les imaginations les plus audacieuses avaient à peine osé concevoir était réalisé. Les fictions des poètes et des romanciers se trouvaient distancées; le rêve était maintenant un fait accompli. Comme s'il eût deviné les pensées qui les agitaient et compris les sentiments qui faisaient battre leurs cœurs, Mérovar les laissa quelque temps à leurs réflexions; puis, reprenant sa marche, il se dirigea suivi de ses compagnons du côté de l'énorme cratère de Letronne.

Le sol sur lequel ils s'avançaient était hérissé d'aspérités qui, malgré leur agilité, rendaient souvent leur marche pénible et lente : nulle trace de terre ou de sable; partout la roche nue, aux arêtes vives et tranchantes, réfléchissait avec une insoutenable intensité une lumière blanche et crue. Sans la précaution prise de teinter fortement de bleu les plaques de cristal qui permettaient à leur vue de s'étendre au dehors, ils n'auraient pu en supporter l'éclat.

A une distance d'environ quatre kilomètres, ils se trouvèrent dans une région complètement unie, dont le sol ne présentait plus aucune irrégularité. On eût dit la surface tranquille d'un lac subitement congelé.

Le savant Mérovar s'arrêta et, accrochant à la sphère qui recouvrait la tête de Marcel son fil téléphonique :

« Voilà, lui dit-il, l'emplacement que nous avons choisi pour y établir les signaux lumineux qui pourront être aperçus de la Terre.

— Il me paraît, répondit Marcel, parfaitement convenir; mais je ne vois rien ici des préparatifs que vous sembliez m'annoncer.

— Soyez sans crainte, vous serez bientôt édifié à cet égard. »

Et il lui expliqua que les astronomes de l'observatoire avaient songé à attirer l'attention de leurs confrères de la Terre par de puissants foyers électriques, et que déjà tout était préparé à l'observatoire même pour réaliser ce projet. Ils étaient convaincus que leurs signaux seraient aperçus cette fois, maintenant surtout que l'éveil était donné par la tentative si heureusement réussie des trois voyageurs. Il ne restait plus qu'à arrêter avec eux la forme de signaux capables à la fois d'être compris et de rassurer leurs amis. Jacques et lord Rodilan, qui avaient accroché leurs fils à la sphère de Marcel, écoutaient cette communication et, autant que pouvait le leur permettre leur étrange costume, manifestaient une vive émotion. Jacques surtout, qui pensait que Mathieu-

C'EST AU CENTRE QUE S'ÉLEVAIT LE COLOSSAL MONUMENT (p. 231).

Rollère et sa fille se trouvaient encore à Long's Peak, sentait son cœur battre à la pensée qu'il allait rassurer enfin celle qui, il n'en doutait pas, attendait de ses nouvelles avec une cruelle anxiété.

Quant à lord Rodilan, malgré son scepticisme plus apparent que réel, d'autres sentiments l'agitaient : son orgueil était secrètement flatté à l'idée que son nom irait volant de bouche en bouche avec celui de ses deux compagnons dans l'un et l'autre hémisphère terrestre.

Tous approuvèrent avec enthousiasme le choix de l'emplacement, et Marcel, après avoir rapidement consulté ses compagnons, s'arrêta à l'idée de figurer, à l'aide des foyers préparés, les trois lettres initiales de leurs noms, comme au moyen le plus rapide et le plus sûr de faire connaître à leurs amis leur heureuse arrivée dans le monde lunaire.

On revint en toute hâte à l'observatoire, où l'on pénétra en usant des mêmes précautions qu'on avait prises pour en sortir.

On approchait de la période où cette partie de la Lune allait rentrer dans la nuit. Mérovar avait calculé qu'ils avaient encore devant eux une durée de jour équivalente à peu près à soixante-douze des heures terrestres, et ce temps-là lui paraissait suffisant pour tout disposer. Une centaine de Diémides reçurent les instructions nécessaires et, au moment fixé, on se trouva prêt pour tenter l'expérience. Il avait été convenu, après de longs et minutieux calculs, que chacune des lettres que l'on allait ainsi tracer aurait une hauteur de trois cents pieds. Pour les former on avait disposé six mille foyers lumineux de grande dimension, reliés entre eux par des fils qui aboutissaient à l'intérieur du monument, dans la salle des observations. De puissants accumulateurs, installés dans la partie inférieure de l'édifice, fournissaient le courant qui devait animer tout ce gigantesque appareil.

L'observatoire avait été, depuis environ vingt-quatre heures, atteint par la ligne d'ombre, et il était maintenant plongé dans d'épaisses ténèbres.

Tous les astronomes étaient réunis autour de Marcel et de ses compagnons : il n'en était aucun qui ne s'intéressât à cette expérience sans précédent qui pouvait avoir, si elle réussissait, d'incalculables et décisives conséquences. Jusqu'à présent on avait agi au hasard; c'était sans aucune certitude d'être compris ou même aperçu qu'on avait tenté d'attirer l'attention des habitants de la Terre. Maintenant on était sûr d'être attendu; le télescope de Long's Peak pouvait distinguer à la surface de la Lune des objets ayant neuf pieds de hauteur; les lettres lumineuses en auraient trois cents; nul doute que le message ne parvînt à son adresse.

Évidemment, il faudrait attendre quelque temps encore avant d'avoir la réponse des amis avec lesquels on allait se mettre en rapport. Mais le doute n'était plus possible; le succès était assuré, et, après tant de siècles d'attente, on pouvait bien se résigner à quelques jours de patience pour en obtenir l'absolue confirmation.

Marcel voulait que la première lettre figurée fût l'R initiale du nom de lord Rodilan.

« C'est vous, mon cher ami, lui disait-il, qui nous avez fourni les moyens d'arriver jusqu'ici. A vous doit revenir l'honneur d'inaugurer la série des communications interplanétaires.

— Ah! mais non, fit lord Rodilan; c'est vous qui avez été l'âme de cette entreprise, c'est à vous qu'appartient cet honneur.

— Eh bien! pour nous mettre d'accord, ce sera notre ami Jacques qui débutera : il y a là-bas quelqu'un qui souffre de son absence et qui a hâte d'être rassuré.

— Je m'y oppose formellement, interrompit Jacques avec force. Sans toi, nous n'aurions rien tenté; sans toi, je serais encore plongé dans le désespoir. Si l'avenir me garde quelque bonheur, c'est à toi que je le devrai.

— Eh bien! soit, puisque vous le voulez, » fit Marcel avec gaieté.

Et, saisissant une poignée de cristal fixée à un socle métallique, lui servant de support et auquel aboutissaient tous les fils venant du dehors, il l'abaissa d'un geste brusque.

Tout s'éclaira soudain : deux mille foyers lumineux d'une incomparable puissance venaient de s'allumer à la fois. Des flots de rayons d'une lumière aveuglante traversaient l'espace, emportant avec eux les vœux et les espérances des exilés. Une M de feu, aux proportions colossales, se détachait dans la nuit, et, aux lueurs

qu'elle répandait autour d'elle, on eût dit que le jour avait remplacé les ténèbres, tant apparaissaient vifs et nets les cratères, les
chaînes et les pics lointains qui bornaient l'horizon.

Pendant une heure, les deux mille foyers rayonnèrent dans
l'espace, et le cœur des trois amis tressaillait à la pensée qu'au
même instant ceux qui les aimaient étaient, après de longues
angoisses, rassurés sur leur compte. Puis tout s'éteignit, et la nuit
qui enveloppa de nouveau toute la contrée, parut plus sombre
encore après cette éblouissante illumination.

On laissa s'écouler une heure avant de faire un nouveau signe,
et bientôt resplendit à son tour un J aussi colossal que l'M tracée
tout d'abord. Il brilla pendant une heure; un intervalle s'écoula
encore et ce fut le tour de la lettre R. Les trois voyageurs avaient
ainsi signalé leur présence.

Et pendant le reste du temps où cette partie du disque lunaire
resta dans l'ombre, les signaux furent assidûment répétés en
donnant rigoureusement à chacun d'eux la même durée. Cette
régularité devait être pour les observateurs terrestres la preuve
certaine que, dans ces phénomènes, rien n'était dû au hasard, et
devait dissiper tous les doutes.

Les astronomes de la Lune qui ne cessaient d'observer l'astre
avec lequel ils cherchaient ainsi à se mettre en relations, et qui
en suivaient les phases, avaient soin d'interrompre les signaux
pendant tout le temps que la région des Montagnes Rocheuses
était éclairée par les lueurs du jour. Ils s'étaient du reste appliqués à calculer exactement l'époque où la Lune devait, dans
sa période d'ombre, se montrer aux observateurs de Long's Peak
au-dessus de l'horizon.

Le premier message interplanétaire avait été lancé de la Lune
à la Terre : c'était maintenant à la Terre de répondre.

CHAPITRE XXII

CATASTROPHE

Marcel se résignait assez facilement à attendre, mais Jacques et lord Rodilan lui-même étaient tourmentés d'impatience et se demandaient sans cesse pourquoi, pendant tout le temps qu'avaient duré leurs signaux et qui représentait six rotations terrestres, aucune réponse ne leur avait été faite.

Jacques surtout s'alarmait.

« Oh! disait-il, pour que rien n'ait répondu à notre appel, il faut qu'un effroyable malheur soit survenu. Qui sait si quelque cataclysme n'a pas détruit l'observatoire de Long's Peak, si Mathieu-Rollère n'est pas mort, si Hélène.....

— Eh! doucement, mon cher Jacques, interrompit Marcel; du train dont tu y vas tu pourrais aussi bien prédire la fin du monde. Crois-moi, ton imagination s'égare; tu vois tout en noir et cela sans raison.

— Mais enfin, criait lord Rodilan, pourquoi ne répondent-ils pas? Qu'attendent-ils? Ah! si c'étaient des Anglais, ils ne nous auraient pas laissés si longtemps dans l'embarras. Mais ces Américains, ces Yankees, un tas de puffistes qui ne savent rien faire à propos.

— Calmez-vous, mon cher ami, et réfléchissez. Voilà sept mois que nous sommes partis. Il est bien évident que, pendant les premières semaines, le grand télescope de Long's Peak n'a pas cessé d'être braqué sur la Lune tout le temps où l'astre a été observable. Puis, dame! la surveillance a dû ensuite se relâcher.

— Pourquoi donc? dit Jacques. Moi, j'y serais resté dix ans s'il l'avait fallu.

— Sans doute; mais songe donc que nos amis, qui pouvaient facilement nous suivre sur le disque lunaire, ont dû nous voir tomber dans la rainure qui nous a engloutis. Crois-tu qu'ils aient dû conserver grand espoir que nous ayons échappé à la mort?

— Moi, j'aurais espéré contre toute espérance, répliqua Jacques.

— Un Anglais ne désespère jamais, gronda lord Rodilan.

— Je crois bien, moi aussi, reprit Marcel, que nos amis n'ont pas désespéré et c'est pour cela que je n'ai pas hésité à tenter d'entrer en communication avec eux. Mais il faut bien se rendre compte de la façon dont les choses ont pu se passer. Nous avons fait des signaux pendant l'espace de huit nuits terrestres; il est fort possible qu'ils n'aient pas été aperçus tout d'abord, car c'eût été un hasard bien extraordinaire s'il s'était trouvé là, juste au moment où nous les commencions, quelqu'un pour les observer. Plusieurs nuits ont pu s'écouler avant qu'ils aient été vus.

— Eh bien, mais, dit lord Rodilan, pourquoi, s'ils ont fini par les apercevoir, n'ont-ils pas répondu sur-le-champ ?

— Peste ! comme vous y allez ! mon cher lord. Mais, en supposant qu'ils n'aient reconnu les signaux que dans les dernières nuits de leur apparition, il leur a fallu se préoccuper tout d'abord des moyens de répondre, examiner, discuter ce qu'il convenait de faire, et, une fois la chose arrêtée, en préparer l'exécution. À mon sens, ils n'ont guère pu penser à autre chose qu'à l'établissement de quelque signal lumineux. Or, aux Montagnes Rocheuses on est mal outillé pour de semblables entreprises. Il aura fallu se procurer au loin les appareils nécessaires, les disposer, les mettre en état de fonctionner, et tout cela a dû évidemment prendre beaucoup de temps. Ajoutez que peut-être, au moment où nos signaux sont arrivés, il n'y avait que des subalternes à l'observatoire ; il est du reste fort probable que Mathieu-Rollère, rappelé à Paris par ses fonctions et ses importants travaux, a quitté depuis longtemps l'Amérique.

— Oh ! dit Jacques avec un accent de tristesse, Hélène n'aurait pas dû lui permettre de s'éloigner.

— Mais, mon pauvre ami, tu ne te rends pas compte de la situation : tu sais que tu es vivant toi, mais ta fiancée l'ignore ; elle doit au contraire te croire à tout jamais perdu. Après sept mois quels arguments aurait-elle pu opposer à son père, si celui-ci avait jugé inutile une plus longue attente ? Je comprends ta fièvre et tes craintes ; je comprends aussi votre impatience, milord ; mais, en vérité, vous n'êtes pas raisonnables. Le plus sage est d'attendre. D'ailleurs, nous est-il possible de faire autrement ?

— C'est juste, fit lord Rodilan ; mais allons-nous donc attendre ainsi les bras croisés ?

— Jusqu'à la prochaine période d'ombre il n'y a rien de plus à faire. Mais aussitôt que la région où nous nous trouvons sera rentrée dans les ténèbres, nous dirigerons nos lunettes vers l'Amérique du Nord. Si nous n'apercevons rien, nous recommencerons nos signaux, et, cette fois, j'en ai la conviction profonde, nous aurons une réponse, je ne sais laquelle, mais nous en aurons une.

— Eh bien, attendons, » dit Jacques avec un soupir.

On se résigna donc, puisqu'il n'y avait pas autre chose à faire.

Mais la période de temps qui les séparait du moment si ardemment désiré fut peut-être la plus cruelle qu'ils eurent à passer depuis qu'ils avaient quitté le monde terrestre. Ils se sentaient près de rentrer en contact avec tout ce qu'ils avaient laissé derrière eux et ils se demandaient avec anxiété si leurs espérances allaient enfin être réalisées. La fièvre de l'attente avait gagné Marcel, lui aussi, malgré son empire sur lui-même, et lord Rodilan était dans une agitation qu'il ne se connaissait pas depuis longtemps.

Mais le plus troublé était Jacques, dont tout l'amour semblait se réveiller avec une ardeur nouvelle, maintenant qu'il se sentait plus près d'atteindre le but poursuivi.

Les trois amis allaient et venaient sans cesse; incapables de se tenir en place, les nerfs toujours tendus, les yeux brillants, l'esprit hanté d'une idée fixe, ils erraient au hasard, mettant à chaque instant l'œil à l'oculaire des lunettes, comme si leurs regards pouvaient surprendre le secret de ce qui se préparait aux Montagnes Rocheuses. Leur agitation n'avait pas échappé à l'attention de ceux qui les entouraient : tous comprenaient l'impatience qui les dévorait, et par un commun accord on feignait de ne pas remarquer ce que leur façon d'agir avait d'étrange et d'insolite, surtout dans un milieu aussi tranquille et aussi complétement étranger aux troubles de l'esprit et aux désordres de la passion. On semblait au contraire les entourer de plus de soins. Une sympathie discrète les enveloppait; Mérovar surtout s'empressait autour d'eux, s'efforçait de les distraire et de leur rendre moins pénibles les tortures de l'attente.

Cependant l'instant approchait où ils allaient pouvoir recommencer la tentative interrompue. Encore l'espace de deux jours et la nuit allait gagner la région où s'élevait l'observatoire. Marcel, Jacques et lord Rodilan décomptaient les minutes.

Comme s'il avait voulu hâter le moment de reprendre ses expériences, l'ingénieur était sans cesse occupé à visiter ses appareils de communication, à s'assurer de leur bon fonctionnement. Il les vérifiait pour la centième fois peut-être lorsqu'il lui sembla percevoir, dans la pièce où il se trouvait, une odeur singulière ; elle était très faible, mais caractéristique ; c'était comme une vague odeur de soufre.

Il n'y attacha pas d'abord grande importance ; mais comme elle persistait, il chercha autour de lui pour voir si elle ne provenait pas de quelque laboratoire voisin. Ne découvrant rien, il rentra dans l'intérieur de l'édifice : l'odeur s'y faisait aussi sentir ; il lui sembla même qu'elle s'était quelque peu accentuée.

Il allait descendre aux étages inférieurs lorsqu'il rencontra Mérovar, qui semblait le chercher.

« Qu'est-ce donc, lui dit-il, que ces émanations inaccoutumées répandues dans l'air que nous respirons ? Avez-vous donc ici des chimistes se livrant à quelque expérience sur les gaz dérivés du soufre ?

— Nullement, répondit l'astronome, nous ne nous occupons ici que d'astronomie, et je ne m'explique pas encore ce phénomène que j'ai remarqué comme vous. Voyons ensemble si nous n'en pourrons pas découvrir la cause. »

Accompagnés de Jacques, de lord Rodilan et de quelques autres des savants qui dirigeaient les travaux de l'observatoire, ils parcoururent ensemble les diverses parties du vaste monument. Partout ils ressentirent la même impression, plus forte cependant à mesure qu'ils descendaient et se rapprochaient de la cage de l'ascenseur.

Déjà tout le monde avait éprouvé cette sensation désagréable, et, sans que personne s'en montrât encore inquiet, on commençait à s'en préoccuper.

On eut beau tout examiner avec le plus grand soin, rien d'anormal n'apparut qui pût fournir l'explication de ce phénomène.

Marcel, l'esprit toujours hanté par l'idée fixe qui l'obsédait, n'avait pas tardé à laisser Mérovar continuer ses investigations, et était retourné à ses appareils. Il y avait été rejoint par Jacques et lord Rodilan, plus impatients que jamais de voir résolu le problème qui les passionnait si fort.

« Laissons nos amis, dit Jacques, chercher la cause de ce qui

se passe; nous avons quelque chose de plus important à faire. Dans
combien de temps penses-tu, mon cher Marcel, que nous pourrons
renouveler nos signaux?

— Rassure-toi, le moment approche où nous saurons à quoi
nous en tenir. Déjà la pénombre s'approche de nous. Dans vingt-
quatre heures l'ombre sera assez épaisse pour que nos foyers
rallumés puissent être aperçus de la Terre. Mais si nos calculs sont
exacts, le jour commencera à ce moment à poindre aux Montagnes
Rocheuses, et il nous faudra encore attendre douze heures au
moins avant que nos amis puissent apercevoir nos signaux et y
répondre.

— Comme tout cela est long! fit lord Rodilan. Il faut, en
vérité, se trouver exilé sur la Lune pour apprendre la patience.

— En vérité! mon cher lord, fit Jacques en souriant, c'est
pour le coup que vos amis de Londres ne reconnaîtraient plus en
vous le gentleman si froid, si correct, si impassible, qu'ils étaient
habitués à voir.

— C'est que aussi, tout cela finit par m'agacer. J'ai vu, depuis
que j'ai quitté la Terre, tant de choses extraordinaires que rien ne
me semble plus impossible, et je m'irrite de voir que des gens
aussi savants que vous l'êtes tous ici, n'arrivent pas plus vite à
résoudre une question qui me paraît si simple.

— Voilà bien nos flegmatiques, s'écria Marcel en riant de tout
son cœur. Tant qu'ils se trouvent au milieu du train ordinaire de
la vie, rien ne les étonne, ne les émeut; ils font les dédaigneux et
les blasés. Qu'une chose nouvelle et en dehors de leurs prévisions
vienne à se présenter, leur imagination s'exalte; ils deviennent du
jour au lendemain les plus impatients des hommes. Voyez-vous,
milord, la véritable sagesse consiste à garder toujours et en toute
circonstance le calme et la dignité de son esprit, à ne rien dédai-
gner, à ne rien prendre au tragique, à se garder de tout découragement comme de toute espérance folle, et, comme le disait la
sagesse antique, à prendre le temps comme il vient et les gens
comme ils sont.

— Moralisez, moralisez, mon cher Marcel, puisque vous avez
le temps et la liberté d'esprit de le faire..... Mais, en vérité, que se

passe-t-il donc? Cette odeur de soufre commence à devenir insupportable. »

Pendant ce temps, en effet, les émanations sulfureuses qui avaient déjà depuis quelque temps attiré l'attention de tout le personnel de l'observatoire, étaient devenues de plus en plus sensibles, et la respiration commençait à être difficile.

« Il y a là quelque chose d'inexplicable, s'écria lord Rodilan. Il faut absolument savoir à quoi s'en tenir. »

Marcel et Jacques, penchés sur les appareils, semblaient étrangers à tout ce qui se passait autour d'eux.

Au moment où l'Anglais se levait pour aller aux informations, la porte s'ouvrit. Mérovar parut sur le seuil.

« Amis, dit-il, nos recherches ne nous ont rien fait découvrir. Mais comme la situation devient de plus en plus grave, j'ai cru devoir, sans plus attendre, informer le Conseil Suprême de ce qui se passe ici, et dans peu nous allons sans doute voir arriver quelques-uns des savants auxquels les questions physiques et géologiques sont familières. Ils découvriront certainement la cause de ce phénomène anormal et prendront les mesures nécessaires pour y pourvoir. Il est probable, autant que j'en puis juger, que quelque fissure se sera produite dans la cheminée de l'ascenseur et aura fourni une issue à des gaz accumulés dans une cavité voisine. Du reste, nous allons être fixés à cet égard. »

Presque au même instant remontait l'ascenseur, où avaient pris place trois savants délégués par le Conseil Suprême pour se rendre compte de ce qui se passait et y chercher remède.

La nouvelle du phénomène inexpliqué qui s'était produit à l'observatoire s'était promptement répandue dans le monde lunaire, et l'émotion était grande. On savait que les trois habitants de la Terre y étaient installés depuis plusieurs semaines avec l'intention d'organiser, si la chose était possible, les communications avec le monde terrestre. Tout ce qui touchait à cette grave et importante question intéressait au plus haut degré, comme on l'a déjà vu, la population tout entière. Un grand espoir était né, depuis l'arrivée des trois voyageurs, de voir réaliser enfin un projet si longtemps caressé et toujours jusqu'ici inutilement tenté. Aussi se

demandait-on avec anxiété si toutes ces espérances allaient se
trouver encore une fois déçues.

Les nouveaux venus eurent bientôt fait de reconnaître la
nature du gaz dont la présence viciait l'atmosphère. C'était un
sulfure d'hydrogène.

« Vos conjectures, dirent-ils à Mérovar, sont évidemment fondées. Bien qu'aucune secousse ressentie dans les régions souterraines et que nous aurions infailliblement constatée, ne soit venue
la révéler, il est certain qu'une crevasse s'est produite en un point
quelconque de la cheminée de l'ascenseur, et a livré passage à ce
gaz méphitique. Il faut donc avant tout que l'observatoire soit
évacué, car l'air va devenir d'instant en instant plus irrespirable,
et nous ne tarderions pas à être tous asphyxiés. »

Sur-le-champ Mérovar donna les ordres nécessaires pour qu'on
se préparât au départ, et courut prévenir les trois amis.

Absorbés par l'attente fiévreuse du signal qui devait confirmer
toutes leurs espérances, étrangers à tout ce qui se passait autour
d'eux, ils étaient tous les trois dans la partie supérieure de l'observatoire, que des fils reliaient aux appareils électriques établis
au dehors.

Déjà depuis plusieurs heures toute la région était plongée
dans les ténèbres; mais, ainsi que l'avait calculé Marcel, lorsque la
nuit avait gagné l'observatoire, il était environ midi aux Montagnes Rocheuses, et il y avait encore quatre ou cinq heures à
attendre.

L'œil rivé à l'oculaire des gigantesques lunettes, ils suivaient
tout frémissants le mouvement de rotation de la Terre et voyaient
la lumière reculer peu à peu vers la côte occidentale de l'Atlantique.

Le savant Mérovar entra précipitamment.

« Amis, leur dit-il, la situation devient périlleuse; les envoyés
du Conseil Suprême ont décidé que l'observatoire devait être
évacué. Déjà leur ordre est, en partie, exécuté; il ne reste plus ici
que nous. Hâtons-nous de redescendre pendant qu'il en est temps
encore. »

Marcel ne parut pas l'entendre.

Jacques et lord Rodilan semblaient, eux aussi, insensibles à l'imminence du péril. Mérovar renouvela ses instances, et, pendant qu'il parlait, on entendit un bruit sourd semblable à une explosion lointaine; mais personne n'y fit attention.

Cependant l'atmosphère se chargeait de plus en plus des émanations du gaz délétère. Déjà les visages se congestionnaient, les

Mérovar devenait plus pressant.

yeux s'injectaient, la respiration devenait plus sifflante; mais, dans l'état de surexcitation où ils se trouvaient, ils paraissaient ne pas s'en apercevoir. Jacques lui-même, oubliant qu'il était médecin, ne tenait aucun compte de ces redoutables symptômes.

Cependant Mérovar devenait plus pressant.

« Eh bien, partez sans moi, s'écria Marcel; pour rien au monde je n'abandonnerai ce poste à un pareil moment. »

D'un geste, et sans même détourner leurs yeux de l'oculaire, Jacques et lord Rodilan firent comprendre que rien, pas même l'approche de la mort, ne saurait ébranler leur résolution.

« L'ombre approche, murmurait Jacques.

— Elle atteint déjà les Montagnes Rocheuses, fit lord Rodilan d'une voix tremblante d'émotion.

— Amis, reprit Marcel dans un état d'exaltation indescriptible, nous touchons au but. Dans quelques instants nous allons savoir si nos signaux ont été aperçus et si le grand problème des communications interplanétaires est résolu. »

En présence de cette abnégation sublime, de ce sacrifice de la vie accompli avec tant d'héroïsme et de simplicité, le cœur de Mérovar, malgré l'empire qu'il avait sur lui-même, se sentit ému. Le souvenir des grands dévouements à la science, dont l'histoire du monde lunaire lui offrait de si remarquables exemples, revint à son esprit, et il admira.

Muet et immobile, il croisa les bras sur sa poitrine et attendit.

Tout à coup, trois cris surhumains jaillirent à la fois :

« Le signal!

« Le feu!

« Hurrah! »

Au milieu du champ des trois lunettes braquées sur Long's Peak, venait d'apparaître une lueur soudaine qui, malgré l'effroyable distance, se détachait nette, brillante et soutenue.

Haletants, éperdus, aux trois quarts asphyxiés dans cette atmosphère qui, de seconde en seconde, devenait plus intolérable à leurs poumons épuisés, ils ne pouvaient s'arracher à cette contemplation et ne s'apercevaient pas que la mort s'approchait d'eux à grands pas.

Au bout de quelques instants, Marcel se leva avec un pénible effort et regarda ses compagnons. Déjà l'asphyxie avait fait son œuvre.

Renversés sur leurs sièges, la tête inclinée et les bras pendants, ils ne donnaient plus aucun signe de vie.

Mérovar lui-même gisait sur le sol.

« C'est la mort, murmura Marcel; mais qu'au moins nos amis sachent que nous les avons aperçus. Notre dernière pensée aura été pour eux. »

Et il se dirigea en chancelant vers le commutateur qui devait enflammer et lancer à travers l'espace les lettres lumineuses qui portaient leur message; mais, au moment où il allait l'atteindre, il tourna sur lui-même et s'abattit comme une masse.

DEUXIÈME PARTIE

CHAPITRE PREMIER

LA VILLA DE RUGEL

A une distance d'environ vingt lieues terrestres de la capitale du monde lunaire, et en
s'éloignant du bord de la mer intérieure, on rencontrait les premiers contreforts de la formidable
muraille de granit sur laquelle s'appuyait la voûte
de la caverne. Là, dans un site délicieux, se creusait un lac alimenté par plusieurs cours d'eau
descendus des montagnes voisines.

Ce lac aux ondes pures et transparentes était entouré de collines revêtues d'une riche végétation, et qui inclinaient jusqu'à ses
bords sinueux leurs épais tapis de mousse. Rien n'était charmant

comme cette solitude enchantée qu'égayaient le chant des oiseaux et les douces brises se jouant dans le feuillage.

Presque au centre du lac s'élevait une île de dimensions assez restreintes, mais où se trouvaient réunis les arbres des essences les plus précieuses, les fleurs les plus parfumées de la flore lunaire. Tout y semblait préparé pour le plaisir des yeux.

Dans ce monde si calme et si paisible, ce lieu paraissait être plus calme et plus paisible encore. On eût dit que c'était là un asile inviolable réservé à l'étude ou à la méditation.

A peu de distance du bord, une habitation spacieuse, mais d'un style à la fois délicat et gracieux, se trouvait comme posée sur le gazon qui descendait en pente douce jusqu'au rivage. Sur ce fond d'un vert très tendre elle se détachait brillante et légère, avec son promenoir soutenu par de fines et sveltes colonnettes, ses murs d'un blanc azuré égayés de peintures et de mosaïques, ses terrasses aux élégants balustres, ses campaniles, ses clochetons ajourés dont la fantaisie apparente présentait cependant une savante harmonie.

Par les baies largement ouvertes entraient à flots l'air et la lumière. Dans cette heureuse région, l'atmosphère était plus douce à respirer : on n'eût pu souhaiter plus merveilleux séjour pour rendre la paix aux âmes troublées, la santé aux corps affaiblis.

C'est dans cette retraite que le sage Rugel venait se reposer des travaux que lui imposaient ses hautes fonctions. La femme qui avait été la compagne de sa vie était morte déjà depuis longtemps, ne lui laissant qu'un gage de son amour, une fille sur laquelle s'étaient reportées toutes ses affections. Mais le souvenir de celle qu'il avait perdue ne s'était jamais effacé de sa mémoire. Il ne pouvait songer sans tristesse au temps heureux qu'il avait passé auprès d'elle. De là cette teinte de mélancolie qui voilait toujours son visage, mais qui n'enlevait rien à la noblesse de son âme, à la bonté de son cœur.

Son éducation terminée, Oréalis était rentrée dans la maison paternelle ; elle s'était efforcée de combler le vide laissé par sa mère, qu'elle avait à peine connue ; et parfois, en la voyant toujours aimante et douce, le père attendri croyait retrouver l'épouse que son cœur regrettait sans cesse.

Oréalis, la fille chérie de Rugel, était d'une splendide beauté.

Elle était à cet âge où la jeune fille devient femme et unit encore les grâces de l'enfance au charme pénétrant de la jeunesse. Son visage régulier, expressif, était éclairé par deux grands yeux noirs, qui, dans son teint d'un blanc légèrement rosé, brillaient comme deux sombres diamants. Leur éclat était tempéré par une infinie douceur : ils étaient les interprètes d'une âme pure, mais accessible aux sentiments les plus élevés et aux plus généreuses passions. D'épais cheveux d'un blond cendré encadraient ce radieux visage et retombaient en flots soyeux et ondulés sur ses épaules. Un étroit cercle d'or, où s'enchâssaient d'étincelantes pierreries, était posé sur cette adorable chevelure et faisait scintiller leurs mille feux au milieu de ses teintes adoucies. Elle était vêtue d'une étoffe vaporeuse et légère, d'une éblouissante blancheur, dont les manches flottantes laissaient l'avant-bras à nu et qui, relevée sur le côté, découvrait une tunique d'azur aux broderies d'argent. Sa taille assez élevée était svelte et bien prise et offrait d'admirables proportions. Phidias n'aurait pu rêver modèle plus parfait lorsqu'il faisait jaillir du marbre ces jeunes immortelles où les formes les plus parfaites du corps féminin semblaient comme baignées d'une atmosphère divine.

Sa démarche était harmonieuse et souple ; ses gestes étaient nobles et dignes, et, à la voir s'avancer d'un pas rhythmique et cadencé, on ne pouvait s'empêcher de murmurer le vers du poëte :

Et vera incessu patuit Dea.

Parfois, lorsqu'une pensée joyeuse agitait doucement son âme, lorsqu'elle revoyait son père après quelque temps d'absence, son visage, aux lignes ordinairement calmes et tranquilles, s'illuminait d'un céleste sourire.

On ne pouvait la voir sans se sentir gagné par l'attrait qui émanait d'elle ; tous ceux qui l'approchaient l'aimaient et l'entouraient d'un religieux respect.

Trois femmes de la famille de Rugel l'aidaient, dans cette paisible demeure, à entourer de soins et d'affection celui dont tout le monde admirait la haute intelligence et chérissait la bonté. Mais Oréalis les surpassait toutes en charme et en beauté, et si, dans ce monde supérieur, n'eût régné une égalité absolue, on eût dit une jeune reine au milieu de sa cour.

Dans cette maison de Rugel, d'ordinaire si calme et presque muette, régnait depuis quelque temps une agitation inaccoutumée. C'est là qu'après la catastrophe dans laquelle ils avaient failli trouver une mort horrible, avaient été transportés les trois voyageurs venus de la Terre.

C'est à Rugel qu'ils devaient leur salut.

Aux premières nouvelles de l'accident survenu à l'observatoire, il s'était ému et inquiété du sort de ses amis. Du palais où siégeait le prudent Aldéovaze entouré du Conseil Suprême, on attendait avec impatience le résultat de la mission confiée aux savants qu'on avait chargés de rechercher les causes du phénomène.

Bientôt on avait appris que l'ordre avait été donné d'évacuer l'observatoire devenu intenable, et que tout le personnel en était descendu. Seuls, les trois habitants de la Terre et Mérovar avaient refusé de quitter la place. Rugel comprit.

« Ah ! les grands cœurs ! s'écria-t-il ; ils vont périr victimes de leur amour pour la science ; mais je les sauverai malgré eux, s'il le faut. »

Et il était parti en toute hâte.

Arrivé au pied de la cheminée de l'ascenseur, il la trouva toute remplie de vapeurs méphitiques et irrespirables. Pendant qu'on lui expliquait brièvement tout ce qui s'était passé, on entendit soudain comme un coup de tonnerre qui, répercuté par les échos des parois rocheuses, descendit en grondant avec de sourds roulements.

Presque immédiatement après, on distingua comme un sifflement, et la colonne d'air refoulée et toute chargée d'émanations sulfureuses, fit reculer les assistants.

« Ils sont perdus, murmura l'un des savants ; sous la poussée des gaz, la fissure s'est agrandie. Tout est maintenant rempli par les gaz délétères. Il n'y a plus rien à faire. »

Rugel eut un geste énergique.

« J'irai, » dit-il simplement.

ORÉALIS ÉTAIT D'UNE SPLENDIDE BEAUTÉ... (p. 243).

— Alors vous n'irez pas seul, répliqua le savant qui avait déjà parlé ; nous vous accompagnerons. »

Et, munis de respirateurs à air comprimé semblables à ceux dont on se servait pour parcourir la surface du satellite, les trois savants et Rugel se précipitèrent dans l'ascenseur qui remonta avec une vertigineuse rapidité.

Arrivés à l'observatoire, ils se dirigèrent sans hésiter vers la salle d'observations où ils étaient bien sûrs de rencontrer ceux qu'ils cherchaient. Ils pouvaient, grâce aux appareils dont ils étaient revêtus, traverser impunément cette atmosphère mortelle.

Les quatre corps gisaient sur le sol sans aucune apparence de vie. Sans s'attarder à chercher s'ils respiraient encore, ils les enlevèrent et les transportèrent dans l'ascenseur qui redescendit aussitôt. Pendant le trajet on prodigua aux quatre infortunés les soins que réclamait leur état, insufflations d'ozone savamment graduées à l'aide d'inhalateurs perfectionnés, frictions avec des réactifs énergiques, pressions rythmées sur la région thoracique, tout fut mis en œuvre pour ramener en eux la vie qui paraissait éteinte.

Mérovar, dont la conformation toute différente de celle de ses trois compagnons par suite du développement de son appareil respiratoire, offrait plus de résistance à l'intoxication par les voies aériennes, avait déjà donné quelques signes de vie, avant même que l'ascenseur eût touché le sol ; mais rien n'avait pu tirer de leur insensibilité les trois habitants de la Terre.

On les transporta dans une vaste salle que de grandes ouvertures permettaient d'aérer largement, et l'on continua les soins actifs et intelligents qui jusque-là étaient demeurés inutiles.

Rugel surtout était inquiet et anxieux.

« Les malheureux! disait-il ; quelle terrible imprudence, ou plutôt quelle obstination sublime! Vont-ils donc ainsi périr sans recueillir le fruit de leurs efforts? Pourvu qu'Azali arrive à temps. »

Et se tournant vers l'un des savants qui s'empressaient autour des trois amis :

« J'ai, dit-il, fait prévenir l'habile Azali ; il va nous dire s'il reste encore quelque chance de les rappeler à la vie..... Mais le voici. »

Et il s'avança vers le nouvel arrivant.

C'était un homme dans toute la force de l'âge. Son front élevé dénotait un esprit méditatif et ses yeux brillaient de la plus vive intelligence ; ses traits étaient graves et doux. Il avait approfondi les sciences de la vie et passait à juste titre pour l'un des plus versés dans la connaissance de toutes les questions qui intéressent l'organisme.

Lorsqu'il arriva, Mérovar reprenait déjà l'usage de ses sens, et se rendait compte de ce qui se passait autour de lui ; mais, trop affaibli encore par l'ébranlement qu'il avait subi dans tout son être, il ne pouvait qu'assister, spectateur ému mais impuissant, aux efforts tentés pour sauver ses amis.

Azali s'approcha des trois corps qui gisaient étendus sur une large couche, et, sur son ordre, on les dépouilla de leurs vêtements. Il les ausculta minutieusement ; puis, se relevant :

« Tout espoir n'est pas perdu, dit-il ; mais il faut se hâter. »

Il fit un signe à un jeune Diémide qui l'avait accompagné. Celui-ci s'éloigna et revint bientôt porteur de trois appareils spéciaux dont Azali avait pris soin de se munir en prévision de ce qui allait se passer. Ces appareils consistaient en une sorte de cage formée de fils métalliques embrassant exactement le thorax et disposée de façon à pouvoir jouer librement. Ces fils étaient agencés de manière à ce que leurs pointes vinssent s'appuyer sur les muscles dont la contraction et l'extension déterminent dans l'être vivant les mouvements d'aspiration et d'expiration. Un courant électrique, d'une intensité proportionnée aux résultats qu'on voulait obtenir, agissait à l'aide des fils sur les muscles de la poitrine et déterminait ainsi un phénomène artificiel de respiration d'une parfaite régularité.

Les trois corps inanimés furent revêtus de ces appareils qui, sous l'influence du fluide électrique, se mirent immédiatement à fonctionner. Le physiologiste en suivait le jeu d'un œil attentif. En même temps, les inhalateurs, mis en mouvement avec de minutieuses précautions, faisaient pénétrer dans la poitrine des moribonds des ondes bienfaisantes d'ozone destinées à remplacer l'air vicié qui la remplissait, et à purifier les organes souillés.

Pendant plusieurs heures dura ce travail patient et assidu. Rien n'était changé dans l'aspect cadavérique de Marcel; mais déjà Jacques et lord Rodilan semblaient revenir lentement à la vie: leur peau plus souple était moins froide, leurs joues se coloraient d'une teinte presque rose, leurs yeux, dont Azali soulevait de temps

Azali s'approcha des trois corps. p. 259.

en temps la paupière, étaient moins vitreux, leur pouls, jusque-là insensible, commençait à se faire sentir.

« Maintenant il n'y a plus à craindre pour leur vie, » dit Azali en se relevant.

Et, les laissant aux soins de ceux qui les entouraient, il revint à Marcel.

L'ingénieur était toujours dans le même état; toute apparence de vie semblait l'avoir abandonné, et, malgré l'action des courants électriques, la respiration artificielle était restée sans résultat.

« Il a absorbé plus longtemps que ses amis les gaz empoisonnés, murmura le physiologiste; c'est l'intoxication qu'il nous faut combattre. »

Il avait prévu le cas. S'armant alors d'un petit instrument de métal analogue aux seringues dont on se sert sur la Terre pour les injections hypodermiques, il fit pénétrer profondément dans le tissu musculaire du flanc gauche de Marcel une certaine quantité d'un liquide incolore, mais d'une puissante énergie antitoxique. La douleur de cette blessure n'avait pas déterminé chez le malade le moindre tressaillement; mais bientôt, sous l'action de l'agent injecté, le cœur, dont les mouvements semblaient avoir cessé, recommença à battre faiblement. En même temps que la circulation du sang reprenait son activité, se déterminaient des mouvements respiratoires.

Le visage assombri d'Azali s'éclaira :

« Courage! fit-il, nous le sauverons. »

Il fit encore au patient deux nouvelles piqûres, et, à la suite de chacune d'elles, on put voir les mouvements vitaux reprendre et s'accélérer.

Au bout d'une heure, Marcel lui aussi était hors de danger.

Rugel, qui avait suivi avec une attention émue cette lutte de la science contre la mort, serra la main d'Azali; son visage était rayonnant de joie.

« Ne vous réjouissez pas trop tôt, ami, répondit le jeune homme; leur vie matérielle est assurée, mais le poison qu'ils ont absorbé a profondément agi sur leur organisme, et principalement sur le cerveau, centre de toute pensée et de toute sensibilité. Il leur faudra bien du temps et bien des soins avant qu'ils aient recouvré le libre jeu de leurs fonctions et l'intégrité de leurs facultés intellectuelles.

— Pour cela, je m'en charge, » répondit Rugel.

Et c'est ainsi que les trois amis se trouvaient transportés dans l'asile tranquille où devait s'achever leur rétablissement.

CHAPITRE II

UN AMOUR SANS ISSUE

Les prévisions d'Azali s'étaient réalisées.

Grâce aux soins dévoués dont ils avaient été l'objet, Marcel et ses deux amis avaient recouvré assez promptement leur santé physique; mais il s'était produit en eux un phénomène étrange. Sous l'influence du poison qui avait envahi tout leur organisme, leur intelligence était demeurée comme assoupie; leur esprit était resté plongé dans des ténèbres profondes; la mémoire avait disparu; les idées ne s'enchaînaient que d'une façon confuse; les perceptions même des sens étaient incohérentes et comme inachevées.

Pour tout dire en un mot, il semblait que leur cerveau fût devenu comme une table rase où plus rien ne restait des notions acquises et des idées emmagasinées. Ils étaient semblables à des enfants qui ouvrent aux impressions de la vie une âme neuve et candide encore; ils avaient tout à rapprendre.

Et c'était un spectacle à la fois singulier et attristant que de voir ces hommes robustes, dans toute la maturité de leur vie, redevenus ignorants, timides et hésitants comme de petits enfants au seuil même de l'existence.

Pendant les quelques jours qui avaient suivi la terrible secousse, ils avaient été de la part de la fille de Rugel l'objet de la plus vigilante sollicitude.

Comme tous les autres habitants du monde lunaire, elle
connaissait leur histoire et elle n'avait pu se défendre d'un sentiment d'admiration profonde pour ces hommes qui avaient fait si
héroïquement le sacrifice de leur vie. Elle avait voulu présider
elle-même aux soins qui leur étaient donnés. Elle suivait d'un
regard ému les progrès rapides de cette résurrection, et lorsqu'elle
constata que, malgré la santé physique revenue, leur esprit
tardait à reprendre toute sa puissance et toute sa lucidité, elle se
sentit profondément troublée et s'en ouvrit à Azali.

Le jeune savant était depuis longtemps l'ami de son cœur.

Ils avaient vécu l'un à côté de l'autre, et, dans ce monde où
les sentiments se développaient en toute liberté et sans qu'aucune
convenance vint jamais les contraindre, ils s'étaient sentis portés
l'un vers l'autre et s'étaient abandonnés au charme d'une
affection partagée. Comme ils n'avaient rien à cacher et ne
pouvaient du reste rien dissimuler de ce qu'ils éprouvaient,
Rugel avait eu connaissance de ce penchant réciproque aussitôt
qu'il avait pris naissance. Tout dans cet amour, qui ne ressemblait
en rien aux passions de la Terre, était pur, simple et loyal. C'est
ainsi que les choses se passaient toujours dans ce milieu privilégié, et, selon toute vraisemblance, ils devaient bientôt s'unir
et fonder autour de Rugel une nouvelle famille.

L'accident qui était survenu aux habitants de la Terre avait
rapproché la jeune fille de celui que tout le monde autour d'elle
considérait comme son fiancé.

Retenu par les soins dont les trois malades étaient l'objet,
Azali ne s'éloignait guère de la maison où ils avaient été
transportés. Tout le temps qu'il ne passait pas auprès d'eux il le
consacrait à celle que son cœur avait choisie.

Avec l'innocence et la liberté de mœurs où rien d'impur ne
germait jamais, ils allaient souvent, lorsque Rugel était rappelé
à la capitale par les devoirs de sa charge, se promener le long
des rivages enchantés de l'île ou dans les bosquets fleuris dont
elle était couverte.

Et leurs entretiens, tour à tour graves et enjoués, trahissaient
la sérénité de leur âme, leur calme confiance dans l'avenir. Rien

chez Oréalis de ces manèges de coquetterie, de ces manœuvres savantes, de ces provocations étudiées où s'exerce ici-bas l'astuce féminine, lorsqu'il s'agit de s'assurer, dans la course au mari, la conquête d'un beau nom ou d'une brillante fortune.

Et, du côté d'Azali, rien qui ressemblât à ces protestations d'amour qui, parfois, sonnent si faux, à ces exagérations convenues, à ces compliments fades et vulgaires, sous lesquels on cache si souvent sur la Terre la sécheresse de son cœur ou la bassesse de ses convoitises.

Un jour, dans une de leurs promenades accoutumées, Oréalis interrogea le jeune savant sur le sujet qui, depuis quelque temps, commençait à la préoccuper.

« Ami, lui dit-elle, je me demande avec quelque inquiétude si nous devons nous réjouir d'avoir arraché à la mort ceux qu'elle avait déjà saisis. Leur corps paraît bien avoir recouvré la santé, mais l'état dans lequel se trouve leur esprit me trouble et me tourmente. Il semble avoir reculé jusqu'au premier âge de la vie; il n'a ni plus de force ni plus de portée que celui d'un enfant. Doivent-ils donc rester toujours emmurés dans ces limbes de l'intelligence? S'il en était ainsi, nous ne les aurions sauvés que pour les condamner à une existence indigne d'eux et tout à fait misérable.

— Je suis, moi aussi, répondit Azali avec un accent de tristesse, inquiet de l'état où je les vois. Je savais bien que la commotion qu'ils avaient éprouvée était profonde, mais je ne les jugeais pas si gravement atteints. La mémoire du passé paraît chez eux complètement abolie; ils sont tout entiers aux impressions fugitives du moment. Ce qu'il faut faire pour les rendre à eux-mêmes, c'est réveiller par tous les moyens possibles le sentiment de leur personnalité effacée.

« C'est à vous, Oréalis, bonne et douce comme vous l'êtes, déjà pour eux si maternelle, qu'il appartient de faire, en leur rappelant sans cesse les événements par lesquels ils ont passé, revivre en eux les souvenirs momentanément assoupis. Ainsi leur intelligence se développera rapidement, et ils auront bientôt retrouvé, grâce à votre généreuse influence, le sentiment de leurs grands desseins et la volonté de les poursuivre

— Que l'Esprit Souverain vous entende, » murmura Oréalis, devenue pensive.

Dès lors elle fut tout entière à l'œuvre de guérison qu'elle avait entreprise. Et c'était chose charmante et mélancolique à la fois de voir cette grande et belle jeune fille se faire l'éducatrice patiente et dévouée de ces trois hommes bronzés par de si rudes traverses, mais redevenus enfants, qui l'écoutaient avec avidité comme une sœur aînée

Dans de merveilleux récits qu'avec une ingénieuse habileté elle appropriait à l'état de leur esprit, la jeune fille faisait revivre sous leurs yeux les terribles épreuves par lesquelles ils avaient passé, les travaux qu'ils avaient accomplis, les espérances qu'ils avaient conçues, et réveillait ainsi peu à peu la conscience de leur être. Ils restaient suspendus à ses lèvres; parfois leurs sourcils se contractaient comme si, dans un travail de réflexion intérieure, se déchirait un coin du voile qui leur cachait encore la réalité, et on pouvait prévoir déjà l'instant où ils auraient repris la pleine possession d'eux-mêmes.

Mais c'était Marcel surtout qui semblait, plus encore que ses deux amis, subir la magnétique influence de la jeune fille. Le son de sa voix le jetait dans une sorte d'extase; le charme qui se dégageait de toute sa personne agissait irrésistiblement sur lui; des mouvements confus dont il ne se rendait qu'imparfaitement compte agitaient son cœur. Et lorsque, redevenu lui-même, il s'interrogea sur ce qu'il éprouvait, il se demanda, non sans quelque effroi, si ce sentiment délicieux n'était que de la reconnaissance ou méritait un nom plus tendre.

Bientôt il ne lui fut plus possible de se faire illusion : il éprouvait des émotions jusqu'alors inconnues. Son esprit actif et chercheur, qui ne s'était jamais passionné que pour la solution de problèmes scientifiques ou la réalisation de quelque entreprise hardie, semblait avoir perdu son initiative et sa vigueur. Une sorte de lassitude langoureuse l'avait envahi : il se plaisait maintenant à se laisser bercer par de molles rêveries. Le chant des oiseaux, l'harmonie du vent dans le feuillage le ravissaient; son imagination surexcitée lui représentait sans cesse la belle Oréalis :

il n'en pouvait détacher sa pensée, et, loin d'elle, il restait
plongé dans une mélancolie dont la tristesse n'était pas sans
charme.

Le doute ne lui était plus permis : il aimait la jeune fille.

L'instant où cette vérité lui apparut sans nuages fut cruel pour
lui. Il savait qu'Oréalis était fiancée à un homme dont il était lui-
même l'obligé, et, dans la droiture de sa conscience, il frémissait
à penser qu'il ne pouvait s'abandonner à son amour sans se
montrer odieusement ingrat. Et puis, que d'obstacles entre lui et
celle vers qui l'entraînait son cœur!

En supposant que leurs âmes eussent pu se comprendre et
que le sentiment qu'il éprouvait pût être partagé, comment une
union aurait-elle été possible entre deux êtres de nature si différente?

Marcel avait trop de loyauté dans l'âme pour ne pas juger
sainement la situation nouvelle qui lui était faite. Il essaya bravement de combattre la passion qui l'avait peu à peu envahi.
Cette lutte fut pour lui la cause de douloureux déchirements.

Il fuyait maintenant la présence de celle qu'il recherchait
naguère; mais il avait perdu, avec l'ignorance de l'état de son
cœur, le repos et la tranquillité de l'esprit.

Cet état de trouble et d'incertitude où se débattait Marcel
n'avait pas échappé à l'observation de ses deux amis. Jacques et
lord Rodilan, qui avaient été frappés comme le jeune ingénieur,
avaient passé par les mêmes phases que lui. Grâce à la sollicitude
attentive et dévouée dont ils étaient entourés, ils avaient remonté
peu à peu, eux aussi, la pente où leur raison s'était effondrée :
ils avaient reconquis toute la liberté de leur intelligence et
retrouvé, Jacques ses ardeurs généreuses, lord Rodilan la possession de lui-même et le calme un peu dédaigneux dont il ne s'était
que rarement départi depuis qu'il avait quitté la Terre.

Ils s'inquiétaient de la tristesse étrange de Marcel.

La cause ne leur en avait pas longtemps échappé : Jacques se
retrouvait tel qu'il avait été lorsque son cœur s'était ouvert à
l'amour qui, maintenant encore, le remplissait tout entier. De là
pour Marcel une sympathie plus grande et plus affectueuse.

Quant à l'Anglais, ce qui le préoccupait surtout, c'était la question de l'issue finale de leur entreprise.

Qu'adviendrait-il d'eux si le chef naturel de leur expédition perdait, dans un fol et irréalisable amour, la lucidité d'esprit et l'énergie nécessaires pour la conduire jusqu'au bout? Malgré les singulières aventures où l'avaient jeté son désir d'émotions nouvelles et son dégoût d'un monde qu'il connaissait trop bien, lord Rodilan n'avait pas tout à fait dépouillé le vieil homme. Sans doute les péripéties de cet étrange voyage avaient fait vibrer dans son âme des sensations qu'il se croyait incapable d'éprouver et qui l'avaient ravi. Le spectacle de ce monde si différent de celui qu'il avait quitté n'avait pu le laisser insensible, et, plus d'une fois, malgré son flegme britannique et sa volonté de ne s'étonner de rien, il s'était senti surpris ou saisi d'admiration.

C'était là, pour un blasé comme lui, quelque chose de tout nouveau et qui l'avait délicieusement remué.

Il s'était même promis d'étonner à son tour les habitants de la Terre (car il comptait bien y revenir un jour) par la description de cette humanité supérieure; et c'est pour cela qu'il s'était attaché, avec une ardeur qui l'étonnait lui-même, à l'étude des mœurs, des institutions, de l'histoire du monde lunaire. Et ce n'était pas une mince satisfaction pour son orgueil de penser que, grâce à lui, l'Angleterre aurait sa part de gloire, et non la moindre, dans cette merveilleuse épopée qui révélerait à la Terre un univers inconnu et serait le point de départ d'une ère de progrès que personne jusque-là n'aurait osé rêver.

Mais si tout cela satisfaisait l'esprit de lord Rodilan, il était d'autres exigences contre lesquelles il se débattait, et non parfois sans en souffrir. Bien qu'il affectât jadis d'être devenu indifférent aux plaisirs délicats d'une table bien servie, sous prétexte que pour son palais fatigué rien ne saurait être nouveau, il n'avait pas tardé à regretter ce qu'il dédaignait autrefois.

Il s'accommodait mal de cette composition chimique qui suffisait à ses amis et qu'il appelait dédaigneusement une nourriture scientifique. Les tentatives d'ensemencements faites par Marcel et dont quelques-unes seulement avaient réussi, fournissaient bien

aux trois exilés de la Terre des céréales et des légumes auxquels
ils étaient habitués, mais cela sans assaisonnement aucun. Et
comme toute nourriture animale lui était interdite, l'infortuné
fils d'Albion souffrait chaque jour davantage en songeant aux larges
tranches de roastbeef saignant, à la turtle-soup et aux pickles
variés dont la seule idée lui mettait maintenant l'eau à la bouche.

Il songeait donc sérieusement au retour.

Il ne s'en était pas encore ouvert à Marcel : il sentait bien
que le jeune ingénieur ne pouvait accueillir cette idée tant qu'il
n'aurait pas réalisé ce qui était le but immédiat de son entreprise, c'est-à-dire l'établissement de communications régulières
entre les deux planètes.

Mais si Marcel, se laissant aller aux tendres sentiments qui
semblaient le dominer maintenant, allait perdre de vue le projet
qu'il avait formé, l'espoir de ce retour se trouverait indéfiniment
ajourné. Bien plus, si l'ingénieur songeait à consacrer définitivement sa vie à celle qu'il aimait, qu'adviendrait-il de ses deux
compagnons?

Telle était la question qui s'imposait à l'esprit de lord Rodilan
et qui lui faisait envisager l'avenir avec inquiétude. Il n'était
décidément pas fait pour ce monde supérieur.

La fille de Rugel n'avait pas été sans remarquer le changement
survenu dans l'humeur et le caractère de Marcel. Elle ne pouvait
pas lire au fond de son cœur, car l'habitant de la Terre était privé
de ce sens subtil qui, dans le monde lunaire, établissait entre la
parole et la pensée une si étroite union que rien ne s'y pouvait
dissimuler. Mais, à l'expression du regard de Marcel, aux tendres
inflexions de sa voix, au trouble qui l'agitait lorsqu'il se trouvait
en sa présence, elle avait fini par comprendre le sentiment dont
elle était l'objet.

Elle n'avait vu tout d'abord dans cet empressement de Marcel
à rechercher sa société que les manifestations d'une âme recon-
naissante, quelque chose de semblable à la gratitude inconsciente
qu'un enfant éprouve pour celle qui veille autour de son berceau,
sourit à ses joies et adoucit ses souffrances. Mais peu à peu, à
mesure que la tendresse de Marcel devenait plus pressante et

son humeur plus inégale, elle s'était sentie elle-même troublée.

Lorsqu'elle vit qu'il avait perdu de vue le but de son voyage, ne parlait plus de ses grands travaux et paraissait renfermer sa vie dans le cercle étroit de cette intimité nouvelle, elle l'observa plus attentivement et ne tarda pas à être fixée sur la nature de ce qu'il éprouvait pour elle.

Ce fut pour la jeune fille une découverte pénible.

Certes, elle ressentait pour le héros d'une si merveilleuse aventure, pour celui surtout que ses soins avaient ramené à la vie du cœur et de l'intelligence, une sympathie profonde; mais elle avait l'âme trop élevée, elle était d'une nature trop supérieure pour pouvoir s'abandonner, en présence de l'amour qu'elle inspirait, à la joie puérile d'une vanité satisfaite.

Il n'y avait pas de place dans son cœur pour l'orgueil, et c'était avec tristesse qu'elle voyait Marcel souffrir ainsi d'un amour sans issue.

Dès lors elle s'appliqua à guérir cette âme blessée.

Loin de chercher, en fuyant Marcel, à irriter sa passion, elle faisait naître les occasions de le rencontrer et de s'entretenir avec lui, de le ramener, en lui montrant la sérénité de son cœur, à un sentiment plus juste de la réalité, à dissiper les chimères dont pouvait se bercer son esprit, à faire revivre les hautes ambitions auxquelles il avait tout d'abord consacré sa vie.

Ensemble ils parcouraient les ravissants jardins qui entouraient la maison de Rugel; ils erraient au bord du lac, ou quelquefois, montant dans une embarcation légère, ils se laissaient doucement bercer par la brise embaumée qui flottait sur les eaux tranquilles.

« Ami, lui disait-elle, le moment ne vous semble-t-il pas venu, maintenant que vous avez complètement recouvré la santé, de reprendre vos tentatives si brusquement interrompues? Vos amis de la Terre attendent avec anxiété la réponse aux signaux qu'ils vous ont adressés. Comptez-vous les laisser longtemps encore dans une incertitude si cruelle?

— Ah! répondit Marcel avec un mouvement d'impatience qu'il ne put dissimuler, pourquoi m'arracher ainsi à mon rêve enchanté? Depuis que je vis auprès de vous, Oréalis, je me sens heureux comme je n'aurais jamais osé l'espérer. Êtes-vous donc déjà si fatiguée de ma présence? Que vous ai-je fait pour que vous cherchiez ainsi à m'éloigner de vous?

« Arrêtez-vous, ami, » interrompit vivement la jeune fille (p. 260).

— Chassez de telles pensées, ami, répondit avec douceur la jeune fille. Si vous pouviez lire dans mon cœur, vous y verriez pour vous une affection profonde, et c'est précisément parce que

vous m'êtes cher que je m'inquiète du repos indigne de vous où
vous vous oubliez. J'aime vos grands desseins, j'aime l'audace de
votre entreprise; mais j'aime aussi la gloire qui vous attend et je
ne veux pas y renoncer pour vous.

— Oui, reprit Marcel avec véhémence, vous aimez en moi ce
qui maintenant est de peu de prix à mes yeux. Ce que je voudrais
vous voir aimer, c'est moi-même, c'est mon cœur tout plein de
vous, car je ne puis pas retenir plus longtemps l'aveu qui brûle
mes lèvres. Oréalis, je.....

— Arrêtez-vous, ami, interrompit vivement la jeune fille, en
appuyant sur ce mot « ami » qui semblait sonner faux à l'oreille
de Marcel; je sais ce que vous allez dire. Depuis longtemps votre
secret m'est connu et j'ai fait tous mes efforts pour que le sentiment qui vous possède restât renfermé dans les limites d'une
sincère et loyale amitié. Rien d'autre en effet ne saurait exister
entre nous. Alors même que d'insurmontables obstacles ne nous
sépareraient pas, vous savez bien que je ne saurais répondre à
votre amour.

« Je ne m'appartiens plus : ma foi est unie à un homme que
vous devez aimer et respecter. Mon cœur a confirmé le choix de
ma raison, et c'est de celui-là seul qui m'a jugée digne de lui
que je dois attendre la part de bonheur à laquelle tout être humain
a le droit d'aspirer. Je ne sais comment les choses se passent
dans le monde d'où vous venez; mais ici nos âmes ne sauraient
passer d'un amour à l'autre, et lorsqu'une fois notre cœur a parlé,
c'est pour toujours.

— Ah! vous me torturez, murmura Marcel; ce que vous me
dites là, je me le suis répété cent fois, et ce n'est que vaincu par
l'excès de mon amour pour vous que j'ai laissé échapper le secret
que j'aurais voulu garder au plus profond de mon âme. Ce qui
me déchire le cœur, c'est cette vertu souveraine, cette sérénité
d'âme qui vous met si au-dessus de nos passions terrestres, et
peut-être est-ce parce que je vous sais inaccessible à mes vœux
que je me sens plus violemment attiré vers vous.

— Enfant, fit en souriant Oréalis, c'est toujours l'impossible qui
vous tente; c'est ce désir d'atteindre l'irréalisable qui vous a poussé

jusqu'ici, et c'est encore le même espoir qui vous égare aujourd'hui. Autant la première ambition était noble et généreuse, autant la passion dont vous souffrez maintenant est regrettable et funeste. Elle deviendrait misérable si elle devait vous détourner plus longtemps de votre grande tâche.

— Eh! que voulez-vous que je devienne maintenant que vous brisez en moi la seule espérance qui me rattachait à la vie, et pouvait me donner la force d'aller jusqu'au bout?

— Ce que je veux, c'est que vous soyez un homme; c'est que vous chassiez les vaines chimères qui obscurcissent votre esprit et troublent votre volonté; c'est que, esclave du devoir que vous vous êtes imposé, marchant d'un pas ferme et sans regarder en arrière dans la voie que vous vous êtes tracée, vous poursuiviez sans faiblesse la réalisation de votre œuvre féconde. Ah! poursuivit-elle en s'animant, je rêve pour vous de grandes et nobles destinées. Je veux qu'après avoir exploré notre monde, vous retourniez vers ceux de la Terre, que vous leur appreniez qu'il existe ici toute une humanité prête à entrer avec eux en relation, que vous soyez le premier pionnier de cette route dans laquelle va entrer le génie humain. Et mon cœur vous suivra; je serai fière en pensant à vous, et il me sera doux de croire que le désir de mériter mon estime et mon admiration n'a pas été étranger aux efforts que vous aurez faits pour mener à bien ce glorieux dessein. »

Pendant qu'elle parlait, son visage s'était transfiguré et rayonnait d'enthousiasme; ses yeux semblaient lancer des éclairs, sa poitrine était gonflée d'émotion; elle semblait grandie. On eût dit qu'elle voyait déjà en esprit cet avenir brillant où les deux mondes, réunis dans une pensée fraternelle, iraient côte à côte et d'un pas égal vers la lumière et le progrès.

Marcel la regardait avec surprise. Jamais elle ne lui avait paru si radieuse et si belle; il ne soupçonnait pas une telle hauteur dans les sentiments, une telle élévation dans l'âme. Mais aussi il comprenait combien cet être d'une nature si parfaite était éloigné de lui. Il sentait se creuser, plus profond et plus infranchissable, l'abîme qui le séparait d'elle.

Et des sentiments confus agitaient son cœur.

Renoncer à cet amour qui, depuis quelque temps, berçait si doucement sa vie, lui semblait impossible; mais d'autre part comment ne pas se montrer digne des magnifiques espérances qu'Oréalis avait conçues?

On pouvait lire sur son visage les combats qui se livraient en lui.

Enfin ce qu'il y avait de bon et de noble dans son cœur l'emporta :

« Eh bien! soit, dit-il; il sera fait comme vous l'exigez : je renonce à l'espoir d'être aimé de vous. Je me contenterai de votre estime et de votre amitié. Mais je les veux tout entières, et puisqu'il faut pour les obtenir et pour les conserver me vouer sans réserve à l'achèvement de l'œuvre commencée, j'obéirai. »

CHAPITRE III

SOTTISE ET ROUTINE

« Rien encore, fit avec un accent de découragement l'astronome Mathieu-Rollère, en s'arrachant à regret à l'oculaire du télescope. Trois mois se sont déjà écoulés depuis que nos amis nous ont révélé leur présence; je commence à craindre qu'il ne leur soit arrivé malheur et que nous ne soyons forcés de renoncer à des espérances qui paraissaient si magnifiques.

— Bah! reprit l'honorable W. Burnett, avec son flegme américain, il ne faut désespérer que lorsqu'il est absolument démontré que le succès est impossible.

— Sans doute, mais s'ils ont pu faire les premiers signaux que vous avez aperçus, pourquoi n'ont-ils pas recommencé?

— Ah! pourquoi? Le sais-je, moi? Mille accidents ont pu survenir dont il nous est impossible d'avoir la moindre idée, et dont un seul suffit sans doute à expliquer leur silence. Mais songez que, dès à présent, le seul fait qu'ils ont pu arriver à la surface de la Lune, et de là se mettre, ne fût-ce qu'une seule fois, en communication avec nous, apporte à la science la solution d'importants problèmes.

— Oui, mais je voudrais...

— Vous êtes trop impatient, mon vénérable ami. N'est-ce donc pas déjà beaucoup que de savoir que la vie est possible à la surface du satellite? Et, sur ce point, le doute n'est pas permis : il y a de l'air, sinon tout autour de la Lune, du moins dans certaines parties, puisque nos amis y vivent et ont pu de là faire leurs signaux. Quant à ces signaux eux-mêmes, il est difficile d'en préciser la nature. A en juger par leur forme et leurs intermittences voulues, ils semblent bien être de nature électrique. Mais comment nos voyageurs, avec les modestes ressources dont ils disposaient, auraient-ils pu les produire? La réponse à cette question est assez embarrassante. Comment sont-ils parvenus à se mettre en rapport avec l'humanité lunaire? Jusqu'ici nous n'en pouvons rien savoir, et de nouveaux signaux seuls pourront nous renseigner.

— C'est vrai, mais c'est précisément cette absence de nouveaux signaux qui me désole. S'ils ont pu faire les premiers, rien ne s'oppose à ce qu'ils les renouvellent. En supposant même que l'un d'entre eux ait péri, les autres auraient pu recommencer l'expérience. Pour que rien ne soit apparu, il faut, j'en ai bien peur, que tous les trois aient succombé. Et je vous l'avouerai franchement, mon cher ami, cette pensée me torture et m'obsède. C'est moi qui ai poussé mon neveu à s'associer à cette téméraire entreprise : j'ai voulu réaliser et pour lui, et pour moi-même, et pour mon pays une conquête sublime; j'ai séparé Jacques de celle qu'il aimait. Ma fille n'a rien perdu de sa confiance : elle demeure toujours assurée qu'elle reverra son fiancé. Mais si mes craintes sont, comme je le prévois, hélas! trop fondées; si Jacques ne revient pas, que deviendrai-je en présence de son désespoir? Ah! je sens aujourd'hui la terrible responsabilité que j'ai assumée; dans mon fol orgueil de savant je n'y avais pas songé. Mais maintenant elle pèse sur moi de tout son poids et je me demande avec terreur si je n'ai pas été sacrilège en tentant ainsi le Ciel.

— Rassurez-vous, mon ami; ce qu'ils ont fait nous est un gage de ce qu'ils pourront faire encore. Pour moi, j'ai la conviction profonde que, dans un délai qu'il ne nous est pas permis de fixer dès à présent, ils nous donneront encore des signes manifestes de leur présence. Tout d'ailleurs n'est-il pas merveilleux dans cette incroyable odyssée? Vous êtes-vous jamais demandé comment nos voyageurs, que nous avons vus disparaître dans une crevasse au pied du cratère d'Aristillus, ont pu se trouver transportés dans le voisinage du cratère de Hansteen, c'est-à-dire à environ 60 degrés, qui font plus de quatre cent cinquante lieues de quatre kilomètres?

— C'est vrai, murmura Mathieu-Rollère, je n'y avais jamais songé.

— Eh! bien, s'ils ont pu franchir une pareille distance dans les conditions où doit se trouver, selon les observations astronomiques, la surface de la Lune, il est difficile d'admettre que, réduits à leurs propres forces, ils y soient parvenus; et il est évident qu'ils ont dû être aidés. Par qui? Comment? Il nous est impossible de le savoir. Tout ce que nous pouvons conclure, et nous le savions déjà par la découverte du boulet qui a déterminé leur départ, c'est que la Lune est réellement habitée et que nos amis ont pu se mettre en communication avec les êtres, quels qu'ils soient, qui y vivent.

— Mais comment alors, avec le puissant télescope dont nous disposons et qui permet de distinguer des objets ayant neuf pieds de côté, n'avons-nous jamais rien aperçu qui dénotât la présence d'êtres vivants et intelligents?

— Il y a assurément là quelque chose d'inexplicable ou plutôt d'inexpliqué, car tout viendra en son temps. Pour l'instant, ce qui est certain, c'est que nos amis sont arrivés sur la Lune, y ont vécu, franchi de très grandes distances, exécuté des signaux sur l'existence desquels le doute n'est pas permis. Si vous trouvez que ce n'est pas là un résultat magnifique, vous êtes bien difficile. Ne leur mesurons pas le temps et attendons avec patience. »

Le ton d'assurance avec lequel parlait l'astronome américain avait fait sur l'âme un peu troublée du vieux savant une salutaire et réconfortante impression. Aussi ce fut avec une ardeur toute juvénile qu'il s'occupa, avec l'ingénieur Georges Dumesnil, de préparer la grande installation de signaux destinés à assurer les communications futures.

Ils se hâtèrent de retourner en France.

Il avait été convenu que, pendant leur absence et toutes les fois que le moment serait favorable, sir William Burnett renouvellerait, à intervalles réguliers, le signal déjà fait et resté sans réponse. Les trois voyageurs comprendraient ainsi que leur message avait été reçu et qu'on attendait de leur part d'autres communications.

Si quelque chose de nouveau se montrait sur la surface du satellite, le directeur de l'observatoire de Long's Peak devait immédiatement en aviser Mathieu-Rollère. Tout ainsi réglé, le vieil astronome s'était mis résolument en campagne.

Il s'agissait, on se le rappelle, d'obtenir du gouvernement français l'autorisation de disposer, dans une plaine du Sud-Algérien, les appareils électriques nécessaires à la production des signaux, et aussi d'amener l'Observatoire de Paris à disposer, en faveur de l'entreprise, des fonds qui lui sont alloués sous la rubrique de : *Recherches scientifiques.*

L'autorisation fut obtenue, mais ce ne fut pas sans peine. Pendant que le savant était en Amérique, le ministère avait été une fois de plus renversé. Les amis puissants sur lesquels il comptait avaient été rendus aux douceurs de la vie privée. Sous prétexte d'épuration, tout le haut personnel administratif était renouvelé, et l'astronome n'y connaissait plus personne. Aussi les choses n'allèrent-elles pas aussi vite qu'il s'en était flatté.

Il se heurta dès les premiers pas à la routine ordinaire des bureaux.

On ne comprenait pas d'abord ce qu'il demandait.

Quand on le comprit, il fallut savoir par quel ministère l'autorisation devait être accordée. Il semblait bien que cela ressortît à l'Instruction publique. Mais, comme il s'agissait d'une installation sur le territoire d'un département français, cela pouvait bien dépendre de l'Intérieur. D'un autre côté, la plaine choisie se trouvant dans la zone soumise à l'autorité militaire, il était bien difficile de se passer du consentement du ministre de la Guerre. Ce qu'il fallut entasser de paperasses, rédiger de demandes, faire de courses et de démarches, ne peut être compris que par ceux qui ont eu la malchance d'avoir affaire à ces autocrates infatués d'eux-mêmes, aussi grincheux qu'inabordables, et qui, parce qu'ils font les importants, croient avoir quelque importance.

Le malheureux savant s'essouffla, pendant plusieurs semaines, à aller de ministère en ministère, et il put vérifier par lui-même

l'exactitude de ce mot d'un homme qui connaît bien cette administration que l'Europe aurait grand tort de nous envier :

« Il faut plus de temps à un dossier pour franchir la Seine
qu'à un bateau à voiles pour franchir l'Atlantique. »

« Trêve de discussion, » s'écria-t-il (p. 279).

Enfin, un jour vint où la bienheureuse autorisation, revêtue
de tous les cachets, paraphes, signatures, timbres, visas requis par
un formalisme aussi puéril qu'inquisitorial, se trouva entre les
mains de Mathieu-Rollère.

Il fallait maintenant s'occuper de la question d'argent. Là, ce fut autre chose.

Aux premières ouvertures que fit l'astronome au directeur de l'Observatoire de Paris, celui-ci, tout en ne désapprouvant pas son projet, lui déclara que la disposition des fonds était en dehors de ses attributions, et dépendait d'une Commission sans l'avis de laquelle rien ne pouvait être décidé. Du reste, il se déclara prêt à réunir la Commission.

La discussion y fut orageuse. Les objections contre le projet proposé par Mathieu-Rollère éclatèrent nombreuses et passionnées. Que venait faire là ce visionnaire, dont les fantaisies renversaient toute la science officielle? N'était-il pas entendu depuis longtemps que la Lune, sans air et sans eau, était inhabitée et inhabitable? Que venait-il chanter d'êtres humains parvenus dans la Lune, y ayant vécu et y ayant manifesté leur présence? Si cela était vrai, que diable! cela se saurait, et personne n'en savait rien. C'était lui, Mathieu-Rollère, qui était dans la Lune : il fallait l'y laisser et ne point s'occuper de pareilles folies.

Au milieu de ce déchaînement de clameurs furieuses, quelques voix timides s'élevèrent : « Pourquoi condamner ainsi, sans vouloir l'examiner, une proposition qui pouvait être sérieuse? Si l'on ne voulait pas ajouter foi aux déclarations de l'observateur américain, on pouvait cependant accorder quelque créance aux affirmations plus réservées du directeur de l'observatoire de Nice. Celui-là n'était pas un puffiste; il avait certainement vu quelque chose. N'y avait-il pas là des indications précieuses? Était-il digne d'une assemblée de savants français de passer outre dédaigneusement sans vouloir rien tenter? Que deviendrait le bon renom de la France, qui toujours s'était enorgueillie de marcher la première dans la voie des découvertes scientifiques? Quelle honte ne rejaillirait pas sur elle si quelqu'autre nation, plus avisée et plus hardie, lui dérobait la gloire d'une pareille initiative? »

Mais le président de la Commission, vieux savant routinier qui vivait sur sa réputation bien plus que sur son réel mérite, et qui redoutait toute découverte dont il n'était pas l'auteur, se leva, et, dominant le tumulte :

« Trêve de discussion! s'écria-t-il; nous sommes les gardiens sévères des fonds que l'État a mis à notre disposition. Nous n'avons pas le droit de les hasarder dans des entreprises insensées, de les gaspiller pour satisfaire à de sottes vanités. Qu'on nous donne à atteindre un but précis et défini, et nous verrons ce qu'il convient de faire; mais on ne nous apporte ici que des billevisées, rêves creux d'un cerveau malade. Nous serions coupables si nous leur prêtions l'oreille un instant de plus.

— Eh bien! soit, s'écria Mathieu-Rollère exaspéré. Je vous apporte ici des résultats certains, scientifiquement constatés, contrôlés par des expériences réitérées. Aveugles qui ne voulez pas voir... Ah! vous avez beau jeu à parler de gaspillage, à faire étalage de prudence et d'économie! Est-ce qu'on ne prodigue pas chaque jour et à pleines mains l'argent de la France pour contenter de mesquines ambitions, ou pour fournir à d'encombrantes médiocrités l'occasion de se produire? Et aujourd'hui qu'il s'agit de l'œuvre la plus considérable que la science moderne ait jamais tentée, vous parlez de scrupules et de conscience!... Vous êtes indignes du nom de savants, vous êtes des misérables! »

La colère l'aveuglait; on dut l'entraîner.

« Eh bien! disait-il, pendant qu'on l'emmenait, je saurai me passer de vous. Il ne sera pas dit que la stupide obstination de quelques esprits encroûtés me fera renoncer à mes projets. Je réussirai envers et contre tous... »

En parlant ainsi le vieux savant croyait fermement au succès; mais lorsqu'il fallut venir à la réalisation de son projet, il se heurta à des difficultés qu'il n'avait pas prévues. Il avait tout d'abord songé à une souscription publique; mais pour la mener à bon port il fallait de la réclame, beaucoup de réclame, et c'est là une denrée qui, avec les mœurs actuelles du journalisme, coûte horriblement cher. Les directeurs des journaux scientifiques le traitaient tout bas de vieux fou, et ne voulaient pas, en s'associant à une pareille utopie, compromettre le nom et la dignité de leurs revues. Quant aux autres organes de publicité, ils n'acceptaient quelques entre-filets qu'à des prix exorbitants.

Mathieu-Rollère, qui avait commencé par payer avec une inaltérable confiance, voyait rapidement diminuer ses ressources personnelles. La souscription était ouverte depuis un mois, et on avait juste recueilli 1.967 fr. 50.

L'astronome n'y comprenait rien.

Comment pouvait-on rester insensible à la solution d'un pareil problème? Il s'indignait de voir les gens aller et venir, courir à leurs plaisirs ou à leurs affaires, dépenser des sommes considérables en futilités, sans s'inquiéter de fournir à la science les moyens d'achever la plus magnifique conquête qu'ait pu rêver l'esprit humain, celle d'un monde.

Il ne tarda pas à tomber dans un état de profond abattement. Il avait perdu cette exubérance de vie et cette activité presque juvénile qui lui avaient fait jusque-là une si verte vieillesse; il songeait avec mélancolie à toutes ses espérances déçues; les craintes et les remords, dont il avait déjà entretenu l'honorable W. Burnett, lui revenaient à l'esprit et le torturaient.

Sa fille, qui depuis le départ de Jacques ne l'avait jamais quitté, avait gardé une âme plus ferme. L'amour qui remplissait son cœur semblait le fermer à tout sentiment autre que la foi et l'espérance. Quand elle vit le vieillard ainsi découragé, elle lui dit simplement :

« Pourquoi désespérer, mon père? Si c'est une misérable question d'argent qui vous arrête, prenez la fortune que m'a laissée ma mère, et faites-en l'usage qu'il vous plaira. Je la sacrifie avec joie et je suis bien certaine que celui que j'aime, lorsque je le reverrai, — car je le reverrai, j'en suis sûre, — approuvera ma décision. Nous vivrons pauvres, s'il le faut, mais heureux d'avoir accompli une grande tâche.

— Enfant, dit Mathieu-Rollère tout ému, en attirant sa fille sur son cœur et en la baisant au front, tu es un noble cœur; tu es la digne fille d'un savant et tu mérites le grand amour d'un honnête homme. Mais, ma chérie, qu'est-ce que les 70 ou 80.000 francs dont tu peux disposer? C'est par centaines de mille francs, par millions peut-être, qu'il nous faut compter; c'est ce que l'égoïsme et la cupidité d'un siècle voué aux plus vils intérêts nous refusent obstinément. Ah! je me sens profondément atteint,

et je crains bien de mourir avant d'avoir pu mener notre œuvre
à bonne fin.

— Ne parlez pas ainsi! s'écria Hélène; prenez cet argent que je

Il reçut tout à coup une dépêche... (p. 272).

méprise et qui maintenant me fait horreur. Peut-être pourrez-
vous, grâce à lui, trouver un moyen de secouer l'apathie des
indifférents. »

Le vieillard secoua la tête sans répondre.

Il se consumait dans ses tristes réflexions, et son découragement grandissait chaque jour, lorsqu'il reçut tout à coup de Long's Peak une dépêche lui annonçant que les trois lettres lumineuses M. J. R. avaient reparu au sud de l'Océan des Tempêtes, dans le voisinage du cratère de Hansteen.

Cette nouvelle rendit au vieil astronome toute son ardeur et toute son énergie : il se jura de réussir.

CHAPITRE IV

RETOUR A L'OBSERVATOIRE

L'accès de l'observatoire était redevenu libre.

Le travail avait été long et difficile. Il avait tout d'abord fallu rechercher la fissure par où s'étaient échappés les gaz méphitiques qui, après avoir rempli la cheminée de l'ascenseur, avaient envahi tout l'édifice et failli causer la mort de Mérovar et des trois étrangers. A cet effet, des hommes, revêtus des appareils qui leur permettaient d'explorer la surface lunaire, avaient soigneusement parcouru la longue cheminée, en examinant minutieusement ses parois.

De longs jours s'étaient écoulés dans cette recherche, et on avait fini par constater qu'à une hauteur de six lieues terrestres environ, la paroi rocheuse avait cédé sous la pression des gaz intérieurs.

Une crevasse s'était produite, et c'était par un énorme trou béant que le gaz s'était précipité et avait tout envahi. Heureusement cette première poussée n'avait été suivie d'aucune autre : car, sans cela, rien n'aurait résisté à la pression de ce torrent formidable, et la partie supérieure de l'observatoire eût volé en éclats. Mais les vapeurs empoisonnées avaient partout remplacé l'air respirable; elles occupaient tout l'espace et condamnaient les travailleurs aux plus minutieuses précautions.

Pour boucher la large ouverture, il avait fallu hisser jusque-là de nombreux blocs de roches, les encastrer profondément dans le massif où s'était produite la fissure, les noyer dans un ciment tenace, et ce travail de Titans ne s'était pas accompli sans de durs et pénibles efforts.

Ainsi s'était trouvée constituée une épaisse muraille artificielle, faisant corps avec la masse rocheuse elle-même et aussi solide qu'elle.

Cela fait, on avait dû songer à débarrasser la cheminée et l'observatoire de l'air vicié qui les remplissait.

Pour y parvenir, des ouvertures avaient été pratiquées dans la partie supérieure du vitrage de la salle qu'occupaient les grandes lunettes et dans les baies qui éclairaient la partie inférieure du monument. Puis des ventilateurs puissants, disposés en bas de la cheminée et fonctionnant sans relâche, ajoutant leur action à celle des pompes qui servaient d'ordinaire, avaient peu à peu remplacé par un air pur l'atmosphère mortelle qui la remplissait. Cela avait duré longtemps, et, pendant que cette œuvre d'épuration s'accomplissait, la région où était situé l'observatoire avait successivement passé de la période de lumière à la période d'ombre.

Et c'était un spectale étrange que de voir ce torrent de gaz et de vapeurs se condenser instantanément sous l'action du froid de l'espace, et retomber sur le sol en flocons neigeux.

Quatre mois s'étaient écoulés depuis l'accident qui avait interrompu si malencontreusement l'échange commencé de communications avec les astronomes de Long's Peak.

Les travaux avaient enfin repris leur cours, et le sage Rugel s'était empressé de se rendre auprès de Marcel qui, après son entretien décisif avec Oréalis, avait, sans plus tarder, regagné la capitale du monde lunaire et attendait avec impatience le moment où il pourrait renouveler ses tentatives.

Jacques et lord Rodilan, qui n'avaient pas eu les mêmes raisons que Marcel pour oublier le but poursuivi, avaient, plus que lui peut-être, hâte de rentrer dans une vie plus active. Tous les trois apprirent avec joie la bonne nouvelle que leur apportait Rugel, et l'on revint à l'observatoire. Le père d'Oréalis, bien qu'il accueillît avec une égale affabilité les trois étrangers, paraissait cependant témoigner à Marcel une affection plus grande et qui avait quelque chose de paternel. Dans ses fréquentes visites, il n'avait pas été sans remarquer l'état d'âme dans lequel se trouvait le jeune ingénieur, et comme sa fille ne pouvait avoir de secret pour lui, il avait pu suivre dans tout son développement la phase de passion par laquelle avait passé Marcel.

Jamais, sans doute, il n'avait été inquiet au sujet de sa fille, et n'avait redouté que le sentiment dont elle était l'objet pût troubler la paix de son âme. Mais il n'avait su se défendre d'une secrète sympathie pour des souffrances morales que sa haute intelligence comprenait, et il avait admiré la force avec laquelle Marcel en avait triomphé, l'énergie avec laquelle cette âme virile s'était reprise. Maintenant, en effet, Marcel semblait avoir complétement oublié cet instant de faiblesse.

La vérité est que son cœur saignait encore; mais il avait juré à Oréalis d'être digne d'elle, et il était résolu à tenir son serment.

A peine de retour à l'observatoire, les trois amis allèrent, avant tout, visiter les appareils qui leur avaient déjà servi à faire leurs signaux lumineux. Tout était en bon état : rien ne s'opposait à ce que les communications fussent reprises au point où elles avaient été interrompues.

Cet examen terminé, Marcel, suivi de ses amis, s'était rendu dans la salle des observations. Les deux astres étaient à leur premier quartier, et, pour les deux points d'où devaient se faire les signaux, la concordance des nuits était complète. Mais à ce moment, sur la Terre, le continent américain était encore éclairé et il fallait attendre plusieurs heures avant qu'il fût rentré dans la nuit et qu'il fût possible d'y revoir le point lumineux déjà entrevu.

Tous trois étaient en proie à la plus vive impatience.

« Vous me croirez, si vous voulez, mon cher Marcel, s'écria lord Rodilan, mais je donnerais bien mille guinées pour savoir ce qu'on pense de nous sur la Terre. Nous regarde-t-on comme des fous ou nous tient-on pour d'audacieux savants qui vont révolutionner tout ce que l'on sait ou croit savoir sur la Lune?

— Vous faites, mon cher lord, répondit Marcel, bien de l'honneur à nos compatriotes terrestres. Tenez pour certain que, sauf pour nos amis de Long's Peak et sans doute aussi l'oncle de Jacques, personne ou presque personne ne s'intéresse à nous. Je suis même convaincu que, si la nouvelle de l'apparition de nos lettres lumi-

neuses a été communiquée au monde savant par l'honorable
Burnett, elle n'a dû rencontrer que la plus stupide incrédulité. Tant
de gens seraient dérangés dans leurs habitudes et leur routine,
et il est si simple de nier ce que l'on ne comprend pas!

— Certes, fit Jacques; rappelez-vous donc ce qui s'est passé
déjà. Est-ce que le monde savant s'est ému lors du voyage, déjà si
merveilleux, de Barbicane, Michel Ardan et Nicholl? Sans doute cela
a fait quelque bruit en Amérique et surtout en Floride, où l'expérience avait été tentée. On y a promené en triomphe les audacieux
explorateurs, et ç'a été prétexte à de plantureux banquets et à de
longs discours. Mais cet enthousiasme n'a pas eu de lendemain, et
il a fallu, pour qu'on en gardât le souvenir, qu'un illustre écrivain
français (1) se fit l'historien de cette incroyable épopée et en décrivît,
avec son talent habituel, les émouvantes péripéties. Sans lui,
toute cette fantastique histoire serait promptement retombée dans
l'oubli et aujourd'hui elle serait complètement ignorée.

— Jacques a raison, reprit lord Rodilan; mais vous oubliez que
dans ce premier voyage ne figurait aucun Anglais. Sans cela,
l'Angleterre n'aurait pas permis qu'un tel exploit demeurât inconnu.

— Eh bien! fit Marcel en souriant, nous avons cette fois
avec nous un citoyen de la libre Angleterre, et nos noms sont
assurés désormais de rester immortels. »

Il y avait bien un peu d'ironie dans cette réponse; mais, comme
elle renfermait en somme un éloge assez direct, le noble lord ne
jugea pas à propos de la relever.

« Du reste, ajouta-t-il, nous ne tarderons plus maintenant à
savoir à quoi nous en tenir sur ce point, car vous vous êtes, je le
suppose, préoccupé du retour? »

Le front de Marcel s'assombrit.

« J'y ai songé, en effet, dit-il. A vrai dire, si je ne suivais que
mes propres inspirations, il me plairait d'achever mes jours au
milieu de cette humanité qui tient un rang si élevé dans l'échelle
des êtres vivants. Quitter ce monde si voisin de la perfection, où
tout est noble et grand, pour retomber sur la Terre, où tout est

---

(1). M. J. VERNE. De la Terre à la Lune. — Autour de la Lune.

mesquin, grossier et petit, n'a rien qui puisse me tenter beaucoup.
Bien d'autres motifs encore pourraient me rattacher au monde
lunaire; mais je ne dois pas songer à moi seul. Je sais que trop
de raisons vous rappellent tous les deux, et, lorsque le moment
en sera venu, je partirai avec vous. »

Jacques lui serra la main

« Mais, poursuivit Marcel, je crois bien qu'il se passera encore
du temps avant que nous puissions songer sérieusement aux préparatifs de notre retour. Il nous faut avant tout assurer les communications avec la Terre. C'est là notre tâche, nous nous y devons
tout entiers. Or, à mon avis, cela sera long. Jugez-en vous-mêmes :
depuis qu'ils nous ont fait le signal que nous n'avons fait qu'entrevoir sans pouvoir y répondre, nos amis sont sans nouvelles de
nous. Ils ne peuvent évidemment rien tenter sans être assurés que
nous vivons encore. Sans doute ils vont avoir dans quelques instants
la certitude que nous n'avons pas péri et que nous les avons aperçus. Comme moi, vous les connaissez; nous ne pouvons douter qu'ils
ne se mettent immédiatement en mesure de faire tout le nécessaire
pour que les communications deviennent régulières, suivies et
utiles. Ils vont chercher le système le plus prompt à la fois et le
plus pratique. Ce système, quel sera-t-il? Nous l'ignorons encore.

— En effet, dit Jacques, et j'ajouterai qu'il est fort peu probable
qu'ils choisissent, pour nous envoyer des signaux suivis, la région
des Montagnes Rocheuses. Ce n'est pas dans cette contrée tourmentée ni à une telle altitude qu'ils pourraient être facilement
établis et fonctionner régulièrement.

— C'est juste, poursuivit Marcel; il nous est impossible de
deviner de quelle région du globe terrestre nous arriveront les
prochains appels. Quelle plaine choisiront-ils à cet effet? L'avenir
seul pourra nous renseigner sur ce point. Quoi qu'il en soit, nous
ne saurions rien tenter d'autre que ce que nous avons fait déjà
avant d'être complètement fixés sur toutes ces questions. »

Pendant que Marcel parlait, la nuit avait peu à peu enveloppé
l'Atlantique et déjà elle atteignait Long's Peak. Les trois observateurs avaient repris leurs places aux oculaires des lunettes. Leur
émotion était grande et le silence le plus profond régnait dans la salle.

Une heure, deux heures se passèrent sans que rien apparût. Soudain un point lumineux brilla au milieu des ténèbres. Un triple cri de joie se fit entendre.

Cette fois aucun doute n'était possible : le signal était là, sous leurs yeux, immobile et fixe. Ce n'était pas une illusion, un rêve de leur imagination surexcitée; c'était une réalité vivante.

Et il leur semblait que ces rayons de feu leur apportaient la voix même de ceux qui les avaient lancés à travers l'espace; ils les sentaient frémir et vibrer; l'âme de leurs amis y tressaillait; c'était plus qu'un message lumineux, c'était comme un courant magnétique qui faisait battre les cœurs à l'unisson.

Le problème était donc résolu! Leurs signaux, patiemment attendus, avaient été aperçus et compris; on y avait répondu, et, sans se laisser décourager par la longue période d'inaction qui avait suivi, on avait renouvelé, sans se lasser, le signal de réponse.

Quelle admirable constance avaient montrée les observateurs de Long's Peak! Quelle sublime foi dans l'avenir de la science! Et comme les trois voyageurs leur étaient aujourd'hui reconnaissants de ne s'être laissé abattre par aucune désespérance!

Le feu brillait toujours; au bout d'une heure il s'éteignit.

« Vite! s'écria Marcel; on attend avec anxiété, depuis bientôt quatre mois, que nous donnions signe de vie. Ne faisons pas plus longtemps languir nos amis. »

En disant ces mots il appuyait la main sur la poignée du commutateur placé à sa portée.

La nuit profonde qui enveloppait les plaines lunaires s'éclaira brusquement : un J enflammé se dessina gigantesque sur le sol.

« A toi, ami, dit-il en se tournant vers Jacques, l'honneur de révéler le premier notre présence à ceux qui nous attendent. Si ton oncle et celle que ton cœur n'a jamais oublié sont encore aux Montagnes Rocheuses, je veux qu'ils soient sans retard rassurés sur ton compte.

— Merci, dit Jacques en lui serrant la main.

— Vous m'excuserez, mon cher lord, ajouta Marcel en souriant; mais ni vous ni moi ne sommes amoureux...

— Oh! pour moi, interrompit lord Rodilan, il y a longtemps

que mon cœur a cessé de battre, si toutefois il a jamais battu. Mais pour vous, mon cher, il serait peut-être téméraire d'affirmer que l'amour de la science a toujours régné seul dans votre âme. »

A cette allusion, toute bienveillante qu'elle fût, un nuage passa

Un J enflammé se dessina sur le sol (p. 278).

sur le front de Marcel. L'Anglais feignit de ne pas s'en apercevoir et continua :

« Personne ne m'attend sur la Terre ni ne me regrette; je ne fais pas aux quelques indifférents que j'ai pu coudoyer dans ma

vie l'honneur de les tenir pour des amis. J'aurai dû au moins
à ce voyage l'insigne bonheur d'en rencontrer deux, et cela me
suffit. »

L'amitié qui unissait ces trois hommes était maintenant devenue
indissoluble. Née par l'effet du hasard, de la pensée commune de
tenter quelque chose d'inouï, elle s'était fortifiée au milieu des
plus redoutables épreuves, des fortunes les plus diverses subies
ensemble, et aujourd'hui le succès obtenu, grâce à leur indomptable énergie, la consacrait à jamais.

Du jour où ils s'étaient embarqués tous les trois dans l'obus de
la Columbiad et s'étaient confiés aux hasards de l'immensité, ils ne
s'étaient jamais quittés.

C'est toujours appuyés les uns sur les autres qu'ils avaient
affronté des périls inconnus, risqué cent fois leur vie, triomphé
enfin de la nature elle-même, dont ils semblaient avoir vaincu les
lois. Quoi qu'il arrivât désormais, ils étaient unis par des liens que
rien ne pouvait briser.

Cependant les lettres magiques s'étaient succédé à intervalles
réguliers, et chaque fois qu'à leur éclat flamboyant succédaient les
ténèbres, ils voyaient briller au loin, immuable et fixe, le signal
de Long's Peak.

« Décidément, murmura lord Rodilan, nos amis manquent
d'imagination. Leurs phrases ne sont pas longues : Un point; c'est
tout.

— Vous raillez, mon cher Rodilan, fit Marcel; mais cela même
confirme mes prévisions. Il est bien certain, à mon avis, que s'ils
comptaient nous envoyer d'Amérique les signaux qui doivent permettre de correspondre utilement, ils auraient déjà trouvé le moyen
d'assurer ces communications. Évidemment ils se préparent. Combien de temps leur faudra-t-il pour être en mesure? Eux seuls
peuvent le savoir. Mais je suis convaincu qu'à un moment donné,
bientôt peut-être, nous verrons apparaître quelque chose de
nouveau qui nous donnera pleine satisfaction. Je le répète, nous
n'avons qu'à attendre. »

Et il fut convenu que, jusqu'à nouvel ordre, on s'en tiendrait
aux signaux échangés jusqu'à ce moment.

Pendant une heure brilla ce monstrueux fanal (p. 293).

CHAPITRE V

EN ALGÉRIE

Au sud-est de Biskra, à 50 kilomètres environ de la capitale des Ziban, sur la rive droite de l'Oued-Djeddi, s'étend une vaste plaine qui se prolonge à l'est jusqu'au Chott Melrhir et au sud jusqu'à l'Oued Mélah.

Du côté de l'ouest, l'horizon est borné par les collines de sable qui séparent le bassin de ces cours d'eau, le plus souvent desséchés. C'est dans cette région visitée par les Romains, puis par les conquérants arabes qui en expulsèrent les Berbères autochtones, que Mathieu-Rollère et l'ingénieur Georges Dumesnil avaient résolu d'établir le système de signaux qui devaient leur permettre de correspondre avec les habitants de la Lune.

Le vieil astronome s'était juré de réussir : il s'était tenu parole.

Mais ce n'avait pas été sans peine. Après le piteux échec de la souscription publique qu'il avait ouverte, il ne fallait plus songer à
faire de nouveau appel au public. La foule égoïste, asservie à des
intérêts matériels, était incapable de se passionner pour une
grande idée scientifique encore dans le domaine de la théorie,
et dont elle ne voyait pas l'utilité pratique. Ceux mêmes que leurs
études ou leurs fonctions semblaient préparer à accueillir favorable-
ment ce grand projet, se montraient incrédules et peu disposés à
relâcher les cordons de leurs bourses.

Mathieu-Rollère s'était même adressé à ce généreux donateur
qui avait déjà fait tant de sacrifices pour le progrès des sciences
astronomiques, et doté l'Observatoire de Paris des instruments les
plus perfectionnés. Mais, à ce moment, le riche banquier qui faisait
un si noble usage de sa fortune, venait de consacrer des sommes
considérables à l'érection de l'observatoire de Nice, et, malgré l'enthousiasme que lui causa le projet conçu par Mathieu-Rollère, force
lui fut de laisser à d'autres la gloire de rendre possible cette grandiose entreprise. Malgré sa confiance, le vieux savant sentait le
doute envahir son âme, lorsqu'une note, lue par hasard dans un
journal, vint lui rendre toute son assurance.

A ce moment siégeait sur le trône du Brésil plus qu'un souverain, un sage. L'empereur Dom Pedro II partageait sa vie entre les
devoirs de sa charge et l'étude des sciences, pour lesquelles il était
passionné. Chaque année, lorsqu'il avait pourvu aux affaires de
l'État, il venait en France, dans ce foyer de lumières, qui, malgré
les coups de la mauvaise fortune, n'a cessé de rayonner sur le
monde. Membre correspondant de l'Académie des Sciences, il s'intéressait à tous les travaux de la docte assemblée. Son esprit large
et curieux de savoir n'avait pu se désintéresser des importants problèmes que pose sans cesse l'astronomie aux esprits avides de
recherches spéculatives.

Déjà, dans un précédent voyage, il s'était, lors d'une visite à
l'Observatoire de Paris, rencontré avec Mathieu-Rollère, dont les travaux sur les satellites d'Uranus lui avaient paru fort remarquables.
Ce prince, si différent de la plupart de ceux qui ceignent le bandeau
royal, était assez mal compris par la foule de ses sujets, habitués à

voir dans ceux qui gouvernent tout autre chose que des philosophes
ou des savants. Aussi devaient-ils, quelques années plus tard, se
soulever contre lui et le chasser brutalement du trône.

Dom Pedro fit la grimace (p. 295).

Un jour, en jetant un regard distrait sur le courrier mondain du
Figaro, Mathieu-Rollère y lut ces lignes :

« Sa Majesté l'empereur Dom Pedro vient d'arriver à Paris. Il se
propose d'y faire un séjour assez prolongé pour mettre la dernière main

à un important travail sur lequel il désire consulter quelques-uns de ses collègues de l'Institut. »

La face du vieux savant s'illumina. S'il ne s'écria pas comme Archimède : « Euréka ! » c'est qu'il n'y songea pas, mais il se frotta vigoureusement les mains.

« Voilà mon affaire, dit-il en bon français ; c'est bien là le seul homme qui puisse me comprendre et m'aider. » Sans retard, il se présenta chez l'auguste souverain qui, avec sa bonhomie habituelle, le reçut aussitôt.

Dans cette première entrevue, Mathieu-Rollère fit connaître à son impérial collègue tout ce qui s'était passé : le voyage accompli par Marcel et ses compagnons, l'apparition des lettres lumineuses sur le disque lunaire, les travaux déjà exécutés à l'observatoire de Long's Peak pour ébaucher un commencement de communications. Il lui mit sous les yeux les télégrammes échangés avec l'honorable W. Burnett, et les plans déjà tracés pour tirer de tant d'héroïques efforts des conséquences utiles et durables.

L'empereur fut enthousiasmé.

Aussi, lorsque Mathieu-Rollère lui fit part de l'insuccès de ses combinaisons pour réaliser la somme nécessaire à un pareil travail, son bienveillant interlocuteur se montra-t-il avec empressement disposé à lui venir en aide.

Plusieurs conférences suivirent, dans lesquelles on examina avec attention tous les devis que l'ingénieur Dumesnil avait soigneusement dressés. Le total en était fort élevé : il dépassait 3 millions.

Dom Pedro fit la grimace.

« Peste ! dit-il, je ne suis pas un souverain assez riche pour me payer une telle fantaisie. La liste civile que m'octroient mes sujets et que mon parlement vote chaque année en rechignant, ne pourrait supporter un tel accroissement de dépenses. Ah ! mon cher ami, les monarques d'aujourd'hui sont de bien pauvres sires, et je songe quelquefois avec tristesse que votre grand roi Louis XIV, qui puisait à son gré dans la bourse de ses sujets, ne faisait pas tant de façons lorsqu'il s'agissait de faire jaillir du sol les merveilles de Versailles ou de Marly.

— Tout dégénère, murmura le vieux savant. C'est à Louis XIV aussi que nous devons l'Observatoire, et s'il n'existait pas aujourd'hui, Dieu sait si ceux qui nous gouvernent consentiraient à en faire les frais. J'avais pourtant bien compté sur Votre Majesté; elle était mon dernier espoir et, si elle me manque, tout est perdu.

— Voyons, dit l'empereur, il y a peut-être moyen de s'entendre. Ne pourriez-vous apporter quelques modifications au plan déjà tracé, ajourner au moins quelques dépenses? »

Une branche de salut s'offrait à l'astronome; il s'y raccrocha désespérément.

« Assurément, dit-il. Notre collaborateur a prévu un chemin de fer Decauville allant de Biskra jusqu'à l'emplacement choisi, c'est-à-dire d'environ cinquante kilomètres. On peut y renoncer provisoirement et faire effectuer, à l'aide de chariots ou par tous les autres moyens dont dispose le pays, les transports nécessaires, et ce serait là une importante économie. On peut réduire aussi, je pense, les frais de personnel et d'habitation : car, en ce qui touche le réseau électrique, on n'y saurait rien retrancher. Je m'en entendrai avec Dumesnil.

— Eh bien! faites, dit l'empereur. Je mets à votre disposition une somme de 1.500.000 francs; c'est tout ce que je puis faire. Et, ajouta-t-il avec un sourire, je serai grondé pour cette nouvelle folie.

— Cela nous suffira, dit Mathieu-Rollère; il faut que cela nous suffise. Que Votre Majesté soit bénie! »

Dans les derniers jours du mois de janvier 188., les bords de l'Oued-Djeddi étaient devenus le théâtre d'une activité extraordinaire. Toutes les pièces nécessaires à l'installation projetée étaient amenées en chemin de fer jusqu'à Biskra, et chaque jour partaient de cette ville de longues files de chariots et de chameaux chargés de lourdes caisses ou d'objets divers dont les formes bizarres inquiétaient fort les naturels du pays. C'étaient dans cette région, d'habitude morne et désolée, une animation et une vie tout à fait insolites. Les grincements des roues, les hennissements des chevaux, les jurons des conducteurs troublaient le silence des solitudes.

Secondés par une vingtaine d'ouvriers électriciens venus de Paris et choisis avec soin, Mathieu-Rollère et l'ingénieur Dumesnil se

multipliaient. Partout on les voyait, avec leurs casques de liége et
leurs vêtements blancs, hâter les convois, presser le déchargement
des matériaux. Bientôt on put commencer à construire les hangars
et les habitations de bois démontables destinées au personnel de
l'entreprise. Il n'y avait, en effet, qu'à rajuster toutes les parties
préparées à l'avance et soigneusement numérotées.

Le travail avança rapidement et, dès le 8 février, on put s'occuper de préparer le sol où devait être établi le réseau électrique.

Sur une étendue d'environ deux hectares de terrain soigneusement nivelé, on disposa tout d'abord une charpente massive formée
de poutres distantes l'une de l'autre d'un mètre et se coupant à
angle droit. Cette charpente constituait un rectangle de 125 mètres de longueur sur 80 de largeur, divisé en 10.000 carrés d'un
mètre de côté. A chacune des intersections des poutres on fixa
solidement par la base une puissante lampe électrique à arc, munie
d'un réflecteur parabolique argenté de 50 centimètres de rayon.
Chacun de ces réflecteurs était relié aux réflecteurs voisins au
moyen de griffes et de vis de pression qui assuraient à l'ensemble
une cohésion parfaite.

Pendant un mois, les vingt ouvriers électriciens, stimulés par
l'ingénieur Dumesnil, que dévorait une fiévreuse impatience, tra-
vaillèrent sans relâche, et, au grand étonnement des indigènes que
la curiosité attirait sans cesse sur ce chantier d'un nouveau genre,
les 10.000 foyers s'étendirent sur le sol.

Déjà lorsque le soleil, si ardent dans ce climat brûlant, dardait
ses rayons sur ces surfaces polies, il les faisait briller d'un insoutenable éclat. Plus d'une fois, on avait dû écarter les importuns dont
l'insistance menaçait de troubler les travaux, et Mathieu-Rollère
avait fini par faire entourer le chantier et ses dépendances d'une
solide palissade dont quelques sentinelles surveillaient les abords.

Sur le réseau ainsi disposé on pouvait facilement dessiner en
traits lumineux toutes les lettres de l'alphabet. Un système de fils
électriques, soigneusement isolés, reliait chaque foyer d'un côté
aux puissantes dynamos qui produisaient les courants, et de l'autre
à 25 commutateurs disposés en forme de clavier et dont chacun
portait une lettre de l'alphabet.

LE TRAVAIL AVANÇA RAPIDEMENT... (p. 296).

Comme bon nombre des foyers pouvaient entrer dans la combinaison de plusieurs lettres différentes, on avait eu soin de les relier par des fils distincts aux commutateurs destinés à enflammer chacune des lettres auxquelles ils devaient participer..

Ainsi un certain nombre de foyers servant à la lettre D pouvaient servir aux lettres B, E, R, L, etc. Chacun d'eux était donc rattaché par des fils aux commutateurs que l'on devait actionner pour former ces diverses lettres. Il suffisait, pour obtenir le signe que l'on voulait produire, d'abaisser une poignée d'ivoire. En la relevant tout s'éteignait et, à une autre manœuvre, sous l'action de nouveaux courants, s'enflammaient les foyers destinés à former la lettre suivante.

C'était là l'application simple et pratique du système de signaux conçu par l'ingénieur Georges Dumesnil. Sur une surface relativement assez restreinte et toujours la même, pouvaient se succéder dans un temps très court tous les caractères nécessaires pour exprimer la pensée dans ce qu'elle a de plus précis. Il était impossible de concevoir une réalisation à la fois plus complète et plus sûre de la théorie du télégraphe optique.

L'une des habitations avait été aménagée pour recevoir la série des commutateurs, et elle était située à une assez grande distance du réseau électrique pour que la manœuvre des leviers ne fût pas gênée par l'insoutenable éclat des foyers lumineux.

Pour protéger le rectangle ainsi établi contre les pluies que ramène chaque année la saison d'hiver, on avait disposé de larges toiles goudronnées qui, une fois étendues, en recouvraient toute la surface.

Tout ce travail si délicat et si minutieux avait pris beaucoup de temps. Un mois avait suffi pour fixer solidement sur leur charpente de poutres les 10.000 lampes électriques. Mais pour établir ce réseau multiple de fils qui se côtoyaient sans se confondre, on avait employé cinq longues semaines.

Pendant ce temps, des mécaniciens avaient monté les machines à vapeur et dynamo-électriques.

Tout se trouva prêt à fonctionner le 11 avril.

On approchait à ce moment de la nouvelle lune.

« Profitons de l'instant, dit Mathieu-Rollère, pour nous assurer que tout marche bien. Nous pouvons en ce moment essayer pendant la nuit nos appareils sans crainte d'être vus de nos amis qui, assurément, ont toujours l'œil au guet. Nous ne devons pas nous exposer, en commençant des signaux que nous serions forcés d'interrompre, à leur donner une fausse joie. Nous ne devons agir qu'à coup sûr. »

La précaution était bonne. Avant d'arriver à un fonctionnement parfait il s'était produit quelques à coups. Des fils s'étaient rompus ; d'autres, malgré les précautions prises, s'étaient enchevêtrés, et les matières qui les isolaient avaient été détruites par le frottement. De là des perturbations dans les courants et des réparations qui nécessitèrent plusieurs jours.

Enfin tout fut réglé et l'on put tenter un dernier essai.

Par une nuit sombre, où d'épais nuages recouvraient le ciel, les 10.000 lampes furent enflammées, et ce flot de lumière, jailli brusquement du sol et allant frapper les nuées, les fit resplendir d'un éclat inaccoutumé.

Pour compléter l'expérience et se rendre un compte exact de la façon dont fonctionnaient les appareils, on fit successivement paraître toutes les lettres de l'alphabet, et l'on vit, spectacle étrange, ces caractères gigantesques se dessiner flamboyants sur la voûte sombre du ciel. On eût dit qu'une main mystérieuse traçait ces lignes de feu, comme jadis, au festin d'un roi barbare, avaient brillé sur le marbre poli des murailles les lettres menaçantes qui annonçaient l'écroulement d'un empire. Et les populations avoisinantes, frappées de terreur à la vue de ce météore d'un nouveau genre, se prosternaient dans la poussière, en se demandant quels sortilèges venaient apporter en ces lieux ces étrangers maudits, et murmuraient le nom d'Allah.

Tous les Européens qui vivaient à Biskra et bon nombre de touristes, attirés par la curiosité, se pressaient autour de l'enceinte et saluaient de leurs acclamations et de leurs vivats cette tentative dont le monde savant commençait à s'émouvoir.

L'acte de libéralité de l'empereur du Brésil n'avait pas tardé à être connu, et le sacrifice d'une somme aussi importante avait frappé ceux qui jusque-là avaient été les plus incrédules. On se disait que, pour que ce monarque à l'esprit si éclairé se fût ainsi décidé sans hésiter, il fallait que Mathieu-Rollère lui eût fourni des renseignements bien précis, des preuves bien décisives. Et une sorte de revirement commençait à s'opérer dans l'opinion publique. On était revenu sur la question des communications possibles avec le satellite de la Terre, et le problème ne paraissait plus insoluble. Les théories soutenant que certaines parties de la Lune pouvaient être habitables, revenaient en faveur; on rappelait ces apparitions de points lumineux que certains observateurs prétendaient avoir constatées à des époques différentes sur le disque lunaire; et on se disait qu'après tout, dans ce domaine astronomique, l'expérience avait fréquemment démenti les assertions qui semblaient les mieux établies, et apporté à la science des révélations insoupçonnées.

Cette agitation des esprits avait franchi les limites étroites de l'Institut et des sociétés savantes. Les journaux spéciaux s'étaient emparés du problème et l'examinaient sous toutes ses faces. A leur suite, les grands organes de publicité avaient cru devoir en entretenir leurs lecteurs et, avec la fièvre de reportage et le besoin d'informations rapides qui caractérisent notre époque, on était allé très vite et très loin dans cette voie.

On avait voulu s'assurer d'abord du départ des trois voyageurs que Mathieu-Rollère affirmait avoir atteint la surface de notre satellite. Des reporters intelligents étaient allés jusqu'en Floride, avaient vu de leurs yeux *la Columbiad*, interrogé les gens du pays, magistrats ou simples particuliers, et fait connaître au monde entier qu'un second départ de l'obus fondu par le Gun-Club avait eu lieu réellement le 13 décembre 188..

De tous côtés arrivaient les preuves confirmant cet événement extraordinaire.

A Baltimore, on avait retrouvé le procès-verbal de vente qui rendait lord Rodilan acquéreur de *la Columbiad* et de tous ses accessoires.

A l'observatoire de Long's Peak, sir W. Burnett, interviewé à maintes reprises, avait raconté la vie de Marcel dans ces parages, la trouvaille du boulet mystérieux, et confirmé la réalité de l'apparition sur le disque lunaire des lettres lumineuses indiquant l'arrivée des trois voyageurs.

Devant cette abondance de renseignements répandus partout à des milliers d'exemplaires, le doute n'était guère possible, et les noms de Marcel de Rouzé, de Jacques Deligny et de lord Rodilan devinrent bientôt célèbres.

C'est en Angleterre surtout que ce mouvement d'excitation prit le caractère le plus aigu.

Du jour où l'on avait su qu'un membre de l'aristocratie anglaise figurait parmi les audacieux explorateurs, le snobisme des habitants du Royaume-Uni s'en donna à cœur joie, et les colonnes du *Times*, qui reflètent toujours si exactement les sentiments de ses nombreux lecteurs, retentirent du nom du noble lord. On savait maintenant le rôle qu'il avait joué dans cette œuvre colossale, et l'on allait répétant que sans lui rien n'eût été possible, ce qui prouvait bien une fois de plus que l'Angleterre était toujours et partout la première nation du monde. Pour un peu on lui aurait attribué tout l'honneur de cette conception grandiose; Jacques et Marcel auraient été réduits au rôle de modestes comparses.

A l'apathie et à l'indifférence contre lesquelles s'était heurté Mathieu-Rollère, avait succédé un incroyable engouement. Les savants qui jadis le traitaient de fou parlaient maintenant de lui avec une admiration émue. Tous voulaient avoir pressenti la grandeur de ses projets et l'y avoir encouragé. A chaque instant il recevait aux confins du désert les lettres les plus flatteuses, et, à l'heure où il n'en avait plus besoin, les offres les plus brillantes lui arrivaient de tous côtés.

Mais, tout entier à son œuvre, le vieux savant dédaignait ces retours de la renommée; il prisait à leur juste valeur ces palinodies plus ou moins intéressées; il s'était trop rudement heurté à l'égoïsme et à l'ignorance des hommes pour pouvoir être touché des marques de sympathie tardive dont il était l'objet. Il attendait patiemment le moment où la nuit lunaire allait concorder avec la nuit terrestre, et il se promettait, aussitôt que les lettres lumineuses brilleraient de nouveau, de lancer à travers l'espace le premier message qui devait inaugurer les communications interstellaires.

Les sacrifices d'argent consentis par l'empereur du Brésil n'avaient pu, malgré la libéralité du prince, répondre à tout ce qu'avait rêvé Mathieu-Rollère. L'idéal eût été d'installer à proximité du réseau électrique un instrument semblable à celui qui, aux Montagnes Rocheuses, permettait d'observer notre satellite. Les communications auraient pu être ainsi rapides et ininterrompues. Mais il avait fallu y renoncer, et comme le télescope de Long's Peak était le seul dans le monde entier capable de distinguer exactement les signaux envoyés à la Terre, le vieil astronome avait dû rester en relations avec lui. Un fil télégraphique le reliait à Biskra; de là, par la voie ordinaire, il correspondait directement avec sir W. Burnett. Il avait été convenu qu'aussitôt qu'un nouveau signal apparaîtrait sur la Lune, Mathieu-Rollère en serait immédiatement informé. Comme les observateurs se relayaient sans relâche à l'oculaire du télescope, rien ne pouvait leur échapper et aucun retard dans la transmission n'était possible.

Tout étant ainsi préparé, Mathieu-Rollère voulut réserver à celui qu'il considérait comme son bienfaiteur l'honneur d'envoyer le premier message, et Dom Pedro avait accepté avec empressement cette marque flatteuse de distinction. On était arrivé au 20 avril; la Lune allait entrer dans son premier quartier, et l'ombre enveloppait la région où se creuse l'Océan des Tempêtes. Le ciel était dégagé de nuages, et, dans cette atmosphère limpide étincelaient des milliers d'étoiles au milieu desquelles brillait d'un vif éclat la partie de notre satellite qu'éclairait le soleil.

L'instant paraissait solennel: Mathieu-Rollère, l'ingénieur Dumesnil, le vieil empereur et tous les assistants se sentaient saisis d'une vive émotion.

Sur un signe du vieux savant, l'empereur, d'un geste rapide, abaissa la poignée qui devait enflammer les 10.000 foyers.

Brusquement tout s'illumina et la gerbe de lumière, que n'arrêtait plus, comme dans les essais précédents, la voûte des nuages, jaillit dans l'espace en y traçant aussi loin que l'œil pouvait la suivre un resplendissant sillon.

Pendant une heure brilla ce monstrueux fanal.

« Notre appel, disait Mathieu-Rollère tout joyeux, a été certaine-

ment aperçu de nos amis, et nous pouvons, je crois, commencer
sans crainte à envoyer notre télégramme. »

Et successivement, durant les cinq heures où la Lune resta sur
l'horizon, brillèrent, chacune pendant dix minutes, les lettres formant le premier message envoyé de la Terre à son satellite, et ce
message, témoignage de gratitude et d'admiration pour ceux qui
avaient tant osé, était conçu en ces termes :

« HONNEUR AUX VOYAGEURS AUDACIEUX »

CHAPITRE VI

LA TERRE A PARLÉ

Depuis que Marcel, Jacques et lord Rodilan avaient aperçu le fanal des Montagnes Rocheuses, quatre mois s'étaient écoulés, et jamais n'avaient cessé de briller, dans la nuit obscure, les signaux qui, d'une planète à l'autre, entretenaient la certitude d'une correspondance établie et l'espérance de la compléter bientôt.

L'Anglais raillait.

« Pardieu! disait-il, c'était bien la peine de faire un si long voyage pour arriver à un si mince résultat. Avouez, mon cher Marcel, que votre entretien avec nos amis d'Amérique est d'une incontestable et quelque peu fatigante monotonie.

— Patience! cher ami, » murmurait Marcel.

Les trois voyageurs mettaient à profit tout le temps où les observations devaient forcément, par suite de la position des deux astres, demeurer interrompues. Ils parcouraient toutes les régions du monde lunaire, en étudiaient minutieusement la faune et la flore, observaient attentivement les mœurs, se pénétraient des progrès scientifiques réalisés par ces intelligences d'un ordre si élevé.

Ils ne se dissimulaient pas que, quelque assurées que pussent être les communications établies entre les deux mondes, elles ne pourraient jamais être assez complètes et assez rapides pour pou-

voir embrasser tout ce qu'il y aurait de part et d'autre d'intéressant
à savoir.

Ils avaient déjà, grâce aux livres, aux albums et aux échantillons divers dont ils s'étaient munis, donné aux habitants de la
Lune une idée assez précise de l'histoire et de la civilisation de
leurs frères terrestres. Ils voulaient de même, lorsqu'ils seraient
de retour sur la Terre, pouvoir faire connaître, telle qu'elle était
dans ses traits principaux, cette humanité jusqu'alors inconnue et
où ils avaient découvert tant de brillantes qualités et de vertus
aimables qui avaient à la fois charmé leur cœur et ébloui leur
esprit. Marcel et ses compagnons mettaient à accomplir tous ces
travaux une activité fébrile ; ils accumulaient les documents, multipliaient les investigations et les recherches, comme s'ils avaient
senti déjà que le temps leur était mesuré, et que le moment arri-
verait bientôt où, leur tâche terminée, il leur faudrait se préparer
au retour.

Ce travail ininterrompu rendait l'attente moins pénible.

Chaque fois que la position respective des deux astres permettait d'échanger des signaux, ils montaient à l'observatoire, et, tout
en coordonnant leurs notes, classant leurs documents, ils ne
cessaient d'observer le disque de la Terre, attentifs à saisir toute
manifestation nouvelle. Puis, lorsque la période de concordance
des nuits s'était achevée sans rien apporter autre chose que le
point lumineux qui brillait toujours au sommet de Long's Peak,
ils retournaient à leurs études en se disant, non sans un soupir :
« Ce sera sans doute pour la prochaine fois. »

Le 20 avril, la Lune était à la veille de son premier quartier.
Fidèles à leur habitude, les trois amis venaient d'arriver à l'observatoire. Ils s'étaient, comme de coutume, approchés en toute hâte
des lunettes braquées sur la Terre, et avaient parcouru d'un
regard rapide toute la partie plongée dans l'ombre.

« Rien encore, murmura Marcel ; décidément, c'est long. »

Lord Rodilan haussa les épaules :

« Vous avez la foi robuste, mon cher Marcel ; c'est bien par
acquit de conscience et pour vous être agréable que je vous ai
accompagné jusqu'ici ; car du diable si j'espère que nous serons

plus heureux aujourd'hui. Pour ma part, je commence à croire que nos amis manquent d'imagination. Je les voudrais un peu plus prolixes. »

Pendant ce temps, Jacques s'était approché de l'oculaire que Marcel venait de quitter.

« Tiens! tiens! » fit-il tout à coup.

Et il se frotta vigoureusement les yeux comme pour mieux voir.

« Qu'y a-t-il? demanda vivement Marcel.

— Voyez donc là-bas, au-dessus de l'équateur. Qu'est-ce que cela? »

Marcel s'était précipité, et lord Rodilan lui-même avait pris son poste d'observation.

Un foyer lumineux, d'une intensité bien supérieure au fanal des Montagnes Rocheuses, brillait dans la nuit. Sa clarté toujours soutenue, sa fixité, écartaient tout doute possible : ce n'était pas là un phénomène géologique comme l'éruption d'un volcan, ou accidentel comme un vaste incendie, c'était évidemment l'œuvre d'une intelligence humaine. Ce qui venait confirmer cette opinion, c'est que le foyer d'où s'échappait ce puissant rayon, avait une forme régulière et géométrique : il formait un rectangle aux arêtes vives et nettement dessinées.

« Ce sont eux, n'est-ce pas? s'écria Jacques.

— Je le crois, répondit Marcel.

— Ah! ma foi, fit lord Rodilan en riant, si c'est pour cela qu'ils nous ont fait attendre si longtemps, ce n'est vraiment pas la peine. Un point carré au lieu d'un point rond; vous voyez qu'ils n'en sortiront pas.

— Qui vivra verra, dit Marcel; nous allons savoir bientôt à quoi nous en tenir. »

Et le mystérieux rectangle brillait toujours.

« Mais où donc sont-ils? demanda Jacques.

— C'est facile à déterminer, répondit Marcel. Vous voyez que la pointe orientale du Brésil n'est pas encore entrée dans l'ombre qui règne sur la majeure partie de l'Atlantique et sur tout l'ancien continent. Nous pouvons calculer au moyen du micromètre — et en même temps il manœuvrait cet appareil délicat dont chaque lunette était munie — la longitude et la latitude du lieu où se trouvent nos amis. Nous savons que la pointe du Brésil vers Pernambouc est par 37 degrés environ de longitude à l'ouest du méridien de Paris. Or, je trouve justement près de 37 degrés entre ce point et le lieu où brille le signal. D'autre part, en suivant, autant que le permet la distance, la direction de l'équateur terrestre, je crois pouvoir affirmer que la latitude de ce lieu est d'environ 35 degrés. »

Pendant qu'il parlait ainsi, lord Rodilan, penché sur un planisphère terrestre, suivait attentivement toutes ces indications, et, comme on dit en termes de marine, faisait le point.

« Très bien! s'écria-t-il; cela nous place dans la région algérienne, un peu au sud entre Alger et Constantine. Les maladroits! ajouta-t-il à mi-voix, pourquoi diable n'ont-ils pas choisi Malte ou l'île de Chypre? Au moins l'Angleterre aurait en mains la clé des communications.

— Vous êtes vraiment insatiable, mon cher Rodilan, riposta Marcel; la part de votre glorieuse nation n'est-elle pas assez grande puisque vous êtes parmi nous? Vous avez un pied partout, en Europe, en Asie, en Afrique, en Amérique, en Océanie, et il vous faut encore la Lune. Pour mon compte, permettez-moi de me réjouir de ce que nos amis ont choisi, pour réaliser une idée française, une terre française. »

Et comme l'Anglais faisait la grimace, il ajouta :

« Peut-être, d'ailleurs, n'ont-ils pas pu faire autrement; nous ne savons ce qui s'est passé. »

Lord Rodilan allait répondre quand Jacques, qui, pendant ce léger débat, n'avait cessé de rester en observation, poussa une exclamation.

« Ah! la lumière a disparu. »

Tous trois reprirent leurs places aux oculaires des lunettes. Ils n'attendirent pas longtemps.

A l'endroit même où avait brillé le rectangle lumineux et sur le champ même que couvrait la nappe de feu, se détacha tout à coup une lettre flamboyante que tous distinguèrent aussitôt.

« Une H! s'écrièrent-ils en même temps.

— Qu'est-ce que cela peut bien vouloir dire? murmura lord Rodilan.

« — C'est évidemment le commencement d'un mot, » dit Jacques.

Marcel avait tiré son chronomètre.

Cette foule de visiteurs éminents remplissait l'observatoire (p. 303).

« Ah! les braves gens, fit-il tout rayonnant; ils ont improvisé tout un alphabet. »

Au bout de dix minutes, un changement à vue s'opéra : la lettre O apparut là où brillait l'instant d'auparavant la lettre H.

« C'est admirable, s'écria Marcel, qui, avec son esprit pratique d'ingénieur expérimenté, avait tout compris. Nous allons voir se succéder, à la même place, toutes les lettres du premier message échangé entre les deux mondes. »

Aussitôt qu'avait été constatée la présence du rectangle lumineux sur la surface de la Terre, le bruit de cet événement considérable s'était répandu dans l'observatoire tout entier, et le savant Mérovar, qui le dirigeait, s'était empressé d'adresser un avis au chef de l'État lunaire, qui, personne ne l'ignorait, portait un si vif intérêt à tout ce qui touchait aux communications interplanétaires.

Discrètement et sans bruit, tous ceux à qui leur rang dans la hiérarchie scientifique le permettait, avaient pénétré dans la salle d'observations, et, depuis l'apparition des premières lettres, manifestaient sur leurs visages un enthousiasme que leur réserve habituelle empêchait seule d'être bruyant.

Les lettres de feu se succédaient de dix minutes en dix minutes, sans solution de continuité. On eût dit que ceux qui les projetaient à travers l'espace, sentant qu'ils ne pouvaient disposer que de quelques heures de nuit, se hâtaient pour pouvoir envoyer à leurs amis une pensée complète. Au bout de soixante-dix minutes, un mot entier avait été transmis : c'était le mot « honneur ».

Mérovar, dès qu'il avait compris qu'il s'agissait cette fois d'un message verbal, avait multiplié les avis adressés au Conseil Suprême, et, à peine le premier mot lancé d'un monde à l'autre était-il arrivé au satellite de la Terre, que ce mot, reproduit par des appareils électriques, s'étalait sous les yeux du Conseil convoqué en toute hâte.

L'émotion était vive, car l'instant était solennel.

Le problème si longtemps cherché par tant de générations, et poursuivi jusque-là au hasard, recevait enfin une éclatante et définitive solution. Aldéovaze voyait remplies les espérances que lui avait fait concevoir l'arrivée des habitants de la Terre, et dont il les avait entretenus avec une si entière confiance. Désormais, les deux planètes sœurs ne tourneraient plus étrangères l'une à l'autre dans leur éternelle orbite. Elles iraient unies par une pensée commune, et l'on pouvait attendre de cette unanimité

d'efforts un développement plus rapide et plus complet de l'esprit
de justice et d'amour.

Cependant, sur la côte septentrionale d'Afrique, le rectangle
magique envoyait toujours de nouveaux signes, et, pendant les
cinq heures que dura sans discontinuer leur transmission, on
vit se dérouler cette phrase entière, qui fit battre violemment le
cœur de Marcel, de Jacques et de lord Rodilan lui-même :

« HONNEUR AUX VOYAGEURS AUDACIEUX. »

Grâce aux moyens d'informations rapides en usage dans le
monde lunaire, la population tout entière avait été promptement
avisée du fait considérable qui venait de se produire.

L'émoi avait été grand, et tous, depuis ceux qui approchaient
le Conseil Suprême jusqu'aux Diémides qui occupaient les derniers rangs de la hiérarchie sociale, attendaient avec anxiété la
suite d'une communication dont on n'avait évidemment que la
première partie.

Il était en effet dès à présent certain que, pendant toute la
période de temps où la partie de la Lune dans laquelle se dressait
l'observatoire resterait dans l'ombre, les amis des trois voyageurs
continueraient à leur envoyer des messages.

Aussitôt que la phrase envoyée de la Terre fut achevée, comme
le point d'où elle était partie avait encore quelques heures à être
dans la nuit, on résolut d'enflammer simultanément et de faire
briller sans relâche les trois lettres M. J. R. Les correspondants
terrestres comprendraient ainsi qu'on les avait aperçus, et qu'ils
pouvaient en toute sécurité continuer leurs communications.

Le chef de l'État, Aldéovaze lui-même, avait tenu à se rendre
à l'observatoire pour y recueillir, aussitôt qu'elles se produiraient,
les manifestations nouvelles de la sympathie des deux humanités.
Il voulait aussi arrêter avec Marcel la prompte exécution des
mesures qu'il convenait de prendre pour répondre à ces frères
lointains avec la même précision et la même rapidité.

Ceux des membres du Conseil que leurs fonctions ne retenaient pas dans la capitale — et Rugel était du nombre — l'avaient
accompagné.

La belle Oréalis et Azali qui avaient, l'un par sa science,
l'autre par son dévouement, sauvé la vie et la raison des trois
étrangers, étaient venus, eux aussi, pour être les témoins de leur
triomphe, et ce qui était pour tout le monde lunaire comme une
fête universelle, était pour eux en quelque sorte une fête de
famille.

Ce ne fut pas sans émotion que, dans une circonstance aussi
solennelle, Marcel revit celle dont l'image était toujours au fond
de son cœur. Mais le visage de la jeune fille respirait une joie si
pure, et dans les regards d'Azali brillaient une telle loyauté
et une telle confiance qu'il eût rougi de s'arrêter à des pensées
vulgaires et indignes de ces généreuses natures.

Le jeune savant serra avec effusion la main de Marcel, et on
sentait que, loin d'avoir conçu pour l'ingénieur un sentiment de
défiance jalouse, il l'estimait peut-être davantage pour avoir compris combien celle qu'il chérissait lui-même était digne d'être
aimée.

« Ami, lui avait dit Oréalis avec un radieux sourire, je suis
aujourd'hui bien heureuse. Vous voilà tel que je vous souhaitais ;
vous avez conçu et réalisé de grandes choses, vous avez acquis
des droits éternels à la reconnaissance de deux humanités. »

Marcel s'inclina sans répondre.

Cette foule de visiteurs éminents remplissait l'observatoire
d'une animation inaccoutumée. Ce n'était plus le calme silencieux
qui convient aux graves études, mais une sorte de frémissement
où se trahissaient, chez ces hommes cependant si sérieux, la joie
du grand événement qui venait de s'accomplir et l'impatience
de le voir se confirmer.

Aussitôt que le mouvement de rotation de la Terre eut
ramené dans l'ombre le point de la surface où, la veille, avait
paru le message, Aldéovaze voulut lui-même suivre de l'œil les
observations qui allaient se continuer. Et pendant les quatre nuits
terrestres qui suivirent, brillèrent successivement sur le rectangle
lumineux les phrases suivantes qui faisaient vibrer l'âme de tous
les assistants.

On lut d'abord :

« SALUT A NOS FRÈRES DE LA LUNE, »

puis :

« LE MONDE ENTIER PENSE A VOUS. »

On vit ensuite briller cet appel pressant :

« ATTENDONS RÉPONSE AVEC ANXIÉTÉ. »

Enfin Jacques et Marcel purent lire avec une émotion profonde ces deux noms qui, pour eux, disaient tant de choses :

« MATHIEU-ROLLÈRE, DUMESNIL. »

« Ah! mon brave oncle! s'écria Jacques, je savais bien qu'avec son indomptable ténacité, il finirait par se mettre en rapport avec nous. Mais s'il est là, Hélène doit y être aussi. »

Et son cœur battait avec force en prononçant ce nom toujours adoré.

« Et mon fidèle ami Dumesnil! dit Marcel d'un air triomphant. Si Mathieu-Rollère a été la volonté qui dirige, il a été, lui, le bras qui exécute. Je vois clairement comment tout a dû se passer. C'est évidemment lui qui a organisé le fanal des Montagnes Rocheuses. C'est lui encore qui a imaginé, j'en suis sûr, ce rectangle lumineux sur lequel viennent se dessiner tour à tour toutes les lettres de l'alphabet, ap.......' aussi simple que pratique, auquel il fallait cependant songer.

— Toujours l'œuf de Christophe Colomb, murmura lord Rodilan. Ah! vous êtes heureux tous les deux : vous avez là-bas, à l'autre bout de ce chemin de lumière, des amis dont le cœur bat à l'unisson du vôtre. Moi, je n'ai rien ni personne.....

— Eh bien! mais, et nous? firent ensemble Jacques et Marcel en lui serrant la main avec chaleur.

— Vous avez raison, dit-il, et je serais ingrat si j'oubliais toutes les marques d'amitié que vous m'avez données. »

Depuis longtemps, Rugel et les divers membres du Conseil avec lesquels les trois amis s'étaient trouvés en rapport connaissaient tous les détails de leur vie. Ils savaient ce qu'était l'astronome

Mathieu-Rollère; l'ingénieur Dumesnil, l'honorable W. Burnett n'étaient plus des inconnus pour eux. Ils avaient mis le prudent Aldéovazo au courant de tous ces détails de la vie antérieure de ses hôtes, et tous maintenant félicitaient chaleureusement Jacques et Marcel d'être ainsi rassurés sur le compte de ceux qui leur étaient chers. Eux-mêmes semblaient reconnaître, en ces deux noms qui avaient brillé dans l'espace, ceux de vieux amis dont on aurait été longtemps séparé et qu'on retrouverait avec plaisir.

Si Aldéovazo s'était montré impatient de consacrer enfin, d'une façon définitive, les communications commencées, Marcel ne l'était pas moins. Avec la promptitude d'esprit qui le distinguait, il eut bientôt fait d'expliquer aux savants qui l'entouraient, et dont l'esprit allait du reste au-devant de ses démonstrations, ce qu'avait fait l'ingénieur Dumesnil et ce qu'il comptait faire lui-même.

« C'est là toute une révélation, disait-il; mais il nous faut faire mieux encore. »

Et, sur-le-champ, il expliqua son projet.

L'idée d'un rectangle disposé de façon à ce que toutes les lettres pussent y apparaître tour à tour et instantanément, était évidemment pratique, et il en avait aussitôt saisi le mécanisme. Mais il tenait à ce que les phrases qu'il enverrait à la Terre, si elles étaient tardives, fussent du moins plus complètes et plus rapides. Aussi résolut-il de disposer dans la vaste plaine où il avait déjà établi ses premiers signaux, douze rectangles analogues à celui qu'il avait vu fonctionner sous ses yeux, et qui lui permettraient de figurer d'un seul coup des mots entiers. La plupart, en effet, de ceux de la langue usuelle ne comptent pas plus de douze lettres. Rien n'empêchait même, lorsqu'on rencontrerait des mots d'une ou deux syllabes, d'en transmettre plusieurs à la fois.

Ce plan arrêté, l'exécution fut prompte, et bientôt une animation extraordinaire régna dans la plaine voisine de l'observatoire. Une armée de Diémides, choisis parmi ceux que leurs occupations habituelles rendaient les plus aptes à ce travail gigantesque, s'agitaient et se pressaient dans une confusion apparente où régnait cependant l'ordre le plus parfait.

Sous la direction des savants qui s'étaient pénétrés de l'idée

de Marcel et qui partageaient son ardeur, tous, revêtus des appareils déjà décrits, déployaient un zèle et une activité qui devaient
bientôt assurer l'achèvement de l'œuvre entreprise. Les uns
égalisaient le sol, les autres scellaient à même le roc les tiges
de puissants foyers électriques, d'autres enfin disposaient les
fils multiples qui tous correspondaient à une table située dans la
grande salle des lunettes de l'observatoire. Au bout d'un mois,
tout était terminé, et, au moment même où les deux astres revinrent à leur premier quartier, on était prêt à répondre.

Penché sur le ruban où s'imprimaient les caractères... (p. 310).

CHAPITRE VII

LA LUNE RÉPOND

L'agitation était grande à l'observatoire de Long's Peak. Sir W. Burnett, qui était en relations télégraphiques avec Mathieu-Rollère, avait été informé de l'instant précis où celui-ci devait envoyer à notre satellite son premier message. À ce moment, la région des Montagnes Rocheuses étant encore dans la lumière du jour, il n'avait pu s'assurer sur-le-champ que ce message était parvenu à son adresse et avait été compris. Mais aussitôt que la nuit avait gagné la contrée et que les observations avaient pu être reprises, il avait constaté sur le disque lunaire la présence des signaux accoutumés.

Cette fois cependant quelque chose de nouveau s'était produit :

les trois lettres M, J, R, au lieu de se montrer comme elles
l'avaient fait jusque-là successivement, apparaissaient toutes
ensemble; elles ne brillaient pas d'une façon uniforme et continue pendant un temps déterminé, on les voyait s'éteindre et se
rallumer précipitamment. Rien de régulier dans ces apparitions
brusques et désordonnées. On eût dit que les mystérieux correspondants, pressés d'agir mais ne disposant pas encore de moyens
plus complets, voulaient dire à leurs lointains amis : « Nous
sommes là, nous vous avons vus; un peu de patience et bientôt
nous serons en mesure de vous répondre. »

Aussi les dépêches se succédaient-elles rapides et pressées
entre Long's Peak et Biskra.

Connaissant l'impatience de son collègue français, l'astronome
américain lui disait : « Ayez confiance ; nos amis ont reçu votre
salut. L'agitation presque fébrile avec laquelle ils multiplient leurs
démonstrations prouve que là-haut on se prépare avec ardeur.
Nous touchons évidemment à la solution définitive du problème
poursuivi. »

Et Mathieu-Rollère était dans un état d'exaltation que partageaient l'ingénieur Dumesnil, l'empereur don Pedro, et qui avait
fini par gagner tous les Européens que la curiosité avait groupés
autour de lui. Les dépêches de sir W. Burnett étaient lues et
commentées publiquement, communiquées à tous les journaux.
Pendant les quelques nuits où les signaux faits sur la Lune restèrent encore visibles, les observateurs de Long's Peak ne ces-
sèrent de constater l'apparition irrégulière mais constante des
lettres symboliques et d'entretenir ainsi les espérances de Mathieu-
Rollère et de ses compagnons.

Un mois devait nécessairement se passer avant que le point de
la surface lunaire, sur lequel se braquaient désespérément les
télescopes et les lunettes du monde entier, redevînt observable.
Pendant ce délai forcé, toutes les chroniques scientifiques furent
remplies d'interminables discussions, de théories indéfinies qui
eurent pour résultat de tenir la curiosité publique en éveil.

De nouveaux visiteurs affluaient sans cesse dans le voisinage
de Biskra, et une vie intense régnait maintenant dans toute cette

région jusqu'alors à peu près déserte. En même temps, beaucoup
de savants, désireux de voir confirmer leurs hypothèses ou
démentir les théories contraires, beaucoup d'oisifs avides de sensations nouvelles ou de spectacles inconnus, affluaient autour de
l'observatoire de Long's Peak.

Déjà des sommes considérables avaient été offertes à l'honorable Burnett pour acheter de lui le droit de mettre l'œil au
télescope et de recueillir les prochains signaux, car personne ne
doutait maintenant qu'on ne dût, à la prochaine phase favorable
de la Lune, être témoin de quelque manifestation décisive.

Le directeur de l'observatoire s'était montré inflexible.

« Je veux être le premier, avait-il répondu, à recevoir le message des trois voyageurs ; mais, au fur et à mesure qu'apparaîtront
les signaux, je les transmettrai au poste télégraphique de Denver
où tout le monde en pourra prendre connaissance. »

Force avait été aux curieux de se contenter de cette réponse,
et la plupart des grands journaux des deux continents avaient
envoyé à Denver des reporters chargés de les informer sans retard
du grand événement que le monde entier attendait avec impatience.

Le jour si ardemment attendu arriva enfin : c'était le 18 mai
qui devait rester fameux dans les annales de la science.

Comme tous les envoyés des journaux et tous les curieux se
pressaient aux abords du poste télégraphique, et que, dans l'empressement général, des désordres menaçaient de se produire,
l'autorité publique avait jugé à propos d'intervenir. Il avait été
décidé que tous les reporters qui auraient fourni la justification
de leur qualité, se réuniraient en une sorte de congrès et choisi-
raient l'un d'eux, chargé de se tenir auprès de l'appareil récepteur,
pour recueillir et transmettre à tous ses collègues les communications de Long's Peak.

Le choix des intéressés avait désigné le représentant du *Figaro*,
le journal français le plus répandu et qui avait déjà défendu avec
ardeur la cause de Mathieu-Rollère.

Il était onze heures vingt-trois minutes du soir au méridien
de Longs' Peak, lorsque retentit tout à coup la sonnerie de l'ap-

pareil. Toutes les poitrines étaient haletantes, tous les visages
tendus. Penché sur le ruban où s'imprimaient les caractères typo-
graphiques, le représentant du *Figaro* lut d'une voix tremblante
d'émotion :

« Observatoire de Long's Peak. — Je lis distinctement mot suivant sur disque lunaire : « Merci »

« Continuerai transmission si autres mots apparaissent. »

Un cri d'enthousiasme retentit.

On se félicitait; ce simple mot c'était la réponse au salut
envoyé de la Terre. Les voyageurs l'avaient reçu et l'avaient compris; ils avaient, dans un délai si court, trouvé le moyen de se
mettre en communication avec la Terre d'une façon plus complète
et plus rapide qu'on aurait osé l'espérer, puisqu'ils pouvaient,
d'un seul coup, transmettre non plus des lettres isolées, mais des
mots entiers. Sûrement ils n'allaient pas s'en tenir là.

Dix minutes s'étaient à peine écoulées que la sonnerie se
faisait entendre de nouveau.

Et sur le ruban télégraphique apparurent les mots : « M. J. B.
vivants. »

On ne s'était donc pas trompé; c'étaient bien les trois hardis
voyageurs qui, du fond de l'espace, parlaient à leurs amis et
voulaient tout d'abord les rassurer sur leur sort.

Le même jour, à quelques heures d'intervalle, une animation
semblable régnait dans le voisinage de Biskra. Là aussi on attendait une manifestation nouvelle : les communications régulières
de l'honorable W. Burnett avaient entretenu Mathieu-Rollère et
ses compagnons dans une absolue confiance.

Aussi, dans ce coin perdu de l'Afrique, lorsqu'arriva le premier télégramme envoyé de Long's Peak, l'astronome et l'ingénieur Dumesnil se sentirent l'âme inondée d'une joie profonde.
Qu'importaient, en présence du magnifique résultat obtenu,
les épreuves subies, les difficultés surmontées si péniblement,
tant de luttes et tant de sacrifices? Ils avaient eu raison contre
l'envie et l'ignorance. Grâce à eux, une ère féconde s'ouvrait
pour l'humanité; la science allait voir se découvrir devant elle
des horizons jusqu'alors inconnus. Et l'impérial bienfaiteur, dont

l'intelligence avait compris tout ce qu'il y avait de grand dans
leur idée, qui en avait rendu la réalisation possible, partageait
leur ivresse.

Aux premiers mots transmis par W. Burnett, l'âme du vieux
savant s'était épanouie. Les trois amis, — il en avait maintenant
la certitude, — étaient vivants, et il voyait se confirmer, con-
trairement à ses funèbres prévisions, l'indomptable espérance qui
n'avait jamais cessé de vivre au cœur de sa fille. Hélène était
auprès de lui et ils confondaient leurs larmes de bonheur.

Mais les communications qui suivirent donnèrent bientôt à ses
idées une autre direction.

Sur l'écran sombre du disque de la Lune, le télescope des
Montagnes Rocheuses avait lu distinctement ces mots qui plongèrent tous les assistants dans une stupéfaction profonde et qui
semblaient de nature à renverser les théories scientifiques jusqu'alors les mieux établies :

« Surface Lune inhabitable. — Intérieur habité. — Humanité
lunaire heureuse entrer en relations avec Terre. »

Quelles perspectives nouvelles faisaient se dérouler devant
leurs yeux ces révélations inattendues!

Si la première partie du message confirmait ce que la science
avait déjà constaté depuis longtemps au sujet de la surface du
satellite, comment s'expliquer cette présence de la vie au sein
même d'une masse compacte? Que pouvait être cette humanité
vivant dans des conditions que l'imagination la plus audacieuse
avait peine à concevoir?

A en juger par le caractère scientifique des moyens employés
pour communiquer avec la Terre, on pouvait penser que l'hmanité
qui vivait là était parvenue à un haut degré de développement
intellectuel. D'un autre côté, les signes perçus avaient été faits
à la surface. Comment cela se pouvait-il, s'il était impossible d'y
vivre?

Autant de questions mystérieuses qui demeuraient sans
réponse; et, dans la tête du vieil astronome, les idées se pressaient et tourbillonnaient dans une inexprimable confusion.

La nouvelle de cet extraordinaire événement s'était répandue dans le monde entier. Tous les Instituts, toutes les Sociétés savantes en avaient été rapidement informés, et des discussions passionnées n'avaient pas tardé à jeter la perturbation dans les esprits. La foule, que séduit toujours le merveilleux, accueillait avec enthousiasme les récits les plus fantastiques que lui servait chaque jour l'imagination surexcitée des journalistes; plus ils étaient incroyables, plus ils étaient acceptés avec ferveur. L'opinion publique, surchauffée, accusait déjà les gouvernements d'inertie et d'indifférence : on devait en toute hâte fondre des canons monstres pour fournir à de nouveaux voyageurs l'occasion de renouveler l'expérience, construire des télescopes gigantesques égaux ou supérieurs en puissance à celui de Long's Peak.

L'amour-propre national s'en mêlait.

Pourquoi laisser aux États-Unis le monopole des correspondances avec la Lune? Chaque nation n'avait-elle pas le devoir de faire tous ses efforts pour arriver bonne première dans cette course vers la conquête de grandes vérités scientifiques?

En France, les exigences étaient impérieuses.

L'œuvre, en somme, n'était-elle pas surtout française?

Des trois voyageurs, l'un d'eux sans doute était Anglais; mais on savait maintenant que lord Rodilan n'était pas un savant, ce n'était qu'un blasé curieux d'émotions nouvelles, et son rôle en tout cela était des plus effacés.

Et puis, Mathieu-Rollère était lui aussi un Français, et c'était lui dont l'indomptable ténacité avait, en dépit de la routine, accompli de si grandes choses. N'était-il pas juste qu'après avoir été abreuvé de tant de dédains et de tant d'amertumes, il demeurât chargé de continuer et d'achever l'œuvre qu'il avait commencée? Il avait été à la peine, il devait être à l'honneur.

Rien de plus hardi et de plus imprévu... (p 330).

CHAPITRE VIII

A LA RECHERCHE D'UN CRATÈRE

Dix-huit mois s'étaient écoulés depuis que Marcel et ses compagnons étaient arrivés sur le satellite de la Terre, et lorsque leur pensée se reportait sur tout ce qu'ils avaient éprouvé, appris et accompli, ils étaient tentés de se demander s'ils ne vivaient pas dans un rêve continu.

Un voyage extraordinaire entrepris dans des conditions qui semblaient défier toutes les prévisions humaines; un monde nouveau découvert, monde dont la supériorité morale et intellectuelle réalisait les conceptions les plus sublimes des rêveurs et des utopistes songeant à une humanité meilleure; une chimère grandiose, des communications régulières entre les sphères qui

roulent dans l'espace, réalisée à travers mille difficultés et mille
périls : voilà ce qu'avaient fait leur audace et leur foi dans la
science.

Mais maintenant que le but était atteint et l'œuvre achevée,
leur cœur ressentait un vide profond. Le zèle qui les avait soutenus tant qu'il y avait quelque chose à faire s'éteignait maintenant faute d'aliment. Et ils se retrouvaient avec le regret de
cette Terre qu'ils avaient laissée derrière eux, de ces amis dont
la pensée leur arrivait à travers l'espace, mais dont ils éprouvaient
le besoin de serrer les mains, de sentir le cœur battre contre leur
poitrine.

C'est que rien ne remplace la patrie absente, et, malgré les
enchantements qui les avaient ravis, la Terre décidément leur
manquait. Dans ce milieu étroit et renfermé où ils vivaient depuis
de si longs mois, où régnaient une lumière et une température
constantes, aux horizons toujours limités, aux teintes douces mais
ternes, où tout était calme et paisible, sans imprévu, sans accident, où rien n'excitait le désir, n'enflammait l'imagination, ils
s'étaient pris souvent à regretter les horizons si vastes et si variés
de la Terre, la chaude et brillante lumière du soleil, la profondeur
du ciel bleu, la vie grouillant à la surface du sol, dans les
espaces aériens et dans l'abîme liquide des flots.

Maintes fois, ils avaient désiré un orage, une tempête, quelque
chose enfin qui vint rompre l'éternelle monotonie de cette inaltérable sérénité. La vie même que menaient ces êtres supérieurs
ne leur suffisait plus. Toute cette existence si sage, si sobre et si
réglée, leur paraissait avoir quelque chose de factice; et ils se
demandaient, si, au fond, la vie telle qu'on la mène sur la Terre,
avec ses luttes et ses incertitudes, ses périls et ses aventures, ses
alternatives de jours bons ou mauvais, n'était pas, pour des
êtres doués de sensibilité et d'activité, préférable à cette uniformité idéale, semblable à un lac aux eaux immobiles dont aucun
souffle jamais ne viendrait rider la surface.

Marcel, que retenait encore le vague sentiment endormi plutôt
qu'éteint au fond de son cœur, se serait résigné peut-être, bien
qu'il eût dit adieu à toute espérance, à poursuivre cette existence

paisible qui berçait en quelque sorte doucement son amour. Mais
Jacques et lord Rodilan commençaient décidément à en avoir
assez; ils pressaient Marcel de songer enfin au retour. Et celui-ci,
cédant à leurs prières et fidèle à l'engagement qu'il avait pris
envers eux, se décida à s'en ouvrir à Rugel.

« Ami, lui dit-il, les vœux du grand Abléovazo sont aujourd'hui
remplis. Le lien qui doit rattacher les deux humanités sœurs est
maintenant établi, et elles pourront, comme l'avait entrevu l'esprit
de ce sage, marcher de conserve dans la voie du progrès. Notre
tâche est achevée. Le résultat que nous avons obtenu a dépassé
de beaucoup ce que nous avions osé rêver en nous lançant dans
une aventure inconnue. Si nos ambitions et nos aspirations les
plus hautes ont été satisfaites, notre cœur a trouvé ici de douces
récompenses; nous y avons rencontré de précieuses sympathies,
de solides amitiés, et nous en garderons l'éternel souvenir. Mais,
excusez-nous, ami, cela ne nous suffit plus. Vous le comprendrez
assurément, vous qui donnez toute votre vie, tout ce que vous
avez de force et d'intelligence à ce monde qui vous a vu naître
et où vivent ceux que vous aimez. Nous aussi, nous avons une
patrie que nous chérissons; nous avons pu ne pas souffrir d'en
être séparés tant que nous étions soutenus par le désir de travailler à sa gloire et à son bonheur. Mais aujourd'hui l'amour de
la terre natale se réveille impérieux dans nos âmes; nous aspirons
vers elle de toutes les puissances de notre être et nous souffrons
d'en être privés. »

Pendant que Marcel parlait ainsi, le visage de Rugel s'était
voilé de tristesse.

« Ce que vous dites là, ami, répondit-il, m'afflige mais ne
saurait me surprendre. Je m'y attendais. J'ai bien compris qu'une
fois passée la surprise qu'avait dû vous causer un monde si différent du vôtre, lorsque vous n'auriez plus devant les yeux le noble
but auquel vous vous étiez voués, il vous manquerait quelque
chose que toute notre affection serait impuissante à vous donner.
Vous voulez nous quitter, ajouta-t-il avec un sourire mélancolique; votre départ nous fera souffrir; mais nous vous aimons
trop pour songer même à le retarder. Pour ma part, j'emploierai

à hâter ce moment après lequel vous aspirez autant de zèle et autant de soins que j'en ai mis à vous guider dans notre monde, à vous aider dans tous vos travaux. »

Le visage de Jacques et de lord Rodilan rayonnait à la pensée qu'ils allaient, l'un revoir la douce fiancée dont son cœur était rempli, l'autre échanger enfin la nourriture chimique dont il n'avait jamais pu s'accommoder contre les larges et plantureux roastbeefs du Pall Mall Club.

« Eh! bien, fit l'Anglais, puisque nous sommes d'accord sur ce point important, il serait peut-être à propos de s'enquérir des voies et moyens d'assurer notre retour.

— La question, répondit Rugel, me paraît résolue dans son principe; nous n'avons à nous préoccuper que de l'exécution. »

Marcel reconnut en effet que le seul moyen à employer était celui qui avait permis aux trois voyageurs d'atteindre la Lune. Le poids spécifique du satellite, étant six fois moindre que celui de la Terre, la force d'attraction dont il faudrait triompher serait réduite dans les mêmes proportions.

En outre, le point neutre où les deux attractions s'annulent étant beaucoup plus rapproché de la Lune, — en réalité à huit mille lieues, — la distance à parcourir était infiniment moindre et nécessitait une vitesse initiale beaucoup moins considérable. Il fallait donc s'occuper d'établir un canon capable d'un pareil effort et qui, pour être de proportions moins démesurées que la *Columbiad* du Gun-club, n'en devait pas moins être énorme.

« Nous n'en sommes pas, disait Rugel, à notre coup d'essai en matière de constructions de cette nature. Ce n'est pas à d'autres moyens que nous avons recouru pour vous envoyer les nombreux projectiles destinés à attirer votre attention. L'engin qui a servi à lancer le boulet que vous avez si heureusement recueilli a été coulé non loin d'ici. Je vous y conduirai bientôt et vous pourrez apprécier par vous-même l'état de nos connaissances en balistique. »

Peu de temps après, en effet, revêtus de leurs appareils, accompagnés de Mérovar et de quelques-uns de ses collègues, et suivis de plusieurs Diémides, ils sortaient de l'observatoire.

Guidés par Rugel, ils descendirent les pentes du cratère par un côté opposé à celui qu'ils avaient parcouru lorsqu'il s'était agi d'établir des signaux, et parvinrent bientôt à l'entrée d'une gorge profondément encaissée entre des élévations de rochers granitiques, et qui, dans cet amoncellement chaotique, semblait tracer un sillon sinueux.

A leur grande surprise, ils aperçurent une sorte d'épais ruban de fer qui, posé sur le sol, suivait les contours du ravin.

Marcel s'empressa d'accrocher à la sphère de Rugel son fil téléphonique et s'écria :

« Vous avez donc eu ici un chemin de fer?...

— Et nous l'avons encore, répliqua Rugel qui souriait sous son masque de l'étonnement des trois amis, car Jacques et lord Rodilan manifestaient eux aussi, par leurs gestes, une véritable stupéfaction.

— On n'en a jamais fini, murmura Jacques, d'être émerveillé dans ce monde extraordinaire.

— Voilà, se disait en même temps lord Rodilan, qui ferait ouvrir de grands yeux aux cockneys de la Cité.

— Suivons Mérovar, ajouta Rugel. »

Le directeur de l'observatoire se dirigeait en effet vers une roche faisant saillie et derrière laquelle apparurent bientôt plusieurs wagons, semblables par leur forme à ceux qu'ils avaient vus circuler à l'intérieur de la caverne, et munis comme eux d'appareils gyroscopiques destinés à les maintenir en équilibre sur un rail unique.

« Ce chemin de fer, expliquait Mérovar, a été construit il y a longtemps pour faciliter précisément l'établissement du canon qui nous servait à vous envoyer des projectiles. Depuis votre arrivée parmi nous, il n'avait plus de raison de fonctionner, et nous espérions bien ne pas être forcés de sitôt de recourir à lui. »

Les Diémides eurent bientôt fait d'achever les préparatifs du départ.

Les wagons de cette voie ferrée, destinés à circuler dans le vide, différaient de ceux que les voyageurs connaissaient déjà. Ils étaient complètement étanches et formés d'armatures solides afin de pouvoir résister à la pression de l'air qui devait s'y accumuler.

Dans l'un d'eux se trouvait installé un appareil propre à fabriquer chimiquement de l'air respirable, et qui fournissait au train tout entier une atmosphère dans laquelle les voyageurs pouvaient vivre aussi à l'aise qu'à l'intérieur même de l'observatoire. Des tables, des sièges élégants et commodes, étaient disposés dans les autres véhicules dont les parois latérales se trouvaient garnies de glaces épaisses et fixes qui permettaient de voir tous les détails de la région qu'on traversait.

Rugel et ses compagnons pénétrèrent dans l'un d'eux et aussitôt que, la porte étant soigneusement fermée, le baromètre indiqua une pression atmosphérique suffisante, ils se dépouillèrent avec empressement du costume spécial et quelque peu gênant qu'ils avaient dû revêtir.

Cependant les Diémides chargés de ce soin avaient mis en action les moteurs électriques, et bientôt, les appareils gyroscopiques ayant atteint leur vitesse normale de rotation, le train s'ébranla et glissa avec rapidité sur le rail.

Confortablement assis dans ce large wagon qui roulait sans secousse et sans bruit, où la lumière entrait à flots, les trois habitants de la Terre croyaient rêver.

Parcourir en chemin de fer la surface de la Lune, il y avait là de quoi troubler des cerveaux moins bien équilibrés, et lord Rodilan se surprit à se pincer vigoureusement les bras, comme pour s'assurer qu'il était vraiment éveillé.

Mais ce n'était pas un songe, et le merveilleux spectacle qui se déroulait sous leurs yeux était bien une réalité.

Après avoir suivi pendant quelque temps les sinuosités de la gorge, que fermaient des deux côtés d'âpres rochers, le train était entré dans une région découverte où le regard embrassait un vaste horizon. Sur leur droite, ils apercevaient le cratère, au sommet duquel se dressait l'observatoire dont un soleil ardent faisait resplendir les voûtes de cristal et les gigantesques lunettes.

Vu de cette distance, où l'on ne distinguait plus les aspérités des roches, c'était une masse imposante que couronnait un magnifique flamboiement.

Au loin, sur leur gauche, ils apercevaient des chaînes de montagnes dont les crêtes dentelées se détachaient vives et nettes sur le noir cru du ciel, et c'était comme un effet magique que cette opposition de couleurs si tranchées dont aucune vapeur ne ménageait la brusque transition.

Confortablement assis dans ce large wagon... (p. 318).

Tout à coup le sol sembla s'effondrer, et le train parut circuler dans le vide.

« Qu'est-ce là? fit Marcel, en se rejetant instinctivement en arrière.

— Oh! c'est un pont, fit Rugel en souriant. »

Jacques et lord Rodilan s'étaient levés : leur front avait légèrement pâli. Au-dessous d'eux se creusait un abîme dont le fond se perdait dans une épaisse obscurité. L'impression qu'ils ressen-

taient malgré eux, suspendus sur un fil qu'ils ne voyaient même
pas, leur rappelait celle qu'ils avaient éprouvée au moment où,
enfermés dans leur obus et atteignant la surface de la Lune, ils
s'enfonçaient dans les entrailles du satellite d'où ils pensaient
bien ne pouvoir jamais sortir.

Mais leurs âmes étaient vaillantes; ils se remirent promptement. Déjà la crevasse était franchie, et la voie, décrivant une
courbe à court rayon, il leur fut bientôt possible de contempler
cet ouvrage surprenant qui se montrait alors par le travers de
leur wagon.

Rien de plus hardi et de plus imprévu que cette construction
audacieuse : un simple ruban d'acier reposant sur un arc immense
de même métal et d'une portée de 400 mètres au moins, encastré
à ses deux extrémités dans la paroi même du rocher, et c'était
tout.

Jamais l'imagination de Marcel n'aurait osé concevoir rien
de pareil.

« Peste! fit-il, ami Rugel, vos ingénieurs sont de fiers compagnons; voilà qui laisse bien loin tout ce qu'ont pu réaliser leurs
confrères de la Terre.

— Oh! dit Mérovar, que charmait l'étonnement du jeune
homme, il n'y a là rien de bien extraordinaire, et ce pont,
pour hardi qu'il paraisse, n'en est pas moins d'une parfaite
solidité. »

Le train continuait cependant sa marche rapide; mais bientôt,
moins d'une heure plus tard, sa vitesse commença à se ralentir.

« Nous approchons, dit Rugel; il est temps de revêtir nos
costumes. L'endroit où nous nous rendons est tout près d'ici. »

Le train s'arrêta sans secousse et les voyageurs descendirent.

Ils se trouvaient auprès d'une sorte de construction massive
de dimensions assez considérables, où l'on pénétrait par une
porte à écluse semblable à celle qui faisait communiquer l'observatoire avec l'extérieur. Elle était éclairée par de larges baies
hermétiquement closes, et, à l'intérieur, on remarquait des appareils à fabriquer l'air artificiel, des machines et des outils de
toutes sortes.

« C'est là, dit Mérovar, qu'habitaient pendant tout le temps qu'ont duré les travaux, ceux qui y ont été employés. »

Les voyageurs poursuivirent leur marche et au bout d'une demi-heure ils avaient atteint le but de leur excursion.

L'orifice du canon s'ouvrait devant eux.

Un puits de 2ᵐ 51 de diamètre avait été creusé verticalement à même le roc sur une profondeur de 70 mètres. Ses parois étaient revêtues d'un alliage métallique, sorte de bronze très résistant, d'une épaisseur de 80 centimètres, ce qui laissait au canon une âme de 91 centimètres.

C'était là l'instrument à l'aide duquel les habitants de la Lune avaient, à de nombreuses reprises, envoyé à la Terre ces messages dont le dernier était, par un si heureux hasard, tombé entre les mains de Marcel.

Et Mérovar leur expliqua qu'on avait dû choisir pour l'installer un lieu assez distant de l'observatoire — en réalité 18 lieues en ligne droite — pour éviter que les vibrations imprimées au sol par les explosions ne compromissent la stabilité du monument et la précision des instruments d'observation qu'il renfermait.

« Il est bien fâcheux, dit alors lord Rodilan, que ce canon soit trop petit pour nous servir, car nous pourrions dès à présent fixer l'heure de notre départ.

— Vous êtes bien pressé de nous quitter, ami, » répondit Rugel. Et dans sa voix on sentait comme un reproche attristé.

L'Anglais comprit qu'il avait froissé inutilement cette âme généreuse et il ajouta :

« Non, mais puisqu'il faut nous séparer, je crois que le plus tôt sera le mieux, car, pour vous comme pour nous, l'attente est d'autant plus pénible qu'elle se prolonge davantage. Vous savez bien que nous vous aimons et que nous ne vous oublierons jamais.

— Je le sais, en effet; mais nous sommes forcés d'attendre. Il nous faut établir un nouveau canon capable, celui-là, de lancer un projectile semblable à celui qui vous a amenés ici. Ce sera là un travail long et difficile. Je ne doute pas que le chef de l'État, le prudent Aldéovaze, malgré son désir de vous conserver parmi nous, n'autorise cette entreprise et ne donne toutes les facilités pour la réaliser. Toutefois, notre tâche serait grandement abrégée si nous pouvions rencontrer, dans la région où nous nous trouvons, quelque cratère de dimensions restreintes creusé dans la direction que nous souhaitons et pouvant être aménagé de façon à servir de réceptacle à notre canon. L'expérience nous a démontré en effet que les matières qui obstruent les cheminées des cratères, ne forment qu'une couche d'épaisseur variable, mais jamais très considérable, et que, lorsqu'on l'a traversée, on rencontre au-dessous le vide. Nous aurions ainsi un puits tout creusé dont il suffirait de régulariser les parois. »

A ce moment, un des Diémides qui se tenaient derrière Rugel s'avança :

« Maître, lui dit-il, je crois connaître non loin d'ici un cratère réunissant toutes les conditions que vous désirez ; j'étais parmi ceux qui ont été employés à l'envoi du dernier message adressé à la Terre, et j'ai eu l'occasion d'explorer toute cette région. Si vous voulez me suivre, je vais vous y conduire.

— Allons, » dit Rugel.

On se remit en marche et, en moins d'une heure, on arriva au pied d'une sorte de mamelon tronqué qui ne s'élevait qu'à une faible hauteur au-dessus du sol. On en gravit les pentes et on se trouva au bord de l'un des plus petits cratères de la surface de la Lune. Mérovar et Rugel examinèrent attentivement la disposition des lieux, mesurèrent le diamètre de l'orifice intérieur, et reconnurent que là se trouvaient réunies toutes les conditions désirables pour l'installation qu'ils projetaient.

« Eh ! bien, dit Rugel en concluant, voilà qui est décidé : c'est d'ici que vous partirez quand le moment sera venu de vous éloigner de nous. Et vous pourrez être assurés que, quoique je voie arriver avec chagrin l'instant de notre séparation, loin de rien faire pour la retarder, je donnerai tous mes soins pour que les travaux soient menés le plus rapidement possible. »

On regagna en toute hâte l'endroit où le train s'était arrêté ; chacun reprit sa place dans les wagons, et bientôt on était rentré à l'observatoire.

CHAPITRE IX

LA SURFACE INVISIBLE

De retour dans le monde lunaire, Rugel, accompagné de ses trois amis, s'était rendu auprès du chef de l'État et lui avait rendu compte des derniers événements qui venaient de se passer. Bien que la nouvelle de l'intention où étaient Marcel, Jacques et lord Rodilan de retourner sur la Terre l'affectât péniblement, il avait l'intelligence trop haute pour ne pas comprendre leur désir de revoir leur patrie, et l'âme trop juste pour s'y opposer.

Les travaux nécessaires pour assurer leur retour furent donc entrepris sans retard; mais, quelque diligence que l'on fît, ils devaient durer au moins sept à huit mois, et ce long délai pesait à l'impatience des trois voyageurs.

Les communications établies avec la Terre se continuaient d'une façon régulière, chaque mois, aux époques assez courtes pendant lesquelles les observations étaient possibles. Mais la rareté même de ces instants rendait forcément très lents les échanges d'idées entre les deux mondes. Mathieu-Rollère, dont la curiosité avait été fortement excitée par cette indication fournie dès les premiers jours de l'existence d'une humanité vivant à l'intérieur de la Lune, multipliait ses questions auxquelles Mérovar répondait avec une inaltérable complaisance. Mais on n'allait pas vite et, bien que des informations précieuses eussent déjà été transmises, il était évident qu'un long temps s'écoulerait encore avant que les habitants de la Terre fussent définitivement fixés sur la nature et les conditions de leurs frères de la Lune.

Marcel et ses deux compagnons avaient, dès le début, suivi avec intérêt cet échange de communications; mais bientôt cette occupation était devenue impuissante à les satisfaire. Ils se rendaient fréquemment à l'endroit où, sous la conduite de savants expérimentés, les Diémides aménageaient le cratère qui devait servir de moule au canon libérateur. Mais là encore, malgré toute l'activité déployée, les choses marchaient lentement; les difficultés à vaincre étaient considérables, et leur fièvre, que chaque jour d'attente surexcitait, leur rendait tout retard insupportable.

C'est alors que Marcel songea à entreprendre un voyage d'exploration destiné, dans sa pensée, à compléter ses études sur ce monde nouveau qu'il devait révéler à la Terre. Sans doute il avait bien eu sous les yeux des cartes dressées par les savants lunaires de cette partie mystérieuse du satellite qui se dérobe éternellement à la curiosité des observateurs terrestres; il avait pu juger qu'elle était presque en tout semblable à la partie visible, aride comme elle, comme elle hérissée de montagnes et semée d'innombrables cratères.

Il savait que l'imagination seule de quelques rêveurs avait pu y supposer la présence de mers immenses, de profondes forêts, de fleuves rapides, toute une vie enfin dont l'hypothèse est en contradiction absolue avec la loi générale qui préside à l'évolution des mondes. Mais il voulait s'en assurer par lui-même et apporter à ceux qu'il comptait bientôt rejoindre le témoignage de son expérience personnelle. Il voulait pouvoir dire : j'ai vu. Jacques et lord Rodilan accueillirent avec empressement cette proposition : elle répondait à leurs secrets désirs; elle donnait une satisfaction à cette agitation sans but qui les empêchait de tenir en place.

On s'en ouvrit à Rugel, qui se montra tout disposé à les seconder dans cette entreprise, et s'offrit même à les accompagner.

« Ce projet est hardi, dit-il, et digne de votre courage; et puisque vous êtes résolus à l'accomplir, nous pourrons peut-être vérifier une importante question qui depuis longtemps me pré-occupe, et que je serais heureux de pouvoir résoudre. A en croire de vieilles traditions, conservées dans nos antiques histoires, il existerait bien loin, du côté de l'est, une vaste dépression d'une profondeur considérable. Bien souvent nos savants se sont demandé s'il n'y resterait pas encore une certaine quantité de l'atmosphère qui entourait autrefois la planète, et qui aurait pu y conserver des restes de vie végétale. Voilà le point que j'ai souvent rêvé d'éclaircir : l'occasion m'en a toujours manqué. »

Ces paroles avaient jeté Marcel dans un grand enthousiasme.

« Ah! s'écria-t-il, quelques astronomes de la Terre ont bien cru apercevoir déjà, dans le fond de certains cratères, de légères vapeurs et des variations de teintes qu'ils attribuaient à la présence d'un air très raréfié, mais capable encore d'entretenir des traces de végétation. On a refusé de les croire. Quelle gloire ce serait pour nous de rapporter la preuve évidente qu'ils ne se sont pas trompés! »

L'enthousiasme de Marcel avait gagné Jacques, et lord Rodilan lui-même, malgré son peu de goût pour les problèmes purement scientifiques, paraissait plein d'ardeur.

Bien qu'elles fussent devenues de plus en plus rares à mesure que la vie se concentrait au sein de leur planète, les habitants de la Lune accomplissaient cependant quelquefois encore des explorations de cette nature, et l'emploi de tous les engins nécessaires à leur exécution leur était familier. Appareils légers et portatifs destinés à fabriquer chimiquement de l'air, accumulateurs puissants capables d'emmagasiner l'électricité à haute tension et de fournir un éclairage suffisant pendant les longues nuits lunaires, tout était préparé d'une façon permanente et à la disposition de ceux que l'amour de la science poussait à s'aventurer sur la surface inhabitée. La difficulté la plus grande contre laquelle devaient avoir à lutter les explorateurs qui entreprenaient des voyages de longue durée, était l'abaissement considérable que subissait la température pendant les périodes d'ombre. L'art ingénieux des savants y avait pourvu. Avant de revêtir leurs vêtements imperméables, les voyageurs se recouvraient tout le corps d'une sorte de maillot formé de mailles métalliques dont la souplesse égalait la légèreté et qui laissait aux membres toute l'aisance de leurs mouvements. Au-dessous du réservoir à air qu'ils portaient fixé sur le dos, était disposé un accumulateur électrique d'une grande puissance sous un petit volume. De là partaient des fils en communication avec le maillot métallique et qui y faisaient circuler un courant d'une intensité suffisante pour maintenir le corps et l'air, dont il était entouré, à une température toujours supportable.

Quant à la nécessité où se trouvaient les trois habitants de la Terre de réparer par la nourriture la déperdition de leurs forces, on y avait facilement pourvu. A l'intérieur de la sphère qui recouvrait leur tête était disposé un petit récipient métallique rempli de la mystérieuse liqueur qui, depuis longtemps déjà, constituait, au grand désespoir de lord Rodilan, leur principal aliment. De ce récipient partait un tube fixé à la sphère de manière à se trouver à portée de leurs lèvres. Un léger mouvement leur permettait de le saisir et d'aspirer les éléments chimiques qui suffisaient à les nourrir.

Comme l'observatoire était à 30 degrés, c'est-à-dire 910 kilomètres de la région toujours invisible à la Terre, Rugel avait jugé que cette distance pourrait être franchie pendant la période d'une nuit lunaire, soit quatorze jours terrestres, et qu'on atteindrait l'autre hémisphère au retour du jour. Il était, en effet, intéressant pour Marcel et ses compagnons de parcourir à la lumière du soleil cette partie de la surface du satellite qu'ils aspiraient à connaître. On partit donc de l'observatoire le 1ᵉʳ juin, au moment où l'ombre commençait à l'envelopper. La petite caravane comprenait, outre Marcel, Jacques, lord Rodilan et Rugel, soixante Diémides. La marche était ainsi réglée : en avant marchaient une dizaine d'éclaireurs portant de puissantes lampes électriques dont les rayons illuminaient l'espace autour d'eux et leur permettaient de distinguer à plusieurs kilomètres tous les détails du paysage qu'ils traversaient. Au centre s'avançaient les trois voyageurs et leur guide et la marche était fermée par le reste des Diémides qui portaient, avec divers instruments scientifiques et de précision, les appareils qui fabriquaient et emmagasinaient l'air nécessaire à la respiration. Les alternatives de marche et de repos avaient été réglées à l'avance de façon à

COMME TOUT CELA EST MAGNIFIQUE. (... p. 385).

ménager les forces des voyageurs. Il ne faut pas perdre de vue, du reste, qu'à la surface de la Lune, la force de la pesanteur est infiniment moindre que sur la Terre ; aussi ne ressentaient-ils en rien le poids des vêtements dont ils étaient couverts et des appareils qu'ils portaient. Ils étaient capables de franchir sans fatigue des distances qui, sur notre globe, auraient paru dépasser la limite des forces humaines.

Ils allaient légers, allègres, pleins d'ardeur.

Les premières journées de voyage n'offrirent rien de particulier ; on traversait la vaste plaine au centre de laquelle se dresse le cratère de Hansteen et on se dirigeait vers l'Est, en infléchissant vers le Sud.

En effet, l'examen des cartes détaillées dont ils étaient munis signalait la présence de deux rainures profondes situées, l'une aux abords du cratère de Grimaldi, l'autre un peu plus loin et toutes les deux infranchissables.

A mesure qu'ils approchaient des collines formant la côte orientale de l'Océan des Tempêtes, le sol s'élevait sensiblement, et bientôt ils se trouvaient sur le continent, non loin du cratère de Sirsalis. Là leur marche se trouva quelque peu retardée par la nécessité d'escalader les contreforts de ce cratère, masse de rochers abrupts à travers lesquels ils ne pouvaient avancer, malgré la lumière que projetaient leurs lampes électriques, qu'avec de grandes précautions. Rugel avait, du reste, pris soin d'attacher à la personne de chacun de ses trois amis, deux jeunes Diémides spécialement chargés de les aider dans les passages difficiles. Fiers de cette tâche qu'ils considéraient comme une marque d'honneur, ils s'appliquaient à soutenir de leur mieux ceux dont la garde leur était confiée, et plus d'une fois, sans leur aide, quelque chute dangereuse aurait arrêté court le voyage des audacieux explorateurs.

Cet obstacle surmonté, on se trouva de nouveau en plaine, et, en s'avançant toujours vers le Sud-Est, on passa à égale distance des cratères de Cruger et d'Asaph Hall.

A partir de ce point, les voyageurs, toujours guidés par Rugel, prirent plus franchement la direction de l'Est, et avancèrent sans trop de peine jusqu'à ce qu'ils fussent arrivés au pied des Cordillères, chaîne de montagnes dont l'élévation moyenne atteint près de 4.000 mètres. Il ne fallait pas songer à aborder de front cette formidable muraille de granit. Heureusement, les Diémides qui formaient l'avant-garde connaissaient parfaitement cette région pour l'avoir souvent parcourue. Ils savaient que, dans le voisinage de l'extrémité méridionale du cratère de Trouvelot, la chaîne s'abaissait, et qu'il existait entre ces deux masses montagneuses un passage étroit, mais facilement praticable.

On s'y engagea donc avec confiance.

Au sortir de ce défilé et le cirque une fois contourné, on se trouva près de la limite au delà de laquelle n'ont jamais pénétré des regards humains.

Cette longue marche de quatorze jours, exécutée dans les ténèbres — car, malgré la puissance de leurs lampes électriques, ils avaient traversé toutes ces régions à peu près sans les voir, — n'avait en rien épuisé l'ardeur de Marcel et de ses compagnons. A chacun des pas qui les rapprochaient du but de ce voyage merveilleux, en même temps que grandissait leur impatience, leurs forces semblaient s'accroître.

Lorsqu'ils franchirent le méridien qui limite éternellement le disque visible du satellite, ils se sentirent pénétrés d'une vive émotion.

Ils savaient bien que le spectacle qui les attendait sur l'autre hémisphère était sensiblement le même que celui auquel leurs regards étaient depuis longtemps accoutumés; mais ils accomplissaient ce que nul être humain n'aurait jamais cru possible et que personne, jamais sans doute, n'accomplirait après eux.

Déjà on approchait du moment où le jour allait brusquement succéder à la nuit.

En l'absence de toute atmosphère où puissent se réfracter les rayons lumineux, il n'y a à la surface de la Lune ni crépuscule ni aurore. Au lieu de ces teintes douces et graduées qui rendent si poétique sur la Terre la transition de la nuit au jour, l'invasion de la lumière est en quelque sorte brutale; le soleil jaillit tout à coup, éclairant tout d'une lumière égale.

Rugel, jaloux comme un artiste habile de ménager ses effets, avait résolu de choisir pour ses compagnons un poste d'observation qui leur permît de jouir aussi complètement que possible de ce curieux phénomène.

A quelque distance du point où ils avaient atteint l'hémisphère invisible, se dressait une montagne isolée, d'un accès facile. C'est là qu'il les fit monter et là qu'on attendit l'apparition de l'astre du jour.

Quelques minutes avant l'instant précis où allait éclater la lumière, les lampes électriques s'éteignirent, et toute la contrée se trouva plongée dans des ténèbres épaisses dont l'œil aurait en vain tenté de sonder la profondeur.

Tout à coup ce fut comme un rideau qui se déchire.

Une clarté éblouissante inonda l'espace; l'ombre, comme chassée par la flèche d'or que lançait le disque du soleil apparu au bord de l'horizon, sembla s'enfuir vers l'Occident.

Le panorama qui s'étendait sous le regard des voyageurs émerveillés était imposant et sublime. La montagne sur laquelle ils étaient placés se dressait au bord d'une immense dépression, lit d'une mer desséchée qui s'étendait sur leur gauche à perte de vue, et au fond de laquelle on distinguait des cratères isolés qui, ainsi que le leur expliqua Rugel, formaient jadis autant d'îles circulaires émergeant au-dessus de la masse des flots.

En face, et bornant l'horizon lointain, apparaissait une chaîne de montagnes beaucoup plus élevée que les Cordillères et dont, malgré la distance, se détachaient nettement les cimes irrégulièrement dentelées.

Et toute la région qui s'étendait jusqu'à leur base, plus profondément tourmentée encore que toutes celles qu'ils avaient déjà vues, offrait l'image d'un inexprimable chaos. Ce n'étaient que masses convulsées aux formes bizarres, coupées de larges crevasses, creusées d'une innombrable quantité de cratères de toutes dimensions. Jamais peut-être l'irrésistible puissance qui anime l'univers, s'employant à former ou à détruire les mondes, ne s'était manifestée à eux avec un semblable caractère de magnificence et d'horreur.

A leur droite, le plus voisin de ces cratères leur arracha un cri d'admiration. Au centre d'un cirque aux dimensions colossales et formant un cercle presque parfait, s'érigeait une aiguille de roche d'une grande hauteur, de forme presque pyramidale, et que le soleil déjà ardent faisait resplendir d'un insoutenable éclat.

« Comme tout cela est magnifique! s'écria Jacques, en se mettant en communication avec Marcel et lord Rodilan. Comme cette solitude et cet éternel silence sont imposants et terribles!

— Ah! fit lord Rodilan, voilà qui laisse loin derrière lui le fameux cirque de Gavarnie. Si le pic que nous avons sous les yeux était dans les Pyrénées, il y a beau temps qu'un chemin de fer à crémaillère conduirait à son sommet, et que tout en haut serait installé un hôtel où des garçons en habit noir et cravate blanche feraient avaler aux touristes affamés force côtelettes de mouton décorées du nom pompeux d'izard.

— Je me doutais bien, répondit Marcel, que vous ne regretteriez ni l'un ni l'autre ce voyage d'exploration. »

Et son âme se remplissait de joie à la pensée qu'il avait sous les yeux une partie de cette contrée inabordable sur laquelle s'était exercée jusqu'ici au hasard l'imagination des savants.

C'en était fait pour lui des vaines théories; c'était la réalité même qu'embrassait son regard.

CHAPITRE X

UNE VILLE MORTE

Après s'être rassasiés à loisir de ce spectacle grandiose, les voyageurs redescendirent dans la plaine et reprirent leur marche sous la conduite de Rugel.

Ils gagnèrent les bords de cet océan desséché qu'ils avaient contemplé du haut de la montagne et arrivèrent bientôt sur la crête d'une falaise escarpée dont les flots venaient jadis battre la paroi verticale. Ils la suivirent pendant longtemps, ayant toujours à leur droite le vaste bassin aride sur lequel glissaient leurs regards jusqu'aux dernières limites de l'horizon visible.

La marche était monotone et difficile sur ce sol rocailleux et raviné. Ils allaient gravissant d'âpres montées, descendant des pentes rapides, suivant toutes les sinuosités de cette côte irrégulière, et se demandaient où les menait leur guide. Ce trajet pénible et qu'il avait fallu nécessairement couper de haltes fréquentes et de repos prolongés, dura plusieurs jours.

Suivant l'estime de Marcel, ils avaient ainsi parcouru plus de cent soixante kilomètres, lorsque, la falaise s'abaissant brusquement, ils se trouvèrent devant une large plaine qui allait mourir en pente douce dans le lit de l'océan.

Vers le milieu de cette plaine, à l'endroit où devaient expirer autrefois les vagues de la mer disparue, l'œil distinguait des masses

confuses qu'à distance on aurait pu prendre pour les débris de
quelques roches éboulées dans un cataclysme ou un amas de blocs
erratiques.

C'est vers ce point que les conduisait Rugel.

A mesure qu'ils approchaient, ce qu'ils avaient pris tout d'abord
pour un entassement irrégulier et fortuit prenait une apparence de
régularité et de symétrie. La distance diminuant, les formes devenaient plus précises : on eût dit des restes de puissantes murailles,
de vastes quadrilatères formant comme de larges places, des fûts
de colonnes gigantesques épars çà et là à demi-brisés et autour
desquels s'accumulaient des amas de décombres.

« Voilà, leur dit Rugel, en étendant la main, les ruines d'une
des villes qui, au temps où l'humanité lunaire vivait à la surface,
fut florissante par ses arts et par sa civilisation. Je vous ai souvent
entretenus de la vie de nos ancêtres, alors que la nécessité
ne les avait pas encore contraints à se réfugier dans les
cavernes que nous occupons aujourd'hui. Vous avez maintenant
sous les yeux l'un des rares vestiges de leur présence qui ont
survécu aux effroyables bouleversements à la suite desquels la vie
a disparu de ces régions. »

Ils étaient assez rapprochés maintenant pour pouvoir apprécier
les dimensions considérables de l'antique cité. Tout ce qui avait
été habitations particulières s'en était allé en poussière, émietté
par l'action lente et inéluctable du temps.

Rien n'était resté debout que quelques débris des monuments
construits pour résister aux siècles; et ces restes imposants donnaient une haute idée de la force et de l'intelligence des êtres
dont la vie avait rempli ces contrées.

Rugel avait croisé ses bras sur sa poitrine et paraissait plongé
dans une méditation profonde. Tous les Diémides qui formaient
l'escorte s'étaient aussi arrêtés, immobiles, comme si la vue de ces
ruines eût frappé leurs âmes d'un religieux respect.

« Je ne puis, disait Rugel, me défendre d'une profonde tristesse
en songeant à cette existence d'autrefois, si différente de celle à
laquelle nous sommes maintenant réduits. Jadis la vie circulait à
flots dans ces lieux. L'eau remplissait ces vastes bassins que sil-

lonnaient de nombreux navires; d'épaisses forêts couronnaient les montagnes dont les pentes se couvraient de gazons verdoyants. Dans cette ville, aujourd'hui détruite, se pressait une population nombreuse, active, joyeuse de vivre, respirant avec ivresse les brises de la mer et l'odeur pénétrante des grands bois... Et tout

Rugel les arrêta devant une ruine... (p. 336).

a disparu! Ce qui reste de nous vit aujourd'hi enfermé dans un étroit espace, privé de la lumière du soleil. Et ses jours sont comptés! Qui sait même si quelque épouvantable cataclysme ne viendra pas encore en abréger la durée et détruire jusqu'aux derniers vestiges de cette misérable humanité? »

La grandeur de cette scène ne pouvait laisser insensibles Marcel et ses deux compagnons. Ce qu'ils avaient sous les yeux c'était le tableau saisissant de la destruction d'un monde. Voilà donc à quoi aboutissait ce jeu formidable des forces de la nature qui, après avoir créé un globe habitable, y avoir développé et entretenu la vie pendant de longs siècles, mettait à détruire son œuvre un irrésistible acharnement. Qu'étaient, en présence de cette évolution fatale, les plus magnifiques découvertes du génie humain, les aspirations les plus hautes, toujours en éveil, toujours inassouvies vers lesquelles tendait sa nature mortelle? Tout avec le temps se dissolvait, s'évanouissait; et, éteints tour à tour, les mondes qui roulaient dans l'espace autour d'un centre de lumière et de vie étaient irrévocablement destinés à n'être plus qu'une matière inerte et stérile.

Et la destruction ne devait pas s'arrêter là.

Ces cadavres flottant dans le vide devaient, dans un temps donné, se désagréger à leur tour, retourner à l'état de poussière cosmique pour former d'autres mondes qui finiraient de même dans un éternel recommencement.

Un signe de Rugel les arracha à ces graves pensées. Ils pénétrèrent dans les ruines de la ville morte et les parcoururent avec un respect attendri. Ils revirent la trace des édifices où siégeaient les hommes chargés de donner des lois à la cité, les places où s'assemblait la foule, et partout dans ces lieux on avait vécu, c'est-à-dire aimé et souffert. De tout cela il ne restait plus que l'ombre d'un souvenir.

Rugel les arrêta devant une ruine dont la forme rappelait celle des mausolées, mais de proportions considérables.

« Voilà, dit-il, le tombeau destiné à perpétuer la mémoire d'un homme que ses vertus et ses grandes actions rendirent digne de la reconnaissance publique. Le temps n'a pas plus respecté cet asile de la mort que les monuments où s'agitait la vie. »

Le sépulcre effondré laissait apercevoir à l'intérieur comme une fine poussière, tout ce qui restait peut-être de celui qui avait eu là sa dernière demeure.

Marcel s'étonna de ces vastes proportions.

« C'est que, lui dit Rugel, les hommes qui habitaient à la surface de la Lune étaient d'une taille plus élevée que la nôtre. Depuis tant de siècles déjà que l'humanité lunaire vit enfermée dans un milieu plus restreint, sa stature s'est peu à peu abaissée. »

« Ainsi, se disait Jacques, les générations se sont succédé ici comme sur la Terre, laissant à celles qui devaient venir après elles de mystérieux souvenirs, et ceux qui vécurent en ces lieux auraient pu, s'ils avaient soupçonné notre venue, dire avec le poète :

> Scilicet et tempus veniet cum finibus illis
> Agricola inveniet...
> Grandiaque effossis mirabitur ossa sepulcris.

Il fallut repartir, et ce ne fut pas sans regrets que les voyageurs s'arrachèrent à ce spectacle désolé dont la vue réveillait dans leurs cœurs tant d'émotions diverses.

Ils reprirent leur route, en suivant la pente insensible du sol.

Rugel avait depuis longtemps l'intention de leur faire visiter le lit d'une des anciennes mers lunaires. L'occasion se présentait favorable ; les voyageurs avaient encore devant eux une dizaine de jours de lumière qui ne pouvaient être plus utilement employés.

A mesure qu'augmentait la distance qui les séparait du rivage, le sol s'abaissait de plus en plus. Le continent s'élevait, l'horizon se rétrécissait. Ce sol lui-même sur lequel ils s'avançaient offrait un aspect singulier : à la blancheur éclatante que présentait, sous les rayons du soleil, la contrée rocheuse qu'ils venaient de quitter, avait succédé une teinte plus sombre. Au lieu de la surface rude et âpre, inégale et difficile sur laquelle ils avaient marché jusqu'alors, leurs pieds foulaient maintenant une sorte de matière feutrée, souple et résistante à la fois, qui semblait fléchir sous leurs pas. Étrangement surpris, Marcel s'était courbé pour l'examiner de plus près. Il en avait même, non sans efforts, arraché quelques parcelles et les considérait attentivement, lorsque Rugel intervint :

« Vous avez vu tout à l'heure, lui dit-il, ce qui reste de la vie de l'humanité ; vous avez maintenant sous les yeux un des derniers vestiges des transformations de la matière à la surface de ce monde où tout maintenant est mort. »

Marcel continuait d'examiner curieusement les débris qu'il tenait dans sa main. C'étaient des sortes de fibres flexibles et soyeuses d'une grande ténacité et qui offraient une analogie frappante avec l'amiante, qu'on rencontre sur la Terre dans les lieux où s'est accumulé ce silicate de magnésie vulgairement connu sous le nom de *serpentine*.

Rugel lui expliqua alors que les eaux qui, à l'origine, recouvraient une vaste partie de la surface de la Lune, renfermaient dans de grandes proportions cette substance que les chimistes terrestres appellent oxyde de magnésium ou magnésie, et qui ne se rencontre jamais dans la nature que combinée avec un autre corps. A mesure que les mers se desséchaient, cette magnésie se combinait elle-même avec la silice tenue en suspension dans les eaux, et peu à peu formait ces énormes dépôts dont ils voyaient maintenant un des plus curieux échantillons.

« Voilà, dit Marcel, la solution d'un problème qui a longtemps préoccupé les savants de la Terre et suggéré bien des hypothèses. On se demandait d'où pouvait provenir la teinte sombre et verdâtre que l'on remarquait dans les immenses dépressions lunaires et que l'on s'acharnait à expliquer par la présence d'une végétation du reste inexplicable. Il est évident que cette mousse minérale absorbe une grande partie des rayons lumineux qui la frappent; la lumière réfléchie par ces larges étendues est donc très faible, si on la compare à celle que renvoient les continents et les roches dénudées.

— Eh bien! fit lord Rodilan, que cet entretien avait vivement intéressé, notre exploration n'aura pas été inutile si elle enrichit d'une découverte de plus la science astronomique. »

Ils continuèrent leur marche, s'enfonçant toujours de plus en plus dans le lit de cet ancien océan. Parfois, ils rencontraient quelques cratères de médiocre élévation qui formaient sans doute jadis des volcans sous-marins, et, en songeant à la multiplicité de ces exutoires que l'on rencontrait partout à la surface de la Lune, même au sein des mers, on ne pouvait s'empêcher de se demander

« AH! S'ÉCRIA MARCEL, UN CRATÈRE RAYONNANT! » (p. 312).

quelle force puissante avait eue le feu intérieur qui remplissait la planète, et quelles effroyables révolutions ces expansions incessantes avaient produites dans l'écorce solide qui le recouvrait sans le comprimer.

Ils avaient atteint l'extrême profondeur de la mer qu'ils parcouraient, et cette profondeur était évaluée par Marcel à plus de quatre kilomètres.

Là, la mousse minérale qui tapissait le sol était accumulée en couches plus épaisses, et lorsque la nécessité de prendre du repos les obligeait à s'arrêter, les trois habitants de la Terre auraient pu se croire couchés sur un épais tapis de gazon et se figurer qu'ils se trouvaient au creux de quelque vallon de la Suisse ou des Pyrénées, si le silence et la désolation qui régnaient autour d'eux ne les eussent rappelés au sentiment de la réalité.

L'aspect de cette couche uniformément teintée d'un vert sombre, sur laquelle aucun arbre n'étendait son ombrage, que n'émaillait aucune fleur, dont aucune brise n'agitait l'implacable immobilité, les pénétrait d'une insurmontable tristesse.

Ils avaient hâte d'échapper à cette influence qui déprimait leurs âmes.

Aussi lorsque Rugel s'engagea dans la direction qui devait les ramener sur le continent, ils le suivirent avec empressement, et ce fut avec une sorte de sentiment de délivrance qu'ils foulèrent de nouveau ce que, dans le monde qu'ils avaient quitté, on aurait pu appeler la terre ferme.

Ils se trouvaient alors sans transition dans une région tourmentée, où, à mesure qu'ils avançaient, la marche devenait de plus en plus pénible. D'énormes boursouflures, des abîmes aux parois taillées à pic les obligeaient à chaque instant à modifier leur route. Ils se dirigeaient toutefois sensiblement vers le nord où, à l'horizon, apparaissait un cratère qui semblait être le but que Rugel voulait atteindre. Sur la foi de leur guide, ils allaient bravement ; les merveilles dont ils avaient été les témoins leur étaient un sûr garant qu'ils seraient récompensés de leurs peines.

Arrivés sur la dernière des crêtes qui formaient cette région montagneuse, ils virent s'étendre à leurs pieds une plaine assez vaste au milieu de laquelle se dressait, dans un majestueux isolement, le cratère dont ils avaient déjà de loin distingué le sommet.

Le sol qu'ils avaient sous les yeux présentait un aspect tout particulier : du sommet de la montagne où s'ouvrait le cratère, partaient des sortes de rayons d'une blancheur éclatante qui s'allongeaient en lignes rigides sur ses flancs et très loin dans la plaine, où, diminuant peu à peu de largeur, ils finissaient par s'éteindre. Entre ces traînées lumineuses, le sol rocheux paraissait terne et presque sombre. Marcel, Jacques et lord Rodilan étaient restés frappés de surprise et d'admiration.

« Ah! s'écria Marcel, un cratère rayonnant! »

Rugel souriait. L'étonnement de ses amis semblait lui causer une vive satisfaction.

« J'aurais voulu pouvoir, leur dit-il, vous faire visiter le gigantesque cirque auquel vos astronomes ont, comme vous me l'avez dit, donné le nom du savant Tycho-Brahé; le temps et les moyens nous manquent. Mais j'ai voulu du moins vous mettre sous les yeux un spécimen de l'un des plus étonnants phénomènes cosmiques que présente notre planète. Encore quelques pas et vous allez pouvoir l'examiner de près. »

On était descendu dans la plaine et l'on s'avançait vers le plus voisin de ces étranges rayons.

A mesure qu'on s'approchait, on distinguait sur le sol comme une couche régulièrement distribuée de matières vitrifiées et polies, unies comme une glace, et qui réfléchissaient dans toute son intensité l'ardente lumière du soleil.

« Nos savants, dit Rugel, donnent de ce phénomène l'explication suivante : Aux temps où la surface lunaire commençait à se solidifier et où le feu central était encore dans toute son activité, il se formait, au sein de la masse ignée, d'énormes quantités de gaz et de vapeurs. Sur certains points où la pression intérieure était plus irrésistible, soit parce que la croûte était plus mince, soit parce que la cheminée du volcan était insuffisante pour livrer passage aux matières gazéiformes, l'écorce a dû, tout autour du cratère, s'étoiler. Par là, s'échappaient des gaz portés à une température dont nous ne saurions nous faire l'idée, et, sous l'action de cette chaleur d'une intensité formidable, le sol s'est vitrifié, les bords des fissures se sont soudés, et ainsi se sont formés ces rayons réguliers et brillants qui doivent présenter à ceux qui les contemplent de loin un si étrange aspect.

— Voilà, dit Marcel, qui va mettre fin à toutes les controverses sur ce point, et donner pleinement raison à la théorie formulée par l'un des plus célèbres astronomes de la Terre (1) qui seul a entrevu la vérité. »

L'ascension du cratère fut longue et difficile.

Le sol inégal et hérissé de nombreuses aspérités, de boursouflures scoriformes ne permettait aux voyageurs de s'avancer qu'avec une extrême lenteur. Mais lorsqu'ils eurent atteint le sommet, le spectacle éblouissant qu'ils avaient sous les yeux leur eut bientôt fait oublier leur fatigue.

De leurs pieds partaient une infinité de bandes lumineuses qui formaient comme autant de rayons d'une étoile gigantesque qui serait tombée du ciel, et ces surfaces polies et transparentes, en décomposant la lumière, faisaient resplendir toutes les couleurs du prisme.

« Que cela est beau! s'écria Marcel. Sur ce monde aride et désolé, la nature a encore trouvé le moyen de produire des effets grandioses, et notre vieille Terre, toute variée qu'elle est, ne présente nulle part rien de pareil.

— Admirons, dit Rugel, l'Être Souverain qui, jusque dans la mort, imprime à toutes ses œuvres les marques de sa suprême grandeur et de son inépuisable magnificence. »

Jacques et lord Rodilan regardaient en silence. L'âme rêveuse de l'un, l'esprit sceptique de l'autre étaient comme écrasés par la majesté de ce tableau sublime.

Il fallut cependant s'arracher à cette contemplation :

« Nous voici arrivés, continua Rugel, aux limites extrêmes de la région que les habitants de la Lune ont jusqu'ici explorée. Lorsque je vous ai parlé de la possibilité de pousser plus loin nos

(1) M. Camille Flammarion.

recherches, vous avez accueilli avec enthousiasme ma proposition. En ce moment, et en présence des difficultés qui nous attendent, des périls que nous aurons peut-être à surmonter, j'hésite à poursuivre cette entreprise. Si elle devait avoir une issue funeste, je ne me pardonnerais pas de vous y avoir engagés..... »

Marcel l'interrompit vivement :

« Merci, ami Rugel, de votre sollicitude, mais nous ne sommes pas gens à reculer devant des obstacles quels qu'ils soient. Ceux qui ont franchi la distance qui sépare la Lune de la Terre ne se laisseront pas effrayer par quelques taupinières à gravir ou quelques fossés à traverser.

— Des fossés! des taupinières! répondit Rugel en souriant; mais qu'en pensent vos deux compagnons?

— J'irai partout où vous irez, dit Jacques. J'ai, moi aussi, le culte de la science, et si ce voyage doit nous apporter quelques révélations nouvelles, je veux ma part de cette gloire. D'ailleurs, j'ai la certitude que nous en reviendrons sains et saufs; je suis assuré de revoir la Terre.

— Pour moi, dit lord Rodilan avec ce flegme qui ne l'abandonnait jamais dans les circonstances les plus graves, je ne demande qu'à aller de l'avant. S'il y a du danger, eh! bien tant mieux; c'est un attrait de plus. Je devrais depuis longtemps être mort; peu importe maintenant tout ce qui peut m'arriver.

— Eh! bien, soit, fit Rugel. Nous allons nous lancer dans l'inconnu. »

Après un repos de quelques jours (1) et un examen minutieux de tous les appareils dont ils étaient munis, et qui se trouvèrent en parfait état, les voyageurs prirent résolument la direction de l'est.

Pendant un mois leur route se poursuivit dans la même direction, et, à leur grande surprise, la région qu'ils traversaient avait un tout autre aspect que celle qu'ils avaient déjà parcourue. Le sol granitique sur lequel ils marchaient n'offrait plus ces

_____

(1) Il s'agit, ici comme ailleurs, du jour terrestre, c'est-à-dire d'un espace de temps de vingt-quatre heures.

aspérités violentes, ces brusques redressements des couches infé-
rieures qui donnaient à l'autre hémisphère de la Lune un caractère
si tourmenté. Devant eux s'étendaient d'immenses espaces, dont

Ils étaient obligés d'en accomplir l'escalade (p. 357).

la surface presque plane ne présentait que de faibles ondulations.
Rien n'arrêtait leur marche, rien ne bornait leurs regards; toujours l'horizon fuyait devant eux, et, quelque part qu'ils fussent,
formait un cercle parfait dont ils étaient toujours le centre.

La nuit de 354 heures les avait surpris, puis avait fait place à un jour de longueur égale, et toujours ils s'avançaient dans ces mornes solitudes où ne vibrait aucun cri, où nul vent ne soulevait la poussière sous leurs pas, où tout était immobile et figé.

C'était comme une mer immense surprise dans le calme et soudainement pétrifiée. N'eût été la teinte sombre des roches qu'ils foulaient aux pieds, ils auraient pu se croire dans les vastes déserts du Sahara.

Mais là, nulle oasis ne venait offrir à leurs regards altérés l'ombrage de ses palmiers et le murmure de ses fontaines. Nulle caravane ne les saluait au passage; ils allaient, ils allaient toujours guidés seulement par les étoiles.

Il fallait aux voyageurs des âmes solidement trempées, des cœurs intrépides pour ne pas succomber sous le poids de cet effrayant isolement.

Marcel et ses deux amis n'avaient jamais, aux heures mêmes les plus tristes, senti fléchir leur résolution; mais, malgré leur fermeté, ils avaient été peu à peu pénétrés d'un sentiment de deuil, et, dans ces libres espaces, ils étaient oppressés comme au fond d'un sépulcre.

Parfois, Marcel essayait de réagir, et il lui venait aux lèvres des paroles d'encouragement où il s'efforçait de mettre quelque gaîté. Mais ses tentatives restaient sans écho : la mélancolie de Jacques semblait s'être augmentée, et lord Rodilan ne retrouvait plus sa joyeuse humeur, et sa bonhomie narquoise. Rugel restait grave; son visage n'avait rien perdu de son aménité et de sa douceur. Il paraissait inaccessible à la fatigue; sur ce cœur que remplissait l'amour de la science, le découragement n'avait aucune prise.

La troupe des Diémides marchait avec un merveilleux ensemble, où ne se trahissait aucune défaillance. Recrutés parmi les plus jeunes, les plus vigoureux et les plus intelligents de leur classe, ils comprenaient toute l'importance de la mission qu'avait acceptée leur chef, et comme ils avaient en lui une confiance absolue, ils n'avaient aucun doute sur le résultat final de l'entreprise.

La seconde période de nuit venait de s'achever et déjà les

premiers rayons du soleil inondaient le ciel lorsqu'apparut à l'horizon une ligne noire et irrégulière que les voyageurs saluèrent avec joie. On allait donc enfin sortir de cette interminable plaine! A côté de cette désespérante monotonie, la contrée la plus abrupte et la plus difficile allait leur offrir, au moins, l'image de la vie.

Ils arrivèrent bientôt au pied d'une sorte de muraille formée de blocs gigantesques d'un basalte noir et poli qui se dressaient brusquement comme si, dans une poussée d'une incalculable puissance, les masses ignées, déchirant la surface du sol, s'étaient élancées dans l'espace, puis, subitement saisies par la basse température du milieu ambiant, s'étaient cristallisées sans se déformer.

Ce formidable soulèvement se prolongeait à perte de vue dans la direction du nord et dans celle du sud; il ne fallait pas songer à le contourner, et l'on prit la résolution de le traverser en s'orientant toujours vers l'est.

L'entreprise était difficile et de nature à faire reculer des hommes moins résolus.

Entre les blocs violemment projetés, et qui, le plus souvent, s'entrecroisaient et s'enchevêtraient à leur base, on ne rencontrait que d'étroits et dangereux passages, à peine assez larges pour qu'on pût y pénétrer un à un, et dont le sol, lisse comme une surface glacée, rendait la marche incertaine et périlleuse. A chaque instant le pied glissait; des chutes se produisaient qui auraient pu devenir fatales si les voyageurs n'eussent pris la précaution de s'attacher les uns aux autres à l'aide de longues cordes. Et lorsque l'un d'eux venait à perdre pied, et menaçait de tomber dans quelque étroite fissure où il se serait immanquablement broyé, il était retenu par ceux qui le précédaient et le suivaient. Puis il fallait à grand'peine, en halant sur la corde, le ramener à la surface du sol et reprendre la marche interrompue.

Parfois ils se trouvaient en face de quelque bloc colossal dont la masse compacte n'offrait aucun passage. Ils étaient obligés alors d'en accomplir l'escalade. Quelques Diémides, hissés sur les épaules de leurs compagnons, creusaient dans la roche vive,

à l'aide des pics dont ils étaient munis, des trous dans lesquels
ils enfonçaient des tiges de fer; puis, montés sur ces échelons
improvisés, ils creusaient de nouveaux trous au-dessus de leur
tête, et s'élevaient ainsi jusqu'au sommet de l'obstacle. Tous les
suivaient, et plus d'une fois lord Rodilan, suspendu des pieds
et des mains à cette échelle de perroquet, s'admira d'avoir conservé une souplesse et une vigueur de membres qui lui permettaient d'exécuter ces tours de force acrobatiques.

Le bloc franchi, on se trouvait en présence de nouvelles
difficultés et de nouveaux périls.

Mais les merveilleux spectacles qu'offrait, aux regards de
Rugel et de ses amis, cette nature étrangement convulsionnée,
les récompensèrent largement de leurs peines.

Là se dressaient, rangées dans un ordre symétrique parfait,
de longues séries de colonnes énormes, aux fûts cylindriques,
aux chapiteaux qu'on eût dit ciselés par la main des artistes les
plus délicats.

Ailleurs, de fines nervures, se détachant des épaisses murailles,
allaient se rejoindre en voûtes ogivales, et l'on se fût cru dans
quelqu'une de ces cathédrales gothiques élevées par la foi ardente
et mystique des chrétiens du Moyen-âge.

Souvent des cannelures, pressées et disposées en étages, de
hauteur et de dimensions différentes, figuraient des orgues colossales, et l'on s'étonnait de ne pas entendre jaillir de leurs flancs
des torrents d'harmonie.

Dans leur formation capricieuse, les roches affectaient les
formes les plus variées : ici Marcel montrait du doigt à ses compagnons un antique burg semblable à ceux qui dominent les bords
du Rhin. Tout y était : les longs remparts dentelés de créneaux,
percés de meurtrières, flanqués de distance en distance de tours
en poivrières, et surmontés d'un donjon d'où il semblait que tout
à l'heure allait retentir la voix du guetteur annonçant l'arrivée
de nobles visiteurs.

Ailleurs encore, c'étaient d'imposantes cathédrales, avec leurs
puissants contreforts, leurs arceaux hardis, leurs flèches fines
dressant vers le ciel leurs pointes aiguës.

Un instant même, lord Rodilan, saisissant le bras de Jacques, l'arrêta soudain :

« Oh! s'écria-t-il, l'abbaye de Westminster! »

Devant eux en effet se détachait, isolé dans un large espace,

Les roches affectaient les formes les plus variées (p. 358).

comme une merveilleuse construction gothique, aux sveltes colonnettes, aux ogives régulières, aux rosaces dentelées, qui rappelait à s'y méprendre le bijou architectural qui mire ses dentelles de pierre dans les flots de la Tamise.

« Voilà qui est tout à fait surprenant, dit Jacques, et les caprices de la nature sont infinis! Jamais, il faut l'avouer, le ciseau des plus habiles artistes n'a rien produit de plus régulier, de plus fini, de plus parfait. »

Rugel et Marcel s'étaient arrêtés saisis d'admiration, et derrière eux la troupe des Diémides eux-mêmes restait muette de surprise.

Aucun œil humain n'avait jamais contemplé ces sublimes spectacles, et tous se sentaient au cœur l'orgueil légitime d'avoir osé pénétrer dans ces régions inaccessibles pour en surprendre les étonnants secrets.

Ils allaient, et les palais fantastiques succédaient aux basiliques énormes, aux arènes démesurées qui semblaient disposées pour recevoir des foules innombrables de spectateurs. Et sur tous ces trésors d'architecture dont l'imagination la plus riche n'aurait pu même concevoir l'étonnante variété, le soleil versait ses rayons dont rien ne tempérait l'intensité. Sous la lumière ardente ces murs, ces pilastres, ces colonnes, ces gradins, ces obélisques, ces pyramides resplendissaient d'un éclat éblouissant.

Cet amoncellement de merveilles laissait bien loin derrière lui tout ce que, sur la Terre, avaient célébré les voyageurs enthousiastes ou chanté les poètes, les colonnades fameuses de la côte d'Antrim et la Chaussée des Géants dont se glorifie l'Irlande, ou même la grotte de Fingal où se réunissent, par les nuits glacées, de pâles spectres, héros des légendes d'Ossian, qui viennent y deviser encore de bataille et d'amour.

Malgré les difficultés de tout genre que présentait la marche à travers ces masses désordonnées, ce fut avec un sentiment de regret que les voyageurs s'éloignèrent, et souvent ils retournèrent la tête pour voir encore une fois, avant qu'elles ne disparussent à l'horizon, les silhouettes bizarres de ces édifices monstrueux qui semblaient bâtis par la main des génies.

La contrée dans laquelle ils pénétrèrent au sortir de la région basaltique offrait un aspect tout différent. Là, par une étrange fantaisie de la nature, les antiques commotions du sol avaient projeté à la surface une énorme couche de roches primitives où

dominaient les porphyres. La route était devenue plus facile, car
le refroidissement semblait avoir saisi la masse en fusion dans un
moment d'accalmie. Sauf quelques blocs semés au hasard, aucun
obstacle sérieux ne venait retarder leur marche.

Mais sous leurs pieds tout était d'un rouge de sang ; les roches
qu'ils frôlaient présentaient à leurs regards étonnés tantôt des
traînées sanglantes, tantôt la teinte rosâtre et violacée de chairs
fraîchement égorgées.

Les habitants de la Lune, étrangers à toute idée de carnage
et de meurtre, ne ressentaient d'autre impression que celle d'une
curiosité excitée par ce spectacle nouveau. Mais Marcel et ses deux
amis qui, sur la Terre, avaient été souvent témoins des fureurs
des hommes, qui avaient vu couler le sang et se tordre sur les
champs de bataille des corps mutilés, se sentaient saisis d'un
sentiment d'horreur. Leur imagination évoquait le souvenir de
ces scènes cruelles ; ils se sentaient oppressés, et poussèrent un
soupir de soulagement lorsqu'ils quittèrent enfin cette région qui
leur semblait maudite.

Des nuages! de vrais nuages!... (p. 361).

CHAPITRE XI

L'ÉRUPTION

La petite caravane continuait intrépidement sa marche vers l'est. La nuit s'était faite de nouveau dans le ciel resplendissant de mille feux, et la transparence de l'éther était telle que l'œil y distinguait sans peine jusqu'aux étoiles de la dixième grandeur.

La Voie lactée, qui zébrait la voûte céleste au-dessus de leurs têtes, leur apparaissait non plus comme une traînée de lumière diffuse, mais comme une accumulation d'innombrables soleils que l'éloignement faisait paraître tout rapprochés l'un de l'autre et qui brillaient chacun d'une lumière propre.

. Ils traversaient alors un continent assez semblable à ceux qui se rencontrent en grand nombre sur la surface visible de la Lune : c'étaient les mêmes cratères serrés, trouant de toutes parts l'écorce rocheuse, de dimensions inégales, et qu'il fallait à chaque instant contourner, tout en conservant la direction fixée. Ils s'étaient arrêtés pour prendre quelque repos. Tous, lassés d'une longue marche, s'étaient abandonnés au sommeil, lorsque l'un des Diémides se releva tout à coup en donnant tous les signes d'une grande surprise.

Il s'approcha de Rugel :

« Maître, lui dit-il, si je ne m'abuse, mon oreille vient de percevoir dans les profondeurs du sol comme un sourd grondement : on eût dit des chariots roulant sur un pont de fer..... »

Sans le laisser achever, Rugel se baissa, d'un geste commanda le silence et, appliquant son oreille sur la roche nue, il écouta attentivement.

Un bruit encore lointain se faisait entendre, transmis par les vibrations de la croûte solide.

Il réveilla en hâte Marcel et ses deux compagnons :

« Je crois, leur dit-il, que quelque formidable cataclysme se prépare, et que nous allons être témoins d'une de ces convulsions de la nature qui jadis étaient si fréquentes sur notre globe et qui lui ont fait une surface si étrange et si tourmentée. »

Le bruit souterrain était devenu plus distinct : on le percevait sans qu'il fût besoin de s'incliner vers le sol. Tous les Diémides étaient debout et leur attitude trahissait leur appréhension.

« Je croyais, dit Marcel, que depuis une longue suite de siècles la surface de la Lune était complétement refroidie, et que le feu central était relégué à des profondeurs telles qu'il lui était à jamais impossible de se faire jour au dehors.

— Mais, fit observer Jacques, cette théorie est-elle bien établie, et certains astronomes terrestres n'ont-ils pas, même de nos jours, constaté à plusieurs reprises des changements appréciables survenus sur la partie visible, telle que l'apparition de nouveaux cratères, des modifications dans la forme de ceux qu'on connaissait déjà?

— Tout cela est bien vague, répondit Marcel, et n'a pas le caractère de vérités scientifiquement démontrées. »

Rugel les interrompit.

« Depuis que l'humanité lunaire a été obligée, dit-il, de renoncer à vivre au dehors et de se renfermer dans les cavernes qui abritent maintenant son existence, aucune commotion profonde n'est venue modifier la partie du sphéroïde qui s'étend au-dessus de nos têtes. Mais le feu intérieur qui entretient notre vie occupe encore au centre un espace considérable et son action est toujours à craindre. L'accident qui a eu lieu dans la cheminée de notre ascenseur et dont vous avez failli devenir victimes, prouve bien que les gaz qui se forment à l'intérieur et y sont soumis à une formidable pression peuvent parfois trouver des fissures par lesquelles ils s'échappent et tendent à se répandre au dehors. Il est fort possible que, là où nous nous trouvons, un phénomène de la même nature se produise, et que nous assistions à quelque redoutable éruption. Aussi convient-il de ne pas rester plus longtemps dans cette contrée toute semée de rochers, et de regagner un espace largement découvert où nous nous trouverons moins exposés. »

Les voyageurs revinrent sur leurs pas et s'arrêtèrent dans une vaste plaine qu'ils avaient traversée au sortir de la région des porphyres. Les roulements souterrains se faisaient toujours entendre, et déjà sous les pieds le sol commençait à se mouvoir. Mais ce n'était pas comme sur notre globe, lorsque se manifestent ces secousses profondes qu'on appelle des tremblements de terre, des ondulations à amplitude plus ou moins étendue. La densité et l'épaisseur de la croûte rocheuse qui recouvrait les feux intérieurs ne pouvaient se prêter à ces mouvements qui ressemblent à ceux des vagues de l'Océan : c'était une sorte de trépidation continue, d'agitation sur place, au milieu de laquelle on distinguait de sourds craquements.

Ces symptômes parurent à Rugel menaçants : il conseilla de s'éloigner encore du point qui paraissait le centre de ce phénomène géologique.

On n'en eut pas le temps.

Un bruit sourd, transmis par les couches solides, éclata tout à coup, semblable à la décharge lointaine de cent pièces d'artillerie tirant à la fois. En même temps l'espace s'éclaira d'une lumière sanglante. L'un des cratères dont ils pouvaient encore apercevoir le sommet venait de s'ouvrir.

La force expansive des gaz avait projeté dans l'air, à une hauteur incalculable, l'obstacle des laves refroidies qui depuis des siècles fermaient sa cheminée, et de cette ouverture béante s'élançait dans le ciel une énorme colonne de matières en fusion. Cette colonne montait droit dans l'espace : au centre elle paraissait d'or liquide, sur les bords elle était d'un rouge sombre, et à sa périphérie brûlaient des flammes vertes et violettes.

Ce torrent de feu, qui s'élançait hors du cratère, entraînait avec lui d'énormes blocs incandescents qui, brusquement saisis par le froid de l'espace, éclataient en gerbes d'étincelles.

Et, dans ce milieu privé d'air, aucune onde sonore ne venait apporter aux oreilles des assistants le bruit de ces détonations qui, dans l'atmosphère terrestre, eussent été formidables. Ce gigantesque vomissement de flammes, s'épanouissant en silence dans une nuit profonde, semblait avoir quelque chose de surnaturel qui glaçait l'âme d'une religieuse terreur. En même temps, sortaient du volcan d'épaisses fumées, chargées d'une effroyable quantité de cendres et de scories qui, s'élevant en un dôme sinistre, formèrent bientôt comme une voûte sombre qui cacha le ciel tout entier.

Les étoiles avaient disparu; les lampes électriques, dans ce milieu saturé de molécules solides, ne jetaient plus que de blafardes lueurs.

Ce spectacle d'une sublime horreur avait frappé tous les cœurs d'une indicible épouvante.

Malgré la trempe solide de leurs âmes, Rugel et ses trois compagnons se sentaient anéantis par la grandeur terrifiante de cette convulsion de la nature lunaire, dont rien de ce qui se passe sur la Terre n'aurait pu donner une idée. Les Diémides affolés s'étaient groupés tremblants autour de leur chef. Il semble en effet que, dans ces grands cataclysmes, les êtres d'une intelligence inférieure se rapprochent d'instinct de ceux dont ils ont constaté la supériorité morale.

Après un instant de trouble et d'hésitation, les quatre cœurs vaillants s'étaient ressaisis.

Le sol tremblait sous leurs pas et menaçait à chaque instant de s'entr'ouvrir; au-dessus de leurs têtes s'épaississaient de sombres

Cette colonne montait droit dans l'espace... p. 366.

et impénétrables nuages : ils restaient impassibles, immobiles et les bras croisés sur la poitrine, opposant aux éléments déchaînés qui menaçaient leur frêle existence le calme tranquille d'une indomptable énergie. Résignés, ayant fait le sacrifice de leur vie, ils étaient tout entiers à la contemplation de cette scène imposante.

Cependant les matières projetées par le volcan à de prodigieuses hauteurs commençaient à retomber sur le sol mouvant.
C'était une pluie de cendres auxquelles étaient mêlés des quartiers de rocs brûlants qui rebondissaient autour d'eux.

« Il faut nous disperser, dit Rugel, et nous éloigner le plus
possible de ce lieu funeste. »

Sur un signe de lui les Diémides s'écartèrent; ils offraient
ainsi moins de prise aux pierres dont la chute devenait de plus
en plus abondante.

Et tous, d'une course précipitée, s'élancèrent dans la direction
de l'ouest.

Comme des chefs jaloux du salut de ceux qu'ils commandent
et qui tiennent à rester les derniers au péril, Rugel et les trois
habitants de la Terre fermaient la marche pour veiller à ce que
personne ne restât en arrière. Mais leur mouvement de retraite
était à peine commencé, que deux des Diémides roulèrent à terre,
atteints par la pluie des pierres qui ne cessaient de tomber.

Les autres Diémides, qui fuyaient, ne les avaient pas aperçus.
Rugel et ses compagnons se précipitèrent: mais déjà, de leurs
appareils, brisés, l'air vital s'était échappé, l'asphyxie était
complète.

Marcel et Jacques, obéissant à un sentiment généreux, se
baissaient pour soulever les cadavres et les emporter; Rugel les
arrêta d'un geste :

« Ces malheureux sont morts, dit-il, aucun effort humain ne
saurait les rappeler à la vie; ne nous embarrassons pas d'un
pareil fardeau. Nous n'avons d'autre chance de salut que de nous
éloigner au plus vite du cercle dans lequel tombent les cendres
et les scories. Plus tard, si nous sommes encore vivants, nous
reviendrons ici rechercher leurs dépouilles et leur adresser un
suprême adieu. »

Ils reprirent leur course.

Les Diémides qui les précédaient n'avaient pas tardé à s'apercevoir de leur absence. Inquiets et négligeant le soin de leur
propre salut, ils revenaient sur leurs pas. Rugel leur commanda
de continuer leur marche et leur renouvela l'ordre de s'écarter

les uns des autres, afin que si quelque nouveau malheur venait
à se produire, le nombre des victimes s'en trouvât diminué.

Au bout de quelques heures de cette fuite éperdue, la situation devint moins menaçante : la chute des débris rocheux avait
cessé; il ne tombait plus maintenant que des cendres fines et
déjà refroidies, formant une couche épaisse qui retardait leur
marche. Mais déjà ils étaient à l'abri du péril.

Tous se réunirent autour de Rugel :

« Amis, leur dit-il, l'effroyable cataclysme auquel nous venons
d'échapper a fait parmi nous deux victimes. Il nous sera impossible de rapporter à ceux qu'ils laissent après eux leur dépouille
mortelle; ils ne reposeront pas au milieu de leurs parents et de
leurs amis, mais leur souvenir ne périra pas et leur nom demeu-
rera à jamais gravé sur le marbre, dans le Temple où nous
gardons pieusement le culte de ceux qui ont fait, dans l'intérêt
de tous, le sacrifice de leur vie. Aussitôt que nous pourrons nous
rapprocher du lieu où ils sont tombés, nous irons leur rendre les
derniers devoirs et nous reprendrons avec un nouveau courage
notre route vers le but que nous nous sommes assigné. »

L'éruption se continua pendant plusieurs jours. A la distance
où se trouvaient maintenant les voyageurs, on distinguait encore
à l'horizon la fauve lueur de la colonne de feu que vomissait le
cratère. Mais peu à peu son intensité diminua; elle passa du
jaune clair au rouge sombre, puis finit par s'éteindre tout à
fait.

Toutefois le sol restait secoué de faibles trépidations, et il n'était
pas encore prudent de s'avancer sur ce terrain qu'agitaient les
dernières commotions du feu intérieur. Force fut donc d'attendre
que la nature, remise de cet ébranlement, eût retrouvé son calme
et son immobilité précédente. On revint alors en arrière et on
atteignit l'endroit où gisaient les deux infortunés que la mort
avait surpris. On eut quelque peine à les retrouver : la cendre
échappée du volcan avait étendu sur eux son sinistre linceul, et
il fallut fouiller longtemps l'épaisse couche avant d'arriver jusqu'à eux. Un trou fut creusé dans le roc; les deux cadavres
y furent couchés côte à côte.

Debout, au milieu de tous les autres qui avaient fléchi le genou, Rugel étendit les mains et dit :

« Reposez en paix, vous qui êtes morts à la fleur de votre âge sur cette route où l'amour de la science et le sentiment du devoir vous avaient engagés à notre suite. Puisse l'Esprit Souverain recevoir vos âmes dans sa tranquille paix, et vous réserver une existence nouvelle dans quelque monde supérieur! »

Au-dessus d'eux on accumula d'énormes quartiers de rocs et l'on édifia un monument funèbre qu'aucun œil mortel ne devait jamais revoir.

Après quelques jours consacrés au repos, la marche fut reprise; mais tous avaient dans l'âme un sentiment de tristesse. La longueur du voyage, la communauté des fatigues avaient resserré entre tous les membres de cette expédition sans précédent les liens d'une sympathie fraternelle; ils formaient comme une sorte de famille, et la mort de ceux qui avaient succombé avait fait naître dans tous les cœurs une impression qui, sans diminuer leur ardeur, laissait dans leur esprit une trace profonde.

On ne pouvait songer à reprendre directement le chemin qu'on avait précédemment suivi.

L'agitation encore sensible de la croûte solide, l'épaisseur de la couche de cendres rendaient la route difficile et même périlleuse. Il fallut donc contourner cette région en remontant vers le nord pour reprendre, après l'avoir évitée, la direction de l'est.

Cette partie du trajet, accomplie au milieu d'épaisses ténèbres, fut particulièrement pénible.

Il fallait marcher avec une grande précaution : car, à chaque instant, on voyait s'ouvrir sous ses pas des crevasses, parfois même de larges précipices, où la chute eût été sans remède, tant était grande leur profondeur, tant leurs parois étaient hérissées d'aspérités aiguës et tranchantes.

L'action du volcan s'était fait sentir bien au delà du rayon dans lequel étaient retombées les matières projetées par l'éruption.

Tout était bouleversé. Il semblait que tous les blocs qui se dressaient à la surface, ébranlés par la commotion, n'avaient pas encore repris leur équilibre et menaçaient sans cesse d'écraser les téméraires qui osaient violer le mystère de ces solitudes.

On marcha longtemps encore, et l'on vit une fois de plus le jour lunaire succéder à la nuit.

Mais aussi loin que la vue pouvait s'étendre, on n'apercevait qu'une immense plaine dont rien ne venait rompre l'uniformité. C'était comme un autre Sahara où régnaient l'immobilité, le

Deux Diémides roulèrent à terre... (p. 358).

silence et la mort. Le cercle de l'horizon s'arrondissait en une courbe inflexible, comme celle de l'Océan quand la mer est calme, et reculait sans cesse à mesure qu'on avançait vers lui.

Où allait-on ainsi? Quand donc verrait-on la fin de cet interminable voyage?.....

On avançait toujours; mais ce n'était plus l'ardeur presque joyeuse des premiers temps. Peu à peu tous s'étaient sentis gagnés par l'infinie tristesse qui se dégageait de ces mornes espaces.

Ils marchaient maintenant alourdis et pensifs; ils n'échan-

geaient plus entre eux que de rares paroles ; le découragement
semblait les gagner.

L'âme de Jacques, plus impressionnable peut-être que celle
de ses amis, se sentait envahie d'une poignante angoisse. Jusque-
là, les incidents de la route l'avaient intéressé, avaient soutenu
son courage. Mais maintenant il se sentait oppressé; on eût dit
que tout le poids de cette nature morte retombait sur lui comme
pour l'écraser. Il n'allait plus que d'un pas hésitant, s'attardait
parfois, restait en arrière, et semblait ne suivre ses compagnons
qu'avec regret.

Marcel s'en aperçut :

« Ami, lui dit-il, je crains que les forces ne soient pas à la
hauteur de ton énergie. L'œuvre que nous avons entreprise est
plus difficile à remplir que je ne l'avais pensé tout d'abord, et
peut-être t'ai-je entraîné trop loin. Mais quel que soit mon désir
de sonder l'inconnu de ce monde que nous allons bientôt quitter,
je suis prêt, si tu le désires, à revenir sur mes pas.

— Merci, mon cher Marcel; je n'ai jamais douté de ton cœur
et je sais que tu me sacrifierais sans regret les plus chères espérances. Je me sens, je l'avoue, en proie à un affaissement dont
je m'étonne moi-même. C'est sans doute la désespérante monotonie de ce désert sans fin, où nous semblons perdus, qui réagit
sur mon âme. Je me demande parfois si le but que nous poursuivons n'est pas une chimère, et si nous ne sommes pas destinés
à le voir fuir sans cesse devant nos yeux comme ces ombres
qu'on poursuit en rêve sans jamais les atteindre.

— Comment croire cependant que les traditions sur la foi
desquelles nous nous sommes engagés dans cette aventure aient
pu se transmettre ainsi, sans varier jamais, de génération en
génération, si elles ne renferment pas un fond de vérité?
Peux-tu penser que Rugel, si avisé et si prudent, eût consenti à
nous servir de guide, s'il n'y avait là que de décevantes rêveries?

— Quel fond sérieux peut-on faire sur de vagues indices que
semble démentir tout ce que nous connaissons déjà du monde
lunaire ? Avons-nous donc jamais rencontré quoi que ce soit qui
ressemble à des traces de vie même végétale? Non, tout est bien

mort sur la surface de ce monde vieilli, et c'est folie de croire
qu'il peut s'y trouver encore autre chose de vivant que les
imprudents qui s'y hasardent.

— Ah! si tu en es là, il faut revenir sur nos pas. »

Et dans la voix de Marcel perçait une nuance de regret.

« Qui parle de revenir sur ses pas? dit lord Rodilan. Sommes-
nous donc venus jusqu'ici pour reculer honteusement, et sommes-
nous donc comme des enfants qui se dépitent et se découragent
parce qu'ils n'ont pu saisir du premier coup l'objet de leur
convoitise?

— Oh! je sais, mylord, que rien ne saurait vous arrêter.
C'est que rien aussi ne vous rappelle en arrière. Nous voici parvenus presque au milieu de la surface invisible du satellite, à
plus de mille lieues de notre point de départ, et nous n'avons
encore rien découvert de ce que nous venons chercher. Il n'y
a pas de raison pour que cela finisse. Avez-vous donc résolu de
faire le tour entier de la Lune?

— La perspective, fit lord Rodilan, n'aurait rien pour me
déplaire. L'expédition, vous ne pouvez le contester, a été jusqu'ici
suffisamment accidentée, et nous voyageons dans des conditions
qui, étant donné le monde où nous nous trouvons, ne manquent
pas de confortable. Avec les appareils dont nous sommes munis,
nous bravons les atteintes du froid; je commence à me résigner
à n'être plus nourri que scientifiquement, et nous pouvons, grâce
aux bienfaits de la pesanteur spécifique, accomplir en nous
jouant des trajets devant lesquels reculeraient les plus intrépides
Globe-trotters. Nous gravissons les montagnes avec l'agilité des
clowns; des chutes qui, sur la Terre, seraient mortelles, sont ici
absolument inoffensives, et, sauf le fâcheux accident survenu à
ces deux pauvres diables que nous avons enterrés là-bas, nous
avons accompli un voyage dont le récit fera pâlir de jalousie tous
les Livingstone, les Stanley, les Cameron et même, ne vous en
déplaise, mon cher Jacques, tous les Binger passés, présents et
futurs. »

Rugel s'était approché et, depuis quelques instants, il écoutait
la conversation des trois amis.

« Je comprends, dit-il à Jacques, la lassitude qui vous étreint. Tous tant que nous sommes, nous ressentons aussi l'influence qui vous oppresse. Mais je crois pouvoir vous rassurer et vous affirmer que nous approchons du but que nous nous sommes proposé. En effet, les traditions pieusement conservées parmi nous parlent d'un vaste désert de plusieurs journées de marche, qu'il faut franchir pour arriver à la région qui garde dans ses mystérieuses profondeurs les derniers vestiges de la vie d'autrefois. Depuis longtemps déjà nous marchons; nous devons approcher.

— Eh bien! allons, dit Jacques, que la parole de Rugel avait raffermi; mon courage ne sera pas inférieur au vôtre, et je ne veux pas vous faire perdre le fruit de tant d'efforts. »

On reprit la route avec une nouvelle ardeur.

L'assurance de Rugel avait dissipé tous les doutes; Jacques lui-même paraissait ne plus se sentir de la lassitude et de l'abattement qui avaient un instant triomphé de son énergie.

Cependant le terrain allait s'élevant par une pente insensible, mais rien ne se montrait encore aux regards inquiets et la ligne d'horizon offrait toujours la même implacable rectitude.

Quelques Diémides, formant une sorte d'avant-garde, marchaient à une assez grande distance du gros de la caravane, et leur silhouette se découpait sur le fond du ciel. Tout à coup on les vit s'arrêter et faire de grands gestes d'étonnement. L'un d'eux se détacha bientôt du petit groupe et revint en courant vers Rugel et ses compagnons.

« Maître, dit-il en approchant, je crois que nous avons atteint le terme de notre voyage. »

Tous pressèrent le pas et, au bout de quelques instants, le spectacle qu'ils avaient sous les yeux leur arracha un cri de stupéfaction.

Le désert qu'ils venaient de traverser formait un immense plateau qui, à droite et à gauche, s'étendait à perte de vue, mais dont cependant l'œil pouvait dans le lointain distinguer la forme circulaire.

Devant eux se creusait comme un immense trou au bord

duquel ils étaient arrêtés, dont leurs regards atteignaient à peine l'autre bord, dans l'éloignement, et dont les pentes presque à pic descendaient brusquement.

Dans cette profondeur béante, ô prodige! bien au-dessous de l'arête sur laquelle ils se tenaient pressés, on voyait comme des vapeurs en forme de nuées sur lesquelles le soleil dardait ses rayons; on eût dit les flots floconneux d'une mer immobile.

« Des nuages! de vrais nuages! s'écrièrent à la fois Marcel, Jacques et lord Rodilan.

— Nos traditions n'avaient pas menti, dit Rugel; la vie n'est pas complètement éteinte à la surface de notre monde. Nous allons en explorer les derniers vestiges. »

Au fond de la vallée miroitait un lac immense...
(p. 379).

CHAPITRE XII

LA VALLÉE MYSTÉRIEUSE

La descente s'opéra sans trop de difficultés. La certitude d'avoir atteint le but de leur entreprise, l'étrangeté du phénomène qu'ils avaient sous les yeux et dont rien jusqu'ici n'avait pu leur donner l'idée, l'espérance d'enrichir la science de découvertes nouvelles avaient ranimé tous les cœurs.

On eut bien, à diverses reprises, quelques passages périlleux à franchir; on rencontra bien parfois quelques pentes rapides le long desquelles il fallut se laisser glisser en s'attachant les uns aux autres; des chutes se produisirent nombreuses, mais sans résultat funeste. Qu'était-ce que tout cela pour des hommes qui avaient accompli une si audacieuse odyssée?

A mesure qu'ils se rapprochaient de la couche de vapeurs qui d'en haut leur avaient paru être des nuages, la présence d'une atmosphère encore très raréfiée, mais certaine cependant, commençait à se faire sentir. Leur vue qui, à la surface de la Lune, s'étendait à de prodigieuses distances, était maintenant moins longue; les accidents de terrain se détachaient avec moins de netteté, les contours étaient émoussés, les couleurs moins vives.

On atteignit enfin cette mer mouvante qu'on avait contemplée d'en haut.

Soudain, les voyageurs se trouvèrent enveloppés comme d'un épais brouillard d'un blanc laiteux, assez opaque pour qu'il leur fût impossible de rien distinguer à deux pas devant eux. Ils se sentaient isolés les uns des autres et comme perdus dans un océan sans limite et sans fond. Ils n'osaient faire un pas, ne sachant de quel côté se diriger ou poser le pied, craignant à chaque instant de se séparer de leurs compagnons et de ne pouvoir les retrouver.

Il fallut prendre de nouvelles et minutieuses précautions.

Par l'ordre de Rugel, les lampes électriques furent rallumées; mais leur lumière, que l'épaisseur du brouillard rendait rougeâtre, ne s'apercevait que dans un faible rayon et ne projetait sur le sol qu'une lueur douteuse.

De nouveau, il fallut s'attacher avec des cordes.

Deux des plus vigoureux d'entre les Diémides furent placés à l'avant : armés de pics, ils devaient sonder la route, n'avancer qu'après s'être bien assurés que le sol sur lequel ils posaient le pied pouvait les soutenir.

Dans de pareilles conditions, on ne pouvait descendre que très lentement, et la couche de nuages qu'on avait à traverser était d'une épaisseur considérable.

Rugel expliquait à ses amis que cette épaisseur même devait leur donner la certitude qu'ils trouveraient au-dessous des restes de vie végétale.

« Ces vapeurs accumulées, disait-il, et qui doivent régner en permanence au-dessus de la région inférieure, forment comme un épais rideau qui, pendant que le soleil est sur l'horizon, tempère sa chaleur torride, et, durant les longues nuits lunaires, empêche de rayonner dans l'espace la chaleur ainsi emmagasinée. Et ainsi s'établit une sorte d'équilibre de température sans lequel toute vie serait impossible. »

A mesure qu'ils s'enfonçaient plus profondément dans ce jour blafard, dans cette atmosphère dont la densité allait augmentant sans cesse, il leur semblait que leurs mouvements devenaient moins faciles et moins libres; leur marche était moins aisée.

Marcel, qui s'en aperçut, attribua avec raison ces phénomènes à la pression qu'exerçait à la surface des appareils dont ils étaient revêtus la couche d'air ambiant dans laquelle ils pénétraient. Et il se dit que cette pression devant nécessairement augmenter à mesure qu'ils pénétreraient plus avant, un moment viendrait sans doute où cet air serait assez dense pour être respirable à des êtres humains. Et cette perspective, dont il s'empressa de faire part à ses deux amis, les combla de joie.

Quelques services que leur eussent rendus ces appareils si ingénieux, mais compliqués et délicats, ils n'étaient pas fâchés de s'en débarrasser pour un temps et de vivre un peu d'une vie plus humaine.

Enfin la couche de nuages fut franchie.

Les voyageurs sortirent des vapeurs qui les enveloppaient comme les dieux d'Homère qui se montrent tout à coup aux regards surpris des mortels. Mais là il n'y avait personne pour assister à leur apparition subite.

Ils se trouvaient maintenant sur le flanc d'une montagne que recouvraient quelques maigres vestiges de végétation. Des plantes inconnues, mais qui offraient une grande analogie avec les mousses et les lichens terrestres, s'étendaient sous leurs pieds, couvrant, par plaques lépreuses, la roche nue d'une mince couche de verdure jaunie. Au-dessous, leurs regards distinguaient des arbustes rabougris, aux tiges rampantes et noueuses, au feuillage décoloré, flore languissante et étiolée à laquelle il semblait que l'atmosphère dans laquelle elle cherchait la vie ne fournit plus qu'une nourriture insuffisante.

Tout au fond de la large vallée miroitait un lac immense, aux eaux ternes, dont aucun vent ne ridait la surface.

Sur ses rives que bordaient des plantes aquatiques d'un vert un peu plus vivace, s'élevaient quelques bouquets d'arbres, dont les troncs moussus se dressaient dénudés, ne portant à leur sommet qu'une rare et pénible frondaison.

Sur toute cette nature appauvrie régnait un jour voilé, d'une teinte uniforme et grise, que ne traversait aucun rayon de soleil, assez semblable aux sombres jours d'hiver qui, sur la Terre, précèdent les longues nuits polaires.

Ce reste de vie si étrangement conservé à la surface morte de la Lune était bien triste et bien mélancolique. Aux yeux de Rugel et des Diémides qui l'accompagnaient, il parut cependant délicieux et charmant. Il offrait avec les arides régions qu'ils avaient traversées un contraste frappant, qui saisit leurs âmes. Depuis qu'ils avaient quitté l'observatoire, ils avaient vécu dans un milieu où tout était hostile et inhospitalier. Il leur semblait retrouver maintenant un coin de leur planète natale, telle qu'elle était dans les âges antiques, avant que les révolutions du satellite eussent obligé ses habitants à se réfugier vers le centre.

Marcel et ses deux amis éprouvaient des sensations toutes différentes.

Ce qui dominait en eux c'était la joie d'avoir, au prix de fatigues sans nom, résolu un problème que nul jusqu'ici n'aurait cru même abordable. Ils avaient devant eux, et cela sur la partie à jamais invisible de la Lune, l'une de ces dépressions au fond desquelles l'œil de quelques astronomes obstinés avait cru reconnaître des traces de vapeurs et de végétation. Mais l'esprit de Marcel s'élevait bien plus haut.

Ce qui se déroulait à ses regards, c'était l'une des dernières phases de la vie d'un monde. Dans ce coin réduit, où, par suite de circonstances exceptionnelles, l'évolution d'une planète s'était trouvée ralentie, il assistait en quelque sorte à l'agonie de l'astre.

Avant d'arriver à l'état de refroidissement complet qui régnait

sur toute sa surface, le satellite de la Terre avait passé par des
transformations successives, et, à un moment donné, il avait été
tout entier semblable à la vallée misérable où les dernières lueurs
de la vie paraissaient près de s'éteindre. Avec la diminution de la
chaleur centrale, la lente disparition des eaux et de l'atmosphère,
les conditions nécessaires à la vie étaient allées s'affaiblissant peu
à peu; le froid avait insensiblement tout envahi, et tout ce qui était
resté encore vivant avait fini par disparaître. Et c'était comme un
miracle de voir ce fragment de monde attardé dans la vie, comme
s'il eût été oublié au moment de l'universelle destruction.

Et sa pensée se reportait sur la Terre.

« Voilà, se disait-il, le sort qui attend aussi notre planète; dans
quelques milliers de siècles, elle verra, elle aussi, s'achever l'évolution au début de laquelle nous assistons aujourd'hui. En même
temps que diminuera le feu central, le soleil qui l'éclaire et
réchauffe sa surface, ira s'affaiblissant; les glaces polaires s'éten-
dront et enserreront la race humaine dans un espace de plus en
plus restreint. Avec le temps, la vie se concentrera sur une bande
étroite le long de l'équateur, et les débris de l'humanité n'ayant
pas, comme les habitants de la Lune, la ressource de se réfugier
dans les entrailles du globe, périront misérablement, maudissant la
Terre devenue impuissante à les nourrir, maudissant le ciel avare
qui leur refusera toute lumière et toute chaleur. »

Cependant, les voyageurs avaient achevé de descendre le flanc
de la montagne et avaient gagné le fond de la vallée.

Tous avaient hâte de se débarrasser des appareils dans lesquels
ils étaient depuis si longtemps emprisonnés et de respirer à l'air
libre.

Mais il ne fallait rien livrer au hasard.

Par les soins de Rugel, des instruments de précision avaient
été emportés parmi les bagages dont étaient chargés les Diémides.

Ils furent consultés.

Le baromètre métallique indiquait une pression de 528 millimètres, encore inférieure à celle de la ville de Quito sur la Terre;
quant au thermomètre centigrade, il marquait + 3°,1.

C'était sans doute une température un peu basse, mais cependant supportable. Il était évident toutefois que, pendant la nuit de trois cent cinquante-quatre heures, elle devait s'abaisser considérablement et paralyser l'essor de la vie.

Ces résultats étaient satisfaisants et, sur l'ordre de leur chef, les Diémides se dépouillèrent de leur épais costume.

Marcel, Jacques et lord Rodilan n'avaient pas attendu, tant leur hâte était grande de retrouver l'aisance de leurs mouvements et le libre usage de la parole.

« Ah! fit lord Rodilan en s'étirant avec délices et en humant à longs traits cet air qui lui paraissait si doux, quel bonheur de respirer à l'aise! Je commençais à avoir assez de cette atmosphère artificielle dont nous sommes obligés de nous contenter depuis notre départ. Air chimique, nourriture chimique, tout cela est fort beau assurément; mais j'en suis fort dégoûté, et si jamais je reviens sur la Terre, je voue une haine mortelle à la chimie, à tous ses adeptes et à toutes ses inventions.

— Ne dites pas trop de mal de la chimie, mon cher lord, répliqua Marcel en riant; sans elle ni vous ni moi ne serions ici, et vous regretteriez, j'en suis sûr, de ne nous avoir pas suivis jusqu'au bout dans un voyage si fécond en étonnantes découvertes. »

La troupe des Diémides s'était répandue sur les bords du lac, dont l'œil distinguait à peine dans le lointain la rive opposée. Il paraissait n'avoir qu'une médiocre profondeur; toute la contrée alentour était unie et nivelée.

Les forces de la nature avaient agi : les pluies et les eaux courantes, entraînant sans cesse vers la partie la plus basse de la vallée les parcelles friables, en avaient peu à peu exhaussé le fond, et il ne restait plus qu'une mince couche liquide, que l'évaporation diminuait incessamment et qui ne devait pas tarder à disparaître.

Partout régnait le silence; on n'entendait nul chant d'oiseaux, nul bruissement de bêtes surprises. A l'exception des végétaux languissants qui dépérissaient dans ce coin voué à la mort, rien ne paraissait vivant.

A quelque distance, on apercevait un bois d'une assez grande étendue, vers lequel on se dirigea. Le sol sur lequel on marchait était recouvert d'une herbe courte et rude croissant comme à regret sur la maigre couche d'humus qui résistait encore à toutes les causes de destruction. Ils pénétrèrent sous bois.

Le jour y était plus sombre et plus terne qu'au dehors, et l'aspect de cette étrange forêt mélancolique et lugubre inspirait à l'âme un profond sentiment de tristesse. Là, pas de ces arbustes, de ces broussailles, de ces buissons qui forment aux forêts de la Terre, que peuplent tant d'essences diverses, un fond si doux à l'œil. Les troncs noirâtres se dressaient rigides et dénudés. C'était une sorte de conifères assez semblables à ceux qui hérissent les flancs des montagnes terrestres. Vers le sommet seulement, quelques branches étiolées se couvraient d'un rare feuillage.

Un froid humide et pénétrant régnait sous ce dôme de verdure : on avait hâte d'en sortir.

Le bois franchi, les voyageurs se trouvèrent sur les bords d'un ruisseau qui coulait sur un lit de vase, sans faire entendre ce joyeux murmure qui berce si doucement la rêverie, lorsqu'après une chaude journée d'été on se plaît à respirer dans la campagne la brise embaumée du soir.

Ce ruisseau descendait d'un étroit vallon qui semblait se creuser dans un repli de terrain. Pendant que Rugel et ses trois amis s'étendaient sur l'herbe pour y prendre un peu de repos, une partie des Diémides furent envoyés à la découverte.

« Nous avons maintenant atteint, disait Marcel, le but que nous nous étions fixé. Nous avons vérifié l'exactitude de vos vieilles légendes, et nous pourrons rapporter à vos savants, que ce problème intéressait, la certitude que, s'il subsiste encore dans ce fond perdu de la surface lunaire un reste de vie, ce vestige est sur le point de disparaître, et que bientôt la mort aura étendu partout son sombre empire. Quels sont maintenant vos projets, ami? Comptez-vous que nous séjournerons longtemps ici?

— Il nous faudra sans doute, répondit Rugel, un temps assez long pour parcourir cette région dans toute son étendue, en étudier le relief, recueillir quelques échantillons de cette flore expirante.

— Mais quelles peuvent bien être, à votre sens, demanda lord Rodilan, les dimensions de cette étrange vallée?

— Il est difficile de l'apprécier exactement, dit Rugel; mais autant qu'il est possible d'en juger par la courbe de cette sorte de falaise qui l'enferme de toutes parts, la vallée, de forme oblongue, me paraît avoir dans son plus long diamètre quinze à vingt de vos lieues terrestres.

— Un de nos départements français, dit Jacques, aurait grand' peine à s'y loger, et il n'est pas probable que l'exploration que nous en ferons nous réserve de grandes surprises. Il n'y a là aucun accident de terrain bien important, pas de montagnes, pas de larges cours d'eau, pas de vastes forêts. Nous n'avons rencontré jusqu'ici aucune trace de vie animale, et nous serons sans doute bientôt au bout de nos recherches. Mais nous avons encore, pour retourner à notre point de départ, de longues fatigues à subir et, malgré la force de résistance dont nous avons fait preuve jusqu'ici, je crois qu'il sera à propos de faire en ces lieux un séjour assez prolongé pour réparer nos forces et nous permettre d'affronter les épreuves qui nous attendent.

— C'est sagement parler, dit lord Rodilan; l'endroit me plaît, et si je pouvais seulement chasser le lièvre et la bécassine, je m'en accommoderais assez volontiers.

— Incorrigible gourmand, dit Marcel, vous resterez donc toujours asservi à la matière et vous ne saurez pas vous élever au-dessus de ces vulgaires besoins, de ces grossières jouissances qui alourdissent l'âme et la détournent de la contemplation de l'idéal.

— Vous en parlez bien à votre aise, mon cher Marcel, et vous faites facilement le dégoûté. Mais je voudrais bien vous voir en présence d'un de ces pâtés de venaison qui fleurent si bon et dont le goût est si savoureux. L'eau me vient à la bouche rien que d'y penser. L'idéal, l'idéal, c'est fort joli sans doute, mais s'y plonger le ventre vide n'a rien qui me sourit. Après un bon repas, lorsque mon estomac est satisfait et que quelques verres d'un vin généreux ont réchauffé mon sang, lorsque je vois tout en rose, je suis disposé comme vous à laisser mon esprit errer dans les espaces bleus. Mais quand je suis à jeun, tout mon idéal se borne à faire un bon repas. »

Marcel et Jacques n'avaient pu s'empêcher de rire à cette saillie. Rugel regardait l'Anglais, non sans quelque surprise.

« Voyons, reprit Jacques, il ne vous est donc jamais arrivé d'envier la condition de notre ami Rugel et de ceux qui, comme lui, sont délivrés du souci toujours pénible de réparer par la nourriture les forces du corps? N'avez-vous pas admiré combien leur esprit, dégagé de ces préoccupations, pouvait être plus subtil et plus fin? Ils ont atteint ce degré de perfection qu'entrevoyait la sagesse de nos anciens philosophes : n'avoir pas de besoins, n'être pas obligé de travailler pour les satisfaire et ne pas souffrir lorsqu'ils sont contrariés.

— Ah! mais non, riposta lord Rodilan. Tout le charme de la vie ne consiste-t-il pas dans le pouvoir d'augmenter la somme de ses jouissances, et celui qui a le plus de besoins n'est-il pas aussi celui qui, en les satisfaisant tous, peut se procurer la plus grande somme de plaisirs? Vous me la baillez belle en condamnant les miens. Mais que faites-vous donc vous-même quand vous vous passionnez pour la science, quand vous vous dépensez en efforts pour l'enrichir de quelque conquête nouvelle, de quelque découverte inattendue? Vous vous êtes créé des besoins factices, et vous vous épuisez à les satisfaire. Un de vos sages a dit : « L'homme doit vivre conformément à la nature. » Or, ma nature à moi veut que je mange et que je boive; elle ne me pousse nullement à savoir ce qui se passe dans Saturne ou dans Jupiter. Je suis donc plus près que vous de la véritable sagesse. »

Jacques riait franchement.

« Voilà, dit alors Marcel, une application tout à fait imprévue de la maxime des stoïciens, et le vieux Zénon serait assurément fort surpris de se voir ainsi rangé sous la bannière d'Épicure. Mais, homme matériel que vous êtes, n'avez-vous jamais songé à distinguer les besoins nobles de l'âme des bas appétits du corps?

— Bah! bah! fit lord Rodilan, je ne connais pas de maxime philosophique qui, lorsqu'on est bien affamé, vaille une bonne tranche de roast-beef et une pinte de claret. »

Rugel avait écouté attentivement cette discussion.

« Je n'ai pas qualité, dit-il, pour intervenir dans ce débat, puisque, dans sa sagesse souveraine, l'Auteur de toutes choses a simplifié pour nous les conditions de la vie matérielle. Il me paraît cependant que ces joies qui manquent si fort à notre ami, et que je ne saurais apprécier, ne les ayant jamais connues, ne méritent pas tant de regrets. Si j'en puis bien juger par ce que je sais de votre mode d'existence et de l'organisation de vos sociétés terrestres, la satisfaction de ces besoins ne va pas, pour le plus grand nombre des habitants de votre planète, sans efforts, sans souffrances de toute nature, et ce que vous appelez la lutte pour l'existence me paraît comporter plus de tristesses et d'amertumes que de joies véritables.

« C'est acheter bien cher, à mon avis, quelques plaisirs de courte durée, et si on leur compare les pures jouissances de l'esprit, le choix ne saurait guère être douteux. »

Ils devisaient ainsi lorsqu'ils virent revenir à eux quelques-uns des Diémides qui avaient remonté le cours du ruisseau.

Leurs visages étaient étrangement troublés.

« Maître, dit l'un d'eux, nous ne sommes pas seuls dans cette vallée; nous venons d'y apercevoir une créature humaine. »

CHAPITRE XIII

LA DERNIÈRE FAMILLE

Tous, d'un seul mouvement, s'étaient levés et entouraient le Diémide.

Il parla ainsi :

« Nous avons remonté pendant quelques heures le cours de ce ruisseau, et nous venions de contourner le petit mamelon que vous voyez d'ici, lorsque nos regards ont été arrêtés par un spectacle inattendu. A quelque distance de la rive et sur le flanc de la colline nous avons distingué un amas de pierres qu'au premier abord nous avons pris pour un éboulement de roches; mais en nous approchant nous avons reconnu que c'étaient là les restes d'une construction évidemment élevée par des mains humaines, des murs réguliers, des ouvertures symétriquement percées. Le tout était à moitié détruit. Les toitures s'étaient effondrées et leurs débris jonchaient le sol. Quelques plantes sauvages croissaient au milieu de ces ruines depuis longtemps abandonnées.

« Cette découverte nous avait profondément émus : à n'en pas douter, des êtres humains avaient longtemps vécu dans ces lieux que nous jugions jusque-là inhabitables, et nous nous demandions depuis combien de temps avaient disparu les derniers représentants de cette race oubliée. Nous avancions, et ces traces d'une vie antérieure devenaient plus fréquentes; d'autres murailles

18

ruinées, d'autres habitations dévastées se montraient à nos yeux; parfois même notre pied heurtait sur le sol quelques fragments reconnaissables encore d'instruments ayant servi aux usages la vie. Notre émotion grandissait; nous n'avancions qu'avec hésitation et tout troublés au milieu de ces restes d'un passé qui paraissait encore récent, lorsque tout à coup nous nous arrêtâmes frappés de stupeur.

« A quelque distance de nous, un être humain nous apparut. Adossé à un pan de muraille, il se tenait immobile et paraissait étranger à tout ce qui l'entourait. Il était couvert d'un épais vêtement de couleur sombre, et sa silhouette se détachait nettement sur la blancheur de la pierre.

« Nul bruit n'avait trahi notre approche : il ne nous avait ni vus ni entendus. Saisis d'étonnement, nous le contemplions sans oser faire un pas, quand l'inconnu se redressa et, sans tourner la tête de notre côté, disparut presque subitement à nos yeux. Tout cela avait été si rapide que nous osions à peine en croire le témoignage de nos sens. Quelques-uns de mes compagnons voulaient s'élancer à sa poursuite, mais je les arrêtai, désireux tout d'abord de vous informer de cette découverte et de vous laisser le soin de décider ce qu'il convient de faire. »

Ce récit avait jeté l'âme de Rugel et de ses trois amis comme dans une sorte de stupéfaction.

Des réflexions toutes remplies d'anxiété et d'espérance se présentaient en foule à leur esprit.

Eh, quoi! des débris de la race des hommes survivaient encore! Il leur serait donné de retrouver des descendants des âges antiques miraculeusement conservés sur la surface de ce monde, où tout semblait avoir péri! Que pouvaient être ces vestiges de l'humanité lunaire réduits à vivre dans une si misérable condition? Dans quel état allaient-ils les trouver? Avaient-ils gardé quelque chose de la culture intellectuelle et de la civilisation d'autrefois? Étaient-ils, au contraire, occupés à se défendre contre les forces de la nature qui les opprimait, retournés à la barbarie primitive?

L'âme des explorateurs était agitée d'une poignante émotion; un intérêt tout nouveau venait d'apparaître à leurs yeux.

UN ÊTRE HUMAIN NOUS APPARUT... (p. 378).

Tant qu'ils avaient cru déserts les lieux où les avait conduits leur esprit d'aventure, ils n'avaient pu se défendre de l'impression de tristesse qui s'en dégageait. Maintenant tout s'animait. Des êtres semblables à eux vivaient là. Il fallait les voir, recueillir de leur bouche l'histoire de ce passé mystérieux à travers lequel s'était prolongée leur existence, les arracher peut-être à la mort qui les menaçait.

« Il faut retrouver cet homme à tout prix, s'écria Marcel; sans doute il n'est pas seul, et s'il y a là quelques-uns de nos semblables, notre devoir est de les sauver.

— Oui, dit Rugel, et si ce voyage, que nous n'avons entrepris que pour satisfaire une curiosité scientifique, devait se terminer par un acte d'humanité, si nous pouvions soustraire à la misère et à la mort quelques-uns de nos frères, nous aurions la plus belle récompense de nos efforts et de nos fatigues. N'est-ce pas votre avis? » fit-il, en se tournant vers Jacques et lord Rodilan.

Pour toute réponse, Jacques serra la main de Rugel.

« Oh! moi, fit lord Rodilan, il ne m'a pas été donné souvent dans ma vie de faire beaucoup de bien; mais puisque l'occasion se présente d'accomplir une bonne action, je la saisis volontiers. Cela me changera.

— Vous êtes toujours prêt à vous calomnier, répondit Marcel. Mais vous valez, nous le savons, autant que le meilleur de nous. Allons sans plus tarder. »

On choisit parmi les Diémides les plus alertes et les plus vigoureux, car on ne savait pendant combien de temps et dans quel rayon allaient s'étendre les recherches; le reste de la troupe dut camper sur les bords du ruisseau et garder les bagages.

Sous la conduite du Diémide dont le récit les avait si fort émus, Rugel et ses trois compagnons se mirent en marche.

On arriva bientôt à l'endroit où avait apparu l'habitant de ces sauvages contrées. Les voyageurs traversèrent les ruines de ce qui avait été des habitations humaines et n'offrait plus maintenant que des vestiges épars. En toute autre circonstance, ils se seraient attardés à fouiller ces souvenirs des temps passés; mais un intérêt plus puissant les animait : ils avaient hâte de savoir ce qu'étaient

ces créatures humaines survivant contre toute attente à l'agonie
d'un monde.

Mais, quelle que fût leur impatience, ils pensèrent qu'il fallait
n'avancer qu'avec d'infinies précautions. On ne savait en présence
de quels êtres on allait se trouver : il était bon de se tenir en garde
contre les surprises, et on devait craindre aussi d'effrayer ces créatures inconnues. Il fallait essayer de les aborder sans les effarou-
cher et aussi sans avoir rien à en redouter.

Ils avaient dépassé cette sorte de village détruit et s'avançaient
à découvert en suivant le fond d'un etroit vallon au bout duquel
la plaine semblait s'élargir, lorsque soudain ils virent sortir d'un
petit bouquet d'arbres qui se dressait sur leur droite un homme
qui allait courbé sous le poids d'une lourde charge de bois.

Tous s'arrêtèrent :

« C'est lui! » fit le Diémide.

Mais l'étranger les avait aperçus.

Laissant tomber à ses pieds le fardeau qu'il portait, il resta
debout, immobile et comme glacé de stupeur.

Rugel fit signe à ceux qui l'accompagnaient de demeurer à
l'endroit où ils se trouvaient et, seul, il s'avança lentement vers
l'inconnu.

Celui-ci n'avait pas fait un mouvement. Ses yeux, agrandis par
la terreur, restaient fixes; son visage exprimait comme une crainte
superstitieuse.

Il se demandait sans doute si ces êtres, si soudainement apparus,
n'étaient pas des créatures celestes venues pour hâter l'heure dernière de cette lente destruction, et ses membres étaient agités d'un
tremblement convulsif.

Rugel s'était avancé jusqu'à le toucher.

C'était un homme qui paraissait âgé de trente à trente-cinq ans.
Son visage, pâle et émacié, portait la trace de longues souffrances;
ses yeux intelligents se voilaient d'une habituelle tristesse; ses
lèvres serrées semblaient ne s'entr'ouvrir jamais pour le sourire,
et sous ses vêtements d'une étoffe grossière, on devinait des
membres amaigris, mais robustes encore.

« Mon frère, lui dit-il, l'Esprit Souverain a permis que nous

arrivions jusqu'à toi pour t'arracher au sort qui te menace. Réjouis-
toi, tes maux vont finir. »

L'inconnu ne semblait pas le comprendre.

Écrasé d'émotion, il s'était affaissé et murmurait comme une
vague prière.

Dans les mots qu'il prononçait, Rugel reconnut, à sa grande
surprise, un antique idiome que parlaient jadis les habitants de la
Lune lorsqu'ils vivaient à la surface de la planète, et qui, depuis
longtemps tombé en désuétude, n'était plus étudié par les savants
que comme une langue morte.

Rugel était familier avec ce langage des anciens jours; il
s'en servit pour rassurer celui que son aspect jetait dans un tel
effroi.

« Ne crains rien, lui dit-il, nous ne sommes pas des êtres descendus du ciel pour te nuire; comme toi, nous sommes des créatures
humaines. Nous venons, à travers mille périls, de régions lointaines
où vivent encore, dans la sécurité et l'abondance de tous les biens,
les restes de cette humanité qui a jadis vécu sur ce monde aujour-
d'hui condamné à la mort. Nous sommes pour toi des amis, des
frères; parle-nous sans crainte. Es-tu le seul représentant de la
race oubliée dans cette vallée perdue? As-tu des compagnons, une
famille? C'est le salut que nous t'apportons. »

Pendant qu'il parlait, le visage de l'inconnu s'était rasséréné, et
maintenant une joie profonde l'illuminait. Il s'était senti tout
d'abord rassuré en entendant le nouveau venu parler maintenant
la langue qui lui était familière, et son cœur s'ouvrait à l'espérance.

« Étranger, lui dit-il, je ne sais encore ni comment ni pourquoi
vous avez, vos compagnons et vous, pénétré dans ces lieux dont la
mort défend de tous côtés les approches. Mais le son de votre voix,
l'expression de vos traits m'inspirent confiance. Vous avez devant
vous l'un des membres de la dernière famille qui peuple encore ces
solitudes. Mon père, mon frère et une jeune sœur sont, avec moi,
tout ce qui reste d'une humanité jadis nombreuse et prospère.
Voués à un prompt trépas, nous attendions avec résignation le
moment d'aller rejoindre ceux que nous avons aimés et qui nous

ont précédés dans la tombe. Votre arrivée fait naître dans mon
cœur des espérances auxquelles je n'ose m'abandonner. »

Tout cela était dit d'une voix mélancolique et douce, et Rugel
s'étonnait de trouver chez cet être déshérité une telle noblesse de
sentiments et une acceptation si ferme du sort fatal auquel il était
condamné.

« Comptez sur nous, lui dit-il, nous ferons tout le possible pour
vous sauver. »

. Sur un signe de lui, Marcel, Jacques et lord Rodilan s'étaient
approchés.

« Voici mes compagnons, dit Rugel; comme moi, ils sont
résolus à vous arracher, vous et les vôtres, à votre triste condition.
Conduisez-nous vers ceux qui vous sont chers. »

L'inconnu les regardait d'un œil attendri et voilé de larmes.

« Oh! murmurait-il, me serait-il permis de croire à des jours
meilleurs pour ceux que j'aime? Grâces vous soient rendues, à vous
qui faites briller dans nos ténèbres cette lueur d'espoir! »

Aucun des survenants ne connaissait la langue dans laquelle
s'exprimait l'inconnu; mais Rugel lui servait d'interprète, et, aux
témoignages de sympathie qu'ils lui prodiguaient, son visage
s'éclairait d'une joie que depuis longtemps il ne connaissait plus.

« Avant de vous introduire dans notre demeure, dit-il, laissez-
moi prévenir les miens. Mon père est accablé par l'âge, ma sœur
est frêle et délicate; c'est une plante qui fleurit tristement sur cette
terre désolée : une émotion trop vive, une joie trop soudaine pourraient leur être funestes. Suivez-moi; vous vous arrêterez à quelque
distance du lieu que nous habitons; j'y pénétrerai seul et vous
avertirai lorsque je les aurai préparés à vous recevoir. »

Pendant que, sur l'ordre de Rugel, les Diémides s'arrêtaient
pour les attendre, on se mit en route et l'on déboucha dans une
plaine d'assez vaste étendue.

L'inconnu leur désigna au loin une colline de médiocre élévation qui en fermait l'horizon.

« C'est derrière ce coteau, dit-il, que s'élève l'habitation qui
abrite tout ce qui reste de notre triste humanité. »

Et, pendant qu'ils cheminaient ainsi, il leur raconta comment, depuis plusieurs générations, la vie allait s'amoindrissant dans cette sorte de prison d'où ils étaient condamnés à ne pas sortir.

« Jadis, dit-il, nos ancêtres y vivaient en paix, isolés du reste du monde, et, n'ayant pas beaucoup de besoins, ils menaient une existence tranquille, sans se douter de ce qui se passait autour d'eux. Peu à peu cependant, et par de longs et insensibles changements, les conditions de la vie devenaient plus dures. L'air semblait perdre quelque chose de ses propriétés vitales, l'eau diminuait dans nos vallées, la température s'abaissait, et, pendant nos longues nuits, le froid devenait absolument intolérable. Ceux dont la complexion était moins robuste avaient disparu les premiers; les villages se dépeuplaient, le nombre des familles allait décroissant, et bientôt il fut impossible de ne pas reconnaître que nous étions condamnés à une fin prochaine. Ne sachant à quelle cause attribuer ces désastres et cette ruine, nos pères songèrent à quitter les lieux où ils avaient vécu et à émigrer vers des régions plus hospitalières. Mais il était impossible de s'évader. Lorsqu'on avait gravi pendant quelques heures les monts qui nous entourent, l'air manquait complètement aux poumons épuisés. Monter plus haut c'était se vouer à une mort sûre et prompte; il fallait redescendre et se résigner à un lent et inéluctable dépérissement.

« Au temps de la jeunesse de mon père, il existait encore dans ces contrées dépeuplées deux ou trois familles qui luttaient péniblement contre la destruction. Mon père les a vues successivement disparaître, et nous sommes restés seuls survivants. J'ai vu mourir ma mère victime de cet impitoyable climat, et désespérée en songeant que ceux qu'elle aimait mourraient, comme elle, d'une mort misérable. »

A mesure qu'il parlait, Rugel traduisait à ses compagnons les paroles de l'étranger, et tous se sentaient l'âme navrée au récit de ces longues souffrances. Leur cœur débordait de tendresse et ils se félicitaient d'avoir pu arriver à temps pour dérober au trépas les déplorables victimes que le sort semblait déjà avoir marquées d'un sceau fatal.

On avait traversé la plaine et atteint le pied de la colline. L'inconnu demanda à ceux qui l'accompagnaient de l'attendre quelques instants. Jacques avait peine à contenir l'émotion que lui causait cette poignante détresse.

Lord Rodilan lui-même en était tout saisi.

« Ah! les pauvres diables! fit-il; mais comment donc, ami Rugel, vos ancêtres ont-ils pu oublier ces gens-là lorsqu'ils se sont réfugiés dans les cavernes que vous habitez aujourd'hui? Voilà assurément une coupable négligence.

— Ami, répondit Rugel, l'humanité lunaire n'a pas quitté tout d'un coup et toute à la fois la surface de notre globe. C'est lentement, peu à peu, que s'est accomplie notre émigration souterraine. Bien des générations se sont succédé avant qu'elle ne s'achevât et sans doute ceux qui se sont obstinés le plus longtemps à vivre à la lumière du jour et qui n'ont cédé qu'à regret à une impérieuse nécessité ignoraient l'existence de ceux qu'ils laissaient derrière eux. Rien, dans les traditions qui sont parvenues jusqu'à nous, ne fait mention de ces familles oubliées. Croyez bien sans cela que nous aurions déjà tout tenté pour assurer leur salut. »

L'inconnu revenait vers eux en toute hâte.

« Venez, leur dit-il, les miens vous attendent comme des libérateurs. »

Au détour de la colline, apparut une construction lourde et massive, dont le bon état de conservation contrastait avec les masures en ruine qui l'entouraient. Des murailles épaisses, destinées à protéger les habitants contre les rigueurs du froid, en formaient l'enceinte. La porte était basse, les fenêtres étroites; c'était comme une tanière où s'abritaient contre les menaces d'une nature hostile les êtres découragés qui semblaient ne plus rien attendre de bon de la vie.

À la lueur tremblante d'un foyer où achevaient de se consumer quelques troncs d'arbres, ils aperçurent, à demi étendu sur une couche grossière, un vieillard à la longue barbe blanche, au crâne dénudé, et qui paraissait mouvoir avec peine ses membres amaigris. Debout à ses côtés et lui serrant les mains, se tenaient un jeune homme aux traits énergiques qui paraissait âgé de vingt-cinq ans environ et une jeune fille à la chevelure blonde, aux traits réguliers, et dont le visage, d'une pâleur maladive, s'était, à l'approche des nouveaux venus, coloré d'une faible rougeur. Elle semblait à peine entrée dans l'adolescence.

Tous deux fixaient sur Rugel et ses amis des regards avides :

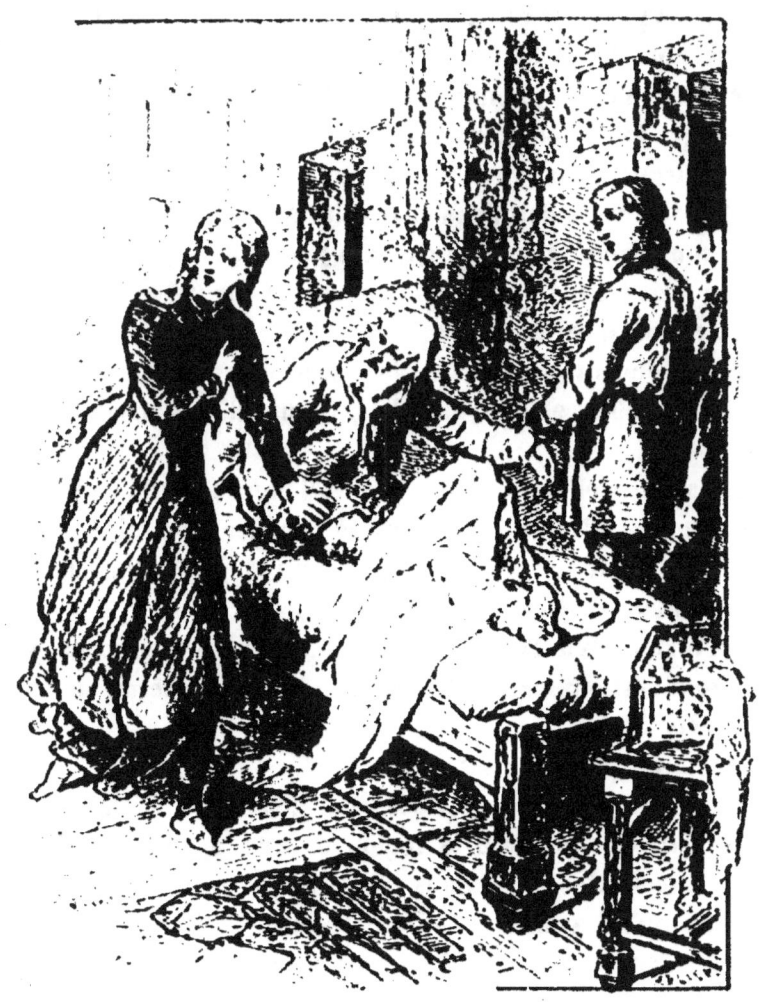

Ils aperçurent, à demi étendu sur une couche grossière...(p. 386).

l'espoir, depuis longtemps perdu, était entré dans leurs cœurs.

« Soyez bénis, qui que vous soyez, dit le vieillard d'une voix tremblante et en se soulevant avec effort, vous, qui faites briller dans notre nuit un rayon d'aurore. Je mourrai heureux si je puis

avoir en expirant la consolation de penser que ces enfants que
j'aime échapperont au sort qui les menace. »

Et les deux jeunes gens tendaient vers Rugel des mains sup-
pliantes.

« Vous ne mourrez pas, mon père, dit Rugel; nous vous emmè-
nerons hors de ce lieu maudit, et vous vivrez de longues années
pour être témoin du bonheur des vôtres.

— Mes jours sont comptés, reprit le vieillard. Alors même que
je le pourrais, je ne voudrais pas quitter la terre où reposent mes
ancêtres; je veux dormir mon dernier sommeil à côté de celle qui
fut la compagne de ma vie. Que ces jeunes gens partent avec vous
si vous avez les moyens de les emmener. Leur vie est dans sa fleur,
l'avenir leur appartient. »

En entendant ces paroles, le visage des deux jeunes hommes
s'était assombri, et les yeux de la jeune fille s'étaient voilés de
larmes.

L'état du vieillard, affaibli par de longues souffrances, ne permettait guère à Rugel de songer à le ramener avec lui. Il était hors
d'état de supporter les fatigues d'un tel voyage; le lui imposer eût
été une inutile cruauté.

Du reste, la vie l'abandonnait peu à peu; personne ne pouvait
se faire d'illusion sur son état : il était arrivé au terme de sa triste
existence.

Quelques jours se passèrent.

Les plus intelligents et les plus actifs des Diémides furent
chargés d'explorer toute la région et d'en opérer le relèvement
exact. Rugel et ses trois amis n'avaient pas voulu quitter les malheureux qu'ils avaient si miraculeusement retrouvés, et s'étaient
installés dans la demeure où se serait achevée leur vie s'ils n'étaient
venus leur apporter la délivrance.

Dans leurs longues causeries au chevet du vieillard moribond,
ils racontaient à leurs nouveaux amis comment l'humanité lunaire,
chassée de la surface du globe, avait trouvé un asile dans les
immenses cavernes de l'intérieur. Ils leur dépeignaient ce monde
nouveau, un peu artificiel, dans lequel ils vivaient, décrivaient les
progrès de leurs arts, de leurs sciences, leur faisaient une peinture

riante de l'existence heureuse et tranquille qui les y attendait, leur
assuraient un avenir exempt de soucis, leur faisaient espérer des
amis, une famille.

Le vieillard, qui sentait la vie l'abandonner peu à peu, souriait
à ces tableaux enchanteurs, et son âme était remplie de joie en
songeant que ses enfants pourraient compter encore de longs jours
de bonheur et revivre dans leurs descendants.

CHAPITRE XIV

LA FIN DU VOYAGE

Cependant les nouveaux venus, malgré la vigueur de leur constitution, commençaient à ressentir les funestes influences du milieu appauvri dans lequel ils vivaient depuis quelque temps. Leur respiration devenait moins facile, leurs forces diminuaient : il fallait se hâter de quitter ce lieu néfaste.

Seul, lord Rodilan ne semblait pas atteint par le commencement de consomption dont ses compagnons éprouvaient les effets. Un changement assez inattendu s'était produit en lui. Il s'était senti vivement touché par le charme qui se dégageait de la frêle enfant avec laquelle le hasard l'avait mis en présence. Ce visage aux traits si réguliers et si purs, ces grands yeux d'un bleu changeant, dont l'expression, ordinairement mélancolique et triste, faisait place parfois à un rayonnement soudain, comme celui d'une âme qui proteste contre un sort injuste et cruel, ces longs cheveux d'un blond cendré, ce corps souple et harmonieux qui s'étiolait dans ce climat inexorable, tout cela avait fait sur lui une impression qui le surprenait lui-même.

Il s'était senti pris d'une pitié toute nouvelle pour cet être si jeune et déjà si éprouvé. Ce qu'il y avait en lui d'affection comprimée s'était brusquement fait jour; une faculté d'aimer qu'il ne se connaissait pas s'était éveillée dans son cœur, et il avait

été attiré vers l'enfant par un sentiment de tendresse toute paternelle. Il l'entourait des soins les plus attentifs et les plus dévoués,
semblait prendre à tâche de prévenir ses désirs, de lui éviter
toute fatigue, et, par quelques mots qu'il avait appris de la langue
qu'elle parlait, s'efforçait de lui faire entrevoir un avenir meilleur.
Cette sympathie n'avait pas échappé à la jeune fille : avec le sûr
instinct des êtres faibles qui savent si bien reconnaître qui les
aime, elle recherchait la société de son nouvel ami.

C'est à lui qu'elle recourait en toute circonstance, sur son bras
qu'elle s'appuyait plus volontiers dans les excursions auxquelles
ils se livraient pour se faire, avant de la quitter, une idée complète
de cette étrange contrée.

Le changement survenu dans les allures de leur compagnon
n'avait pas échappé à Jacques et à Marcel, et ils souriaient à voir
s'humaniser ainsi pour cette débile créature celui qu'ils avaient
connu si froid, si entier et d'une insensibilité si voulue.

L'état désespéré du vieillard retardait seul le départ de Rugel
et des siens. Bientôt on comprit que sa dernière heure allait
sonner et qu'il ne lui restait plus que quelques instants à vivre.
Lui-même savait que la mort était proche, et il attendait sans
faiblir la redoutable visiteuse.

« Vous m'avez, dit-il en s'adressant à Rugel et à ses trois amis,
donné une joie à laquelle je n'aurais jamais osé aspirer. Votre
courage et votre audace vous ont, à travers mille périls, conduits
jusqu'en ces tristes lieux pour y accomplir une œuvre de salut.
Je pars tranquille; je sais que, grâce à vous, ces enfants seront
sauvés. Je vous les confie et je meurs en vous bénissant. Que
l'Esprit Souverain veille sur eux et sur vous! »

Tous étaient émus; la jeune fille et ses frères sanglotaient.

. . . .

La mort du vieillard avait laissé dans toutes les âmes une
impression de tristesse. Tous les Diémides qui étaient restés en
arrière avaient été rappelés, et c'est au milieu d'un cortège que
ces ruines et ces solitudes étaient depuis longtemps désaccou-
tumées de voir, qu'il fut conduit à sa dernière demeure.

Il fut inhumé dans le modeste champ de repos où lui-même

avait creusé la tombe de ses ancêtres. Un monument de pierres
grossièrement taillées marquait la place où dormait celle qui avait
partagé les angoisses de sa vie.

On l'étendit à côté de ces restes vénérés, et la dalle de ce

Le désespoir des jeunes gens était grand.

sépulcre, le dernier que dût recevoir cette terre abandonnée, fut
à jamais scellée.

Le désespoir des deux jeunes gens et de leur sœur était grand,
et, bien qu'ils comprissent qu'ils ne pouvaient retarder plus longtemps leur départ sans péril pour eux-mêmes, il leur semblait
qu'ils ne pouvaient s'arracher aux lieux où ils avaient tant souffert,
où reposait maintenant celui qui les avait si tendrement aimés.

Cependant il fallut partir.

Il y avait déjà plus de quatre mois que les voyageurs avaient quitté l'observatoire; Marcel, Jacques et lord Rodilan ne perdaient pas de vue leur retour sur la Terre et tenaient à ne pas en retarder l'époque.

Depuis quelque temps, et en prévision de la longueur du voyage qu'ils avaient à accomplir, les derniers survivants de ce monde détruit avaient été initiés à l'usage des appareils dont il leur faudrait se servir. Rugel en effet s'était précautionné, pour le cas d'accidents toujours possibles, d'appareils supplémentaires qui figuraient parmi les bagages.

C'était la coutume pour les habitants de la Lune, lorsqu'ils se livraient à quelque excursion à la surface privée d'atmosphère, de se munir ainsi de tous les engins nécessaires pour pourvoir aux cas imprévus, et leur façon de procéder était fort simple.

Aussitôt que quelque avarie venait à se manifester dans l'un des appareils, celui qui en était revêtu était aussitôt enfermé dans une sorte de petite tente hermétiquement close et imperméable, qui, gonflée par l'air dont on la remplissait et que fournissaient les nombreux réservoirs portés par les Diémides, offrait un espace suffisant pour qu'on pût y dépouiller l'appareil menacé et en revêtir un autre.

L'instant du départ était arrivé.

On choisit, pour gravir les flancs de ce cirque immense, l'endroit où la pente était la plus douce. Rugel se préoccupait de ménager les forces de la frêle enfant qu'il emmenait avec lui, et que lord Rodilan, du reste, avait hautement déclaré prendre sous sa protection.

Avant d'atteindre la couche des nuages, c'est-à-dire au moment où l'air commençait à devenir irrespirable, on revêtit les appareils de route, et, malgré son chagrin, la jeune fille, lorsqu'elle se vit ainsi accoutrée, ne put s'empêcher de sourire.

On déboucha sur la crête des falaises, un peu au nord de l'endroit par où s'était effectuée la descente, et l'on marcha dans la direction de l'ouest. Il fallut d'abord franchir les vastes plaines désolées qui formaient les plateaux supérieurs et dont la traversée avait été si pénible pour les voyageurs. Mais maintenant on retournait vers les régions habitées, on était heureux à la pensée de rentrer dans le monde vivant qu'on avait quitté : on avait réussi dans la plus téméraire des entreprises; on avait sauvé d'une mort affreuse de malheureux êtres condamnés à périr.

Aussi on allait d'un pas allègre et triomphant.

Toutes les souffrances passées étaient oubliées; la certitude du but à atteindre avait raffermi tous les cœurs.

La surprise où ce voyage étrange jetait leurs nouveaux amis, était pour Rugel et ses compagnons l'occasion d'intéressantes études. Tout était pour eux si nouveau et si imprévu : ce monde éteint dont rien n'avait pu leur faire soupçonner l'existence, cette façon singulière de voyager, ces appareils qui leur permettaient de se mouvoir à l'aise et de respirer facilement dans un milieu où toute vie paraissait impossible, les jetaient dans un émerveillement continu.

Et c'étaient des étonnements naïfs, des questions sans fin, auxquelles les trois habitants de la Terre, fiers de leur science nouvelle, se plaisaient à répondre.

Mais il fallait voir surtout lord Rodilan dans le rôle nouveau qu'il avait accepté auprès de la jeune fille, dont il s'était fait le gardien paternel. Il veillait sur elle avec un soin jaloux, ne laissant à personne le droit d'approcher d'elle, la soutenant lorsqu'elle faiblissait, la portant même dans ses bras robustes quand son allure trahissait quelque fatigue, répondant avec une inaltérable patience à toutes ses interrogations. Une mère attentive n'aurait pas montré plus de tendresse et plus de dévouement.

Le désert traversé, Rugel résolut d'éviter la région des basaltes, où ils avaient eu à subir tant de fatigues.

Il fit donc incliner la marche de la caravane un peu plus vers le nord, de façon à contourner ce redoutable massif. La route s'en trouvait sans doute allongée, mais on regagnait le temps perdu, car on avait à lutter contre de moindres obstacles et l'allure était plus rapide.

La contrée dans laquelle ils s'étaient engagés n'offrait plus que les accidents ordinaires qu'on rencontre à la surface lunaire dans les régions les moins tourmentées, et pour des hommes qui

avaient surmonté d'aussi nombreuses et aussi effrayantes difficultés, tout cela n'était qu'un jeu.

C'était pendant la nuit qu'on avait doublé le cap que formait
au milieu de la plaine le massif des basaltes. Les trois jeunes gens
que ramenaient avec eux les voyageurs, n'étaient pas encore
revenus de l'étonnement où les avait jetés cette marche à travers
les ténèbres.

Ces lampes électriques dont la lumière brillante, déchirant la
nuit, projetait au loin sa clarté bleuâtre et prêtait à tous les objets
des apparences fantastiques, les ravissaient de surprise et d'admiration.

La route se poursuivit ainsi sans incidents remarquables jusque
vers les limites de la surface visible de la Lune. Tous, du reste,
avaient hâte de regagner le méridien qui en marque la limite,
de revoir l'astre terrestre qui éclaire d'une lumière si vive et
pourtant si douce les longues nuits lunaires, et dont ils étaient
depuis si longtemps privés.

Ils marchaient depuis quelque temps sur un sol rocheux d'une
extrême dureté et qui n'offrait pas d'aspérités saillantes, lorsque
tout à coup le soleil, se levant derrière eux, éclaira brusquement
le plus éblouissant tableau.

A perte de vue, devant eux et autour d'eux, s'étendait un
plateau de la plus merveilleuse coloration, où se réunissaient et
se mariaient toutes les couleurs du prisme.

Les marbres verts, jaunes ou bleuâtres, les granits gris et roses,
les calcaires d'un blanc éclatant, les grès oranges et rouges, les
diorites noires, les trachytes, les schistes cristallins, affleurant à
la surface, y mêlaient leurs teintes adoucies et formaient sur le
sol un tapis d'une incomparable richesse.

A leur gauche s'ouvrait une fissure étroite, mais d'une inson-
dable profondeur, dont les parois s'enfonçaient perpendiculai-
rement dans ce sombre abîme. Elle se prolongeait indéfiniment
dans la direction du nord-ouest.

Le soleil, la prenant en écharpe, éclairait ces formidables
murailles et les faisait resplendir des teintes les plus variées et
les plus imprévues. On eût dit des jonchées de pierreries échap-

pées en désordre de quelque écrin géant, épandues sur le sol, accrochées à toutes les aspérités de ces murs énormes.

« J'ai vu en Amérique, dit Marcel, quelque chose d'analogue à ce que nous avons sous les yeux. C'était dans l'Arizona. Au fond de gorges étroites, appelées *Cañons*, dont il suit tous les méandres, le Colorado roule ses ondes écumantes, et la contrée qu'il traverse présente, elle aussi, les plus singulières colorations. Mais rien là n'égale la splendeur grandiose, la richesse infinie de la région magique que nous parcourons.

— Oui, dit lord Rodilan, ce monde lunaire est vraiment bien curieux, et je ne sais trop ce qui pourra nous surprendre ou nous intéresser lorsque nous serons de retour sur la Terre.

— Mais, mon cher ami, fit Jacques en souriant, rien ne vous oblige à le quitter. Vous êtes libre d'y rester, et quelque attristés que nous puissions être de partir sans vous, nous nous y résignerions si vous deviez trouver le bonheur dans cette nouvelle patrie. Et peut-être, ajouta-t-il en désignant d'un geste vague la jeune fille dont l'Anglais s'était constitué le gardien, y aurait-il d'autres raisons encore pour vous y retenir.

— Ah! ma foi non, s'écria lord Rodilan; quand on a l'honneur d'être Anglais, on n'échange pas sa patrie contre une autre. »

Et, répondant à la dernière allusion de Jacques, il ajouta :

« Cette enfant m'intéresse. Elle a remué dans mon cœur un vieux reste de tendresse que j'y croyais éteint. Mais quand je l'aurai remise en lieu sûr et qu'elle n'aura plus besoin de moi, je me garderai bien de lui imposer une reconnaissance qui pourrait lui devenir onéreuse.

— Vous parlez en sage et en homme de cœur, » dit Rugel qui avait assisté à cet entretien.

La marche continua au milieu de cet amoncellement de merveilles. Longtemps ils admirèrent ces jeux variés de la lumière, ces changements de teintes qui se modifiaient à chaque pas, suivant que les rayons du soleil frappaient de face ou obliquement les surfaces diversement colorées.

Mais il en est des spectacles qui impressionnent vivement la vue comme des sentiments qui agitent le cœur. On ne peut sup-

porter longtemps des sensations trop vives, et on en vient à avoir
la nostalgie du simple et de l'ordinaire. Les voyageurs finissaient
par être lassés de toutes ces rutilantes couleurs, de cet éternel
kaléidoscope qui faisait miroiter à leurs regards ses continuels
changements.

Ce fut avec un soupir de soulagement que, fatigués d'admirer,
ils entrèrent dans une région moins richement partagée par la
nature, mais dont l'aspect plus terne et plus adouci leur fut
comme un véritable repos. Ils retrouvèrent avec plaisir les roches
grises, les cratères, les cirques qui leur étaient depuis longtemps
familiers, et continuèrent avec allégresse leur route vers l'ouest.

La brusque invasion de la nuit lunaire les surprit au moment
où ils atteignaient la surface visible du satellite. Ils l'abordèrent
par le 6ᵉ degré de latitude sud.

Il fallut rallumer les lampes électriques et recommencer la
marche dans les ténèbres.

Ils avaient encore, avant de regagner l'observatoire, bien des
difficultés à vaincre, bien des fatigues à endurer; mais les importantes découvertes qu'ils avaient faites, la joie du triomphe, — car
un pareil voyage semblait une conquête sur l'impossible, — sou-
tenaient leur courage. Et puis ils voyaient se rapprocher l'instant
où, leur tâche remplie, ils allaient pouvoir retourner sur la Terre,
voir ceux qu'ils aimaient, livrer au monde surpris les magnifiques
résultats de leurs travaux, recueillir en gloire la récompense de
leurs efforts.

Ils se trouvaient au pied de la chaîne des monts d'Alembert.
Ils la côtoyèrent en inclinant vers le nord jusqu'au point où elle
s'abaisse dans le voisinage du cratère de Riccioli. Puis, contournant ce vaste cirque, ils cheminèrent pendant longtemps dans la
vallée profondément encaissée qui le sépare de celui de Grimaldi.
À leur droite et à leur gauche s'élevaient de colossales murailles,
dont les puissants réflecteurs que portaient les Diémides éclairaient
la base, et où leur œil distinguait à peine des masses confuses de
rochers formidables, entassés comme par la main des Titans.

Lorsqu'ils eurent franchi ce défilé, ils débouchèrent dans une
plaine assez large, mais il ne leur fut pas possible de longer, en

la serrant de près, la courbe septentrionale du cirque de Grimaldi.

Là, en effet, de larges et profondes rainures, partant du pied même de ce cirque, leur barraient la route. Force leur fut donc d'appuyer vers le nord, du côté du cratère de Lorhmann.

Cette partie de leur voyage fut peut-être l'une des plus laborieuses.

En effet, toute la région qui sépare les deux cirques est des plus accidentées. Ce ne sont que cratères de petites dimensions, il est vrai, mais très rapprochés, entre lesquels il fallait se glisser

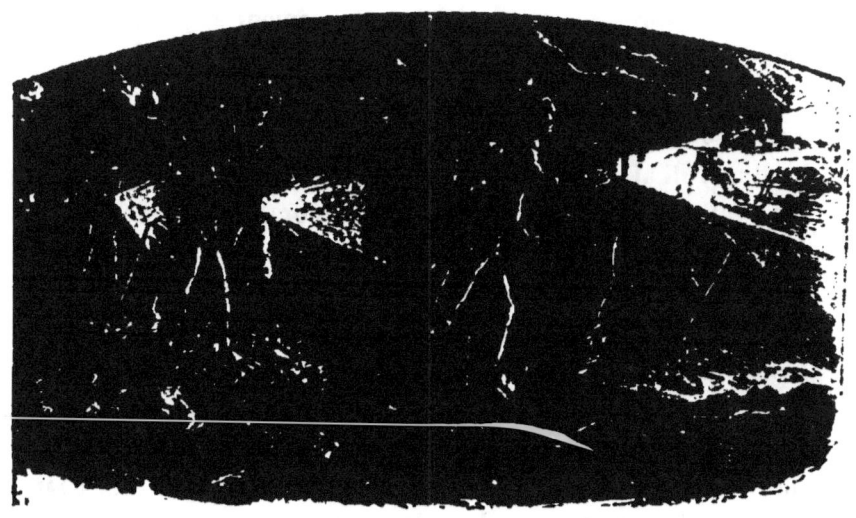

Il fallut rallumer les lampes électriques... (p. 38).

avec effort, ou crevasses abruptes et profondes dont il fallait suivre les bords jusqu'à ce que quelque boursouflure du sol, formant une sorte de pont, permît de les franchir.

Et les voyageurs admiraient la connaissance profonde que Rugel avait de cette contrée.

Malgré les difficultés de cette marche dans la nuit, jamais un doute, jamais une incertitude ne se manifestait dans l'esprit de leur guide. Ils allaient lentement, avec peine, mais sûrement. Ces obstacles surmontés, ils se trouvèrent au bord de l'Océan des Tempêtes. Dès lors, le voyage ne fut plus qu'un jeu : une pente

insensible les conduisit dans l'immense plaine qui forme le fond
de cette mer desséchée. Mais la traversée de la région tourmentée
qu'ils venaient de franchir, leur avait pris beaucoup de temps, et
le jour les surprit lorsqu'ils n'étaient plus qu'à 100 kilomètres
environ de l'observatoire.

Les voyageurs saluèrent avec bonheur le retour de la lumière,
et, vingt-quatre heures plus tard, ils revoyaient Mérovar et les
autres savants qui, depuis longtemps déjà, les avaient aperçus, et
qui les accueillirent avec un joyeux empressement.

La vue des trois jeunes gens que les voyageurs ramenaient
avec eux, après les avoir si miraculeusement sauvés, causa dans
tout l'observatoire une profonde surprise.

« Nous vous observions de loin, dit Mérovar, et nous ne nous
expliquions pas comment votre nombre se trouvait augmenté. »

Rugel fit alors en quelques mots un rapide récit des événements
qui avaient marqué le cours de leur exploration. Il raconta la mort
malheureuse de leurs deux compagnons, comment ils avaient
retrouvé ces vestiges d'un monde vivant dont parlaient les vieilles
légendes, et soustrait à une mort horrible ces tristes débris d'une
humanité disparue.

Et tous s'empressaient auprès des trois jeunes gens, qui, débarrassés maintenant des appareils qu'ils portaient, étaient tout
surpris de respirer à l'aise, de se mouvoir librement, et charmés
de l'accueil sympathique dont ils étaient l'objet.

On les regardait avec intérêt, on les interrogeait avec bienveillance, et eux, tout émus, ne sachant à qui répondre, promenaient autour d'eux des regards étonnés.

Tout leur était nouveau dans ce milieu dont rien n'avait pu
leur donner une idée : ils allaient et parlaient comme dans un
rêve.

Mais bientôt leur entrée dans le monde lunaire devait leur
réserver de bien autres surprises.

CHAPITRE XV

RÊVES HUMANITAIRES

Les travaux entrepris pour assurer le retour des trois habitants de la Terre dans leur patrie avaient duré huit mois. Commencés au mois de juin, ils s'achevaient à la fin de janvier. Pendant tout ce temps, une activité silencieuse, mais soutenue, avait régné autour du cratère choisi par Rugel. Bien que tous, Diémides ou Méolicènes, vissent approcher avec tristesse le moment où ils devaient se séparer d'hôtes qu'ils avaient appris à aimer, chacun s'était employé de son mieux pour mener l'œuvre à bonne fin.

Les parois du cratère avaient été régularisées sur une profondeur de 150 mètres. Cette longueur pouvait paraître excessive, étant donné que le point neutre d'attraction entre les deux planètes est distant seulement de 8,000 lieues de la Lune. Mais les savants chargés de ce travail, d'accord avec Marcel, avaient cru devoir l'exagérer, afin que le projectile pût franchir la zone d'attraction lunaire et se diriger sûrement vers le but à atteindre, sans qu'il fût à craindre qu'aucune déviation vînt modifier la direction initiale.

Un moule cylindrique, laissant entre sa surface et la paroi rocheuse un vide de 1^m,35, avait été élevé du fond du cratère jusqu'à son orifice. Dans cet intervalle on avait coulé l'alliage

métallique qui devait former le gigantesque canon. Puis, après
que le métal, complètement refroidi, était devenu une masse absolument homogène, ce moule intérieur avait été détruit et enlevé,
l'âme de la pièce avait été soigneusement alésée : tout était prêt
à fonctionner.

Avant de quitter ce monde qu'ils ne devaient plus revoir,
Marcel et ses compagnons avaient voulu passer les quelques jours
qui les séparaient de leur départ dans cette villa de Rugel où
leur raison avait failli succomber, et où les soins d'amis si chers
et si dévoués les avaient rendus à eux-mêmes. Quelle que fût
leur impatience de revoir la Terre, ils ne pouvaient se défendre,
au moment de s'éloiger, d'un sentiment de mélancolie et de
regret.

Les conditions dans lesquelles ils vivaient depuis plus de deux
ans étaient si différentes de tout ce qu'ils avaient vu et connu
jusque-là, que leur âme s'était en quelque sorte transformée et
comme épurée dans un milieu plus noble et plus parfait.

Depuis qu'ils étaient dans le monde lunaire, leurs regards
s'étaient déshabitués de toutes les laideurs et de toutes les misères
que présente l'humanité terrestre. Là tout était digne et élevé,
tout tendait vers la poursuite du beau et du bien ; les efforts de
chacun concouraient à l'œuvre commune ; sans compétitions et
sans luttes, sans jalousies et sans haines, sans cupidité et sans
envie, une société presque idéale semblait réaliser le type de la
perfection.

Ainsi se déchirait devant leurs yeux un coin du voile qui
cache l'œuvre divine de la création. Déjà les esprits les plus
élevés ont entrevu cette loi supérieure de la hiérarchie des
mondes qui, partant des conditions les plus infimes de la vie,
doit aller s'élevant par gradations insensibles dans la voie d'un
avancement sans limites.

Ils avaient sous les yeux l'un des échelons de cette progression indéfinie, et ils se demandaient à quel degré de supériorité
intellectuelle et morale pouvaient s'élever les habitants de
sphères encore plus favorisées.

Ils se disaient que, de retour sur la Terre, ils allaient se trouver comme éveillés d'un songe merveilleux et enchanteur. Tout ce qu'ils ignoraient depuis deux ans allait les assaillir de nouveau : ils allaient retomber en plein dans la lutte pour l'existence ; ils allaient se retrouver mêlés à une foule asservie à de grossiers besoins, à d'âpres appétits. C'en était fini de la vie calme et tranquille, de la sérénité de l'esprit, de la paix du cœur ; il leur faudrait rentrer dans la bataille, se heurter aux intérêts qui ne désarment jamais, aux ambitions qu'aucun scrupule n'arrête, qui ne reculent même pas devant le crime pour se satisfaire. Ils auraient sous les yeux le spectacle attristant de la force triomphante, de l'injustice honorée, des forfaits couronnés en face de la vertu persécutée, de la vérité honnie, des misères imméritées.

S'ils n'avaient écouté que la voix de leur raison, ils seraient restés volontiers les membres de cette société, dont la concorde et l'harmonie les charmaient. Mais le souvenir des êtres qu'ils avaient laissés derrière eux et cet amour que la nature a mis au cœur de chaque homme pour le sol qui l'a vu naître, quelque déshérité qu'il soit, les attiraient invinciblement. En outre, leur âme, qui s'était agrandie, avait conçu de nobles projets, et lord Rodilan lui-même se sentait pris, à sa grande surprise, d'ardeurs généreuses qu'il ne se connaissait pas. Déjà, à maintes reprises, les trois amis s'étaient promis, lorsqu'ils seraient revenus sur le vieux monde terrestre, de mettre tous leurs efforts au service de leurs frères misérables, de soulager dans la mesure du possible les maux dont ils souffraient.

C'étaient là les sujets dont ils s'entretenaient le plus ordinairement avec leurs hôtes, dans les jours qui précédèrent la séparation.

Malgré son désir de ne pas donner aux habitants de la Lune une trop mauvaise idée de l'humanité terrestre, Marcel avait été cependant amené à faire connaître à ceux que ces questions intéressaient le plus, les tristes conditions, les inégalités choquantes que présente l'existence des hommes sur la Terre.

Il n'avait pu dissimuler que, même dans les nations les plus avancées et sous les dehors des civilisations les plus brillantes,

se cachent des abîmes profonds de vices et de misères. Il leur
avait parlé de ces malheureux qui disputent péniblement leur
vie au milieu de l'égoïsme et de l'indifférence, de ces abandonnés que nul ne soutient et n'encourage, et que souvent le
désespoir conduit au crime ou au suicide.

Il leur avait montré ces vieillards sans foyer, ces jeunes filles
sans protection, ces enfants sans famille et sans abri, errant dans
les vastes cités, étalant leurs haillons aux regards d'une foule
inattentive, et sollicitant en vain d'une pitié qui se dérobe de
quoi ne pas mourir de froid et de faim.

Ceux qui avaient reçu ces tristes confidences en avaient été
profondément surpris, et leur âme s'était émue à la pensée de
ces maux, de cette dégradation morale qu'ils avaient peine à
concevoir.

Oréalis surtout n'avait pu entendre, sans se sentir remuée
jusqu'au fond de son être, la description de pareilles souffrances.
Son cœur était tout rempli d'indignation contre l'injustice et de
pitié pour le malheur. Un jour que les trois voyageurs s'entretenaient avec Rugel de leur prochain départ, et des projets qu'ils
songeaient à mettre à exécution, Oréalis se présenta devant eux.
Son visage, d'une expression ordinairement si vive et si franche,
était comme voilé de tristesse et sa voix trahissait un léger
embarras.

« Amis, leur dit-elle, tout ce que vous m'avez raconté du
monde où vous allez retourner m'a intéressée, et, lorsque vous
nous aurez quittés, ma pensée vous suivra aux lieux que par
vous j'ai appris à connaître. Mais mon cœur s'est surtout ému
à la peinture que vous nous avez faite du sort de tant de
malheureux que renferme encore l'humanité terrestre. Je sais
quels sont vos desseins; je sais que vous voulez vous consacrer
au soulagement de tant de misères, et j'ai eu la pensée de m'associer à vos efforts. Vous ne me refuserez pas, je l'espère, la
joie de vous aider dans cette tâche; ce sera comme un lien qui
nous unira encore à travers l'espace et qui subsistera entre nous
lorsque vous nous aurez quittés. Il me semblera que nous ne
sommes pas tout à fait séparés lorsque je songerai que je suis

pour quelque chose dans le bien que vous accomplirez. Vous
m'avez appris que, sur la Terre, celui qui possède en grande
quantité certains objets à la fois rares et précieux, est celui qui
peut se procurer le plus de satisfactions et aussi faire autour
de lui le plus de bien. Je sais que, parmi ces objets dont, chez
vous, on prise très haut la valeur, se trouvent certaines pierres
brillantes qui n'ont d'autre utilité pour nous que de servir à
orner nos monuments et à leur donner plus d'éclat. J'en ai
réuni quelques-unes et vous voudrez bien les emporter avec

Deux Diémides apparurent portant un coffre de métal...

vous comme un souvenir de ceux qui ont appris à vous estimer
et à vous aimer, qui ne vous oublieront jamais. »

Et, sur un signe d'elle, deux Diémides apparurent portant
un coffre de métal précieux curieusement sculpté et ciselé, où
se détachaient de vivantes figurines, des feuillages entrelacés
et de fines arabesques.

L'imagination des artistes si délicats du monde lunaire en
avait fait un chef-d'œuvre de grâce, de richesse et d'élégance.

Oréalis l'ouvrit : ce fut un éblouissement.

Il était rempli jusqu'aux bords de diamants d'une eau merveilleuse et de dimensions tout à fait inusitées; on y voyait des saphirs, des rubis, des émeraudes, des opales, des topazes énormes et de toute beauté. A première vue, un pareil trésor représentait une fortune inestimable, inouïe.

Malgré le détachement des choses terrestres auquel ils étaient habitués depuis deux ans, Marcel, Jacques et lord Rodilan se sentirent frémir, et le vieil instinct de possession que l'atavisme avait mis en eux se réveilla : leurs yeux brillèrent d'un éclat plus vif et, sans qu'ils en eussent conscience, leurs mains s'avancèrent vers ce trésor digne des *Mille et Une Nuits*.

Rugel les regardait en souriant. Bientôt ils se ressaisirent.

« Vous êtes, dit Jacques à Oréalis, l'âme la plus noble et la plus généreuse. Nous acceptons ce que vous nous offrez; nous emploierons à rendre aux déshérités du sort la confiance et l'espoir, les richesses que vous nous prodiguez. Nous n'en serons que les distributeurs, et les malheureux dont elles allégeront les maux apprendront de nous à bénir votre nom.

— Une pareille offrande, répondit Rugel, ne mérite pas de tels remerciements. Ces pierres que vous appelez des trésors sont pour nous à peu près sans valeur, et nous n'aurions jamais songé à les utiliser de la sorte si vous ne nous aviez appris l'usage auquel elles pouvaient servir sur la Terre. Si elles doivent vous aider dans l'accomplissement de vos projets, si elles peuvent adoucir quelques souffrances, nous sommes heureux de vous les offrir. Et nous regrettons que vous ne puissiez en emporter avec vous davantage. »

Pendant que Rugel parlait ainsi, Marcel s'était approché d'Oréalis :

« Mon cœur ne m'avait point trompé, lui dit-il, lorsqu'il m'a entraîné vers vous. J'avais bien compris tout ce que votre âme renferme de hautes vertus, et je garderai avec moi loin de vous le regret de n'avoir pu vaincre votre indifférence. »

Oréalis eut un geste de protestation :

« Vous ne m'avez jamais été indifférent, ami, vous le savez; mais vous aviez rêvé l'impossible, et j'aurais été coupable de ne pas vous ouvrir les yeux. Loin de moi vous oublierez, et une

compagne digne de vous vous donnera bientôt, je l'espère, tout
le bonheur que vous méritez.

— Jamais, répliqua Marcel. Si j'ai dû renoncer à l'espoir
d'unir ma vie à la vôtre, je n'ai pas renoncé au sentiment que
vous m'avez inspiré. Cet amour qui est né dans mon cœur n'en
sortira plus ; je l'y garde avec un soin jaloux ; il sera ma force
et ma consolation dans les épreuves qui m'attendent.

— Le temps fera son œuvre, ami, croyez-moi, répondit
Oréalis ; il cicatrise toutes les blessures. »

Marcel s'inclina sans répondre ; mais l'expression de son visage
semblait démentir les espérances que faisaient concevoir les
paroles de la jeune fille.

Azali, qui avait conçu pour ceux qui lui devaient la vie
une sincère affection, et auquel le caractère de Marcel inspirait
plus que de l'estime, avait tenu à se trouver auprès d'eux pendant les derniers jours qu'ils devaient passer dans le monde
lunaire.

Par un sentiment de réserve et de délicatesse, il avait ajourné
son union avec la fille de Rugel. L'amour que Marcel avait
éprouvé pour elle n'avait pu laisser entre eux aucun nuage.
L'esprit d'Azali était trop élevé pour être accessible à de
mesquines défiances ou à de troublantes jalousies : jamais,
dans sa pensée, un doute n'avait effleuré celle qu'il aimait.

Il savait bien, du reste, que si son âme avait pu se laisser
toucher par l'affection de Marcel, elle n'aurait ni pu ni voulu
dissimuler le changement survenu dans son cœur ; mais jamais
rien n'avait troublé la sérénité de son visage, voilé l'éclat limpide de son regard.

D'ailleurs, une transformation profonde s'était opérée dans les
sentiments de Marcel : la haute vertu d'Oréalis, la conviction
venue à la longue que ses désirs ne pouvaient se réaliser, avaient
fini par triompher de ses ardeurs premières. Certes, il aimait
toujours la jeune fille de toutes les forces de son être, et il était
sincère lorsqu'il affirmait que jamais aucune femme ne prendrait
dans son cœur la place qu'elle y occupait. Mais ce sentiment
s'était épuré : dégagé de toute aspiration vulgaire, il n'était

plus qu'un culte idéal auquel il voulait rester pieusement fidèle, une fleur exquise dont le parfum devait embaumer sa vie tout entière.

Entre ces deux hommes, la sympathie avait dû naître et l'amour qu'ils éprouvaient tous les deux n'avait fait qu'en resserrer les liens. Azali s'intéressait aux projets dont Marcel avait souvent entretenu ses hôtes. Il l'interrogeait fréquemment : il voulait savoir quel était l'état d'esprit de cette foule de déshérités que courbait le vent de la misère, et ce que l'on tentait sur la Terre pour remédier à tant d'effroyables iniquités.

Et Marcel lui exposait tout ce que des âmes généreuses, animées par un profond amour de l'humanité, s'inspirant de la parole divine qui avait jadis retenti sur le monde : « Aimez-vous les uns les autres », accomplissaient en faveur de leurs frères malheureux.

Azali écoutait et il ne pouvait se défendre d'un mouvement d'admiration lorsque Marcel lui parlait de ces hommes dévoués qui, bravant de mortelles contagions, vont s'exposer à la mort la plus cruelle pour dérober à la nature quelque secret dont ils feront profiter leurs semblables; de ces saintes filles qui sacrifient leur jeunesse et leur beauté, qui renoncent aux pures joies de la famille pour se consacrer tout entières au service des misérables, qui vivent dans des atmosphères empoisonnées, toujours en présence des plaies les plus horribles, des agonies les plus affreuses, et meurent souvent victimes de leur abnégation.

« Cela est grand, cela est beau, murmurait-il; vous avez le droit d'être fiers de tels courages et de si magnifiques vertus. Et je m'incline avec respect devant la Sagesse Souveraine qui a permis que, dans une humanité moins bien partagée que la nôtre, puissent naître et éclore des fleurs si précieuses. En vérité, on ne peut trop regretter l'injustice et la misère, si elles sont la condition de si sublimes actions.

— Oui, disait Marcel, le bien et le mal se partagent notre pauvre monde; mais il y a dans l'existence des peuples qui vivent sur la Terre des heures sombres où le mal semble devoir l'emporter.

Je ne vous cacherai pas, ami, que les nations les plus avancées de notre humanité semblent, en ce moment, traverser une de ces crises fatales. Un vent de haine et de colère qui souffle la révolte au cœur des misérables s'est levé parmi nous. Des hommes de mauvaise foi, exploitant au profit de leurs ambitions et de leurs convoitises la crédulité d'une foule ignorante et malheureuse, excitent les plus détestables passions. Ils ferment volontiers les yeux à tout le bien qu'on tente de faire; le dévouement leur paraît suspect, la charité leur semble une offense; ils enveloppent dans la même réprobation et ceux qui, exploitant les pauvres, s'enrichissent du fruit de leur travail, et ceux qui font le plus noble usage de leur fortune. Ils font briller aux yeux de ceux qu'ils trompent le mirage d'on ne sait quelle cité irréalisable où le niveau d'une brutale égalité passerait sur toutes les têtes, où, dans une société de laquelle seraient exclus toute initiative, tout amour, régneraient, avec le plus implacable égoïsme, le silence et l'immobilité. Et, pour conquérir cet idéal monstrueux, ils rêvent la destruction de l'ordre établi; ils ne craignent pas d'armer des mains forcenées, et c'est à travers les ruines, le sang et les larmes qu'ils prétendent fonder le bonheur de l'humanité. Il est à craindre que, dans un avenir prochain peut-être, les passions ainsi surexcitées ne se déchaînent, et que des luttes formidables ne viennent retarder, Dieu sait pour combien de temps, toute marche dans la voie du progrès.

« J'espère, ajouta Marcel avec une nuance de mélancolie, qu'avec les trésors que la noble Oréalis vient de mettre à notre disposition, il nous sera possible de faire quelque bien. Si nous ne pouvons ni prévenir ni même retarder les luttes fratricides que prévoient les esprits les plus sages, nous nous efforcerons, en diminuant pour les jeunes générations les causes de la misère, en nous attachant à les instruire et à les moraliser, d'éclaircir les rangs de cette armée du crime, que des prédications sacrilèges lancent à l'assaut de la société.

— Le but que vous vous proposez, ami, répondit Azali, est digne de vous et de votre courage. Si, comme tout permet de le croire maintenant, les communications régulières continuent entre notre monde et le vôtre, vous nous tiendrez au courant de vos tentatives et de vos succès. Nous les suivrons avec tout l'intérêt que nous inspire l'affection que nous avons pour vous, et nous serons heureux d'avoir pu vous y aider pour une faible part. »

C'est ainsi qu'ils s'entretenaient en attendant le moment marqué pour la séparation.

Oréalis était tombée à genoux... (p. 419).

CHAPITRE XVI

LES ADIEUX

Tout était prêt pour le départ, qui avait été fixé au 25 février.

L'obus dans lequel les trois voyageurs avaient fait leur entrée dans le monde lunaire avait été placé dans l'une des salles du palais du gouvernement, et il y était pieusement conservé, monument de la plus audacieuse entreprise qu'ait tentée le génie de créatures mortelles.

On avait dû en construire un autre égal en dimensions à celui

qui avait servi au premier trajet. On avait choisi pour le fabriquer
ce métal de couleur violacée, aussi léger que l'aluminium, mais
d'une résistance encore plus considérable dont, on se le rappelle,
était faite la plaque sur laquelle Marcel avait lu l'invitation qui avait
déterminé son départ de la Terre. On y avait seulement ajouté
quelques modifications.

Comme la surface de la Terre est, pour les sept dixièmes, recou-
verte par les eaux de la mer, il y avait tout d'abord sept chances
sur dix pour que le projectile ne tombât pas sur un continent. A
ces chances déjà considérables, les astronomes de la Lune avaient
ajouté la précision de leurs calculs.

En tenant compte de toutes les données du problème, vitesse
initiale, attraction terrestre et lunaire, mouvement de rotation et de
translation de la Terre, translation de la Lune, l'obus devait tomber
dans une partie de l'océan Pacifique où ses eaux atteignent une
profondeur de quatre à six mille mètres, plus que suffisante
pour amortir la chute. Le point visé se trouvait sur l'équateur par
130 degrés de longitude ouest du méridien de Paris, c'est-à-dire
dans une région distante de 50 degrés du continent américain. La
terre la plus rapprochée de ce point en est éloignée de plus de six
cents lieues, ce qui donnait une marge de douze à treize cents
lieues, assez large pour qu'une déviation, si elle venait à se produire,
n'offrit aucun danger.

L'obus devant tomber en plein Pacifique, loin de toute terre
habitée, il avait fallu songer à lui assurer assez de navigabilité pour
qu'il pût au besoin, s'il n'était pas recueilli par quelque navire
sillonnant ces parages, se diriger vers un point donné.

Comme il était flottable et complètement étanche, il n'avait rien
à redouter des plus furieuses tempêtes. Il n'avait, par un gros
temps, qu'à se laisser rouler par les flots; c'était par une mer calme
seulement qu'il pourrait se diriger.

Les savants de la Lune, qui ne voulaient rien laisser au hasard
de ce qu'ils pouvaient lui enlever par calcul et par prévoyance, y
avaient pourvu par un mécanisme ingénieux. A l'extrémité inférieure de l'obus, dans la paroi verticale, avait été ménagée une
sorte de chambre renfermant une hélice solidement encastrée entre

deux fortes plaques métalliques. Lorsque le projectile, après avoir pénétré dans les profondeurs de l'Océan, serait remonté à sa surface, il suffirait, en larguant les boulons qui la fixaient, de projeter au dehors la plaque extérieure, et de repousser l'hélice qui, tournant alors librement dans l'eau, servirait de propulseur à cette embarcation d'un nouveau genre. Pour que l'esquif pût se diriger, ce que sa forme cylindrique rendrait difficile, deux cavités avaient été aménagées un peu au-dessus de la chambre renfermant l'hélice, de façon à ce qu'on pût y insérer la mèche d'un gouvernail mobile gardé à l'intérieur de l'obus jusqu'au moment voulu, et qu'on en sortirait par le hublot supérieur. L'hélice devait être actionnée à l'aide d'accumulateurs électriques capables de lui imprimer, pendant plusieurs semaines, une vitesse suffisante.

Avec un tel appareil on ne pouvait espérer ni une marche bien rapide, ni une direction bien sûre ; mais comme, au cours des communications échangées avec la Terre, le prochain départ des voyageurs avait été annoncé à leurs amis, avec l'indication approximative de la région dans laquelle ils devaient tomber, il était permis de croire que des vaisseaux seraient envoyés à leur recherche, et qu'ils ne seraient pas exposés à rester longtemps le jouet des flots.

Le système de cloisons brisantes destinées à amortir la violence du choc produit sur l'obus par la déflagration de l'explosif qui devait le projeter dans l'espace, ainsi que les trois jeux de fusées destinées à ralentir sa chute, avaient été adoptés par les constructeurs du nouveau projectile : tout cela leur avait paru ingénieusement combiné et suffisant.

Quant à l'explosif lui-même, les savants lunaires qui en possédaient une très abondante collection, n'avaient eu que l'embarras du choix. Celui auquel ils s'étaient arrêtés développait, sous un volume très restreint, une force expansive formidable, et n'occupait au fond de l'âme du canon qu'une hauteur de dix-huit mètres, ce qui, étant donné que la longueur totale de la pièce était de cent cinquante mètres, laissait au projectile cent trente-deux mètres à parcourir avant de s'élancer dans l'espace.

D'après les calculs, et afin que l'obus pût rencontrer la Terre au point visé, ou tout au moins dans la région dont il formait le centre,

le départ devait être effectué le 25 février à huit heures quarante-
cinq minutes vingt-sept secondes, calculées sur le méridien de
Paris. Un mois séparait encore les voyageurs de cette date. Les
semaines qui suivirent furent employées par eux à visiter une dernière fois le monde qu'ils habitaient depuis deux ans.

Dans cette population relativement peu nombreuse et où chacun
s'intéressait à tout ce qui touchait la vie publique, la nouvelle du
prochain départ des étrangers avait produit une impression pénible.
Depuis de si longs mois qu'on les voyait vivre de la vie commune,
aller et venir dans ces régions qu'ils avaient explorées dans tous
les sens, tout le monde les connaissait, s'était habitué à eux et
avait appris à les aimer.

L'exubérante franchise de Marcel, la gravité un peu mélancolique de Jacques et l'*humour* familier de lord Rodilan, avec ses
saillies imprévues, faisaient, au milieu de ces populations si calmes
et si pondérées, un contraste qui rendait plus vive encore la sympathie dont ils étaient l'objet. Longtemps on douta, car on ne pouvait se faire à l'idée de ne plus les voir; mais lorsqu'il fut certain
que leur résolution était immuable, lorsqu'on sut que les moyens
qui devaient assurer leur départ étaient préparés, puis achevés, ce
fut une véritable tristesse.

Partout on se pressait sur leur passage : on voulait les voir encore
une fois, leur serrer la main, recueillir leurs dernières paroles.

Aux marques de sympathie qui leur étaient prodiguées, à
l'expression de regret qui se lisait dans tous les regards, les voyageurs pouvaient juger de la place qu'ils avaient tenue dans la vie
de cette humanité, de l'importance qu'avait aux yeux de chacun
l'œuvre qu'ils avaient accomplie, du vide qu'ils allaient laisser
après eux.

Ils avaient manifesté l'intention de prendre congé du chef de
l'État.

« Vous êtes allés, leur dit Rugel, au-devant de ses propres
désirs. Le prudent Aldéovaze ne veut pas vous laisser quitter notre
planète sans vous faire ses adieux. Il est prêt à vous recevoir. »

Rugel et ses hôtes rentrèrent donc dans la capitale et se rendirent au palais où siégeait le gouvernement. Ils furent introduits

dans la grande salle où se tenait Aldéovaze, entouré du Conseil Suprême.

En contemplant, pour la dernière fois, cette vénérable assemblée d'hommes que leur sagesse et leurs vertus élevaient si haut au-dessus de l'humanité, les trois voyageurs se sentaient le cœur tout rempli d'une respectueuse admiration

Depuis deux ans qu'ils habitaient le monde lunaire, ils avaient été souvent admis à assister à ces solennelles délibérations, et toujours ils avaient été frappés du calme et de la dignité qui régnaient dans ces graves débats. Lorsqu'ils se reportaient aux séances des assemblées législatives des États qui se glorifient d'être les plus civilisés sur la Terre, ils rougissaient pour leurs compa-triotes. Ici, rien de semblable à ces réunions d'écoliers indisci-plinés, turbulents et bavards qu'un président, sorte de pédagogue, a grand'peine à gouverner, où, dans les séances orageuses, les interpellations se croisent, les injures pleuvent, les menaces éclatent, où, dans l'effarement des ambitions personnelles et des compétitions mesquines, on fait bon marché de l'intérêt sacré de la patrie.

Il leur semblait avoir devant les yeux comme un rare cénacle qui aurait réuni toutes ces grandes figures que l'histoire a consa-crées et que l'humanité terrestre honorera toujours d'un culte presque divin, les Socrate et les Platon, les Solon et les Marc-Aurèle, les Jean Chrysostome et les Vincent de Paul, les Michel de l'Hôpital et les Descartes, tous ces génies, grands par le cœur et par l'intel-ligence dont s'honore notre monde inférieur et qui semblent être comme la rançon de ses vices et de ses défaillances.

Et les sages qui formaient ce Conseil avaient, par leur nature même, quelque chose de plus idéal et de plus proche de la per-fection absolue que les plus pures gloires terrestres.

L'envoyé du roi d'Épire avait cru, en présence du Sénat romain, se trouver devant une assemblée de rois : les trois amis auraient pu se croire devant une assemblée de dieux.

« Chef vénéré du monde lunaire, dit Marcel après s'être profon-dément incliné, nous avons tenu, au moment de retourner sur la Terre, à vous exprimer les sentiments de respect et de reconnaissance dont nos âmes sont pénétrées. Nous avons pu, grâce à vous, atteindre le but que nous avions entrevu et dont nous n'aurions jamais osé espérer une si complète réalisation. Les communications entre les deux astres sont aujourd'hui un fait accompli; la haute pensée que vous nous aviez exprimée lorsque nous sommes arrivés parmi vous reçoit son exécution; le vaste horizon de fraternels échanges et de progrès accomplis en commun devient dès maintenant accessible aux deux humanités. Notre œuvre est achevée. Notre devoir, d'accord avec nos affections, nous rappelle dans notre patrie. D'autres continueront ce que nous avons commencé, et nous, nous garderons toujours au fond du cœur un éternel souvenir de votre bienveillance et de votre générosité. »

Aldéovaze s'était levé, et, malgré l'austère gravité de son attitude, une émotion contenue faisait légèrement trembler sa voix :

« Amis, leur dit-il, nous n'avions jamais compté vous retenir ici pour toujours, mais nous espérions que vous n'auriez pas songé si tôt à vous séparer de nous. Nous comprenons cependant les sentiments qui vous animent, et loin de chercher à vous retenir, nous avons donné tous nos soins à ce que vous pussiez partir au moment fixé par vous-mêmes. Ce ne sera pas sans tristesse que nous verrons s'éloigner ceux auxquels tant de liens nous rattachent déjà. Mais la mémoire des grandes choses que vous avez faites ne périra pas. Votre courage a rendu possible ce qui n'avait été jusqu'à présent qu'une vaine utopie, et tant que les deux mondes iront côte à côte dans la route éternelle que leur a tracée la sagesse divine, vos noms seront répétés et bénis d'âge en âge. Peut-être notre globe, qui a vieilli plus vite que le vôtre dans son évolution sidérale, est-il destiné à finir plus tôt; mais tant que la vie y persistera, il aura la consolation de ne plus se sentir isolé dans l'espace, et saura que c'est à vous qu'est dû cet inappréciable bienfait. Retournez donc vers nos frères de la Terre, dites-leur que nous les aimons et que nous voulons travailler d'accord avec eux au bonheur commun des deux humanités. »

. . . .

L'instant du départ était arrivé.

Aldéovaze avait voulu donner aux voyageurs, au moment où ils allaient entreprendre, pour la seconde fois, avec une telle audace une traversée si hasardeuse, une marque de son estime et de sa sympathie. Il s'était rendu, avec les membres du Conseil Suprême, à l'observatoire où devaient s'échanger les derniers adieux.

Tous ceux qui avaient vécu dans l'intimité de Marcel, de Jacques et de lord Rodilan se trouvaient là : Rugel et sa fille, Mérovar et Azali, ainsi que les deux jeunes gens et la jeune fille ramenés de si loin, et qui ne devaient jamais oublier ceux dont le courage avait, pour une si large part, contribué à assurer leur salut. Tous se sentaient pris d'un cruel sentiment d'angoisse.

Quelque exacts que fussent les calculs des savants qui avaient fixé l'heure du départ et marqué l'instant de l'arrivée, nul ne se dissimulait que la plus légère erreur pouvait suffire pour que le projectile, au lieu de s'enfoncer dans les abîmes de l'Océan, vînt s'écraser sur un continent.

Mais ces craintes, que tous ressentaient sans oser les formuler, n'avaient pas troublé l'âme intrépide des trois amis.

A mesure qu'approchait l'instant décisif, leur vaillance semblait s'exalter. Leur résolution une fois prise, ils partaient sans jeter un coup d'œil en arrière, et leurs regards s'élevaient dans l'espace jusqu'à ce monde terrestre dans lequel ils allaient rentrer.

On était réuni sur la terrasse de l'observatoire, et la Terre, à ce moment dans son plein, apparaissait brillante de clarté. Ils y aspiraient de toute l'ardeur de leur âme; il leur tardait d'être en route.

On dut se disposer à gagner le lieu d'où allait s'effectuer le départ.

Rugel, Mérovar et Azali s'étaient proposé d'accompagner leurs amis jusqu'au dernier instant. L'émotion était à son comble.

Les trois amis serrèrent une dernière fois les mains qui se tendaient vers eux, et s'inclinèrent avec respect devant Aldéovaze. La jeune fille pour qui lord Rodilan s'était montré si paternel, fixait sur lui de grands yeux attendris.

« Ne pleure pas, mon enfant, lui dit-il; tu as trouvé une mère qui t'aimera mieux que je n'aurais su le faire (Oréalis, en effet, s'était attachée à cette triste délaissée et lui témoignait une affection

53

touchante); tu te consoleras bientôt, et si tu veux garder le souvenir de celui qui fut ton ami, tu pourras, dans quelques années, donner mon nom au premier fils qui te naîtra : tu l'appelleras Douglas. »

Puis, enlevant l'enfant dans ses bras robustes, il la pressa énergiquement sur son cœur, et, la reposant à terre, il se détourna pour essuyer furtivement une larme. Ce moment d'émotion fut court, et presque aussitôt il s'avança avec Jacques pour prendre congé de la belle Oréalis. Elle avait été pour eux douce et maternelle; c'était sous sa bienveillante protection que leur raison, un instant obscurcie, s'était réveillée : ils en gardaient au cœur une profonde reconnaissance, et le baiser qu'ils déposèrent sur ses joues avait quelque chose de grave et de recueilli.

Oréalis, s'adressant à Jacques :

« Dites à celle que vous allez retrouver qu'elle a ici une sœur qui l'aimera toujours.

« Pour vous, ami, ajouta-t-elle en se tournant vers lord Rodilan, ne gardez pas un trop mauvais souvenir du séjour que vous avez fait parmi nous. Votre cœur, nous le savons, vaut mieux que vous ne voulez le laisser croire, et nous n'oublierons pas l'homme bon et généreux que vous êtes en réalité. »

Marcel s'avançait le dernier.

A son tour il appuya ses lèvres sur le visage de celle qu'il avait rêvé d'unir à sa destinée, et il mit dans ce premier et dernier baiser toutes ses espérances déçues, tout ce grand amour que rien ne devait jamais effacer de son cœur.

Ils étaient l'un et l'autre trop émus pour pouvoir échanger une parole; leurs mains se serrèrent dans une longue et muette étreinte.

. . . .

Les trois voyageurs étaient partis.

Tous ceux qui étaient restés dans l'observatoire se tenaient sur la terrasse vitrée, les yeux fixés dans la direction de l'endroit d'où allait s'effectuer le départ. Soudain l'horizon s'éclaira d'une vive lueur qui voila un instant la lumière que la Terre versait à flots sur la surface de la Lune. Presque aussitôt un sourd grondement se fit entendre.

Oréalis était tombée à genoux dans une attitude de prière.

La voix grave d'Aldéovazo s'éleva :

« Que l'Esprit Souverain qui dirige les mondes les protège et les conduise sains et saufs au terme de leur route. »

A la limite où la mer semblait se confondre avec le ciel
apparaissait une ligne bleuâtre... (p. 435).

CHAPITRE XVII

DANS L'OCÉAN PACIFIQUE

« Que le diable emporte vos amis! mon cher Marcel, s'écria
lord Rodilan, en quittant le hublot d'où il inspectait la surface de
l'Océan. Depuis trois jours que nous errons dans ces parages, ils
devraient bien nous avoir déjà repêchés.

— Peste! mon cher lord, fit Marcel en riant, comme notre
voyage dans la Lune vous a changé! Vous, jadis si flegmatique, et
dont rien n'émouvait la froide indifférence, vous voilà impatient et
nerveux comme une petite maîtresse.

— Vous vous trouvez donc bien là-dedans? riposta l'Anglais.

— Non, sans doute, mais n'est-ce donc rien que d'avoir maintenant au-dessus de nos têtes, au lieu d'une voûte de granit, ce beau ciel azuré, ces nuages aux formes capricieuses, aux teintes brillantes, de respirer à pleins poumons ces brises salines, de nous sentir baignés par cette éclatante et douce lumière du soleil dont nous avons été privés si longtemps? Mais qu'en dit l'ami Jacques?

— Oh! moi, fit le jeune médecin, je suis aussi impatient que lord Rodilan. Il me tarde de sortir de notre prison flottante et de presser dans mes bras ceux qui nous attendent. Alors seulement je jouirai du bonheur d'être revenu sain et sauf sur la Terre.

— Tu es bien heureux d'être aimé et d'être attendu, murmura sourdement Marcel, et son front se couvrit d'un nuage. Mais bientôt il se ressaisit :

— Ma foi, mes chers amis, le succès vous a gâtés. Tout nous a réussi jusqu'à présent et vous n'êtes pas encore satisfaits. Nous avons accompli, dans les conditions les plus inespérées, la traversée la plus hasardeuse; nous sommes tombés dans la région même du Pacifique que nous nous étions proposé d'atteindre; notre projectile a pénétré jusque dans les couches les plus profondes de l'Océan, et est remonté à la surface sans rencontrer d'obstacle; nous flottons maintenant sur une mer paisible et sous un ciel pur. Que vous faut-il de plus? Nos amis, prévenus par la dernière dépêche que nous leur avons adressée, connaissant exactement l'instant de notre départ et celui de notre arrivée, sont assurément à notre recherche. Mais, ainsi que nous l'avons constaté en faisant le point, nous sommes tombés par 136° 15' de longitude ouest et 9° 23' de latitude sud, c'est-à-dire en dehors de toute voie de communications régulières. Rien d'étonnant à ce que les navires envoyés à notre recherche ne nous aient pas encore rencontrés. Nous avons pris le parti le plus sage : nous avons mis le cap sur la terre la plus proche, l'archipel des Marquises. Mais notre esquif, excellent pour les traversées interplanétaires, ferait, vous le savez, triste figure aux courses du Yachting-club, et malgré toute la bonne volonté de notre hélice, il nous faudra pas mal de temps pour aborder.

— Eh! bien, soit, fit lord Rodilan avec une résignation

comique. Ah ! mon voyage dans la Lune n'aura pas été perdu : j'y aurai appris la patience. »

Marcel ne se trompait pas. De nombreux navires sillonnaient ces parages à la recherche des voyageurs. Dès le 5 janvier, l'observatoire de Long's Peak avait transmis à Biskra la dépêche suivante:

« Partirons le 25 février à 8ʰ 45ᵐ 27ˢ. Tomberons dans le Pacifique vers équateur par 130° longitude, M. J. R. »

Une joie immense avait rempli le cœur de Mathieu-Rollère et de sa fille. Des télégrammes expédiés sur le champ dans le monde entier avaient répandu l'étonnante nouvelle.

Depuis longtemps aucun doute ne restait plus sur la réalité de ce voyage extraordinaire. La régularité des communications échangées, que les plus incrédules avaient pu vérifier de leurs yeux, les informations si précises venues du satellite, et dont quelques-unes confirmaient les observations déjà acquises à la science, tandis que les autres fournissaient sur nombre de points restés obscurs des solutions rationnelles et satisfaisantes, avaient eu raison du mauvais vouloir et de la routine.

A l'annonce du prochain retour des hardis explorateurs, toutes les sociétés savantes s'étaient émues : un grand courant de curiosité et de sympathie s'était manifesté dans toutes les nations civilisées, et, sous la pression de l'opinion publique, les grandes puissances maritimes du monde avaient envoyé des navires croiser dans les parages où devait s'effectuer la chute du projectile. Mathieu-Rollère, sa fille et Georges Dumesnil s'étaient rendus en hâte à Panama, y avaient pris passage sur la *Galathée*, croiseur rapide détaché de la division du Pacifique et mis à leur disposition par le gouvernement français.

Ils avaient gagné sans retard la région indiquée par le télégramme lunaire et que sillonnaient déjà, avec deux autres navires français de la même division, nombre de vaisseaux anglais, américains, russes, voire même japonais. Déjà, en effet, le gouvernement de Tokio, jaloux de se tenir au courant de tous les progrès, saisissait avec empressement l'occasion de se mêler à tous les congrès scientifiques.

Bon nombre de yachts de plaisance que la curiosité avait

attirés, parcouraient aussi ces parages, ordinairement peu fréquentés, où régnait depuis quelques jours un mouvement tout à fait insolite.

Pour faciliter la surveillance de cette partie du Pacifique où devait tomber le projectile, et empêcher tous ces navires de nationalité différente d'errer au hasard, une entente était intervenue entre les divers gouvernements.

L'officier le plus ancien en grade devait prendre la direction des recherches et distribuer à chaque bâtiment son poste d'observation. A cet effet, toute la région à explorer avait été partagée en zones distinctes, dont chacune avait été assignée à une unité navale.

C'était au capitaine de vaisseau Francis Clayton, de la marine des États-Unis, un vieux loup de mer, commandant le croiseur de premier rang *Maryland*, qu'était dévolu le commandement de cette flottille, qui comptait une quarantaine de navires de tout tonnage.

Les instructions données par lui portaient que le premier qui aurait vu flotter l'obus et recueilli les voyageurs, devrait immédiatement rallier le *Maryland* qui stationnait au centre de la région. En même temps, il tirerait le canon à intervalles réguliers pendant le jour, et, la nuit, lancerait de puissantes fusées destinées à être aperçues de fort loin.

Ces signaux devraient être répétés par tous les navires qui les apercevraient, et, à quelque moment qu'ils se produisissent, ils impliqueraient l'ordre du ralliement général. Tout ainsi réglé, chacun avait gagné son poste et croisé dans les limites qui lui avaient été fixées.

Trois jours s'étaient écoulés depuis l'instant où le projectile parti de la Lune avait dû s'engloutir dans les profondeurs de l'Océan, et rien n'avait encore apparu à la surface de la mer tranquille.

Pendant qu'on les cherchait dans tous les sens, Marcel et ses compagnons, perdus sur l'Océan, avançaient péniblement vers le but qu'ils s'étaient marqué.

Leur hélice fonctionnait régulièrement; mais la forme ronde de leur étrange embarcation en rendait la manœuvre extrêmement difficile. Pour maintenir l'obus dans la direction choisie, il fallait que l'un des trois compagnons fût sans cesse à la barre du gouvernail. Ils naviguaient, pour ainsi dire, à la godille.

On était au matin du huitième jour depuis que la chute s'était effectuée. Marcel, au sommet de l'échelle qui aboutissait au hublot d'avant, fouillait, de sa jumelle marine, l'horizon très borné que le peu d'élévation de l'obus au-dessus de la surface de l'eau lui permettait d'embrasser.

« Voici la terre! » s'écria-t-il tout à coup.

Ses deux compagnons bondirent et chacun d'eux vint, à son tour, constater la présence de la côte si ardemment désirée.

À la limite indécise où la mer semblait se confondre avec le ciel apparaissait une ligne bleuâtre, légèrement dentelée, la crête évidemment d'une chaine de montagnes de médiocre élévation.

« Ah! enfin, soupira lord Rodilan, nous allons sortir de cette damnée prison où je commençais à moisir, et revivre de la vie terrestre.

— Ne dites pas trop de mal de notre pauvre obus, fit Marcel en souriant; il s'est bravement comporté. Connaissez-vous beaucoup d'esquifs qui aient, à pareille allure, franchi de semblables distances? Ce n'est pas sa faute si, construit pour fendre les airs, nous l'avons transformé en bateau de plaisance.

— Hélène! mon oncle! murmurait Jacques, je vais vous revoir. »

On imprima à l'hélice son maximum de vitesse, on se remit à godiller avec rage, et l'étrange embarcation, avançant cahin-caha, s'approcha, aussi rapidement qu'il était possible, de la masse montagneuse dont les contours se dessinaient de plus en plus nettement.

Marcel avait consulté sa carte et, faisant de nouveau le point : « Ce doit être, dit-il, l'île de Fatu-Hiva, la plus méridionale du groupe des Marquises. Nous allons trouver là, sûrement, quelque poste français où l'on s'empressera de nous recueillir. »

— Pourvu seulement qu'ils aient à nous offrir une bonne tranche de roastbeef ou de beefsteak, » grommela l'Anglais, à qui l'eau venait à la bouche à la pensée des plantureux dîners qu'il se promettait.

A mesure que diminuait la distance, l'aspect de la côte se précisait. D'épaisses forêts, dont la sombre verdure tranchait sur le bleu du ciel, couvraient les montagnes qui, maintenant, fermaient l'horizon; elles allaient s'abaissant vers une petite plage découverte que bornaient à droite et à gauche d'âpres rochers et la mer qui se brisait à leurs pieds les bordait d'une frange d'écume.

C'est vers cette sorte de crique que se dirigèrent les voyageurs.

Il était environ dix heures du matin quand l'obus toucha et demeura immobile. Son poids considérable, augmenté par la vitesse de l'hélice, avait suffi pour qu'il s'engravât profondément à une demi-encâblure du rivage. Aussi loin que la vue pouvait s'étendre tout paraissait désert; on ne voyait aucune trace d'êtres humains. Déjà lord Rodilan s'apprêtait à se précipiter dans la mer pour gagner la côte à la nage, quand Marcel l'arrêta.

« Eh! là, doucement, mon cher ami; il est bon, avant de descendre sur cette côte que nous ne connaissons pas, de prendre quelques précautions. Le groupe des Marquises appartient sans doute à la France, mais je ne suis pas sûr que nous ayons touché terre dans le voisinage d'un poste, et nous pourrions bien tomber dans quelqu'une des tribus sauvages qui occupent encore ces îles et qui, loin de toute surveillance, pourraient nous faire un mauvais parti. Avouez qu'il serait fâcheux de revenir de si loin pour périr dans quelque misérable embuscade.

— By Jove! s'écria lord Rodilan, il ne me déplairait pas de faire le coup de feu. Cela me changerait un peu de la vie monotone que nous menons depuis deux ans.

— Monotone! répliqua Jacques, vous êtes difficile. Mais Marcel a raison, il ne faut négliger aucune précaution. »

Après avoir soigneusement enfermé dans un sac imperméable leurs carabines, leurs revolvers et quelques munitions, les trois amis se jetèrent bravement à l'eau, et en quelques brassées eurent gagné le rivage.

Lorsqu'ils prirent pied sur le sol de cette Terre qu'ils avaient quittée depuis si longtemps, et qu'à tant de reprises différentes ils avaient pu craindre de ne jamais revoir, ils poussèrent un soupir de soulagement. Ils avaient triomphé de l'impossible, leur éton-

nante odyssée était maintenant terminée, leurs épreuves étaient
finies.

Ils s'abandonnaient ainsi à la joie du retour et se serraient les
mains avec effusion, lorsque soudain un coup de feu, parti d'un
épais fourré qui bordait la grève, retentit, et le chapeau de lord
Rodilan tomba à ses pieds traversé par une balle.

« Ah! fit l'Anglais, à la bonne heure! Je suis bien sûr maintenant d'être sur la Terre. Je retrouve les mœurs douces et hospitalières de mes chers compatriotes! »

Cependant une dizaine de sauvages, armés de longs fusils, sortaient du bois et s'avançaient en tiraillant, rassurés qu'ils étaient
par le petit nombre des étrangers dont ils croyaient avoir facilement raison. Heureusement, leurs coups mal dirigés se perdaient
sans résultat.

Le premier instant de surprise passé, lord Rodilan et ses compagnons, mettant le genou en terre pour assurer leurs coups,
avaient dirigé contre les assaillants le feu redoutable de leurs carabines à répétition. Chacun d'eux tenait douze hommes au bout de
son fusil.

Déjà leurs balles à longue portée avaient creusé dans les
rangs des sauvages des vides cruels, et de nombreux cadavres
jonchaient le sol.

Déconcertés par cette résistance à laquelle ils ne s'attendaient
pas, les indigènes reculaient, lorsque tout à coup on vit sortir
du bois une troupe plus considérable d'hommes armés. Attirée
par le bruit du combat, la tribu tout entière accourait brandissant ses fusils et poussant d'affreux hurlements.

« Vous réclamiez la bataille, milord, dit Marcel avec un beau
sang-froid; je crois que vous allez être servi à souhait.

— Nous ne pouvons cependant pas nous laisser écharper par
ces brutes-là, dit Jacques; ce serait trop bête.

— Tirons toujours dans le tas, dit lord Rodilan, en nous
repliant sur l'obus. Quand nous serons là, nous pourrons les
braver sans crainte. »

La nuée des barbares s'était répandue sur la plage et menaçait
d'envelopper les trois amis, qui, reculant pas à pas, visant avec

soin pour ménager leurs munitions, abattaient un homme à chaque coup.

Déjà quelques-uns des sauvages, devançant leurs compagnons, et craignant de voir les étrangers leur échapper, s'élançaient entre eux et le rivage, lorsque retentit un sourd roulement, et une vingtaine des assaillants les plus acharnés mordirent la poussière. Pendant que la horde féroce fuyait épouvantée, Marcel et ses compagnons, ne sachant d'où leur venait ce secours inespéré, tournèrent la tête. Une troupe de vingt matelots, portant l'uniforme français, rechargeaient tranquillement leurs armes.

Un homme vêtu avec une suprême élégance d'un costume moitié marin, moitié civil, et qui semblait les commander, s'avança vers les trois compagnons que la surprise rendait immobiles.

« Messieurs, leur dit-il en mettant la casquette à la main, je bénis le hasard qui m'a permis d'arriver à propos pour vous débarrasser de cette vermine. Je n'ai pas besoin de vous demander à qui j'ai l'honneur de m'adresser : l'obus que je viens de voir ensablé non loin d'ici, m'a appris que je me trouve en présence des trois illustres voyageurs que quarante navires cherchent en vain depuis huit jours. Je suis le comte Hector de Rochebrune, mon yacht est mouillé derrière cette pointe, et j'espère que vous me ferez l'honneur d'y monter pour aller rejoindre avec moi tous ceux qui vous attendent avec tant d'impatience. »

L'aisance avec laquelle s'exprimait le nouveau venu dénotait un homme du meilleur monde.

Son air ouvert, la franchise de ses manières gagnèrent tout de suite la sympathie de Marcel, qui serra vigoureusement la main qui se tendait vers lui.

Du reste, son nom n'était pas celui d'un inconnu. Bien que jeune encore, — il avait à peine trente-cinq ans, — le comte de Rochebrune était célèbre dans les annales des voyages de circumnavigation. Maître d'une immense fortune, passionné pour la science, il avait déjà parcouru l'un et l'autre hémisphère et

UN HOMME VÊTU AVEC UNE SUPRÊME ÉLÉGANCE... (p. 440).

rapporté de chacun de ses voyages de précieuses collections zoologiques et ethnologiques, qui avaient enrichi de nombreux documents le Muséum d'histoire naturelle de Paris, auquel il en avait fait hommage.

« Merci, Monsieur le comte, répondit Marcel avec chaleur, merci pour moi et mes compagnons que j'ai l'honneur de vous présenter, lord Rodilan et le docteur Jacques Deligny. »

Ceux-ci s'inclinaient gravement, mais le comte s'écria avec gaieté :

« Trêve de cérémonies, Messieurs; nous sommes, si vous le permettez, de vieilles connaissances. Depuis longtemps déjà vos noms sont dans toutes les bouches; voilà huit jours que je vous cherche et que je me fais une fête de vous serrer la main. »

En parlant ainsi, ils se dirigeaient vers le groupe des matelots restés au port d'armes dans une immobilité toute militaire.

« Mes amis, leur dit le comte, le hasard nous a merveilleusement servis. Voici les trois héros que nous cherchions, ceux qui viennent d'accomplir une traversée telle qu'aucun navigateur n'en a jamais tenté. »

Un formidable vivat sortit de toutes les bouches ; tous, et le comte lui-même, regardaient avec une respectueuse admiration ces hommes étonnants qu'entourait le prestige de si merveilleuses aventures. Ils semblaient ne pouvoir en rassasier leurs regards. Ces témoignages d'un enthousiasme ardent et naïf allaient au cœur des trois voyageurs, mais ne laissaient pas de les embarrasser quelque peu, habitués qu'ils étaient depuis longtemps aux allures calmes et discrètes de l'humanité lunaire.

Le comte s'en aperçut, et tirant sa montre :

« Il est midi, Messieurs, leur dit-il; c'est l'heure de se mettre à table, et j'espère bien que vous me ferez l'honneur d'accepter ma modeste hospitalité. »

A l'idée d'un repas qui, à en juger par la distinction de leur hôte, devait être recherché, les yeux de lord Rodilan avaient brillé de satisfaction. Son orgueil britannique n'en laissa rien paraître, mais Marcel et Jacques ne s'y trompèrent pas et le regardèrent en souriant.

Une baleinière de coupe élégante était amarrée au rivage; le comte et ses nouveaux amis y prirent place, et l'embarcation, enlevée par douze vigoureux rameurs, eut bientôt doublé la pointe de rochers derrière laquelle se dressait à l'ancre un superbe yacht à vapeur de 200 tonneaux, aux formes sveltes et hardies, dont la fine silhouette se dessinait sur l'azur du ciel.

Le comte gravit le premier l'échelle et, se tenant à la coupée, il accueillit ses hôtes.

« Messieurs, leur dit-il, soyez les bienvenus à bord de l'*Espérance*.

— Nous acceptons avec reconnaissance votre hospitalité, dit Marcel, et je suis bien heureux, pour ma part, que la première main qu'il m'a été donné de serrer en revenant sur la Terre soit celle d'un compatriote. »

Le comte les introduisit dans une salle à manger somptueusement aménagée, où se dressait, sur une nappe d'une éblouissante blancheur, un couvert tout étincelant de cristaux et d'argenterie.

A l'aspect de ce luxe dont ils étaient privés depuis si longtemps, Marcel, Jacques, et surtout lord Rodilan ne purent se défendre d'un sentiment de satisfaction profonde : ils reprenaient vraiment possession de la vie terrestre et s'apprêtaient à faire honneur aux mets délicats et aux vins généreux dont la table était couverte.

Cependant l'*Espérance*, qui était restée sous pression, avait levé l'ancre, et, trainant à sa remorque l'obus solidement amarré à son arrière, faisait force vapeur pour rallier le capitaine Francis Clayton. Conformément aux instructions reçues, on tirait le canon de quart d'heure en quart d'heure pour aviser les navires qui pouvaient se trouver à proximité que la croisière était terminée.

Dans la salle à manger, les quatre convives devisaient joyeusement.

Le comte faisait part à ses hôtes de l'impression qu'avait causée dans le monde tout entier l'annonce de leur prochain retour; il leur expliquait les mesures prises pour faciliter la recherche du projectile aussitôt qu'il serait tombé dans le Pacifique, et comment, sur les instructions du commandant du *Maryland*, chacun des navires avait reçu en partage la surveillance d'une partie de la région à explorer.

« Je croisais, leur dit-il, par 135 degrés de longitude ouest et 8 degrés de latitude sud, lorsque la nécessité de renouveler ma provision d'eau m'a obligé à me rapprocher de la côte. Après avoir jeté l'ancre à quelques encâblures du rivage, j'avais mis une embarcation à la mer et j'allais aborder, lorsque j'aperçus votre obus ensablé. Je compris immédiatement que la Providence m'avait mené vers vous, et j'allais m'approcher du projectile, quand le bruit d'une fusillade attira mon attention. Et... vous savez le reste.

— Ce que nous savons, dit Marcel, c'est que vous êtes arrivé fort à propos, car ces brutes de sauvages commençaient à devenir assez gênants.

— Mais quels maladroits! fit lord Rodilan; ils étaient bien deux cents, et pas un de leurs coups n'a porté.

— Excepté toutefois, reprit Jacques, celui qui a troué votre chapeau. Quelques lignes plus bas et nous n'aurions pas en ce moment le plaisir de savourer avec vous cette exquise eau-de-vie de notre vieille France. »

Il fallut à l'*Espérance*, dont la marche se trouvait ralentie par le poids énorme qu'elle avait à remorquer, douze jours pour rallier le *Maryland*.

Le temps parut court au comte de Rochebrune et à ses hôtes. Avides de savoir ce qui s'était passé sur la surface de la Terre depuis qu'ils l'avaient quittée, Marcel, Jacques et lord Rodilan multipliaient leurs questions, et le comte leur répondait de son mieux. Mais il voulait, lui aussi, puisqu'il était le premier à les interwiewer, recueillir force détails sur le monde étrange qu'ils venaient de quitter.

Les interrogations et les réponses se succédaient sans relâche.

Par ces belles nuits des tropiques, on s'oubliait à causer longuement sur le pont, et c'est à peine si l'on songeait à prendre quelques instants de repos. On avait de part et d'autre tant de choses à se dire!

Tant que le soleil restait sur l'horizon, le canon ne cessait de faire retentir sa grande voix, annonçant à tous ceux qui étaient à portée de l'entendre que la mission de la croisière était heureusement achevée.

Pendant la nuit, des fusées, lancées à intervalles réguliers, semblaient porter jusqu'au ciel la bonne nouvelle, et tous les vaisseaux qui percevaient ces signaux les répétaient à leur tour, si bien que lorsque les voyageurs atteignirent le point fixé pour la concentration, ils étaient suivis de plus de vingt navires qui leur faisaient une escorte triomphale.

CHAPITRE XVIII

TRIOMPHE ET NOBLES TRAVAUX

Lorsque Jacques mit le pied sur le pont du *Maryland*, il tomba dans les bras de Mathieu-Rollère.

Le vieux savant était secoué par une profonde émotion; il riait et pleurait tout à la fois.

« Ah! mon enfant, mon cher enfant! balbutiait-il, en serrant le jeune homme à l'étouffer.

— Mon oncle! mon bon oncle! » murmurait Jacques.

Mais bientôt le vieillard, dénouant son étreinte, se tournait vers sa fille qui, debout à ses côtés, était agitée d'un tremblement nerveux.

« Embrasse ton mari, fit-il; il t'a bien gagnée! »

Et Jacques déposa sur la joue de sa cousine son baiser de fiançailles.

Puis ce fut à Marcel et à lord Rodilan à recevoir l'accolade enthousiaste du vieil astronome.

« Et moi? fit l'ingénieur Georges Dumesnil en s'avançant à son tour.

— Ah! mon ami, dit Marcel en l'embrassant, quelle joie de se revoir! »

Jacques et lord Rodilan serrèrent aussi dans leurs bras cet ami dévoué dont le concours leur avait été si précieux.

Un indescriptible enthousiasme régnait sur le pont du croiseur américain. Toutes les règles de la discipline et de la hiérarchie paraissaient oubliées pour un instant.

Le capitaine Clayton et ses officiers, tous ceux à qui leur rang ou leur notoriété avait permis de monter à bord, l'équipage lui-même, tous confondus dans un même élan, se pressaient autour des voyageurs. On voulait les voir, les entendre, les toucher; on poussait des cris, des vivats; c'était un véritable délire.

On serrait leurs mains, on les embrassait avec frénésie; chacun cherchait à les étreindre, et, dans cette cohue d'admirateurs surexcités, ils étaient comme grisés et avaient toutes les peines du monde à garder leur sang-froid.

« Ouf! fit lord Rodilan en se dégageant enfin et en s'essuyant le front; que le diable les emporte tous! Ils n'ont donc jamais vu de gens revenus de la Lune! Que diraient nos amis de là-haut s'ils voyaient de pareils énergumènes? »

La première émotion s'était un peu calmée.

Au sifflet du maître d'équipage, les hommes du bord avaient repris leur poste. Le capitaine Clayton et ses hôtes restaient seuls sur le pont.

« Messieurs, fit le commandant du *Maryland*, vous êtes ici chez vous. J'ai mission de vous conduire où bon vous semblera. »

Les trois amis, après s'être consultés, décidèrent qu'on se dirigerait vers le Havre, et gagnèrent les appartements qui leur avaient été préparés à bord.

Il ne restait plus maintenant sur le croiseur que ceux qui devaient être les hôtes du capitaine Clayton. Parmi les visiteurs qui avaient salué leur arrivée, se trouvaient bon nombre de reporters qui avaient regagné en hâte leurs navires, et allaient maintenant à toute vapeur se rendre au port le plus voisin, pour télégraphier de là au monde tout entier qui restait dans l'attente, l'heureuse et étonnante nouvelle.

Le comte de Rochebrune, qui avait eu l'honneur de les recueillir, n'avait pas voulu quitter ses nouveaux amis, et avait laissé à son second le commandement de son yacht, qui devait accompagner le *Maryland* jusqu'au Havre.

Un croiseur français et un croiseur anglais, détachés de leur station par leurs gouvernements respectifs, devaient faire au navire américain, jusqu'au terme de son voyage, une escorte d'honneur. Avant de se mettre en route, on dut prendre quelques dispositions

« Embrasse ton mari, fit-il, il l'a bien gagnée!... (p. 445).

pour faire passer l'obus à bord du *Maryland*, car on ne pouvait songer à le remorquer pendant toute la durée d'une si longue traversée.

Malgré le fort tonnage du croiseur, — il jaugeait 6.000 ton-

neaux, — le poids énorme de l'obus rendait son chargement difficile. On résolut, par prudence, d'alléger le navire, et deux de ses
plus fortes pièces d'artillerie furent transportées sur les vaisseaux
qui formaient l'escorte.

A l'aide d'une grue puissante actionnée par les machines du
bord, l'obus, préalablement entouré de fortes chaînes, fut hissé
jusque sur le pont. On avait, pour lui livrer passage, élargi l'ouverture de la grande écoutille, et on l'avait solidement arrimé un peu
au-dessous de la ligne de flottaison, de façon à ce que son poids,
quelque considérable qu'il fût, ne pût compromettre la stabilité du
navire.

Tout, à l'intérieur du projectile, avait été laissé dans l'état primitif. Marcel se proposait depuis longtemps de faire hommage au
Muséum de Paris des échantillons qu'il avait rapportés.

Il y avait là de nombreuses photographies, des dessins précieux, des objets de toute nature fabriqués par les habitants de la
Lune, et qui pouvaient donner une idée aussi complète que possible de leur civilisation.

Toutefois, il avait eu soin de mettre à part le coffre précieux renfermant les pierreries, don suprême d'Oréalis, et qui, suivant le
vœu de cette âme généreuse, devait être consacré au soulagement
des misères humaines.

Six semaines plus tard, le 29 avril, les quatre navires voguant
de conserve étaient en vue du Havre. On les attendait.

Le télégraphe avait répandu partout la nouvelle de leur arrivée,
et depuis plusieurs jours tous les trains bondés de voyageurs, tous
les paquebots surchargés de passagers, déversaient dans la ville
une foule de gens venus de toutes parts pour contempler les trois
héros, dont les noms étaient désormais inoubliables.

Le ministre de l'Instruction publique lui-même avait tenu à les
recevoir à leur débarquement sur le territoire français. Le directeur de l'Observatoire de Paris, le président du Bureau des longi-
tudes, ceux de la Société astronomique et de la Société de géogra-
phie étaient venus, ainsi que bon nombre de savants, jaloux de
recueillir de leur bouche les impressions qu'ils rapportaient de ce
monde si merveilleusement ouvert à la science.

Le Président de la République avait voulu, lui aussi, se faire représenter à cette cérémonie qui prenait un caractère patriotique.

Toutes les vieilles oppositions soulevées jadis par l'esprit de routine et les traditions bureaucratiques étaient maintenant oubliées. Devant la réalité du fait accompli, toute résistance avait désarmé, et un irrésistible courant d'admiration et d'enthousiasme entraînait tous les cœurs.

Ceux qui, tout récemment encore, s'étaient montrés les plus défiants et les plus rebelles, étaient aujourd'hui les plus prompts à proclamer la grandeur de cette conquête inouïe dans les annales de la science.

Tant il est vrai que le succès dompte, lorsqu'il est avéré, toutes les résistances, et que le génie n'est reconnu que lorsque sa lumière aveugle même les plus incrédules!

Des députés, des sénateurs, les représentants de tous les corps constitués, de toutes les sociétés scientifiques de France, de la presse de Paris, des départements et de l'étranger, s'étaient joints au cortège. Jamais la ville du Havre n'avait vu réunie dans ses murs une pareille collection de tout ce que la France compte de plus illustre et de plus autorisé, et c'est au milieu d'une indescriptible ivresse que les voyageurs mirent le pied sur le quai où les déposa, tout pavoisé, le croiseur américain.

Après les inévitables harangues que réclamait la circonstance et que lord Rodilan, pour sa part, ne subit qu'avec quelque impatience, les trois amis durent, pendant huit jours, se résigner à ne plus s'appartenir. Les réceptions, les fêtes, les banquets, les illuminations, les régates se succédèrent sans interruption, et plus d'une fois il leur arriva de regretter la tranquille égalité d'âme de ces habitants de la Lune si pondérés et si réservés, au milieu desquels ils avaient longtemps vécu.

Mais tout a une fin, et lord Rodilan profita de l'accalmie qui suit d'ordinaire les manifestations les plus exubérantes pour se rendre, à bord du *Maryland*, à Portsmouth, où l'attendaient de nouvelles ovations : car ses compatriotes, qui s'impatientaient de ne pas le posséder encore, comptaient bien, en le recevant eux-mêmes avec éclat, revendiquer leur part dans le succès final de cette glorieuse entreprise.

Le train qui emmenait Marcel et Jacques vers Paris emportait aussi, sur un truc spécialement aménagé à cet effet, l'obus dans lequel ils avaient accompli leur traversée interplanétaire.

Ce monument authentique de l'industrie des habitants de la Lune, ainsi que les trésors scientifiques qu'il renfermait et qui fournissaient des documents si précis sur notre satellite, devaient rester déposés dans un musée spécial, souvenir impérissable d'un immortel voyage, aliment fécond offert aux investigations de la science.

A Paris, ce fut une nouvelle série de réceptions officielles et de fêtes populaires.

Le chef de l'État, entouré de ses ministres, de sa maison militaire, des bureaux des Chambres, des corps savants, tint à honneur de les recevoir en audience solennelle. Déjà, sur la proposition du président du Conseil, le Sénat et la Chambre des députés avaient autorisé le gouvernement à conférer à Jacques et à Marcel, à titre de récompense nationale, la dignité de grand-officier de la Légion-d'Honneur.

Pour lord Rodilan, une loi n'était pas nécessaire, car les étrangers peuvent être nommés immédiatement au grade que les services rendus leur ont mérité. Aussi, les décrets portant la nomination des trois explorateurs avaient-ils paru à la même date au *Journal officiel*.

La population de Paris, avec son esprit ardent et prompt à s'enflammer, leur fit partout cortège, et les accueillit de ses vivats enthousiastes. Si jamais leur esprit avait rêvé la gloire comme récompense de leurs efforts, ils durent se trouver pleinement satisfaits : leurs noms étaient dans toutes les bouches, et les mille voix de la presse portaient à tous les coins du monde le récit de cette fantastique et triomphante aventure.

· · · · · · · · · · · · · · · · ·

· · · · · · · · · · · · · · · · ·

Quelques mois plus tard, Jacques, récemment marié avec celle

qu'il avait si vaillamment conquise, recevait à sa table Marcel et
lord Rodilan.

Ce dernier, revenu de Londres où il avait été, lui aussi, l'objet
du plus chaleureux accueil et des plus flatteuses distinctions, en
avait rapporté pour ses deux compagnons le brevet de comman-
deur de l'ordre du Bain, que, sur l'initiative du prince de Galles,
Sa Gracieuse Majesté la reine Victoria s'était empressée de leur

Les quatre navires étaient en vue du Havre... (p. 139).

accorder. Les autres gouvernements, les sociétés savantes, imitant
cet exemple, leur avaient décerné spontanément les récompenses
les plus honorables et les plus enviées.

On causait en savourant le café et en fumant d'excellents
cigares.

« Maintenant, disait Marcel, que tout le bruit de notre équipée
commence à s'apaiser, il nous faut songer à l'emploi que nous
allons faire des trésors qui nous ont été confiés et dont nous ne

sommes que les dépositaires. Avez-vous songé au meilleur usage auquel nous pouvons les employer?

— Excuse-moi, ami, dit Jacques, en rougissant un peu et en regardant sa femme avec tendresse, mais je n'ai guère eu jusqu'à présent le loisir de m'en occuper. Les soins de mon installation nouvelle...

— Bon, bon, interrompit Marcel, je comprends. Tu te devais à ton bonheur récent avant de songer aux déshérités du sort. »

Et comme Jacques faisait un geste, il ajouta :

« Ce n'est pas un reproche, ami; tu as assez souffert pour avoir le droit d'être heureux. Et vous, mon cher lord, avez-vous quelque projet à nous soumettre?

— Ma foi! répondit l'Anglais, le métier de philanthrope m'est trop peu familier pour que je puisse vous apporter des avis utiles. Usez de moi pour l'action; je vous appartiens, vous le savez, complétement.

— Eh bien! reprit Marcel, moi qui n'avais pas les mêmes raisons que vous de rester inactif, j'ai mûrement réfléchi à ce que nous pourrions faire pour le plus grand profit de ceux qui souffrent, et je vais, si vous le voulez bien, vous exposer le plan que j'ai conçu.

— J'espère, dit Hélène, que vous m'avez gardé un rôle dans le bien que vous vous proposez d'accomplir. Jacques m'a longuement parlé de la charmante Oréalis; j'aime comme une sœur cette noble jeune fille; je veux m'associer à ses généreux desseins et faire ce qu'elle aurait fait elle-même, si elle avait pu se trouver au milieu de nous.

— Je n'ai jamais douté, Madame, de la hauteur de vos sentiments, et Jacques ne m'aurait pas pardonné de ne pas vous réserver votre part dans la tâche dont nous nous sommes chargés. »

Et il leur expliqua le vaste projet qu'il avait arrêté, et dont, avec son esprit pratique, il avait déjà tracé les grandes lignes.

L'ensemble des pierreries que renfermait le coffre offert par Oréalis représentait, estimé par des experts compétents auxquels s'était adressé Marcel, une valeur approximative de huit à neuf cents millions.

Mais il ne fallait pas compter qu'on pourrait réaliser promptement une pareille somme.

Cette énorme quantité de pierres précieuses, jetées brusquement sur le marché, aurait infailliblement fait fléchir les cours et entraîné une perte considérable. Il fallait donc les écouler peu à peu, lentement et suivant les besoins des entreprises auxquelles elles devaient servir.

Quant à leur emploi, Marcel avait jugé que, dans l'impossibilité où l'on se trouvait de soulager toutes les misères humaines, tâche à laquelle tous les trésors du monde ne sauraient suffire, et contre laquelle s'élevait d'ailleurs la grande loi d'inégalité qui pèse sur l'humanité, il fallait se restreindre à porter quelque allégement aux souffrances les plus cruelles et les plus immédiates. De l'avis de tous les économistes et de tous les philanthropes, c'est sur la population ouvrière des villes que l'organisation actuelle de la société fait peser le plus lourdement le fardeau de la misère. C'était donc de ce côté qu'on devait tourner ses efforts.

Les vieillards que l'âge ou les infirmités rendent incapables de tout travail, les femmes restées veuves, les jeunes filles sans guide et sans appui, les enfants orphelins ou abandonnés par des parents indignes, tous ceux enfin qu'atteint la maladie ou le chômage et qui, malgré leur bon vouloir, ne peuvent pas trouver les moyens de soutenir leur vie, lui paraissaient avoir des droits incontestables aux bienfaits dont ils allaient se trouver les dispensateurs.

Il fallait donc que l'œuvre qu'ils entreprenaient de fonder comprît à la fois des caisses de retraite pour les ouvriers devenus vieux, des asiles pour les jeunes filles sans famille, des ateliers pour ceux qu'un chômage prolongé laisse sans ressources, des établissements où fussent recueillis, élevés et instruits cette foule d'enfants sans foyer qui grouillent sur le pavé des grandes villes et où se recrute plus tard l'armée du crime.

Déjà sans doute la charité publique et privée avait multiplié les institutions de ce genre, mais tout cela, jusqu'à présent, avait été fait sur une petite échelle. Les tentatives isolées et qui souvent, loin de s'aider, se nuisent mutuellement, la routine, l'esprit bureaucratique, les ambitions personnelles qui se font de la charité un moyen de réclame, le fonctionnarisme exagéré, les dilapidations même, tout cela faisait que les résultats obtenus étaient hors de proportion avec les efforts déployés et les bonnes volontés dépensées.

Les trois amis disposant de ressources considérables, libres de toute attache, dégagés de tout intérêt personnel, jaloux de travailler uniquement au bonheur de leurs semblables, pouvaient opérer avec plus d'ensemble et plus d'unité, faire produire aux sommes dont ils disposaient tout le bien possible.

On aurait établi dans quelques-unes des plus populeuses cités du vieux monde, Paris, Londres, Vienne, Saint-Pétersbourg, etc., des centres d'action et des établissements modèles où tout aurait été prévu, aménagé de façon à pourvoir aux besoins immédiats des misérables.

Marcel, Jacques et lord Rodilan, qui devaient former le comité supérieur de l'œuvre, avaient chacun leur rôle particulier.

A Marcel revenait tout ce qui était constructions, ouvrages techniques, appropriations diverses; à Jacques tout ce qui concernait l'hygiène, l'alimentation, les services médicaux, et lord Rodilan restait chargé de rédiger les règlements, les instructions, et d'en surveiller l'observation.

Quant à Hélène, la part qui lui était faite n'était pas la moins importante ni la moins précieuse. C'est elle qui devait s'occuper des tout petits, de ceux qui ont besoin d'être entourés d'une affection maternelle, et aussi de toutes ces infortunées, filles, femmes ou veuves, que la misère étreint, que le désespoir conduit souvent aux pires résolutions.

Ils grouperaient autour d'eux un personnel d'élite, animé comme eux d'un ardent amour pour l'humanité, résolu comme eux de se dévouer à cette tâche sublime.

Quelle que fût la corruption du siècle et l'âpre égoïsme qui le dévore, Marcel ne doutait pas de pouvoir recruter ces auxiliaires désintéressés : il estimait assez ses semblables pour croire qu'il restait encore parmi eux quelques âmes éprises de la pure vertu.

L'ingénieur avait achevé d'exposer le plan général de l'œuvre telle qu'il la concevait.

Ses amis l'acceptèrent avec enthousiasme : chacun était fier de la place qui lui était réservée et brûlait d'entrer en campagne.

Héléno avait serré a ce émotion la main de Marcel en lui disant :

« Merci, vous avez bien compris ce que souhaitait mon cœur. »

Aussitôt que la vente d'une certaine quantité des pierreries — vente opérée sur les plus importants marchés du globe — eut permis de réunir des sommes assez considérables, on se mit résolument à la besogne. Dans les capitales qu'on avait choisies s'élevèrent bientôt des établissements de bienfaisance où se trouvaient réunies toutes les ressources dont pouvait disposer la science moderne, sagement administrés, d'où était banni tout ce qui ressemble à la raideur bureaucratique, au formalisme brutal qui rendent parfois si amère aux malheureux l'obole que laisse tomber dans leurs mains la charité publique.

Tous ceux qui venaient là étaient accueillis avec bienveillance, traités avec bonté ; ils se sentaient aimés et s'éloignaient réconfortés et réconciliés avec la vie.

Alors il se produisit un mouvement qu'avaient longtemps rêvé les philanthropes, mais dont ils n'osaient espérer la réalisation. A la vue des admirables résultats qu'avait produits cette façon vraiment chrétienne et tout à fait humaine de faire le bien, un grand élan de générosité et de fraternité — non pas cette fraternité qui s'étale avec ostentation sur les monuments publics, mais celle qui devrait animer vraiment tous les cœurs — s'était manifesté avec une irrésistible puissance.

Partout les pouvoirs publics s'étaient émus.

Il semblait qu'on comprit tout à coup, et pour la première fois, que les hommes sont frères, que ceux qui ont la mission de les gouverner doivent avant tout les aimer, et que, dans une nation civilisée digne de ce nom, nul ne doit souffrir, si ce n'est par sa faute ou par l'effet des lois fatales auxquelles la nature soumet l'humanité.

Et l'on vit les autocrates, les assemblées législatives édicter avec une ferveur émue une série de mesures destinées à faire cesser partout les effroyables iniquités sous lesquelles ploient tant de créatures humaines et qui partagent les sociétés modernes en deux camps, l'un d'hommes favorisés de tous les dons de la fortune et qui ne se souviennent pas assez des misères d'autrui, l'autre de malheureux que leurs souffrances rendent souvent injustes et qui écoutent trop volontiers les conseils de l'envie et de la haine.

Et, grâce à l'initiative de quelques âmes généreuses et dévouées, une ère de justice, de bonheur et d'amour paraissait commencer pour la Terre.

CONCLUSION

Après avoir assisté au triomphe de ses amis, Mathieu-Rollère avait repris sa place à l'Observatoire de Paris. Il y jouissait modestement de l'éclat que tous ces événements avaient jeté sur son nom. Maintenant, on l'écoutait avec déférence, on le traitait de grand homme, et ce n'était pas sans un sourire ironique que, songeant au passé, il recevait aujourd'hui tant de marques de respect de ceux-là mêmes qui l'avaient si indignement méconnu.

Bientôt, du reste, la mort de l'illustre savant qui dirigeait le premier établissement astronomique de France, laissa ce poste vacant, et le ministre de l'Instruction publique se hâta d'y appeler celui dont la foi robuste avait contribué pour une si large part à la solution du grand problème des communications interplanétaires.

Ce fut là le digne couronnement d'une vie tout entière vouée au culte de la science.

L'ingénieur Dumesnil, dont le nom était, lui aussi, devenu célèbre, s'était passionné pour l'œuvre dont il avait été l'organisateur, et s'était hâté de retourner en Algérie pour y reprendre la série de ses entretiens avec le monde lunaire.

Un an plus tard, un grand progrès se trouvait réalisé. Le gouvernement français avait obtenu sans peine du Parlement les fonds nécessaires à la construction d'un télescope de puissance égale à celui des Montagnes Rocheuses, et qui maintenant se trouvait installé sur l'un des plus hauts sommets de l'Atlas.

Un fil télégraphique spécial tenait l'ingénieur Dumesnil en relation constante avec ce poste, et il pouvait dès lors transmettre sans retard à Marcel et à ses amis toutes les informations qu'il recevait de la Lune.

L'échange de signaux se continuait lentement sans doute, car on ne pouvait opérer que pendant bien peu de temps à chaque lunaison, mais d'une manière régulière et continue.

De précieux renseignements, d'intéressants détails étaient ainsi recueillis, et, chaque jour, les deux astres apprenaient à se mieux connaître.

Ceux qui, pendant deux ans, avaient vécu de la même vie ne s'étaient pas oubliés.

Ceux de la Terre tenaient leurs amis au courant de tout ce qu'ils faisaient pour réaliser les vœux d'Oréalis. Ceux de la Lune, à leur tour, leur avaient fait savoir que le prudent Aldéovaze était mort, que Rugel avait été appelé par le Conseil Suprême à le remplacer et qu'Oréalis avait épousé Azali.

Ni le temps ni la distance ne pouvaient affaiblir les liens d'amitié qui unissaient ces âmes d'élite. Les communications duraient depuis six ans; on pouvait espérer qu'avec les progrès toujours croissants de la science, elles pourraient devenir plus fréquentes et plus rapides, lorsqu'un jour Marcel reçut de l'ingénieur Dumesnil un télégramme ainsi conçu :

« Grande flamme apparue dans le champ du téléscope; communications interrompues. »

Et, à partir de ce moment, l'œil des observateurs scruta en vain le disque du satellite : rien de vivant n'apparut sur sa surface, qui semblait retombée à la mort.

Que s'était-il passé? Quelque formidable explosion des forces souterraines avait-elle anéanti cette humanité au milieu de laquelle avaient vécu les trois explorateurs? La nature inexorable, dont elle semblait violer les lois, l'avait-elle, d'un seul coup, fait rentrer dans le néant?..... Nul ne l'a jamais su. Les années passèrent, les généreuses institutions dues à l'initiative de Marcel et de ses amis

MARCEL SE DEMANDAIT S'IL N'AVAIT PAS RÊVÉ (p. 451).

furent peu à peu négligées, puis abandonnées : le monde retomba dans sa routine et son indifférence.

Le souvenir lui-même de ces merveilleuses aventures alla s'affaiblissant et ne fut plus, dans l'âme de ceux qui en avaient été les héros, qu'un songe dont chaque jour qui s'écoulait effaçait les contours.

Et plus tard, lorsque courbé par l'âge, il en évoquait la mémoire, Marcel se demandait avec tristesse s'il n'avait pas rêvé.

FIN.

TABLE DES MATIÈRES

PREMIÈRE PARTIE

DEUXIÈME PARTIE

IMPRIMERIE E. FLAMMARION, 26, RUE RACINE, PARIS.

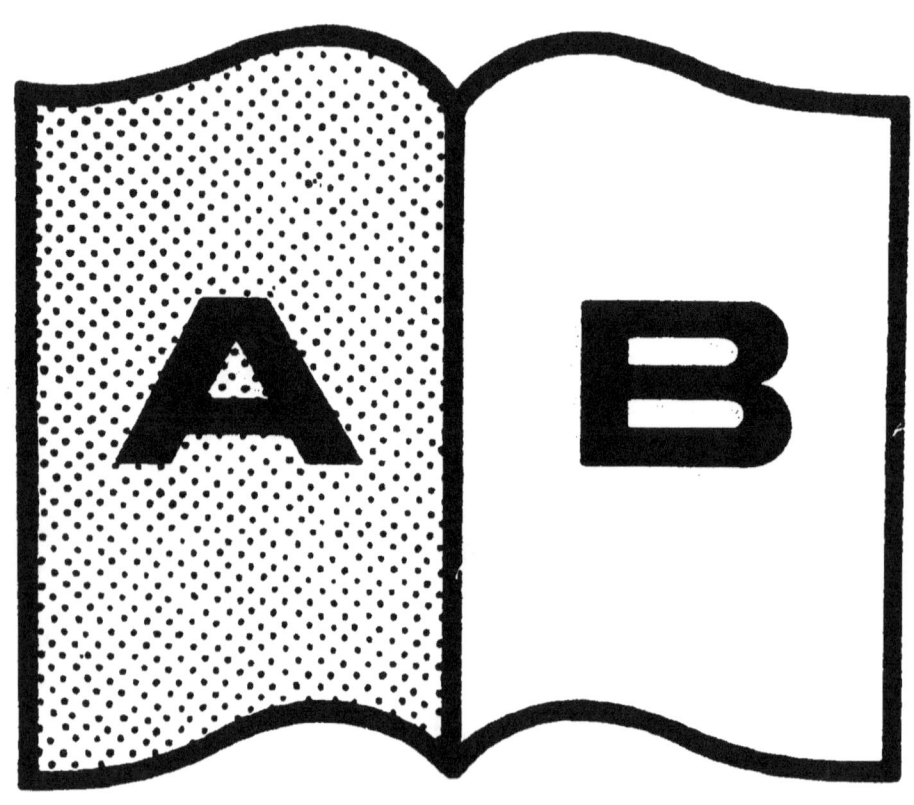

Contraste insuffisant

NF Z 43-120-14

www.ingramcontent.com/pod-product-compliance
Lightning Source LLC
Chambersburg PA
CBHW070750030726
47504CB00003B/503